TEXT/RAHMEN

Adrian Schiop

Soldaten

Geschichte aus dem Ferentari

Roman

Aus dem Rumänischen von
Eva Ruth Wemme

TEXT/RAHMEN

Die Originalausgabe erschien 2013
unter dem Titel Soldaţii - Poveste din Ferentari

Deutsche Erstausgabe übersetzt von Eva Ruth Wemme
erschienen im Buchverlag TEXT/RAHMEN
1. Auflage 2023

Schriftgestaltung: TEXT/RAHMEN, www.polenimschaufenster.com
Lektorat: Tino Schlench
Korrektorat: Oliver Poschner
Umschlaggestaltung und Satz: Dominik Uhl
Autorenporträt: Mihai Neagu
Druck und Bindung:
TOTEM.COM.PL Sp. z o.o. Sp. k., Digital Printing House, Inowrocław Totem.com.pl
ISBN 978-3-903365-12-4

Aus Umweltschutzgründen wurde auf eine Folie verzichtet.

Die Herausgabe dieses Werks wurde gefördert durch TRADUKI, ein literarisches Netzwerk, dem das Bundesministerium für europäische und internationale Angelegenheiten der Republik Österreich, das Auswärtige Amt der Bundesrepublik Deutschland, die Schweizer Kulturstiftung Pro Helvetia, die Interessengemeinschaft Übersetzerinnen Übersetzer (Literaturhaus Wien) im Auftrag des Bundesministeriums für Kunst, Kultur, öffentlichen Dienst und Sport der Republik Österreich, das Goethe-Institut, die S. Fischer Stiftung, die Slowenische Buchagentur, das Ministerium für Kultur und Medien der Republik Kroatien, das Ministerium für Gesellschaft und Kultur des Fürstentums Liechtenstein, die Kulturstiftung Liechtenstein, das Ministerium für Kultur der Republik Albanien, das Ministerium für Kultur und Information der Republik Serbien, das Ministerium für Kultur Rumäniens, das Ministerium für Bildung, Wissenschaft, Kultur und Sport von Montenegro, die Leipziger Buchmesse, das Ministerium für Kultur der Republik Nordmazedonien und das Ministerium für Kultur der Republik Bulgarien angehören.

traduki

Ich stehe hier vor meinem Haus,
ich wein und seh es mir so an;
und geh zum Schlafen besser raus,
unter den freien Himmel,
weil ich drin nicht still sein kann –
Mama ist weg, da denk ich dran.

Babi Minune – *Du hast gesagt, ich soll auf dich warten*

[es sind noch hunderttausend]

meine Mutter liebt mich wie verrückt
die würde sich die Beine ausreißen
sie reißt sich die Beine aus na und
meiner Schwester bricht das Herz
stopft mich mit Kuchen voll
die stopft mich voll na und
die Frau hält mich im Arm singt für mich pfeift für mich
die pfeift für mich na und
meine Freunde lächeln mich an nehmen mich überallhin mit
die nehmen mich überallhin mit na und

ich bin nicht der Einzige
ich bin nicht der Einzige na und
na und was mach ich mit den restlichen hunderttausend

ERSTER TEIL
VERGANGENHEIT

Geldleiher, gib mir Geld raus
ich gebs den Musikanten
ich gebs für meine Süße aus
ich verbrenn fast wegen der.

Denis – *Geldleiher, gib mir Geld raus*

ANA

Der eigentliche Grund, warum ich mich von Ana getrennt habe, ist der, dass ich aus Herzenslust saufen wollte, meine Neuronen in unkontrollierbaren Mengen Alkohol ertränken, ohne mich dafür schuldig zu fühlen. Aber keine Frage, die Umstände, unter denen sie mich abservierte, zählen auch: Sehr betrunken hatte ich einem armen Schlucker vom Kronstädter Bahnhof 50 Lei gegeben, damit er mich seinen Schwanz lutschen ließ – und als ich danach ins Hotel kam, hab ich lauthals damit geprahlt, eine Stunde lang habe ich meine Kollegen im Biergarten mit schrecklich schmutzigen Details zugetextet, während Ana im Zimmer zum Hof saß und alles mit anhörte. Am nächsten Tag schickte sie mich weg und sagte, sie hätte sich noch nie im Leben so gedemütigt gefühlt; nach einer Woche schrieb sie mir eine Mail, ich sollte sie mit meinen Melodramen in Ruhe lassen, ich hätte sie echt angewidert und sie würde mir weiterhin viel Erfolg beim Schwanzlutschen wünschen.

Bei aller Liebe zum Alkohol habe ich zwei Wochen lang kaum mehr was getrunken; wenn ich richtig deprimiert bin, trinke ich nicht, dann wird eine Art Selbsterhaltungstrieb aktiviert, der mich nicht lässt. Es war Spätherbst und solange es noch ging, fuhr ich mit dem Rad zum Büro, auch wenn mir die Hände am Lenker anfroren.

Vorhersehbarerweise fehlte mir nicht der Sex am meisten, sondern die Vertrautheit, die wir miteinander hatten, sobald ich ins Bett stieg und den Fernseher ausmachte; ich dachte, wie einfach das ist, mit diesem Menschen könnte ich alt werden, er versteht mich und sein Körper unterwirft sich mir. Es macht nichts, dass er eine Frau ist, ich kenne sie und sie kennt mich und ich kann mit ihr alles besprechen. Die Vertrautheit mit ihr fehlte mir also am meisten – ihr Geschlecht, auch wenn ich ziemlich schnell gelernt hatte, es zu bedienen, war der letzte Teil ihres Körpers, mit dem ich mich angefreundet hatte, ungefähr zwei Jahre lang war es mir fremd geblieben; ich konnte nur schwer ejakulieren und oft dachte ich an Jungs, um es abzukürzen. Aber sogar so verdreht und verkorkst hatte diese Beziehung für mich einen gefühlsmäßigen Komfort bedeutet, den ich so noch nie gehabt hatte, sie war der Verband auf meinen Ängsten und schrecklichen Zuständen, die mich mein Leben lang verfolgt hatten, bis ich 36 wurde und sie kennenlernte.

Nach ein paar weiteren Wochen, als die Phase des Entzugs vorbei war, tat es immer noch weh, aber anders, ich stritt in Gedanken die ganze Zeit mit ihr, ich kam da nicht mehr raus: Sobald ich alleine war, fing ich Streit mit ihr an, erklärte ihr was, diskutierte darüber, dass sie nicht recht hatte.

Ungefähr da, eigentlich etwas vorher, begann das Alleinesein an den langen Winterabenden in mich einzudringen, und ich ging jeden Abend in eine der Kneipen in der Gegend; ich trank da nicht viel, zwei, drei Bier – nur zu Hause passierte es ziemlich oft, dass ich mich mit einer Flasche Wein total breit soff. In der Öffentlichkeit trank ich selten mehr, denn nach vier Bier verliere ich meine Kontrolle und kann nicht mehr aufhören, ich komme dann in die unglaublichsten Situationen, rede furchtbares Zeug, und am nächsten Tag will ich dann nur noch im Erdboden versinken. Wenn das passiert, wenn ich ins Zentrum gehe, ist das nicht unbedingt ein Problem, meistens bin ich da mit Freunden oder unter Leuten, die mich kennen. Aber wenn mir das im Ferentari passiert, dann fängt es an, zum Problem zu werden, weil ich eben nicht mehr unter Freunden bin, und die Leute hier verstehen nicht, was da mit mir passiert, und tun unvorhersehbare Dinge.

An einem Dezemberabend, um mal ein Beispiel zu geben, hatte ich drei Bier im Boieru getrunken und meine verflixten Beinchen trugen mich nicht mehr nach Hause, was eine Haltestelle vom Boieru weg gewesen wäre, sondern ich war plötzlich noch eine Haltestelle weiter in der Kneipe auf der Zeicani. Durch billige Kneipen ziehen ist Teil meines Jobs, ich schreibe meine Doktorarbeit über Manele-Musik und darum wohne ich in diesem Viertel hier, um dem Gegenstand meiner Arbeit nahe zu sein, der Ferentari ist das letzte Viertel von Bukarest, in dem Manele noch Gesetz ist, und man wird nicht blöd angeguckt, wenn man ihn hört.

Im Boieru ist es außer am Wochenende im Winter fast immer menschenleer – hier ist es umgekehrt, in den beiden Räumen ist es rund um die Uhr so stickig wie in einem Stall. Das Lokal ist auch deshalb voll, weil die Armen hier ihr Billigbier trinken können; der Trick des Besitzers besteht darin, dass er die Bar neben einem Lebensmittelladen aufgemacht hat, I mean, du kaufst das Bier aus dem Alimentara, gehst raus auf die Straße und von der Straße kommst du in den Hof der Bar und erst von dort in die Bar. Im Sommer trinken die Leute in dem kleinen Biergarten im Hof – im Winter drängeln sie sich in den Bretterschuppen hinten. Diesen Herbst haben sie den Schuppen renoviert und mit Rigips verkleidet; im November fingen ein paar Verwandte vom Besitzer an, mit ihren Bohrmaschinen herumzubrummen – sie schraubten ein paar Spots an, zogen eine Decke ein, bauten eine Barthekenattrappe etc., sie brachten etwas Klasse rein für die Armen, die hier manchmal ihre Taufen und Hochzeiten feiern.

Na ja, zurück zu dem, was ich sagen wollte, zu dem Punkt, wo der Alkohol aus mir sprach und mich zum Trottel machte. Als das passierte, erinnere ich mich, dass ich schon drei Bier im Boieru getrunken hatte und mir egal war, dass draußen Dezember war und ein schrecklicher Schneesturm tobte; ich ging schnurstracks zu dieser Kneipe auf der Zeicani.

Drin gings hoch her und ich dachte, komm, ich trinke noch zwei Bier. Einer der Jungs, die im Alimentara arbeiten, ein Verwandter vom Besitzer, kam zu mir an den Tisch und sagte, es fände diese Nacht eine Totenwache mit Musikanten an der Bahre statt, und wenn ich ihm

20 Lei gäbe, dann würde er mich hinführen. Die bekam er von mir nicht – ein Bier oder zwei spendiere ich gerne, aber ich gebe kein Geld, das ist zu viel. Außerdem war ich blau und ich meinte, ich käme alleine zurecht.

Im ersten Raum war eine Tischtennisplatte, an der spielten zwei Sandler (einer um die 25 und ein dicker, weit über 30) und ein Arbeiter 40+. Nach zehn Minuten tauchte die Schwester des Besitzers auf, sie verscheuchte die drei und der Arbeiter fragte mich, ob ich dabei wäre, die Jungs würden draußen warten. Warum nicht.

Der Schneesturm schleuderte einem Eissplitter ins Gesicht und trieb einem die Tränen in die Augen, richtig fieses Wetter, und die Jungs warteten an der Ecke: Einer war groß und dick (vielleicht 1,75 m) und der andere dünn. Der Dicke wärmte die Würfel in seiner Faust an und ließ sie zwischen den Fingern durchfallen; er hatte keine Handschuhe und ich hörte, wie schwer er atmete, wie einer, der richtig betrunken ist. Nachdem sie dem Typen, mit dem ich gekommen war, das Geld abgenommen hatten (ungefähr 3 Lei in 50-Bani-Münzen, also Kleingeld), maulte der, die Würfel wären gezinkt – und der Dicke machte einen drohenden Schritt auf ihn zu und hob die Faust, was hast du gesagt, du? Hast dir wohl lange keine mehr gefangen? Und da schwieg er, der Dicke dünstete Aggressivität aus wie die Bauern ihren Schweiß.

Es war kein Geld mehr da und der Dicke bestand darauf, dass ich mich am Spiel beteiligte, kein Problem, dass du dich nicht auskennst, wir würfeln nacheinander, und wer mehr Punkte hat, kriegt das Geld – aber sogar so betrunken, wie ich war, fiel ich nicht drauf rein, ich sagte, ich würde zur Totenwache vom Bruder des Musikanten X gehen, weißt du, wo die abgehalten wird?

Da steht ein Zelt vorm Zeuri, der arme Junge war erst 24 und ist an einer Überdosis gestorben. Ich bin Alberto der Knacki, jetzt weißt dus, du findest mich in der Kneipe auf der Zeicani. So machte ich Bekanntschaft mit Alberto – aber ich will noch gar nicht von ihm erzählen, sondern von dieser Totenwache.

Die Totenwache wurde tatsächlich in einem Militärzelt zwischen den Wohnblocks da abgehalten. Am Eingang stand ein Tisch, so ein runder aus Plastik, und ein paar Stühle drum herum – und noch ein weiterer hinten im Zelt, auf den setzte ich mich, gleich neben einen rostigen Kanonenofen, den eine in einem Wasserbottich stehende Gasflasche am Laufen hielt. Ein Mann im mittleren Alter, ein Verwandter des Toten, stellte mir eine Flasche Wein vor die Nase und etwas Billigsalami mit Brot – und dieser Wein gab mir den Rest. Ich versuchte, mit dem Mann ins Gespräch zu kommen, aber er gab mir nur einsilbige Antworten und kriegte die Zähne nicht auseinander; klar, der Mann war in Trauer, ausgerechnet auf exotische Touristen hatte der jetzt keine Lust. Ich war nicht willkommen, und wenn man mir zu trinken und zu essen angeboten hatte, dann nur aus Höflichkeit, so wurde es bei Totenwachen eben gemacht. Ich fragte nach dem Toten, aber das ließ die Unterhaltung endgültig gefrieren, das war eine persönliche Sache und der Junge war unter zweifelhaften Umständen gestorben.

Alkohol macht mich unsensibel, ich sehe und fühle den Kontext nicht mehr, mein Selbstbewusstsein wächst, bis es mir zu den Ohren rauskommt, und alles wird möglich. Am großen Tisch trieben sie ihre Späße, verarschten sich gegenseitig und platzten vor Lachen, und der Tisch zog mich wie magnetisch an. Ich dachte nicht lange nach und ging zu ihnen. Um mich vorzustellen, sagte ich, tja, ich arbeite für die Presse und wenn sie einverstanden wären, würde ich jemanden holen, es würde dann gefilmt, wir würden aus dem Toten einen Star machen.

Ey, und wo arbeitest du, du Journalist, wenn du so toll bist?

Aber damals arbeitete ich gar nicht mehr bei der Presse, ich schrieb nur zweimal im Jahr einen Artikel für eine heruntergekommene linke Plattform mit hyperintellektueller Leserschaft – also nannte ich ihnen die und alle fingen an zu lachen, was is das denn, wie heißt das? Hab ich nicht verstanden, Bruder. Du bist Journalist und ich bin Pope. Hau ab, Mann, geh nach Hause, du bist blau, lass uns mit unserer Trauer alleine, wir haben keinen Zirkus nötig – aber ich wollte nicht auf sie hören, ich machte weiter, wir würden filmen, wir würden sie berühmt machen, und ein besonders Abgeklärter nahm mir die Brille runter und fasste mir an die Nase, die ist so riesig, Bruder, was haste gemacht, dass die so groß und schief gewachsen ist? Ist die echt nicht aus Plastik? – und er bog sie nach links und rechts, um sie sich anzusehen, während die anderen sich vor Lachen bogen. Und nachdem er aufgehört hatte, mich zu verarschen, sagte er wieder, ich sollte abhauen, ich wäre besoffen – und weil ich stur war und nicht gehen wollte, nahm er am Ende meine Flosse, er war nicht mal verärgert, und brachte mich aus dem Zelt; und als ich ging, gabs statt einem Auf Wiedersehen einen Tritt in den Hintern – genauso abgeklärt, als wär ich einer dieser Köter, die so sinnlos zwischen den Wohnblocks bellen.

Zwei Wochen tauchte ich nicht mehr in der Kneipe an der Zeicani auf, obwohl sie meine Lieblingskneipe an der Ausfallstraße war.

Keine Ahnung, was ich an dieser Bar so mochte, wahrscheinlich das Getümmel, die menschliche Fauna dort. Die Bar hat keine Angestellten, Sandler räumen die Tische ab und fegen den Boden, sie bedienen umsonst, um dann die Reste aus den Gläsern zu trinken, die die Gäste übrig lassen – es sind drei oder vier Sandler, die dort rumhängen. Die Hauptkundschaft der Bar sind Arbeiter im mittleren Alter, Angestellte oder Frührentner, die sich mit süßem Kanisterwein oder Billigfusel die Kante geben und dann anfangen, sehr laut miteinander zu reden, wie Bauern am Telefon. Frauen gibt es nicht, dieser Ort ist exklusiv für Männer – manchmal tauchen noch ein paar alte Säuferinnen auf, die als Frauen nicht mehr in Gebrauch sind, für die ist ein Päuschen in der Kneipe kein Schaden mehr; das türkische Klo hinten im Hof ist schrecklich dreckig, wie in den Busbahnhöfen der 90er – das jagt sofort alle Frauen in die Flucht. Dann gibts noch ein paar Jugendliche oder Penner, die meistens an den Automaten spielen oder ihren Kumpels zugucken, die Geld zum Reinstecken haben; zwei stecken was rein und vier andere gucken zu, so ungefähr ist das Verhältnis. Unter den Zuschauern ist immer ein kleiner Zehn- oder Zwölfjähriger, der im Winter in Schlappen und ohne Socken von zu Hause loszieht, um den Jungs an den Automaten zuzugucken. Er ist eine Art Bar-Maskottchen, er hat was von einem wilden Tier, ist immer auf Profit aus, rollt mit den Augen, lauert auf Gelegenheiten, beklaut die Säufer. Irgendwann fiel einem der Automatenspieler das Zigarettenpäckchen aus der Tasche und klebte dann dem Jungen gleich an den Fingern. Als dem Mann, einem treuen Kunden, auffiel, dass er seine Zigaretten verloren hatte, verpfiff das Kind keiner, obwohl alle die Dreistigkeit gesehen hatten, und der Junge rollte bei den Automaten unschuldig mit den Augen; ein Sandler mit fusseliger Trainingshose, der hinter dem Mann stand, fing sogar an rumzuschreien, welcher Scheißkerl hat die Zigaretten genommen, schäm dich – obwohl er den Jungen genau gesehen hatte.

Oft setzte sich mich alleine an einen Tisch und wartete, dass jemand auf mich zukam. Meistens krallten mich die Penner, die Unangepassten, die Rentner oder einfachen Arbeiter, mit denen ich über so Banales wie Nebenkosten, Armut, Dan Diaconescu redete, oder darüber, wie gut alles zu Ceaușescus Zeiten noch war. Manchmal kamen auch Typen, keine Ahnung warum, die behaupteten, sie würden Undercover arbeiten – oder die einfach damit prahlten, sie hätten im Kommunismus für Geld Leute verpfiffen. Vielleicht gaben sie bloß an, vielleicht wollten sie rausfinden, aus welchem Holz ich geschnitzt war, vielleicht machte auch ihnen die Einsamkeit der kalten Winternächte zu schaffen. Selten kamen die, die mich wirklich interessierten, die Sandler. Wenn einer kam, hielt er sich auf Abstand und lieferte mir irgendeinen formalen Scheiß, nichts Persönliches. Um sie dazu zu bringen, sich zu öffnen, musste ich sie betrunken in die Hände kriegen und sie noch betrunkener machen – oder die billigste Variante, ich musste sie belauschen, was sie untereinander redeten.

Ich war der Seltsame da in der Bar, dessen war ich mir bewusst: zu höflich, zu gut gekleidet, zu weiche Gesten für diesen schmutzigen Ort ohne Frauen. Zwei Typen zum Beispiel, die mir zu verstehen gaben, sie wären verdeckte Ermittler, nahmen mich eine ganze Nacht lang auseinander wie bei einem Verhör, was ich so machte, woher ich käme, womit ich mein Geld verdiente – um dann am Ende von dem Älteren gesagt zu bekommen, ich wäre wohl kein Rumäne, sondern ganz sicher aus Russland. Folglich hätte ich mich auf den Kopf stellen können und wäre doch nie Teil dieser Welt geworden.

In dieser Zeit des Pausierens ging ich viel ins Boieru, wo ich mich mit Florică, dem Kellner, unterhielt, oder wir schauten beide Der fabelhafte Suleyman, eine türkische Telenovela auf Kanal D.

Ob ich noch immer mit Frauen aus dem Zentrum zum Shawarma-Laden ging?, ich weiß nicht, wie ich ihn nennen soll – bis letztes Jahr verkauften sie nur durchs

Fenster, aber dieses Jahr haben sie innen ein Restaurant aufgemacht, wo nur die Freunde des Chefs und Kunden mit Geld Zutritt haben. Das Restaurant ist sozusagen in einem Zimmer seiner Privatwohnung; wenn man pissen will, muss man durch ein Wohnzimmer, wo die Familie fernguckt – und es ist ein bisschen freakig, wenn man auf dem Weg zum WC über krabbelnde Kinder stolpert.

Ich brachte also Frauen aus dem Zentrum her, sie würden einfach nur bei mir übernachten. Die Idee war nämlich so, ich nahm sie zur Piața Ferentari mit, zum Shawarma-Laden, um Intimität zwischen uns herzustellen, irgendwas, was mich dazu brachte, Nähe zu wollen, und diese Nähe wäre dann auch nahrhaft, und am nächsten Tag müsste ich mich dann nicht ekeln. Aber da sieht mans wieder, irgendwann ist der Ofen aus – und was mit Ana möglich war, klappte mit keinem dieser Mädchen. Die wunderbare Konstellation der Sterne, unter der ich die Verbindung mit Ana eingegangen war, sollte sich nicht mehr wiederholen, und außerdem war Ana eher ein Soldat, sie verströmte nicht diese klebrige Sinnlichkeit, die Frauen oft ausstrahlen.

Ich denke da an eine von diesen Frauen, eine Geigerin 30+, die fasziniert von Manele-Musik war und die ich in den Shawarma-Laden mitnahm. Mit der war ich auch mal im Balkan, einem der teuersten und exklusivsten Manele-Clubs in Bukarest, wo sich die Crème de la Crème der Bukarester High-Class-Mafia versammelt; ich sagte: Mädchen, zieh dich schön an, die Leute gehen da in Sonntagsklamotten hin, vor allem die Frauen. Sie kam in nem schwarzen Kostümchen mit Minirock – nur hatte sie an den Füßen ein Paar khakifarbene Vintage-Stiefel, man dachte echt, Jägerstiefel.

Obwohl ich wusste, dass sie mich mochte, obwohl sie dauernd sagte, sie hätte es dort wahnsinnig toll gefunden, na ja, und obwohl sie mit in meine Wohnung kam – ich konnte sie nicht mal anfassen, ich saß da wie tot im Sessel und führte eine unterkühlte Unterhaltung über Manele, Homosexualität und den Chef vom Shawarma-Laden, der bisschen andersrum war.

Der Chef hat Frau und Kinder – aber auch einen Kerl für alles, wie ein streunender Hund hat er sich in der Bar eingenistet; ein sehr verweiblichter Säufer, 40 Jahre alt, der in demselben Treppenaufgang wohnte wie ich, als ich damals im Ferentari meine erste Wohnung gemietet hatte. Damals sah ich ihn manchmal vor der Tür schlafen, neben sich eine Ein-Liter-PET-Flasche von diesem miesen Bier, weil seine Mutter ihn im besoffenen Zustand nicht reinließ. Der Typ ist der Arschficker des Viertels, er verdreht die Augen, redet Jungs mit Schwester an und macht Homowitze bei jedem, den er trifft. Er hat keinen Job, lebt wie ein Straßenhund von den Resten, die unter den Tisch fallen, im Sinne von, der Chef lässt ihn die Tische abräumen, die Kunden schicken ihn Zigaretten holen und er nimmt Kommission, und wer an den Automaten gewinnt, gibt ihm ein paar Lei; wenn wir uns treffen, stellt er mir die Expertenfrage nach ner Zigarette oder bisschen Kleingeld, Aaadilein, gib mir einen Leu, ich will mir ne Fluppe kaufen, Aaadilein, bistn guter Junge.

Und der hat mir gesteckt, dass der Chef, ein solider 40-jähriger Typ, eine Wohnung im Progresul-Viertel hat (zwei Stationen vom Ferentari entfernt), die wär zum Ficken. Ich hatte schon gerochen, dass da was komisch war zwischen den beiden – wär sonst auch schwer zu erklären, so eine Freundschaft zwischen einem aufgestiegenen Rom und einem rumänischen schwulen Sandler. Danach trafen wir uns im Bus und er sagte, er fahre zum Verrückten Mircea, und mir blieb der Mund offen stehen, denn der Verrückte Micea ist der Chef von einem sehr bekannten Mafia-Clan aus Berceni, dem Sportler-Clan. Aber nicht der Boss der Sportler war gemeint, sondern der Boss vom Fastfood-Laden, und das Label verrückt hatte er ihm aufgedrückt wegen der Späße, die sie zusammen da in dem Ficknest im Progresul machten; sie hatten sich da verabredet, es lag auf dem Weg zur Wohnung. Richtig verrückt, dieser Mircea, kicherte er nochmal, bevor er ausstieg, na dann Tschüss, Aaadilein.

Das alles erzählte ich prophylaktisch der Frau, ich stellte meine Homosexualität vor mich hin wie ein Schutzschild, damit sie es sich aus dem Kopf schlug, über Nacht dazubleiben – auch wenn mein Fetisch Dicke sind (Typ Bodyguard oder Verbrecher), zu der Zeit sagte ich das nur so, es war mir klar, dass ich keine Chance bei diesem Chef hatte, er mochte mich nicht und guckte abweisend. Auch wenn ich ziemlich oft da vorbeischaute, fing er nie eine Unterhaltung mit mir an, er behandelte mich wie einen Kunden mit Geld und das wars. Und außerdem, selbst wenn ich es geschafft hätte, ihn irgendwie um den

Finger zu wickeln, er wäre im Duo mit diesem schwulen Sandler aufgetaucht, und dieser Tropf löste bei mir körperlich überhaupt nichts aus – er hatte diese klebrige Weiblichkeit, die ich schon erwähnt habe, und dazu sah der Arme noch schlimmstens fertig aus, eine kaputte Version von Andy Warhol.

Es ging gar nichts mehr, ich war in einer Phase, die beschissenerweise einfach nicht aufhörte, auch wenn sie schon lange hätte aufhören müssen: Als ich mit Ana zusammen war, merkte ich nach spätestens einer Woche, dass ich dringend eine Beziehungspause brauchte, dass ich mich betrinken und sie aus meinem Kopf rauslöschen musste, um den verlorenen Kontakt zu mir selbst wieder aufzunehmen.

Aber wenn sie mich doch als Frau gar nicht interessierte, wenn mich Frauen überhaupt gar nicht interessierten, warum hörte die ganze Scheiße dann nicht einfach auf? Warum wollte es ums Verrecken einfach nicht aufhören? Warum redete ich in Gedanken immer noch dauernd mit ihr? Irgendwas machte doch hier überhaupt keinen Sinn.

Ana meinte, in diesem von Unsicherheit zerfressenen Teil der Welt würden die Männer in ihren Frauen ihre Mütter suchen; keine Geliebte, keinen Kumpel, einfach nur ihre Mutter – könnte schon stimmen, oder? Eines Nachts, als ich mich vor dem Computer ausgiebig betrunken hatte, merkte ich plötzlich, wie ich laut heulend ein Stück von Babi Minune über ein Kind anhörte, das rausfindet, dass es von seiner Mutter verlassen wurde, Ich stehe hier vor meinem Haus/ ich wein und seh es mir so an/ und geh zum Schlafen besser raus/ unter den freien Himmel/ weil ich drin nicht still sein kann/ Mama ist weg, da denk ich dran; ich drückte vielleicht zehn Mal auf Repeat und zerfloss fast vor Mitleid mit dem armen Waisenjungen.

Ich war blockiert. Ich bezahlte sogar einen Heterojungen (die Mehrheit der Escorts in Bukarest sind arme Heterojungs) – aber so ging es auch nicht. Ich gab ihm 150 (einen moppeligen und nicht ganz so sexy Jungen konnte man locker für 50 fürs Blasen kriegen), damit ich ihn zwei Stunden im Arm halten durfte; während ich ihn umarmte wie eine große Flickenpuppe, dachte ich, wie absurd es war, dass dieser Junge mit seinen 24 Jahren resigniert darauf wartete, dass ich den Zirkus mit der Flickenpuppe zu Ende brächte und er endlich sein Scheißgeld kriegte, um zu Frau und Kindern zurückzukehren.

Nachdem eine von den zwei bezahlten Stunden vorbei war, gingen wir in die Küche. Da saßen wir und redeten genau eine Stunde lang, eine Stunde, in der der Typ dauernd auf seine Handyuhr guckte – und am Ende, nachdem ich ihm das Geld gegeben hatte, sagte er, auch wenn ich noch zehn Mal zu dir komme, es nützt dir nichts. Wenn du dich nicht mit ihr versöhnst oder sie dir aus dem Kopf schlägst, kann dir keiner helfen, du wirfst dein Geld zum Fenster raus.

Ich dachte drüber nach, was er gesagt hatte, dachte einen Tag lang nach, noch einen Tag lang, aber nein, er hatte unrecht, ich war nur gehemmt, einer, der schwer jemanden an sich ranließ und dann auch nur schwer wieder losließ, weil er dann eine Obsession kriegte; kurz: Ich brauchte nur Geduld und dann wäre es vorbei. Vor Ana war da ein 16-Jähriger gewesen, der mit 13 geheiratet hatte, mit dem hatte ich etwas über ein Jahr eine Art Beziehung – und nachdem das vorbei war, hatte ich zwei Jahre auf dem Trockenen gesessen, zwei Jahre, in denen ich mich meiner Obsession nicht hatte entziehen können und in denen ich meinen Unterleib an niemandem rieb, außer sehr betrunken und für Geld. Und sowieso hatte ich nur wenige Beziehungen, so selten wie Zinken in einer Harke, vielleicht eine alle fünf Jahre.

Kriechen gehen

Im Februar traf ich mich wieder mit Alberto, dem Knacki, und obwohl etwas Enigmatisches wie ein Dior-Parfüm in der Luft schwebte, zog ich es vor, das Dior-Parfüm wie unter Hypnose zu ignorieren und es in der Kneipe an der Zeicani einfach versickern zu lassen.

Alberto saß mit einem Kumpel an einem Tisch hinten im Raum gegenüber den Spielautomaten, eigentlich saß der andere am Tisch und trank in Ruhe sein Bier, während Alberto zwischen Automaten und Tisch hin und her hüpfte – aufstand und schielte, wer wie viel Geld in die Automaten warf. Ich setzte mich an den Nebentisch und tat so, als würde ich fernsehen, aber ich guckte aus dem Augenwinkel nach Alberto, wie er da herumzappelte. Er war gut gelaunt und in Schwung, stand da und war keine Sekunde ruhig. Er erzählte zum Spaß Geschichten, gab an, wie ein Penner, ich bin Krebs, Bruder, erzählte er seinem Kumpel, immer nur rückwärts, aber meine Faust geht immer nur vorwärts, disch-disch, vorwärts, guck, so, und als er das sagte, deutete er einen schnellen Faustschlag an, einen Uppercut – und dann bewegte und drehte er die Faust hingebungsvoll vor seinen Augen wie ein wertvolles Werkzeug.

Ich fing an zu lachen und er warf mir einen durchtriebenen Blick zu, und von da an hatte ich das Gefühl, er hatte den Spaß für mich gemacht, er hatte unbefangene Ohren gefunden, die ihm zuhörten, 14 Jahre Knast, Bruder, 14 Jahre, siehst du diese Faust hier? Mit der hatte ich Glück, sonst hätten die Ärsche mich rumgereicht. Komm her, du kriegst ein Küsschen, sagte er zu seinem Kumpel; er beugte sich wirklich über den Tisch und gab ihm einen geräuschvollen Schmatzer auf die Stirn, dann umarmte er ihn, ach, ach, ach. Ich liebe dich, Mann, du bist mein Bruder – und dann drehte er sich zu mir um, was is, könn sich Männer nicht lieben? Du bist mein Bruder, Mann, darum sag ich zu dir, dass ich dich liebe, du Blödmann, wieso, ist man schwul, wenn man einem Mann sagt, dass man ihn liebt? Is doch bescheuert, wenn man so denkt, guck, ich hab im Knast paar Schwanzlutscher gefickt, aber ich bin doch nicht schwul; ich hab gefickt, weil ichs raushatte, wärs nicht so gewesen, hätte ichs selber in den Hintern gekriegt, siehst du diese Faust? Mit der hatte ich Glück – und er küsste begeistert seine Faust.

Er machte lange mit dem Kram weiter – aber ich sah darin keine Anspielung, hier machten alle Spaß und warfen ihre Haken aus, damit man anbiss und es zugab, sie loteten einen aus, wie sie sagten – und mich loteten sie auch manchmal aus, ob ich andersrum war oder nicht. In den narzisstischen Horden, die durch die Clubs im Zentrum zogen, konnte ich mein Anderssein gut verstecken, ich verlor mich ohne Probleme zwischen den männlichen Huren mit engen Jeans und Metrosexuellen mit defensiv hochgezogenen Schultern und anderen nach den Originalen des Westens gefälschten menschlichen Produkten – aber im aggressiven Umfeld der exklusiven Männer vom Ferentari merkten die meisten, dass irgendwas mit meiner Sexualität nicht stimmen konnte.

Ich biss nicht an, ich bin freaky genug, ohne dass ich noch irgendwas weiter ausführen muss; dass ich 40 bin, schüchtern, unverheiratet, kinderlos, reicht schon, um mich als Mensch zu disqualifizieren. So wie eine kleine Schieberei ist auch Homosexualität etwas, was man tut und worüber man schweigt; viele kommen im Gefängnis auf den Geschmack, was Schwänze angeht, oder für Geld mit einem Schwulen aus der Altstadt – aber man redet nie ernsthaft über Homosexualität, es wird nur viel Wirbel drum gemacht.

Also lachte ich einfach über seine Show und sagte nichts, ich ließ ihn sich entfalten.

Na, hast du Angst vor mir?, er drehte sich irgendwann zu meinem Tisch um, aber ich antwortete, nein, warum sollte ich; wir würden lachen, Witze machen, uns gut fühlen – und das war die Wahrheit, ich hatte keine Angst vor ihm, ich spürte, dass er mich mochte.

Musst du nicht, Bruder, wieso, hab ich dir was getan? Diese Faust hier hat mich aus dem Gefängnis geholt, aber die hat mich auch reingebracht – und ich will da nich mehr hin, ich habs satt, seit ich 15 bin, immer zwischen vier Wänden. Ne?, hier mit nem Bier ist es besser, oder? Und als er das gesagt hatte, zeigte er mir zwischen Daumen und Zeigefinger das klassische Knast-Tattoo, vier Punkte und einer in der Mitte.

Ich fasste Mut – hör mal, was ist besser, Gangster oder Knacki? Und als ich das gesagt hatte, fing einer der Penner, der an den Automaten stand und unser Gespräch belauscht hatte, an zu lachen, jetzt hat ers dir gegeben, Alberto – aber der war nicht verärgert und antwortete, Gangster sein, er war eben der Cousin vom Borcan, die Zeiten haben sich geändert, heute machst du mit der Faust kein Geld mehr. Ich sags nochmal, ich fühlte eine Wärme bei ihm und dass ichs drauf ankommen lassen konnte, dass die ganze Aggressivität gespielt war. Er gab mir auch die klarste Definition von Gangster, die ich je gehört habe, dass ein Gangster einer ist, der Geld in der Tasche hat.

Ich sagte, ich würde mich mit Roma-Musik befassen, und er fing an, mit seinem Cousin zu prahlen, der 20.000 auf Salam gesetzt hätte – der große Gangster Borcan, der macht haufenweise Geld, er is in meinem Herzen, weil dieser Mann lässt mich bei sich wohnen, seit ich ausm Bunker raus bin, kapierste? Er is in meinem Herzen für immer. Um mir zu demonstrieren, dass er in seinem Herzen war, entblößte er seine Brust und zeigte mir ein paar darauf tätowierte Namen, das sind meine ganzen Brüder, nur Borcan ist ein Cousin von hier.

Als ich Bier holen ging, brachte ich ihm auch eins mit – aber ich öffnete es an der Bar, was falsch ist, denn wenn man einem Fremden ein Bier macht, öffnet man es vor seinen Augen. Solange ich mit ihm an seinem Tisch saß, rührte er das Bier nicht an.

Du, sagte er, wie lange würdest du im Knast bleiben

für eine Million Euro? Wenn du weißt, danach gehört das ganze Geld dir, du kannst dann leben, wie du willst: Du kaufst dir einen Touareg für 40.000, für 200.000 baust du dir n Haus an der Sonne, und vom Rest lebst du einfach, wie du lustig bist. Wie viele Jahre deines Lebens würdest du dafür geben und im Knast bleiben? Ich hab drüber nachgedacht, ich würde vier Jahre von meinem Leben für dieses Geld geben; ich hab 14 hinter mir, noch vier, da stirbste nicht von: Danach weiß ich, mein Leben is abgesichert, alles paletti, ich muss nichts mehr machen.

Dann tauchten in der Bar diese zwei Typen auf, die behaupteten, sie wären undercover, beide waren betrunken und sie machten mir dauernd Zeichen, ich sollte zu ihnen an den Tisch auf der anderen Seite der Bar Richtung Séparée kommen. Das Gespräch mit dem Penner war aber interessanter und ich winkte, ich würde kommen, sie sollten noch fünf Minuten warten – bis einer von ihnen sich schwankend erhob und an meinen Tisch kam, komm jetzt, Hermannstädter, du meintest doch, du kommst.

Es war nichts zu machen, der Mann war besoffen und man konnte nicht mehr mit ihm diskutieren.

Alberto, sagte ich, der ist aus Hermannstadt wie ich, ich geh zu dem ein Bier trinken. Wir reden noch, is nich aller Tage Abend – und Alberto patschte mir auf die Wange, was ne Hure bist du, du lässt deinen Kumpel mit nem Bier vor der Nase stehen und gehst mit nem anderen mit.

Die beiden Typen und noch zwei Proleten waren die Einzigen in der Bar, die mal daran dachten, mir für das

Bier, das ich ihnen ausgab, auch eins zu bestellen; als ich zu ihrem Tisch ging, wartete schon ein Ursus auf mich. Ein 50-Jähriger, kurz, dick, mit einem schrecklich karierten Sakko, der andere zwischen 35 und 40, blond, gut gebaut, mit grauen Augen.

Sie sagten, ich sollte mich nicht mehr mit denen da abgeben, die wären heftig drauf – die nehmen dir dein Geld ab und verkloppen dich dann noch. Gefickt und noch beklaut, hahaha. Ihr väterlicher Rat war, gib dich nicht mit diesen Pennern ab, du bist nicht von hier, du hast keinen, der hier für dich in die Bresche springt.

Ich bin seit vier Jahren hier im Viertel und seit zwei Jahren komme ich in diese Bar, antwortete ich, und keiner hat mich je blöd angemacht.

Weil du ihnen Bier ausgibst, du zahlst hier Eintritt. Solange du ihnen zu trinken gibst, werden sie dich in Ruhe lassen. Aber mach dir keine Illusionen, die verarschen dich, sie sahen mich mitleidig an, dir steht Verarsch-mich auf die Stirn geschrieben.

Alberto, der mir auf die Entfernung immer noch Wangenpatscher schickte, kam zu unserem Tisch und sagte, nich nett, was du da machst, du verkaufst deinen Bruder – und ich fühlte mich schlecht, weil er zu mir so nett gewesen war.

Wer bist du denn, kommst hier an und belehrst den?, der jüngere Typ stand auf, richtig betrunken – und Alberto sagte unerwartet ruhig zu ihm, mach dir kein Kopf, wer ich bin, willst du dir eine fangen, Freundchen? Und der Ältere zog seinen Kollegen schnell runter und meinte, du bist einer von Borcan, Respekt, n echter Gangster, nicht sone falsche Nummer wie der Rest.

Die sind aus Hermannstadt wie ich, Alberto, wiederholte ich, lass mich in Ruhe – und am Ende trollte er sich und murmelte, er würde keine Perversen mögen, Leute mit zwei Gesichtern.

Diese beiden erhoben sich zu meinen Beschützern, aber das störte mich nicht, und jedes Mal, wenn wir uns trafen, erzählten sie mir die Story, wie ein Musikant mir 30 Lei aus den Rippen geleiert hatte – oder als zwei Banditen mir einen Blecharmreifen für eine Zweiliterflasche Bier aufgeschwatzt hatten. Die beiden hatten mich, als wir uns kennenlernten, im Séparée unter Verhör genommen, sie löcherten mich ein paar Stunden lang und versuchten rauszufinden, ob ich lüge. Der Jüngere sagte, er hätte in einer Militäreinheit in Hermannstadt gelernt, na ja, und während der Lehrzeit wäre er der Chauffeur von was weiß ich für nem Kolonel gewesen – und er stellte mir dauernd Fragen über die Stadt; er versuchte mich bei einer Lüge zu erwischen – und später nervte er mich immer, ich sollte ihm sagen, für wen ich arbeite, für uns oder für die Russen. Wie auch immer, was ihn als einen Mann undercover glaubhaft machte, war die Menge Zeug, die er wusste, über die Presse, dass die România Liberă zu Adamescu gehört, dass Dumitru Tinu, der ehemalige Chef der Adevărul, ermordet worden war, dass es achtzehnhundertnochwas ein großes Schisma in der orthodoxen Kirche gegeben hatte – kurz, er wusste Sachen, die die Leute im Ferentari nicht wissen. Keinen von beiden konnte ich auf Anhieb überzeugen, dass ich aus Hermannstadt bin oder dass ich mich mit Manele-Musik beschäftige, hau ab du, wer soll dir Geld dafür geben, dass du dich mit dieser Scheißmusik abgibst? Sie beäugten mich skeptisch, als ich sagte, ich hätte das Goga-Lyzeum für Geisteswissenschaften besucht, dass ich Freunde am Gymnasium der Siebenbürger Sachsen gehabt hätte, am Brukenthal. Erst beim zweiten Treffen, als ich mit einem Regisseur kam, der Leute aus dem Ferentari suchte, konnte ich sie überzeugen; der jüngere Typ sagte, er und der Kolonel wären öfters im Paloma gewesen – welches Paloma, fragte ich, die Striptease-Bar?

Ist okay, Mann, sagte der andere, du hast uns überzeugt, du bist aus Hermannstadt – und dann fingen beide an, mir Ratschläge zu geben. Also, vielleicht waren sie nicht das, was sie vorgaben zu sein, welcher Undercover-Polizist enttarnt sich schließlich beim ersten Treffen? Plausibler war es, dass sie rauszufinden versuchten, was ich so trieb, die Spielchen zwischen der Polizei und den Gangstern sind komplizierter, als sie scheinen, mit Deals und geheimen Transaktionen, jemand von außen hätte ihnen da die Suppe versalzen können. Oder vielleicht langweilten sie sich in ihren Jobs, weil sie ein bisschen Schulbildung hatten und sie es mochten, sich mit einem harmlosen, aber studierten Milchgesicht zu unterhalten. Keine Ahnung, aber ein Haufen Dinge im Ferentari gehen total an mir vorbei.

Mitte Januar fuhr ich nach Hause zu meinen Eltern aufs Land; ich musste ein Referat abgeben (12.000 Zeichen), von dem hing dieses verdammte Doktorats-Stipendium ab – und außerdem merkte ich, dass ich vom Alkohol verrückt wurde, ich war so weit, alleine zwei Flaschen Wein zu trinken. Zu Hause vor meiner Familie schäme ich mich zu trinken – und ich kann eine Woche dort sein und keinen Tropfen anrühren.

Ich blieb zwei Wochen dort, in denen ich nur minimal trank; mir wurde immer unbehaglicher zumute, weil ich in meinem Dorf im Făgăraş-Gebirge keine Freunde habe, ich konnte nirgends hin – und mir wurde deshalb ziemlich schnell klar, dass es für mich keine Ablenkungen mehr von meiner Obsession gab, die seit Monaten mein Leben auffraß. Außerdem rannte ich von einem Zimmer ins andere und sah mir meine Mutter an, die seit acht Jahren auf Antidepressiva war und sich mit Fernsehen ruhigstellte – und da hatte ich die fixe Idee, dass sie vor dem Fernseher erstarrt war.

Ich hatte das übermächtige Gefühl, ich müsste sie studieren; ich fand heraus, dass sie nicht mehr zum Tratschen mit den Nachbarn rausging, und wenn meine Schwester aus Hermannstadt kam und die ganze Familie am Tisch zusammensaß, dann aß meine Mutter schnell auf und haute wieder ab vor den Fernseher; oder wenn sie sich doch entschloss, auf ihrem Stuhl sitzen zu bleiben, dann stritt sie nicht mehr mit meiner Schwester – was bereits ein Symptom der Entgleisung ist, denn seit ich sie kenne, haben sich die beiden wie die Bekloppten gestritten; jetzt saß sie abwesend auf ihrem Stuhl und war wie eine Heilige von einem psychotischen Schein des Schweigens umgeben. Ich saß da und betrachtete sie aufmerksam, ich wollte sie unbedingt analysieren, plötzlich wurde es sehr wichtig für mich, lebenswichtig, zu verstehen, was im Kopf meiner Mutter passierte – und eines Abends, als ich mich alleine ans Trinken machte, wurde mir klar, dass sie wohl ihren emotionalen Anker verloren hatte, denn sowohl ich (der sie alle zwei Wochen anruft) als auch meine Schwester (die einen Mann und ein kleines Kind hat) und mein Vater (der eine 31-jährige Geliebte hat) ignorierten sie durchgehend; so dass sie, die von allen Nahestehenden abgelehnt wurde, vor dem Fernseher Moos ansetzte und dort langsam schweigend den Verstand verlor. Was ich noch dachte: dass ihre Merkwürdigkeit gerade nur ihre Gefühle betraf, sie reagierte noch irgendwie, wenn man was von ihr wollte, aber in zwei Jahren würde sie im Kopf total hinüber sein und uns wie Buddha kryptische Zeichen von der anderen Seite des Bewusstseins geben.

Darum wurde ich plötzlich sehr mitfühlend mit dem Problem meiner Mutter, was einerseits schön ist und ehrenwert, aber andererseits, wenn es so aus heiterem Himmel kommt und einen so heftig mitnimmt, dann ist das ein Zeichen für neurotischen Raptus – das war der Moment, in dem ich anfing darüber nachzudenken, wie sehr ich emotional noch von meiner Mutter abhängig war. Also dachte ich: Nachdem Ana mich verlassen hat, ist meine Mutter die einzige dauerhafte gefühlsmäßige Verbindung zu den Menschen, solange ich in Heterojungs keine Gefühle mehr zu investieren wage, die Schwulen mir körperlich nichts sagen und mich kaltlassen wie meine Oma, und eine neue freundliche Konstellation der Sterne, unter der ich mich noch mal an einen Frauensoldaten hänge, praktisch unmöglich ist – und wenn meine Mutter sterben würde, dass ich dann in einem Einmachglas zwischen den kalten Wänden meines Bewusstseins stecken bleiben würde. Ein Feststecken, mit dem ich auch wieder klarkommen werde, ich werde mich mit Antidepressiva und Fernsehen vollstopfen, mit Fernsehen und Antidepressiva. Und ich fing an, ernsthaft darüber nachzudenken, mir einen Hund zuzulegen und meine Mutter nach Bukarest zu bringen, sie vom Fernseher loszueisen und mit ihr zu einem ordentlichen Psychiater zu gehen. Solange ich praktisch dazu verdammt war, sie zu lieben, war es in meinem direkten Interesse, Sachen zu unternehmen, um ihre psychische Normalität zu verlängern.

Im Zug, auf der Rückfahrt, tat es am schlimmsten weh, ich habe noch nie so lange in Gedanken mit Ana geredet, ich analysierte ihre Kindheit, ihre Beziehung zu den Eltern, ihre Beziehungen zu den Geliebten, nichts entging meinen einmal entfesselten analytischen Fähigkeiten, plötzlich wusste ich, was sie tun müsste, um aus der schlechten Phase herauszukommen, die sie durchmachte, was sie wegen der Arbeit machen müsste, wie ihre leuchtende Zukunft aussähe, wenn sie sich an meinen Rat halten würde; ich dachte wie im Fieber nach, wie in Trance, und als ich im Ferentari ankam, sagte ich Stopp, etwas stimmt hier nicht, komm, wir konzentrieren uns auf was anderes. Heute Abend quatschen wir mit Freunden auf Facebook, lesen im Internet Nachrichten, trinken unser Bier und warten, dass der Frühling kommt, und dann gehen wir an die frische Luft.

Tatsächlich kam ich mit blankliegenden Nerven nach Bukarest zurück und hatte nur noch einen einzigen Gedanken im Kopf, dass der Winter vorbeigehen und der Frühling endlich kommen sollte – denn der Frühling steigert die Lebensqualität und versüßt die kleinen täglichen Leiden. Auch wenn der Tastsinn unterdrückt wird, es stehen noch vier Sinne zur Verfügung, über die man ein bisschen Serotonin reinbekommt, weitere vier, die der Frühling grundlegend aktiviert: betörende Blumen, deren Duft man riecht, sanftes Licht, in dem man seine Blicke badet, beherztes Vogelzwitschern, mit dem man sein Gehör verwöhnt, der säuerliche Saft grüner Trauben, mit dem man seine Zunge benetzt. Hendrik, der bayrische Junge, mit dem ich vor Vasi die Wohnung im Ferentari geteilt habe, fragte mich mal, auf welchen Sinn ich verzichten würde, wenn ich wählen müsste, und ich habe ihm entschlossen geantwortet, auf den Tastsinn, der ist sowieso nebensächlich – und er widersprach mir, er würde ums Verrecken nicht auf den Tastsinn verzichten, weil das bedeuten würde, auf Streicheln und Sex verzichten zu müssen. Jetzt denke ich, er hatte recht, ja, der Tastsinn ist verdammt wichtig, er verschafft dir intime Nähe zu den Menschen, ohne ihn vertrocknen wir wie meine Mutter im Glasbehälter des Bewusstseins.

Der ganze Februar und die Hälfte des März waren komplett schrecklich, ein meteorologisch identischer und kompakter Zeitblock, jeder Tag wie der gestrige und der vorgestrige, platt vom Schnee und mit einem sehr tiefhängenden Himmel. Ich trank endlose Mengen Alkohol und ging Abend für Abend ins Zeicani – wo ich Mitte März wieder auf Alberto traf.

Ein paar Tage hatte es im ganzen Land wüst geschneit, mit Schneestürmen und Verwehungen, psychisch hatte mich das völlig fertiggemacht. Aber an diesem Tag fing die Kälte an nachzulassen und der Schnee schickte sich an zu schmelzen. Abends gab es ein Spiel, Holland-Rumänien, und ich dachte, komm, wir genießen es mal im Zeicani, obwohl mich Fußball weniger interessierte als der Dreck unter meinen Nägeln.

Ich setzte mich an einen Tisch in der Nähe des Fernsehers – eigentlich war es anders, ich setzte mich zu einem Sandler an den Tisch und Alberto sagte, komm an unseren Tisch, sitz nicht mit den Sandlern rum.

Was dagegen?, sagte ich.

Du bistn feiner Junge, die Leute lachen dich aus, wenn sie dich mit nem Sandler sehen. Und sei nicht böse, dass ich das sage, die lachen auch, wenn die sehen, dass du denen Zigaretten gibst, weißt du, was die dann sagen? Guck, was ne Lusche, sogarn Sandler kriegt den rum. Du bistn guter Junge, aber gib den Sandlern keine Zigaretten mehr, du machst dich lächerlich. Leg das Päckchen niemals auf den Tisch, stecks in die Tasche, und wenn einer eine von dir will, dann hast du keine mehr.

Hä, wieso soll ich sagen, ich hab keine mehr, wenn die sehen, dass ich eine nach der anderen raushole?, zweifelte ich.

Guck so einfach: Du sagst ICH HAB KEINE – und während er die Großbuchstaben zischte, warf er mir einen wütenden Blick zu, der mich erstarren ließ. Jetzt schwör, dass du keine mehr rausgibst, wenn du schwörst, gibst du auch keine mehr, weil du unter Schwur stehst.

Du bistn guter Junge, sagte er nochmal, aber du riechst nach Blödmann. Willst du, dass dein Bruder dir beibringt, wie du n Gauner wirst?

Ich hatte Lust zu trinken und sagte, ich würde ihm ein Bier ausgeben; aber es müsste ein Timişoreana sein, Ursus tränke er nicht – nur hatte ich das bis zur Bar vergessen und kam mit zwei Ursus zurück; er schluckte seinen Ärger runter und sagte, auch gut. Er machte das Bier auf, nahm zwei Schluck, verzog dabei das Gesicht und als sein Kumpel mit einem Timişoreana von der Bar zurückkam, tauschte er mit ihm.

Er hätte es satt, bei seinem Bruder Borcan zu wohnen, kein Geld fürn Bier zu haben – und wenn ich mal Geld hab, kann ich mich nicht besaufen, weil er Familie hat, kleine Kinder, und seine Frau macht Zoff, wenn sie mich betrunken sieht. Letztes Mal hatte er mir gesagt, er wäre sein Cousin, na ja, ist dasselbe, schlussendlich verweisen solche Definitionen auf dieselben Objekte.

Er könnte aber nichts sagen, er würde ja von Borcans Geld leben; er könnte auch nirgendwo einen Job annehmen, er sei auf Bewährung und es müssten noch vier von acht Jahren vergehen, damit sie ausgesetzt würde und er irgendwo als Wachmann anfangen könnte. Er wäre auch krank, er hätte einen Bandscheibenvorfall und könnte nicht schwer tragen und einen dieser fiesen Jobs für Arme annehmen, wo man so Zeug schleppt. Er könnte auch nicht ins Ausland, weil er keinen Ausweis mehr hätte, der wäre ihm am Nordbahnhof geklaut worden. Folglich – armer schwarzer Kater. Und ebenso folglich – ob ich ihn nicht bei mir anmelden würde, dann könnte er sich einen Ausweis machen lassen.

Ich hob die Augenbrauen, echt frech, wir hatten uns zweimal gesehen und schon quartierte er sich bei mir ein. Ich war sprachlos, ich wusste nicht, wie ich das verstehen sollte, war er naiv oder unverschämt? – und ich fing an zu lachen, wie ich es schon mal bei einer irgendwie ähnlichen Situation getan hatte, mit einem schmierigen Alten mit wässrigen Augen, der vor mir damit prahlte, er wäre im Kommunismus von der Securitate rekrutiert worden und dann nach Marokko und in den Irak gefahren, um da die Telefonate der rumänischen Arbeiter abzuhören, wie auch immer, das war auch hier in der Bar, und nachdem der Alte (~60) zig bedächtige Runden gedreht hatte, nahm er seinen Mut zusammen und sagte, er fände Typen gut - und am Ende fragte er mich, ob ich nicht zu ihm und seinem Vater in eine Wohnung ziehen wollte: Warum sollte ich einem Fremden meine hundert Euro Miete geben, so pries er seine Idee an, wenn ich sie auch ihm geben und ihn dazu noch in den Arsch ficken könnte.

Warum nimmt dich dein Bruder nicht offiziell auf, wenn er so ein großer Gauner mit Villa ist?

Kann er nicht, er hat noch keine Papiere für das Haus.

Dann nimm doch die Adresse von deinen Eltern, aber das ginge auch nicht, weil sein Vater die Wohnung verkauft hatte und nach Dänemark gegangen war, um Geld zu verdienen. Also sollte ich ihn aufnehmen.

Ich kann nicht, ich wohne zur Miete in Bukarest und mein Ausweis läuft auf den Kreis Hermannstadt. Dann sollte meine Familie ihn offiziell melden, er würde mit seinem Bruder reden, der würde hundert Euro rüberwachsen lassen, sie müssten das nicht umsonst machen.

Das geht nicht, Mann, sagte ich direkt, meine Eltern sind Rentner mit Geld und sie würden in Ohnmacht fallen, wenn sie dich sehen würden, du bist furchteinflößend, auf deiner Stirn steht Knast. Da war was faul, er hat fünf Brüder und einer von denen könnte ihn doch nehmen, aber keiner will, ich hatte keine Ahnung, was mit ihm los war. Manchmal hörte er auf zu erzählen und fragte mich, hast du vielleicht ne Million Euro?, dann warf er sein brüchiges, widerliches, von Becali abgekupfertes Lachen in den Raum.

Dann gings vom einen zum anderen und nach ein paar mehr Bier sagte er, im Gefängnis hätte er Männer gefickt, aber er hätte es rausgehabt, er hätte es den Luschen und Schwanzlutschern immer nur gegeben, er hätte ihn nie reingekriegt, er schwöre auf das Leben seiner Familie und alles, was ihm was wert wäre. Zuzugeben, dass er da Männer gefickt hätte, dafür würde er sich nicht schämen. Und er kam immer wieder drauf zurück, er hätte welche in den Arsch gefickt, und wenn er Bock drauf hätte, würde er auch seinen Kumpel und mich da am Tisch ficken, bis uns die Zunge raushinge, und dann würden wir uns noch eine Nutte holen – wenn ich Geld und Lust dazu hätte.

Mit nem Hunderter kriegen wir was Feines, gute Qualität, und dann stecken wir ihn beide in die Möse, bis wir nich mehr können, ich lüg nich, Mann, dich und sie, ich mach euch fertig, der Reihe nach oder beide auf einmal. Er erzählte, ohne sich vor seinem Kumpel zu genieren, der sagte gar nichts – saß nur da und hörte zu. Meistens ist das so, wenn ich mal mit solchen Schattengestalten rede, einer betrinkt sich, quatscht und bringt mich dazu, auch zu trinken / zu reden, und der andere bleibt nüchtern und hört zu.

Dann verschwand sein Kumpel und Albertos Angriffe wurden noch eindringlicher, ich konnte grad nicht richtig reden, Brüderchen, aber ich fand es echt gut, Männer zu vögeln, und ich mag dich, weil du ehrlich bist, du verbiegst dich nicht, du hast mir ins Gesicht gesagt, dass du mich nicht bei deinen Eltern anmelden kannst, weil ich wie ein Knacki aussehe.

Betrunken, wie ich war, hatte ich jetzt auch Lust auf Sex und ich sagte, ja, Bruder, ich mag auch Männer – und da fing er an, ich sollte ihn mit nach Hause nehmen, er würde mich vögeln, wie ich es wollte, er hätte vier Kugeln im Schwanz, die hätte ihm einer im Knast reingesteckt. Er fing an, mir an den Nacken zu greifen, ich hätte sein Herz berührt, es wär ihm egal, dass ich ein Mann wäre, beim Leben seiner Familie. Er zog seinen Stuhl zu mir ran, um in Kontakt mit meinem Schenkel zu kommen, er legte seine Hand auf mein Knie; er beugte sich über die

Tischkante und redete jetzt leise, konspirativ, ich sollte keine Angst vor ihm haben und ihm vertrauen, er würde mir nichts tun.

Es gibt zwei Grundregeln im Ferentari – ich habe sie immer wieder bis zum Abwinken gehört: Die erste ist etwas paranoid, man soll nicht seinen echten Namen angeben und vor allem niemandem seinen Ausweis zeigen (übrigens kennen sich hier alle nur mit Spitznamen), und die zweite – gib nie deine exakte Adresse an und nimm niemand Unbekannten mit nach Hause auf ein Bier. Die erste Regel habe ich ziemlich ignoriert, aber an die zweite hielt ich mich.

Bis zu diesem Abend. Ich war betrunken, ich hielt dem Druck nicht mehr stand und sagte, komm mit zu mir, wir nehmen ne Zweiliterflasche Bier mit und gucken, was wir dann machen.

Wo wohnst du?, fragte er beunruhigt, als ich auf die Straße trat, sag jetzt nicht, in den Ghettos.

Bist du verrückt geworden? Ich wohn auf der anderen Seite, in ner Mehrzimmerwohnung. Mein Block hat eine tolle Aussicht, er steht genau an der Grenze, das ist der letzte Familien-Block in der Straße, auf der anderen Seite fängt der wilde Osten mit den Einzimmer-Blocks an, wo man die Drogis und Penner isoliert hat – und wo sie den Müll aus dem Fenster schmeißen, wo der Putz bröckelt und die Scheiben zertrümmert sind. Wer da wohnt, ist echt am Ende, die leben davon, Eisen zu sammeln, kramen in den Mülltonnen nach Pfandflaschen, Altkleidern und

Glas. Ich denke grad an das Ende von so einem armen Schwein; ich war am Gemüsekiosk bei mir um die Ecke, in einem winzigen Fernseher liefen Nachrichten und die Alte, die da verkaufte, gab mir zu verstehen, ich sollte mal still sein; da war eine Nachricht mit einem Armen, der mit seinem Kumpel im Hof der Polytechnischen Uni Eisen klauen war. Das Eisen war im Boden vergraben und er musste schaufeln – aber dann ist die Erde über ihm eingestürzt; als die Feuerwehr ihn ausgrub, war der Mann erstickt und tot, die Brust war zerquetscht wie bei einer Maus. In der Bude war neben der Alten noch eine Frau, ne Tante oder so, die saß auf einem Stuhl – und beide heulten und seufzten, der hätte hier in Zeuri gewohnt und vier kleine Kinder säßen jetzt auf der Straße, er hätte ja als Einziger Geld nach Hause gebracht.

Wenn ich mir ein Taxi nehme, sage ich nie gleich, dass ich auf der und der Straße wohne, sondern ich gebe erstmal eine andere Gegend an – und während der Fahrt, nachdem ich mich bisschen mit dem Fahrer angefreundet habe, verrate ich ihm das echte Ziel der Reise. Ästhetisch gesprochen ist der Kontrast zwischen den beiden Gegenden großartig, unglaublich: Auf der einen Seite scheint die Stadt von einem Atomkrieg zerstört, als ob die verwilderten Überlebenden sich da ihre Unterschlupfe gebaut hätten; auf der anderen, nur 15 Meter entfernt, hat sich eine unbeholfene Zivilisation mit Arbeitergeruch breitgemacht – man sieht weiße Isolierfenster, Gegensprechanlagen, sogar Klimaanlagen, dazu eine Menge Pappeln, die den Raum zwischen den Häuserblocks besetzen.

Als mein Mitbewohner Vasi uns auftauchen sah, fiel ihm die Kinnlade runter. Ich machte sie miteinander bekannt, Vasi (30+) stotterte verängstigt irgendwas und verschwand in sein Zimmer – aus dem er die ganze Nacht nicht mehr rauskam. Die Wohnung, in der ich wohne, hat Komfort-3-Standard, nicht sehr zu empfehlen; ins Wohnzimmer ergießt sich alles wie in ein schwarzes Loch – das Schlafzimmer, das Bad, der Flur zur Küche und zur Wohnungstür. Vasi wohnt in dem kleinen Schlafzimmer ganz hinten, ich im Wohnzimmer und aufgrund höherer Gewalt kommt er manchmal aus dem Zimmer, zum Pissen oder um in die Küche zu gehen; er legt sich wie ich zwischen drei und vier Uhr nachts schlafen. In jener Nacht ging er nicht mal aufs Klo, ich nehme an, er machte es wie die Fernfahrer und pinkelte in seinem Zimmer in eine Flasche.

Einerseits ist Alberto wirklich furchterregend mit seiner heiseren lauten Stimme, ein riesiges Gespenst, das nach Knast stinkt, mit gebrochenem Nasenbein wie ein ehemaliger Boxer, mit einem Tattoo auf dem Hals und einer Old-School-Frisur, nach hinten gekämmtes geöltes Haar wie bei italienischen Mafiosi; na ja, vielleicht ist das gar nicht so wichtig, sondern seine Haltung, ein Schlägertyp mit einem brüchigen Lachen, das unvorhersehbar in Wut umschlagen kann.

Andererseits ist Vasi ziemlich ängstlich. Obwohl er mit mir seit fünf Monaten im Ferentari wohnt, obwohl er davon träumt, blutige Drehbücher mit Punks und Gaunern zu schreiben, geht er nicht aus dem Haus und lässt sich auch ums Verrecken nicht (mehr) auf ein Bier ums Eck einladen; egal, ob ich drauf bestehe, dass das Bier auf meine Kappe geht, weil es hier halb so teuer ist wie in den billigsten Kneipen im Zentrum. Vasi, dieser Komiker. Obwohl er selbst ziemlich punkig ist und aus einer Arbeiterfamilie aus dem hintersten Moldawien stammt, obwohl er gerne den Gockel macht, seine Muskeln vor den Mädels spielen lässt und seine gesunde Abstammung betont – er vermeidet es so gut er kann, mit den Leuten vom Ferentari in Kontakt zu kommen, und hat eine Todesangst vor den Pennern.

Ich habe auch Angst, aber ich krieg es hin, indem ich mir nichts anmerken lasse, sogar Vasi hat das beobachtet, als wir mal mitten in einen Streit geraten waren. Die Bar an der Zeicani ist in L-Form gebaut und hat zwei Räume, einen großen und einen kleineren, in den zwei Tische passen; also eine Art Séparée. Wir waren im Séparée am Tisch von einem Halbpenner und Dieb, ich kannte ihn schon, er war ein Ex-Heroinjunkie, 40 Jahre alt, der davon lebte, chinesisches Zeug von den Ständen auf der Piața Rahova zu klauen. Ein armer Schlucker also, der von den Gästen der Bar von oben herab behandelt wurde, und zwar nicht, weil er mal im Gefängnis war, sondern weil er sich aufgegeben hatte – er roch nach Armut und Versager, seine Frau hatte ihn verlassen und dazu soff er noch, bis er unter den Tisch rollte, wie es die Ex-Junkies so machen. Nun ja.

Der Mann erzählte uns, er hätte sich an dem Abend mit einem aus ner Clique in der Bar in die Wolle gekriegt, und die anderen wären auf ihn losgegangen und er hätte sein Messer gezogen. Dann wären die Männer vom Chef aufgekreuzt, die hätten ihn entwaffnet und ihm Hausverbot erteilt, also sie hätten ihm das Messer weggenommen und gesagt, er sollte hier keinen Fuß mehr reinsetzen. Die haben mich entwaffnet, schnaubte er von Zeit zu Zeit, boah, was haben die mit mir gemacht. Aber wie alle Betrunkenen hatte ihn der Ehrgeiz gepackt und er wollte nicht gehen, er bestand darauf, sein Bier zu Ende zu trinken, obwohl die Jungs, mit denen er sich angelegt hatte, herumstolzierten und ihm über dritte Personen (nämlich den zwölfjährigen Jungen) übermittelten, er solle abhauen.

An unserem Tisch erschien einer, der richtig high war, und den unser Kumpel kannte – und er servierte uns allen einzelne unverpackte Waffeln, die er aus einem Supermarkt geklaut hatte. Er lächelte wie ein glückseliges Kind und als der Entwaffnete ihn fragte, ob er für ihn einstünde, da schüttelte er ängstlich den Kopf, es sah komisch und feminin aus, und dann kehrte er zurück in seine Welt und machte sich daran, ein bizarres Ballett zu der Manele-Musik aus dem Lautsprecher aufzuführen, um dem Typen zu entkommen.

Dann zog sich der Junkie, noch immer zu Manele ballettierend, diskret aus dem Blickfeld zurück, und der Entwaffnete schnaubte entrüstet, was die ihm angetan hätten, Mann, und stand dann auf, um sich noch ein Bier zu holen – und da sagte Vasi panisch, ich hau ab; ich wollte unbedingt, dass wir noch auf ein Bier blieben, um zu sehen, wie es ausging, aber Vasi – nein, nein, ich gehe, und er stand sehr entschlossen vom Tisch auf. Unterwegs fragte er mich, hast du die Gefahr gar nicht gespürt? Der wollte die doch reizen, als er noch ein Bier geholt hat, und bestimmt hätte es dann einen Streit gegeben und wir hätten was abgekriegt, weil wir mit ihm am Tisch gesessen haben. Mir würde der Selbsterhaltungstrieb fehlen, jeder Mensch, der bei Verstand wäre, hätte sich aus dem Staub gemacht, es gäbe da ein inneres Glöckchen, das loslegt, wenn sowas passiert. So wirds wohl sein, was soll ich sagen – jedenfalls war das das letzte Mal, dass ich mit Vasi in eine Kneipe ging.

Aber ich komme jetzt auf die Geschichte mit Alberto zurück. Das Erste, was er bemerkte, war der Schmutz – son Dreck, er schauderte, wie kannst du nur so leben? Und dann versuchte er mich bestimmt fünf Minuten lang zu überreden, gemeinsam zu putzen, die Frauen würden ihn manchmal zum Putzen in die Villa holen, er würde sich auskennen.

Dann wollte er, dass ich Musik auflege, dazu bisschen Porno, und weil ich betrunken war, dachte ich nicht nach und schaltete einen intellektuellen Shemale-Porno ein – den er lustig fand, guck dir die Frauen mit den Schwänzen an, aber er langweilte sich schnell und sagte, komm, wir machen besser Musik an. Ich saß auf dem Sessel vor dem Rechner, er auf dem Bett – und sagte, ich solle zu ihm rüberkommen. Er ging neben mir auf die Knie und ließ mich seinen Bizeps befühlen, der war dick wie ein Baumstamm und sein Umfang war dreimal der von meinem.

Küss mich, sagte er. Und ich fing an, ihn auf die Wange zu küssen, und er sagte, nicht so, Mann, auf den Mund – was mich, obwohl ich so betrunken war, echt verblüffte, er steckte seine Zunge also Typen in den Hals. Er redete immer weiter, aber ich erinnere mich jetzt nicht mehr dran, ich war wirklich betrunken. Tatsächlich quatschten wir nicht lange, wir zogen uns aus und legten uns hin.

Er suchte einen Hetero-Porno auf Calc, seiner Lieblingsseite, er suchte also einen ehrlichen Porno aus – und sobald wir uns diesen Film ansahen, steckte er seine Hand in meine Unterhose, fasste nach meinem Pimmel und sagte, wie gehts deinem Kränchen?, so gaunermäßig und echt liebevoll. Und keine Minute später, wie viel Geld verdienst du so?

Ich verdiente 2.200, aber hatte grad noch genug Grips, um zu lügen, 1.700.

Dann gib mir eine Million Euro ab, haha. Und dann, um mich zu beruhigen – hab keine Angst vor mir, du bist mir ans Herz gewachsen, lass uns wie Brüder sein, einer hilft dem anderen, ich bin echt am Ende.

Er würde jetzt immer zu mir kommen, um seinen Bruder mal los zu sein, er hätte ihn satt, aber nach mir wär er total verrückt. Er sagte nochmal, er hätte sich im Gefängnis nicht ficken lassen, aber für mich würde er das tun, weil er mich liebte – Gerede, ich fing an, mich an seine klebrige Art zu gewöhnen.

Ich blies ihm einen; wie alle Dicken hatte er einen Kleinen – dick, aber klein, weil das Fett die Hälfte von seiner Größe verschlungen hatte, also: ein moppeliger Schwanz; übrigens sagte er das auch: Stimmts, der ist klein?, er schämte sich dafür; obwohl er voller Muskeln war, war sein Schwanz klein und seine Eier waren auch nicht grade riesig. Für den Ferentari war er ein armes Würstchen – er hatte kein Geld, keine Wohnung, keine Frau, keine Kinder und nicht mal einen ordentlichen Schwanz in der Hose; tja, nichts, was einen groß rausbrachte. Nur vier beschissene Kugeln unter der Vorhaut, das war sein ganzer Wert; es wären acht gewesen, klärte er mich stolzerfüllt auf, aber seine Exfrau hätte ihn vier rausnehmen lassen, sie hätten ihr beim Vögeln wehgetan.

Nachdem wir mit dem Sex fertig waren und uns schlafen legten, durfte ich ihn im Arm halten, einen Moment lang legte er sogar seinen Kopf an meine Brust, diese Art Berührung schien ihm gutzutun.

Es war sechs Uhr morgens, vor Aufregung konnte ich nicht schlafen und ich hielt ihn in den Armen und es schien mir unglaublich, dass dieser furchteinflößende Mann etwas mit Männern hatte, dass er nackt neben mir schlief – und vor Freude kriegte ich einen Ständer; ich bekomme nur im Kontext extremer Sicherheit eine vollständige Erektion, unter der Decke und bei ausgeschaltetem Licht.

Um zehn standen wir auf; ehrlich gesagt war ich um neun mit der gleichen Erregung aufgewacht und hielt ihn noch immer umarmt, ich betastete ihn, um mich davon zu überzeugen, dass er immer noch da war, quadratisch und unanzweifelbar.

Aber ich war darauf gefasst, die Katerstimmung danach würde ihn distanziert, verärgert und maulig sein lassen, er würde mich anknurren, wenn ich ihn anfasste. Aber so war es nicht, nachdem er aufwachte, sagte er genauso warm und klebrig, küss mich; er nannte mich Mein Leben, ich liebe dich, mein Leben, ohne dich kann ich nicht sein, du redest so schöne Worte. Sag mal, liebst du mich auch?, fragte er schelmisch und ich antwortete, ja, son bisschen.

In Wirklichkeit war ich in Katerstimmung und skeptisch und panisch geworden. Es war lieb, was er da sagte, aber ich konnte es nicht glauben, so richtig kannten wir uns ja erst seit einer Nacht. Ich hatte das schon beobachtet, in seiner Welt gestehen sich die Menschen sehr schnell ihre Gefühle und lieben große, endgültige Worte, sie machen viel Aufhebens darum; aber wenn einer immer wieder etwas beteuert, dann bedeutet das doch eher das Gegenteil, dass er in diesem Bereich ein Problem hat: Wenn zum Beispiel einer dauernd sagt, ich bin ehrlich, vertrau mir, dein Bruder hat noch nie jemanden reingelegt – dann will er dir eher eins reinwürgen. Diese Geschichten nennt man soziales Schmiermittel: In dem Moment glaubt er wahrscheinlich selbst, was er sagt, dass er nicht so hinterhältig ist wie die anderen – aber auf längere Zeit gesehen will er dich fertigmachen.

Folglich stieg meine Panik trotz des Schmiermittels. Ich bekam Angst, er würde mich beklauen, obwohl er die ganze Nacht wiederholt hatte, ich könnte ihm vertrauen und wäre tief in seinem Herzen etc. Normalerweise dusche ich nach dem Aufstehen; ich duschte nicht und machte den Kaffee in großer Eile, lief durch die Küche zum Bad, um einen Grund zu haben, durchs Zimmer zu gehen und nachzusehen, ob er etwas nahm. Aber er lag brav im Bett, er drückte auf der Fernbedienung des Fernsehers herum; und beim Kaffee – er würde hier nicht mehr weggehen, mir gefällt das Leben mit dir richtig gut, komm, küss mich.

Und nachdem ich mich zu ihm gesetzt hatte, sagte ich, hör mal, es ist so, ich habe generell kein Vertrauen in andere Menschen, und dich kenne ich praktisch erst seit gestern, ich hab keine Ahnung, wer du bist.

Wirst schon sehen, ich bin ein guter Junge und ich liebe dich, ich küss dir deine dicken Eier, du, ich schäm mich nicht, dass ich auf Männer stehe, ich würde dich zu meiner Frau machen, du hast Talent und redest so schön. Und weil ich ihn schief anguckte wie eine saure Zitrone, machte er es noch konkreter, ich klaue nichts von Leuten, die ich vögle, was hätte ich da zu gewinnen? Und jetzt mal im Ernst, was hast du hier schon im Haus? Einen schäbigen Rechner und einen Fernseher; ich komm besser weg, wenn ich ehrlich zu dir bin. Du bist ein aufrichtiger Typ und du kannst mir ganz anders helfen. Ich kann nur zuschlagen, aber du hast Köpfchen und du verdienst was, du kannst mir helfen … Also, ich sags jetzt ganz offen: Kannst du mir bisschen Geld geben? Ich will dich nicht ausnutzen, aber du musst mich auch verstehen, ich lebe vom Geld meines Bruders und der ist richtig geizig, der gibt mir nicht mal genug Geld für Zigaretten. Ich hab kein Geld für Bier, ich muss immer bei den Leuten in der Bar betteln. Und die Leute geben dir einmal was, zweimal, aber beim dritten Mal sagen sie, hau ab.

Wie viel brauchst du?, fragte ich.

Gib mir 50 Lei.

Ich fand das Portemonnaie nicht, es war nicht in der Jacke, nicht in den Jeans, nirgendwo. Ich finde das Portemonnaie nicht, Scheiße, was hab ich damit gemacht?, brabbelte ich.

Es ist auf dem Computertischchen, sagte er mit der kalten Aufmerksamkeit eines Diebes, der sich reflexhaft alle heißen Punkte im Zimmer merkt, Rechner, Flachbildschirm, Portemonnaie, Bankkarte.

Komm ich heute Abend zu dir?, fragte er, nachdem ich ihm das Geld gegeben hatte, ich halt es nicht aus, wenn ich dich nicht sehe, du meine Liebe. Und wieder bekam ich Angst, ich war auf unwägbares Terrain geraten, von dem ich mit gebrochenem Hals zurückkehren konnte – und da sagte ich zu ihm, hör mal, es ist so. Du hast gesehen, Vasi hat die Nase nicht mehr aus der Tür gesteckt, du merkst, er hat Angst. Aber nicht nur das – ich hab eine Abmachung mit Vasi. Du siehst ja, die Wohnung ist klein und mit Durchgangszimmer. Der Junge hat ne Freundin, aber ich hab ihn gebeten, sie nicht öfter als zweimal die Woche mitzubringen. Das ist die Regel bei uns im Haus, nur zwei Tage in der Woche, also kann ich dich auch nicht öfter mitbringen.

Und ich schwöre, das war die Wahrheit. Nachdem Ana mir den Laufpass gegeben hatte, begann mich Vasis kleines häusliches Glück zu stören, wie er da den ganzen Tag mit dieser Frau rummachte, wie er ihr das Frühstück ans Bett brachte; ich spuckte Gift und Galle, wenn ich Vasis Studentin hörte, wie sie in seinem Zimmer im Abstand von zwei Minuten son golden klingelndes Lachen von sich gab – was machte er da mit ihr, verdammt, kitzelte er ihre Klitoris, dass sie so autopilotmäßig kicherte? Also, ich hielts nicht mehr aus und legte diese Regel fest: Hey Vasi, dieses Mädchen kommt hier her und macht nicht sauber oder so, sie isst nur mein Essen weg und nimmt Raum ein – genau das sagte ich zu ihm, boshaft und kleinlich. Sie kann herkommen, aber höchstens zweimal die Woche: Vielleicht hab ich auch mal was zu tun, vielleicht will ich mir um drei Uhr nachmittags mal einen runterholen. Vasi willigte ein, weil er schlecht verdiente und sowieso von meinem Geld abhängig war – außerdem versuchte ich ihn dazu zu kriegen, eine etwas besser bezahlte Arbeit zu finden.

Nicht doch, widersprach Alberto, der meine eigentlichen Hintergedanken erahnte, du kannst mir vertrauen, ich klaue nicht und schlag dich nicht, du bist mein Bruder.

Es geht nicht um mich, gab ich das Problem weiter, ich wohne nicht alleine.

Ich musste ihn loswerden und behauptete, ich hätte eine Arbeit, bei der ich um zwölf da sein müsste. Es war nur halb gelogen, ich wollte zu dieser NGO, auch wenn ich da seit einem Monat nicht mehr hingegangen war.

Und wie machen wirs dann, wann sehen wir uns, mein Herz?

Direkt im Zeicani, Alberto, du hast ja kein Handy, auf dem ich dich anrufen kann.

Aber pass auf, was du erzählst und was du machst, wenn wir uns sehen. Was wir hier tun, das soll keiner erfahren, das ist unsere Sache. Die Welt ist klein und wartet nur drauf, schlecht über dich zu reden. Wenn mein Bruder das rauskriegt, dann schmeißt dieser Irre mich raus. Haben wir uns verstanden? Wir gehen kriechen.

Draußen fing das Wetter an, milder zu werden, alles war klatschnass und unter dem späten Schnee fingen die grünen Grashalme an, sich zu zeigen.

Also heute Abend im Zeicani, ja? Und jetzt reden wir nicht mehr davon.

Wir nahmen beide den Bus. Es war Frieden, es war Ruhe, ein Zustand des Wohlseins schwebte durch die stille Luft des Tages. Er stieg an der nächsten Station aus, beim Zeicani, ich fuhr weiter bis zur U-Bahnstation Helden der Revolution. Keiner von uns hatte einen Fahrschein, aber who cares? Bis Helden der Revolution stempelten nur zwei Leute ihre Fahrkarten ab (besser gesagt benutzten sie ihre Card, ich weiß nicht genau, wie das Ding heißt). Es war Frieden, es war Ruhe.

In der U-Bahn, im Untergrund, steigerte sich meine Panik. Ich wusste nichts über diesen Typen, warum war er im Gefängnis gewesen (er konnte zum Beispiel jemanden erstochen haben), wer weiß, er hatte mehr Zeit in irgendwelchen Gefängnissen verbracht als in Freiheit, er lebte in einer rohen, zwielichtigen Welt, mit der ich fast noch nie Kontakt hatte. Er war warmherzig, wirklich, merkwürdig warmherzig, aber er hatte eine brutale Art und eine geringe Frustrationstoleranz – ich erinnerte mich an ihn im Winter beim Barbudi. Außerdem wusste er, wo ich wohnte, ich konnte damit rechnen, seinen bedrohlichen Schatten zwischen den Blocks auftauchen zu sehen, wie er vom Parkplatz kam, Alter, leih mir 200, ich bin doch dein Bruder. Ich war wie ein Mensch zu dir, mir wars egal, dass du n Schwanzlutscher bist, jetzt verhalte dich auch menschlich. Obwohl es so ausgesehen hatte, als würde es ihm Spaß machen, mit mir zu vögeln, konnte das in einem anderen Kontext auch wieder gar nichts bedeuten. Er hatte im Gefängnis ein bisschen Gefallen an Schwänzen gefunden, aber es war nicht sicher, ob das ausreichte, um daraus eine Leidenschaft werden zu lassen, wahrscheinlich hatte er sich an Schwänze gewöhnt, aber nur so weit, dass es ihn nicht ekelte und er sein unbefangenes Theater weiter abziehen konnte – und das Gelaber über Liebe war nur dazu da, um mich zu angeln, um mich zu unvorsichtig werden zu lassen. Aber irgendwann würde sich das Blatt wenden und dann wäre das mit der Liebe eine Waffe, um mich zu erpressen, ich habe dir geglaubt, was du gesagt hast, aber du hast mich nur ausgenutzt. Man konnts nicht wissen, vielleicht würde irgendwann die Stunde der Wahrheit kommen – die Rechnung sozusagen. Ich hatte keine Angst vor ihm, weil er nicht wollte, dass ich welche hatte, aber eines Tages könnte sich das

Blatt wenden und er würde mich bedrohen. Die Tatsache, dass es ihm gefallen hatte, mich zu vögeln, wäre kein Hindernis, Menschen wie er sind total schizophren, auch wenn sie auf Männer stehen, die hassen Schwanzlutscher und im selben Maß gefällt es ihnen, sie zu ficken oder ihnen einen zu blasen.

Ich kam ins Büro – aber die, denen ich mich verbunden fühlte (zwei Mädchen, genau gesagt), waren nicht da. Hör mal, fragte ich den Fahrer, der gerade da war, was heißt das, wir gehen kriechen, kennst du diesen Ausdruck?

Was das heißt? Dass du den Mund hältst, dass du was geheim hältst. Warum fragst du?

Nur so. Hab ich bei zweien im Bus gehört, und ich habs nicht verstanden.

Bei der Roma-NGO machte ich nicht besonders viel, ich gab da nur mit anderen ein Buch raus, dabei kam für mich ein bisschen Geld rum. Unser Boss war ein Roma-Soziologe, etwas über 60, ein teuflisch feinsinniger Typ. Er war der Erste gewesen, der diese kaum wahrnehmbare und gleichzeitig sehr offensichtliche Sache bemerkte, dass nämlich Gaunerei Misstrauen bewirkt und Misstrauen alle Schichten der Gesellschaft durchdringt, es spielt keine Rolle, ob gebildet oder ungebildet, privat oder staatlich, romani oder rumänisch – Politiker, Beamte, NGOs oder arme Schlucker, alle betrügen wir uns und klauen einer dem anderen die Mütze, immer auf der verzweifelten Jagd nach Geld; und dass jede Intervention von hier ausgehen muss, von diesem krisenhaften Punkt der Unsicherheit – indem den Menschen ein Gefühl der Stabilität und ihrer sozialen Unabdingbarkeit gegeben wird, wie im Rumänien vor der Nahrungsmittelkrise in den 80ern: Don't panic, von jetzt an gibt es Geld für alle.

Aber inzwischen war der Alte in Kanada bei seiner Tochter. Ich hätte ungefähr drei Seiten schreiben sollen, aber ich war unfähig, mich zu konzentrieren, ich brauchte jetzt jemanden, dem ich die ganze Sache erzählen konnte. Per Messenger kontaktierte ich Andrei (~35), einen meiner Freunde hier aus Bukarest. Er ist auch andersrum – und so weiter, er hat Schwierigkeiten, mit jemandem zusammen zu sein; seine einzige Beziehung war mit einem 17-jährigen Klebstoff-Schnüffler, den er von der Tüte wegholte und ihn mit nach Hause nahm; er wusch ihn, rasierte und vögelte ihn, bis der ehemalige Schnüffler sich mit einem amerikanischen Rentner mit Wohnsitz in Spanien zusammentat, der ihn zu sich nahm – und Andrei blieb allein. Andreis Talent ist Sex für Geld, er hat die bewundernswerte Fähigkeit, furchterregende Scheißkerle auf der Straße anzusprechen, hey, mein Freund, bläst du mir einen?, im natürlichsten Tonfall der Welt, als würde er um Feuer bitten; und wenn derjenige dann gehorcht, wird auch das Geld meist nicht mehr erwähnt. Er hat sich an Heteros gewöhnt und reißt sich nicht drum, mit Schwulen zu ficken, diese Ghetto-Erfahrungen traumatisieren ihn, auch wenn er es nicht zugibt.

Er sagte, wenn ich mich schützen wollte, fände er es safer, wenn ich Alberto auf Distanz hielte, I mean, ich sollte ihm immer Geld geben, wenn ichs mit ihm machen würde – und ihm nichts anderes vermitteln. Es ist hygienisch und auch ehrlicher so, die Beziehung zu ihm hat sowieso keine Zukunft. Außerdem, fügte er hinzu, wenn er mitkriegt, dass du auf ihn stehst, dann frisst er dich bei lebendigem Leib, so wie Marius mich fast aufgefressen hätte. Nachdem er wieder fit war, hatte der Junge Mut gefasst und forderte immer mehr Taschengeld von ihm – und als Andrei irgendwann Stopp sagte, brach er zweimal in seine Wohnung ein: Einmal alleine, einmal mit ein paar seiner Schnüffelbrüder.

Marius war klein und naiv, und er hat mich trotzdem beklaut, das hatte er auf der Straße eben gelernt; deiner ist ja direkt gefährlich, ist im Gefängnis scharf geworden. Der macht Hackfleisch aus dir, wenn ihm was nicht passt. Halt ihn auf Abstand, hör auf mich, gib dem Ganzen ne professionelle Note, damit er dir später nichts vorwerfen kann. Er wird sowieso wieder zu dir kommen, er ist blank und braucht Geld, du riskierst, dass er dich brutal beklaut, wenn du nicht Wort hältst.

Ich habe kein Vertrauen in meine Fähigkeit, Entscheidungen zu treffen, darum lasse ich andere für mich entscheiden, das ist bequemer … Dann konnte Andrei irgendwann nicht mehr schreiben und ich war wieder alleine – und die Panik war immer noch da, war noch stärker, mein Mund wurde trocken und ich fing an zu zittern. Es wäre – dachte ich – am besten, wenn ich ihn loswerde, wenn wir ins Zeicani gehen und ich ihm noch ne Weile Bier ausgebe, aber nicht mehr mit ihm vögle, dass ich das einfach sein lasse und wieder meinen Verstand einschalte. Außerdem, was konnte ich schon groß für ihn tun? Ich kam ja kaum selber zurecht, und da sollte ich noch für jemand anderen sorgen? Er war fünf Jahre zur Schule gegangen und hatte eine Strafakte, ein Job als Wachdienst ging also nicht, das klappte nicht, außerdem hatte er einen Bandscheibenvorfall, was für einen Scheißjob sollte ich unter diesen Bedingungen für ihn finden? Welche Zukunft konnte eine Beziehung mit ihm haben? Er hatte unter Knastbrüdern und Verbrechern gelebt, seine Spezialität war es, Menschen zu betrügen, andere ins Unglück zu stürzen und selber heil davonzukommen; so dämlich, wie ich war, würde er mich mit Haut und Haaren verschlingen.

Klar, abends ging ich nicht ins Zeicani, ich hatte Angst gekriegt.

Am nächsten Tag fuhr ich mit der Schule nach Iași zu einem Workshop. Ich blieb zwei Tage dort, es war ein richtiges Scheißwetter, es fror und der Wind war schneidend wie im Winter. Aber als ich den Zug zurück nahm, war es dann Frühling in jeder Hinsicht – also setzte ich mich alleine auf einen Doppelsitz, um das Wetter zu genießen und meinen Gedanken nachzuhängen: Ich hatte die ganze Zeit nur immer in der Gruppe verbracht und wollte mal einen klaren Kopf bekommen. Und wie ich aus dem Fenster den blauen Himmel und die grünen Flecken des Grases betrachtete, da merkte ich erleichtert, dass ich seit einiger Zeit nicht mehr an Ana gedacht hatte, vorbei, sie klebt da nicht mehr und sie donnert mir nicht mehr im Kopf herum. Jetzt nehmen andere Dinge meinen Verstand in Beschlag.

Ich war in eine riskante Sache geraten – aber ehrlich gesagt, wann war vor Ana mein Leben sicherer gewesen? Im Gymnasium, als ich plötzlich richtig in der Scheiße saß, weil ich in einen schrecklich kleinen Jungen verliebt war? Als angehender Lehrer, als ich im Wohnheim des Gymnasiums wohnte und nach meinen Schülern lechzte und nichts zum Ausscheißen hatte vor Hunger? Wann, wann habe ich mich jemals in Sicherheit gefühlt? Als ich ein halbes Jahr in Neuseeland in einem Trailer Park mit rostigen Campingwagen hauste und bei jedem Polizisten zusammenzuckte? Wann? Mit 30+, als ich mich in einen verheirateten Mann verliebte – der allerdings 16 war? Jetzt mal im Ernst. Und kurzfristig gesehen konnte Alberto mir eigentlich nichts tun, außer mir meinen sechs Jahre alten Rechner und meinen neuen Fernseher für 800 Lei wegzunehmen, den ich auf Drängen meiner Mutter gekauft hatte, als sie nach Bukarest kam. Also insgesamt tausend Lei; das war Geld, aber keinesfalls ein Vermögen. Außerdem – solange in seiner Vorstellung die Vorteile, die er von einer Beziehung mit mir hatte, größer waren als die Summe, die er klauen konnte, würde er mir nichts tun. Und sowieso konnte ich mich, wenn die ganze Geschichte sich beschissen entwickelte, aus dem Ferentari abseilen, Bukarest ist groß. Kurzum, auf seiner Stirn stand Gefängnis, auf meiner stand Unsicherheit, und das war alles.

Es war viertel vor zehn, als ich in der Stadt ankam – und halb elf, als ich den Ferentari erreichte. Abends war es warm, einlullend, ich konnte nicht anders, als im Zeicani vorbeizugehen. Normalerweise schließen die Kneipen im Ferentari um zehn, aber weil Samstag war, zählte ich darauf, dass sie bis elf geöffnet hätten.

Ich warf einen Blick in den Hof, in der Baracke herrschte Finsternis – aber Lärm und Leben; ein Stromausfall, mehr nicht. Ich holte mir ein Bier und ging tastend zu einem freien Tisch in der Bar; ein paar Lichtstrahlen von der Straße drangen gequält ins Innere. Ich spitzte die Ohren, kniff die Augen zusammen, versuchte etwas zu erkennen; aber Alberto war nicht da, keiner der Umrisse ähnelte ihm, und aus dem Séparée war keine Stimme zu hören, die wie seine geklungen hätte.

Ich trank mein Bier aus und schlich nach Hause. Auf der Treppe im zweiten Stockwerk schnupperte ich und roch, dass Vasi kochte. Weil er arabische Gewürze und solche Sachen nimmt, riechen seine Gerichte anders, sie sind etwas Besonderes unter dem ganzen sonstigen Gebrutzel hier.

Der Touareg

Am nächsten Tag, einem Sonntag, pflanzte ich mich zur angemessenen Stunde in die Bar, es war sieben Uhr abends. Mein Problem war, dass ich fast kein Geld mehr hatte, nur noch 35 Lei. Er war auch da, er umarmte mich und küsste mich auf die Wange, Bruder, seit vier Tagen warte ich auf dich, ich kann nicht mehr, Bruder. Er schreckte nicht davor zurück, sich mit mir zu zeigen, seine Gefühle aufs Display zu holen – obwohl arme Leute und Sandler das öfter machten, sie präsentieren mir in aller Öffentlichkeit einen Gefühlsausbruch, küssen mich, fassen mir an den Hinterkopf, ein Versuch, in den Augen der anderen ihre Aktien im Wert zu steigern und künstlich eine Verbindung und Nähe zu einem kauzigen Geldsack zu erzwingen. Floricǎ, der Kellner im Boieru, macht es nicht anders.

Ich setzte mich an einen Tisch am Eingang, aber Alberto holte mich da weg und platzierte mich an einem Tisch bei den Spielautomaten. Er trug ein weißes T-Shirt mit dünnen schwarzen Streifen und schwarze Jogginghosen aus Baumwolle. Warm war es nicht, die Leute trugen Jacken – er klärte mich auf, er wäre praktisch von zu Hause geflohen: Lass uns schnell abhauen, sonst kommt Borcan und schnappt mich; nur Hosenträger und weite Clownshosen fehlten dem Witzbold noch.

Was hat er denn gegen dich?

Ich trinke und steck mein Geld in Automaten, ich mach Blödsinn. Gib mir fünf Lei, befahl er, ich will was reintun – einfach so, unbeherrscht, ohne Scham vor den Leuten. Ich hatte nur zehn Lei, komm, gib her.

Geb ich dir nicht, du verlierst sowieso, ich hol Bier und geb dir den Rest-Fünfer.

Solange er an den Automaten spielte, setzte sich Malik zu mir. Malik ist 60, vom Alkohol psychisch völlig fertig, aber redet wie ein Radio und zwar ausschließlich Scheiße, wie viel Geld er nach 90 mit seinen Geschäftchen gemacht hat, wie er Andreea Esca von PRO kennengelernt hat, als er Einkäufer war, wie er hundert Lei für eine Nutte auf dem Parkplatz in Miercurea Sibiului rausgeschmissen hat, so dass er dann kein Geld mehr hatte, um seinen Schwager in Sebeş zu besuchen – was solls, mit seinen Geschichten kann man nichts anfangen, aber ich mag es, wenn ich an der Bar trinke, keiner von den sonstigen Bekannten da ist und Malik mich unterhält; und wenn ich ihm zu verstehen gebe, dass ich keine Lust auf ihn habe, dann verpisst er sich. Na ja, er knöpft mir noch eine Zigarette ab, immer nur eine, mehr will er nie. Er ist ein feiner Kerl, dieser Malik, er hat nicht die Aggressivität der anderen dort, er mag es, den feinen Herrn zu spielen, redet hochgestochen mit Erlauben Sie, Herr Adi, wenn Sie gestatten – er erzählt Anekdoten, aber er benutzt nie Wörter mit Sch oder F, never, sondern komplizierte Euphemismen. Er ist Türke von der ehemaligen Insel Ada Kaleh, hat einige Jahre in der Türkei gelebt und ein Kind in Deutschland (obwohl ich nicht verstehe, welches Kind seinen Vater in derartiger Armut leben lässt).

Hast du was von Hendrik gehört?, fragte er mich. Fünf Monate lang teilte ich mir die Miete im Ferentari mit einem 22-jährigen Jungen aus Bayern, der mit einem Erasmus-Stipendium gekommen war – und Malik hatte sich intensiv an ihn gehängt. Wenn sie sich trafen, waren sie wie zwei Schwalben auf einer Hochspannungsleitung, die sich gegenseitig das Gefieder putzten: Malik kaute ihm die Ohren ab mit seinem Scheiß, das Fräulein auf dem Parkplatz, Frau Esca von PRO TV, der Sohn Bairac in Deutschland etc., und Hendrik, der höfliche Deutsche, hörte ihm zu und stellte dann niedliche Fragen – die Malik noch mehr in Schwung brachten; am Ende, nach einem völlig idiotischen Dialog, gingen beide zufrieden heim. Nachdem Hendrik nach Bayern zurückgekehrt war, fragte mich Malik nonstop, wobei er viel zwinkerte und stotterte, wi-wie ge-gehts Hendrik? Ein außergewöhnlicher Junge.

Er bereitet sein Examen vor, er hat nach dir gefragt. Tatsächlich hatte er nach niemandem gefragt, aber was solls, wenn du jemandem eine Freude machen kannst, und das noch umsonst, dann tu das, zögere nicht.

Und was hat er gesagt?

Dass du der coolste Typ im Ferentari bist, den er kennengelernt hat.

Wie alle Sandler erfindet Malik leider sehr viel, weil er der Wirklichkeit nicht mehr viel Würde für sich entlocken kann. Er ist eben einer der Sandler hier, die davon leben, die Gläser an den Tischen leerzutrinken; bis zum Winter hatte er einen Privilegiertenstatus, was bedeutete, dass der Besitzer ihn hier drin schlafen ließ. Ich hatte es zu Beginn des Winters selber rausgefunden, als ich im Séparée ein paar Jacken sah, die ich von ihm kannte – und eines Morgens eine Bettdecke, aus der an den Ecken die Federkiele rauskamen. Aber trotz alledem war er gepflegt, er roch nie – keine Ahnung, wer ihm die Kleider wusch, ich schämte mich zu fragen, ich tat so, als wüsste ich nicht, dass er obdachlos war. Mitte des Winters, im Januar, ließ der Besitzer ihn dann nicht mehr in der Bar schlafen und Malik saß auf der Straße. Es war mir peinlich zu fragen, wo er schlief, aber ein Arbeiter klärte mich auf, er würde in den Treppenaufgängen in den Wohnblocks von Zeuri pennen, die hätten keine Gegensprechanlagen – oder dass er ihn manchmal mit nach Hause nähme; wenn ich ihn vor der Bar traf, gab ich ihm eine Zigarette, ohne dass er mich darum bat. Innerhalb von ein paar Wochen wurde er zu einem richtigen Sandler, er bekam dieselbe Hautfarbe wie seine Sandlerbrüder, an einem wärmeren Tag sah ich, wie er auf dem Gehweg vor der Bar schlief. Mir zerbrach es das Herz.

Ich sah, wie er immer versuchte, in die Bar zu schlüpfen – aber dieses räudige Kind, das seine Zeit damit verlor, die Spielautomaten anzuglotzen, warf ihn raus, raus mit dir, du Penner, merkst du nicht, dass du stinkst? Und Malik murmelte irgendwas Würdevolles und Unverständliches, aber er kam nicht gegen diese räudige Göre an, hau ab, Penner, soll ich den Besitzer rufen?

Anfang März aber ließ der Besitzer ihn auf Druck der Gäste wieder in die Bar, sie mochten ihn mehr als die anderen Sandler – aber er durfte nicht mehr dort schlafen, nur Gläser ausschlürfen und saubermachen.

Also hatte er gerade wieder die Erlaubnis bekommen, in der Bar seine Zeit totzuschlagen, und eingedenk unserer alten Freundschaft setzte er sich an meinen Tisch, als er mich dort alleine sah. Alberto fluchte und schlug auf die Automaten ein, ich rauchte, Malik fragte mich nach Hendrik, wu-wunderbarer Junge. Das Pech war, dass er wegen unserer alten Freundschaft eine Zigarette schlauchen wollte – und das war der Augenblick, in dem Alberto wie ein Tiger vom Barhocker sprang und anfing zu brüllen, gib ihm keine Zigarette, der soll verrecken, dieser Penner.

Alberto, Malik ist mein Freund.

Keine Diskussion, du gibst ihm nichts, schrie er wie ein Verrückter. Und weil die Sache nicht so ausging, wie er es wollte, stellte er sich breitbeinig vor dem alten Mann auf, hau ab, du dreckiger Penner, oder fick dich, Mann, kapiert? Du verpisst dich jetzt, oder ich mach dich platt – und Malik verpisste sich. Ich schämte mich für Alberto – aber als ich mich umsah, merkte ich, dass ich das nicht musste, die Leute tranken in aller Ruhe ihr Bier. Dauernd gab es in der Bar solche Konflikte, jemand brüllte und drohte Schläge an – aber ich habe nie gesehen, dass es zur Schlägerei kam. Die Drohungen wurden nur ausgesprochen, keiner wollte seine gute Beziehung zum Besitzer der Bar riskieren – wer sich schlägt, wird auf die Straße gesetzt.

Nachdem Malik gegangen war, beruhigte er sich sofort, es schien, als wäre seine Wut nicht ernst gemeint gewesen, sondern als hätte er nur seine Muskeln angespannt.

Du hast geschworen, du gibst niemandem mehr Zigaretten, stimmts? Du hältst dich nicht an deine Versprechen. Was soll das? Was ihn wirklich verärgert hatte, das merke ich jetzt, war wohl, dass Malik, wie die NGOs sagen, seine Quelle angezapft hatte. Alberto hatte mit mir gefickt, er hatte für seine Quelle gearbeitet, Malik hatte keinerlei Rechte an mir. Um sicher zu sein, dass sich kein Parasit mehr an meinen Tisch setzte, rief er einen Kumpel, der am gegenüberliegenden Tisch saß, he, komm her, und setzte ihn auf den Platz, auf dem Malik gesessen hatte.

Hast du nen Sponsor für dich gefunden?, fragte ihn der Mann und schielte zu mir rüber.

Dann setzte Alberto sich wieder vor einen Automaten und sein Genosse fing an, mir von seiner Familie hier im Viertel zu erzählen, wie cool er den ein oder anderen fände, und vor allem Borcan, der so viel wert wäre wie alle hier zusammen. Ich konnte ihm nicht richtig zuhören, ich hatte das Gefühl, Albertos Ausraster hätte mich diskreditiert, ich hätte die Situation nicht gut gemeistert, und ich fühlte mich ein bisschen wie der Idiot der Bar. Nicht, dass die Leute mich dort für was anderes hielten, aber mir half der Abstand, den ich zu ihnen bewahrte, bloß, dass ich ihm Geld gegeben hatte und ihn Malik hatte anschreien lassen, deutete auf eine unnatürliche Intimität zwischen mir und dem Ex-Knacki hin.

Doch Alberto war glücklich und in Schwung; nachdem er sein Geld an den Automaten verpulvert hatte, fing er an, mit seinem Kumpel durch die Bar zu tanzen und so zu tun, als würde der andere ihm auf den Hintern klapsen wie einem Mädchen. Danach kam er schwer atmend an den Tisch und zog sich den Stuhl heran, auf dem sein Freund gesessen hatte. Was hatte ich Sehnsucht nach dir, Bruder, jeden Tag bin ich hier in die Bar gekommen, nur um dich zu sehen, wo warst du so lange? etc.

Ich sagte, ich hätte nur 25 Lei, das ist mein ganzes Geld, bis ich meinen Lohn kriege, und ihm fiel das Gesicht runter.

Aber damit du siehst, wie dein Bruder zu dir hält, komme ich auch ohne Geld, beschloss er. Hast du wenigstens was für Zigaretten, fürn Bier? Ich hab nämlich keinen Ban, Bruder, ich bin von zu Hause abgehauen und wenn wir noch lange hier bleiben, kommt Borcan mich holen. Komm, wir gehen uns amüsieren.

Als wir aus der Bar kamen, war es Nacht. Wir holten uns zwei große Plastikflaschen Bier vom Supermarkt und als wir den Weg überquerten, der in die Verlängerungsstraße mündet, da sagte er, auf dieser Straße wohnt Borcan; siehst du, ich kneife nicht vor dir. Auf dieser Straße gab es nur niedrige Arme-Leute-Häuser und ein fettes Haus, ein Schiff mit zwei Etagen. Das musste Borcans Haus sein. Als wir nach Hause kamen, kochte Vasi etwas – und erstarrte, als er ihn sah, er bekam kaum einen Gruß über die Lippen. Obwohl er eine Pfanne auf dem Herd hatte, ließ er sie einfach stehen und verschwand in sein Zimmer, aus dem er fünf Minuten später wieder herauskam, ausgehfertig, einen Rucksack auf dem Rücken.

Ich werde bei Andreea schlafen, sagte er, pass auf, da ist Fleisch auf dem Herd. Es war das erste Mal, dass er sowas tat, er hatte noch nie bei ihr geschlafen, sie wohnte in einem Wohnheim; es war sozusagen schwerwiegend.

Was hat der Junge, was passt ihm denn nicht?, fragte mich Alberto, nachdem Vasi aus dem Haus war.

Er hat Angst vor dir, was sonst?, sagte ich glücklich, er verdrückt sich zu seiner Freundin.

Und inzwischen waren mir Vasis Scheißbefürchtungen wirklich egal. Das Problem mit Vasi war, dass er 24 Stunden am Tag zu Hause war, dass er ein 100 % häusliches Leben führte, wie eine Fernfahrergattin: Er kochte, trieb sich auf Facebook rum, übersetzte was, um ein bisschen Geld zu verdienen.

Seine Abwesenheit schuf auf einmal eine Intimität, als hätte der Raum sich vergrößert. Wirklich wahr, darauf musste ein Bier getrunken werden; morgen früh konnte Alberto meinetwegen mit dem Fernseher unterm Arm abhauen – bis dahin waren es noch zehn Stunden und sowieso war es unwahrscheinlich, dass er das tat: Er war vielleicht ein Dieb, aber so bescheuert war er auch nicht, einfach so zu klauen wie ein Junkie auf Entzug.

Ich ging in die Küche und rührte träumerisch im Essen. Als ich zurückkam, schenkte ich Bier ein. Alberto goss sich drei Viertel des Glases direkt hinter die Binde, ich feuchtete mir bloß die Lippen an. Ich hatte zwei Bier in der Bar gekippt, aber merkwürdigerweise hatte ich keine Lust zu trinken, obwohl ich in Iași irre wenig Alkohol gehabt hatte.

Komm, leg bisschen Musik auf, mach bisschen Atmo. Es war ein zarter und gemütlicher Abend – und ich wollte diese Zartheit erhalten; der Alkohol beschleunigt die Dinge auf unerlaubte Weise, er sorgt dafür, dass sie einen überrollen. Ich legte Salam auf, seine große Leidenschaft, zuerst sein Lieblingslied, was mit Mein Vater – aber er hatte keine Lust auf was Langsames, er wollte Tanzmucke und Manele, leg was mit Liebe auf, was du willst.

Scheiß doch auf deinen Mitbewohner, was mach ich denn, schlag ich ihm den Kopf ein? Mach ich nicht, ich hab mich beruhigt. Was hab ich davon, wenn ich klaue oder Scheiße baue? Ich fahr besser, wenn ich brav bin. Dein Bruder ist nicht hier, weil er was von dir will, er hat dich in sein Herz geschlossen. Komm, küss mich. Ach, nicht so auf die Backe, auf den Mund, du hast echt keine Ahnung. He, wollen wir nicht zusammenziehen?

Warum sollten wir zusammenziehen, Alberto?, lispelte ich freundlich und massierte ihm den dicken Nacken. Ich verdiene 1.700, wenn ich Miete und Nebenkosten für zwei zahle, dann ist ein Tausender weg. Wovon kaufe ich dann Zigaretten und Getränke? Klar, er wollte mich nicht beklauen, er verfolgte irgendein anderes Ziel, keine Ahnung, er wollte mir unter die Haut kriechen, schnüffeln, wie viel Geld ich wirklich hatte, und Lücken im System finden. Und wenn ich ihm seine ganzen Geschichten nicht einfach blind abnahm – warum sollte er mir glauben, dass ich Geld mit Manele verdiene? Der Wohnungsbesitzer, ein Junge um die 20, hat mir ins Gesicht gelacht, als ich ihm das erzählt habe, willst du mir nicht sagen, was du wirklich arbeitest?

Kein Geld, echt ein Elend, seufzte er und streckte sich wie eine große Katze nach meiner Hand. Obwohl er mich küsste und mir die Hand auf den Schwanz legte, obwohl er Streicheln akzeptierte – er konnte es nicht wirklich zurückgeben, sein Gefühlsvokabular war in gewissem Sinne dürftig, es bestand nur aus dem, was er im Gefängnis gelernt hatte und aus ein paar Beziehungen mit Frauen. Oder vielleicht war das seine Grenze bei Männern – er hatte gelernt sie zu küssen und zu ficken, aber er konnte sie nicht streicheln.

Ich hab als Parkplatzwächter am Bahnhof gearbeitet, weißt du, wie viel ich verdient hab? Einen Hunderter am Tag. Aha, ich war enttäuscht, was für einen Fünf-Sterne-Mafioso ich mir da geangelt hatte, der Ninja-Säbel hätte noch gefehlt – wenigstens hatte er nicht gebettelt.

Und weißt du warum, fuhr er begeistert fort, ich sags dir, weil niemand die Autos so gut wie ich bewacht hat. Einmal hatte einer mit einem Q7 seine Schlüssel im Auto vergessen. Der kam verzweifelt zurück, er hatte Papiere da drin, die Millionen wert waren. Er ging richtig auf die Knie vor mir, wollte meine Hände küssen, ehrlich – was kann ich für dich tun, Bruder? Er gab mir einen Hunderter … Es lief gut am Bahnhof, auch ein Mädchen hab ich dort aufgegabelt; ich lüg dich nicht an, sie war Klebstoffschnüfflerin, arm, aber sie hing echt an mir. Und ich an ihr, ich ließ sie nicht mehr schnüffeln, nur, hehe, einmal pro Woche, na ja, das war eben ihr Vergnügen … Was soll ich sagen, Junge, dachte ich noch enttäuschter, du hast mich überrascht. Du redest von ihr, als hättest du dir einen X5 an Land gezogen.

Und warum gehst du da nicht mehr hin, Alberto?

Kann ich nicht mehr, ich hab mir Geld geliehen, 20.000 muss ich zurückgeben. Die killen mich, wenn die mich sehen.

Und was hast du mit dem Geld gemacht?

Ich habs beim Barbudi verloren.

Ich erinnerte mich, dass er sein Telefon verpfändet hatte, er konnte also wertvolle Gegenstände nicht bei sich behalten – und da fiel bei mir der Groschen, das war also sein Scheißproblem; ich sagte es ihm direkt ins Gesicht, du bist spielsüchtig, das hat dir dein Leben vermasselt.

Was soll das?, er war verärgert. Ich habs halt mit dem Glücksspiel. Alle haben ihr Laster, kapiert?

Er weigerte sich, weiter über dieses Thema zu reden. Ich verbrachte einen zarten, gemütlichen Abend neben dem coolsten Parkplatzwächter vom Nordbahnhof – und was hatte es für einen Sinn, diese Zartheit zu zerstören? Ich ging in die Küche, wo ich das Essen zu Ende kochte, das Vasi angefangen hatte.

Wir aßen und als wir fertig waren – willst du nicht meine Frau werden?, grunzte er mit vollem Bauch, ich sterbe ohne dich, du weißt, dass ich dich liebe. Liebst du mich?

Sehr gerne, Alberto.

Ach komm, lass den Scheiß. Sag mir, ob du mich

liebst, es ist ganz einfach, ich lie-be dich, hast du gehört? Drei Wörter, komm, es ist nicht schwer.

Jetzt mal im Ernst, Alberto, nicht mal meiner Freundin konnte ich das sagen, und ich war drei Jahre mit ihr zusammen, wie soll ich es dann dir sagen, nach zwei Tagen?

Tja, siehst du, darum hat sie dich verlassen. Eine Frau hält man nicht nur mit dem Schwanz, man muss ihr auch mal was mit Ich liebe dich, mein Leben sagen, anders geht es nicht, die kriegt ein trauriges Herz und dann verlässt sie dich, sie verlässt dich sogar mit den Kindern, wenn sie will. Sei bisschen geschmeidiger, ich liebe dich, siehst du, wie einfach das geht? – Was solls, er redete wie ein Experte, der von seinen 20 sexuell aktiven Jahren 14 mit Männern verbracht hatte.

Na ja, du hattest doch auch eine Frau, und sie hat dich auch verlassen, erinnerte ich mich.

Sie hat mich verlassen, weil ich keine Kraft im Geldbeutel hatte, wieso sollte sie dableiben. Sie hat doch gesehen, ich krieg Zigaretten und Essen von meinem Bruder, das ist nichts. Eine Frau muss man auch mal in die Stadt ausführen, man muss Geld nach Hause bringen. Sie war eine Diebin, sie wollte, dass wir nach Spanien gehen, um dort Geld zu verdienen, aber wie soll man ohne Ausweis dahin? Welche Frau bleibt bei einem, wenn man keine Wohnung hat und kein Geld verdient? Frauen sind ja nicht blöd, die denken doch nach, bringt der Geld nach Hause, wenn ich mit dem Kinder mache?

Auf dem Schrank hatte ich eine Schachtel mit Backgammon; du, sagte er, wollen wir Backgammon spielen?

Wenn ich gewinne, hehe, dann fick ich dich. Wenn du gewinnst, dann fickst du mich, dein Bruder hält sich dran. Kein Schmu.

Er spielte besser als ich und nahm mir drei Reihen nacheinander weg. Danach hatte ich Glück und warf einen Pasch, und da fingen die Probleme an, wenn du einen Stein anfasst, dann rückst du den, ja?, er hob den Ton an, so geht das Spiel. Im Gefängnis kriegst du Kloppe, wenn du sowas machst. Beim nächsten Zug hatte ich wieder einen guten Wurf, und ich merkte, wie er anfing zu kochen, wie er ärgerlich wurde, aber er zwang sich ruhig zu bleiben.

Du verlierst nicht gerne, stellte ich fest – und er lächelte schief: Nein, überhaupt nicht. Dann gewann ich, während er erst einen Stein draußen hatte, und er klappte das Spielbrett zu, Schluss, ich spiel nicht mehr, keine Lust.

Schneid mir die Zehennägel, ja?, sagte er dann, ich kann sie mir nicht schneiden, der Bauch ist mir im Weg. Komm, du tust mir zuliebe doch alles, mein Süßer.

Ich hätte sagen können, ach komm, was soll das denn, ich bin doch nicht dein Diener? – aber warum hätte ich den Hausfrieden stören sollen, die zarte Intimität mit dem coolsten lebenden Parkplatzwächter vom Nordbahnhof? Ich wusste, es war nicht gut, dass er mitbekam, wie ich mich ihm bedingungslos hingab – aber ich konnte nicht anders.

Er breitete zufrieden die Arme aus, krempelte sich die Hose hoch und streckte sich auf dem Bett aus. Er hatte geschwollene Füße und Nagelpilz, darum taten sie ihm weh.

Borcan, sagte er, während ich ihm die Zehennägel schnitt, hat ein Kilo Gold im Haus und 200.000 Euro, aber er weiß nicht, was er damit machen soll, ob er in ein Geschäft investiert wie der Besitzer vom Zeicani, du hast ja gesehen, wie gut die Kneipe läuft, die ist immer voll. Und der Laden daneben gehört auch ihm. Er ist schlau, weil Geld, das man festhält, das verschwindet, heute ein Zaun fürs Haus, morgen ne Hochzeit, übermorgen im Gasthaus was für die Musikanten. Mit der Möse ist Borcan an sein Geld gekommen, wegen der Möse ist es wieder weg.

Wie bitte?

Wieso, wie bitte? Na, diese Sache, durch die Möse ist er drangekommen, durch die Möse ist es weg. Er zog eine Grimasse und machte eine Pause. Mensch, du hast echt keine Ahnung, keine Ahnung. Also seine Frau, verstehst du, sie macht das Geld. Die hat ihn von seiner ersten Frau getrennt und von seinem Kind und hat ihm die Villa gebaut. Die ist ausgekocht, die hats drauf. Die hats mit den wichtigen Leuten, die stecken ihr Geld da rein, ich meine, ihre Geschäfte, das macht sie super. Und Borcan gibt noch seinen Schwanz dazu, was anderes macht der nicht.

Also, der fickt sie gut, sagte ich, um etwas zu sagen.

Der ist doppelt so breit wie ich, wenn du den siehst, kriegst du Angst. Guck, so ein Schwanz, sagte er und zeigte mir am Arm etwa 20 Zentimeter. Klang etwas zweifelhaft, die ganze Sache – aber na ja, jede Familie hat ihre eigenen Perversionen.

Die Plastikflasche war fast leer, er wusste, eine war noch im Kühlschrank, aber es war ihm peinlich, darum zu bitten. Er streckte sich, gähnte – du, machen wir heute Abend noch was? Weißt du, ich komm nicht runter, wenn ich nicht ficke.

Das Problem war, ich hatte das schon seit Jahren nicht mehr gemacht. Mit dem Jungen hatte ich nur gewichst oder geblasen, und bei Ana machte ich den Umständen entsprechend die ganze Arbeit – obwohl mein Lieblingswitz war, dass ich mich heftig mit dem Hintern an ihrem Bauch rieb und sagte, komm, fick mich, warum fickst du mich nicht, das ist nicht in Ordnung, Ana.

Und es ging nicht, ich sprang hoch, als hätte ich mich an seinem Schwanz verbrannt.

Was soll das, rief er mit dem Schwanz in der Hand, du musst dableiben, es tut nur am Anfang weh, bis er ganz drin ist.

Er ging ins Bad und wusch sich – dann legten wir uns aufs Bett und schauten im Fernsehen Pornos.

Mann, was hat die Alte denn für Titten, o Mann, ich sterbe, ich halte es nicht mehr aus … Oder, was meinst du, fickst du mich? Aber wenn du mich nicht gut fickst, dann kriegst dus zurück. Haha. Das war ein Witz im Knast, man rieb sich an einem aus Spaß und sagte, fick mich, ich halte es nicht mehr aus. Aber wenn du nicht gut fickst, dann kriegst dus zurück, haha.

Komm, geh ran, sagte er. Ich blies ihm einen, bis ich wund im Mund wurde – nichts. Er wollte Porno, aber ich kann nur Porno machen, wenn ich betrunken bin. Sein

Gefühlsvokabular war rudimentär und außerdem war er mit einem Mann im Bett, und mit Männern und Nutten macht man Porno.

Ach, Alberto, sagte ich, komm, wir lassen es.

Wie du willst, Liebste. Mir war klar, dass er sich kontrollierte, dass er freundlich war, weil er sich dazu zwang. Wir guckten im Fernsehen Porno, er wälzte sich herum, was gibst du mir, wenn ich was mache, was ich noch mit niemandem gemacht habe?

Du, ich hab kein Geld, Alberto.

Macht nichts, wenn du wieder welches hast.

Kommt drauf an, was.

Wirst schon sehen.

50.

Hmm, so viel ist dein Bruder wert, 50 Lei, tu noch was drauf, sei kein Geizhals.

Hundert, mehr geht nicht, ich bin sonst pleite.

Er stand auf, ging zwischen meine Beine, bückte sich und fing an, mich wie ein Experte am Bauch zu lecken. Er fing unter den Rippen an, machte Achten, ging sachte weiter runter und nahm die Schwanzspitze in den Mund, während er mit aller Kraft dran saugte. Er hörte auf, erklärte, siehst du, so macht man das, schön sanft, ohne zu kratzen. Als dus mir zum ersten Mal gemacht hast, war das besser als von einer Frau, heute Abend weiß ich nicht, was du hast. Er nahm ihn wieder, versuchte ihn ganz in den Mund zu nehmen, fing aber an zu würgen.

Er ging ins Bad, ich hörte, wie er sich den Mund ausspülte und sich wusch. Wie soll ich jetzt noch zu Borcan gehen, jammerte er, der hat Kinder und ich esse mit ihnen vom selben Teller.

Er schlief mit dem Arm unter meinem Kopf ein, und erst nachdem er eingeschlafen war, kriegte ich einen Riesenständer, eine Welle von Dankbarkeit warf mir Flammen auf die Wangen und Blut schoss mir in den Penis. Ich zappelte, ich zog seinen Arm unter meinem Kopf hervor, damit er ihm nicht einschlief, ich tat das mit un-end-lich-er Zartheit, er drehte mir den Rücken zu und nach fünf Minuten sagte er, warum hast du mich nicht gefickt, du hättest mich vögeln sollen.

Ich wachte gegen zehn Uhr auf und hatte nur einen Gedanken, ich muss ihn loswerden, bis Vasi wiederkommt. Ich hatte keine Nerven für noch so einen Tag und Alberto hatte Lust, noch zu bleiben, komm, wir trinken ein Bier; im Kühlschrank wartete noch eine ungeöffnete Flasche, das war ihm im Gedächtnis kleben geblieben – und wie ein Bär vorm Honigtopf wollte er nicht mehr gehen.

Du Irrer, ich muss zur Arbeit, ich kann da nicht hin und nach Alkohol riechen.

So ist es, meine Liebe, keiner schenkt dir einfach Geld, du weißt es besser als ich.

Er steckte den Kopf zum Fenster raus – hast du vielleicht eine Jacke oder so? Es ist kalt draußen. Es war warm und sonnig, aber was solls, er wollte seinen Verlust wieder rausholen; der 16-jährige Junge hatte es auch so gemacht – wenn ich kein Geld hatte, hängte er seinen Blick an irgendeinen Gegenstand im Raum und ließ nicht locker, bis ich ihn hergegeben hatte. Auf den ersten Blick war das diese nervige Sache, Profit in allen Lebenslagen – aber es beschränkte sich nicht nur darauf: Hätte er es gratis gemacht, hätte das bedeutet, seinen eigenen Anteil an der Sache zuzugeben, er kam nämlich auch aus Vergnügen zu mir, weil seine Frau sich aus Blasen nichts machte, und die einzige Möglichkeit, das mal auszuprobieren, bestand darin, es mit einem Mann zu machen. Kurz, auf diese Weise wusch und adelte das Geld die schmutzige Geschichte dahinter.

Ich besaß eine Frühlingsjacke, für die ich 150 Lei ausgegeben hatte, probier die mal an. Aber er kam kaum rein, außerdem verpasste sie ihm zarte Matronenhüften.

Dann nimm halt den Anorak da auf dem Sessel, willst du?, Ana hatte mir irgendwann einen schreiend rosafarbenen Anorak gekauft, den ich im Frühjahr und im Herbst manchmal trug.

Was soll das?, er machte ein finsteres Gesicht, das ist eine Schwulenfarbe, die Leute lachen mich ja aus. Was anderes.

Ich hatte noch einen Anorak, aber der Reißverschluss war kaputt. Er nahm ihn murrend.

Und wann sehen wir uns wieder? Ich bin verrückt nach dir.

Wenn ich meinen Lohn kriege, Alberto, vorher hat es keinen Sinn, wir können ja nichts machen, sollen wir in die Bar gehen und uns anglotzen?

Ich komm zu dir, mein Liebster, ich habs schon gesagt, Geld zählt für mich nicht.

Das geht nicht, Alberto, das hatten wir doch, Vasi rastet aus. In Wirklichkeit hatte ich Angst, ihn öfter ins Haus zu holen, ich wollte ihn nicht verwöhnen und schon gar nicht, dass er meine Wohnung als seinen zweiten Wohnsitz ansah.

Wieder war ein schöner Tag, ich steckte den Kopf aus dem Fenster, um zu sehen, wie warm es war. Es war warm, aber die Wärme war trügerisch, unter der Jacke schwitzte man, wenn man sie auszog, erwischte einen der Wind und man erkältete sich. Ich hatte noch zehn Lei, ich suchte in den Schubladen nach weiteren drei Lei Kleingeld, damit es für ein Päckchen Zigaretten reichte. Bei mir gibt es diese Havarielösung, zehn Lei im Futter einer Jacke – zehn Lei, mit denen ich auf den Markt im Rahova-Viertel gehen kann, um dort ein Päckchen Zigaretten vom Schwarzhändler zu kaufen.

Ich nahm das Fahrrad, ich wollte sowieso einen Ausflug machen, um ihn loszuwerden. Ich kaufte ihm im Alimentara ein Päckchen rote lange Marlboro. Alberto wartete draußen auf mich, er kam nicht mit mir rein – ich glaube, wegen der Handvoll Münzen. Mit Zehnermünzen zu zahlen disqualifiziert einen, das machen die Sandler, mit Kleingeld rumrennen. Ich sah, wie die Verkäuferin einer armen Frau die Hölle heißmachte, als sie mit einer Handvoll Münzen ankam; einer anderen wollte sie nichts geben, was soll ich damit? Mir nahm sie sie ohne großen Kommentar ab; weil ich nach Geld roch, steigerte ich ihre Verkaufszahlen.

Ich gab ihm das Päckchen, aber er machte es nicht auf, er hielt mir die letzten beiden Zigaretten aus seinem alten Päckchen hin. Ich machte mich auf den Weg zum Rahova-Markt und als das Serotonin unterwegs langsam abklang, machten sich in dem wiedergewonnenen Raum Angstwellen breit. Was wusste ich von diesem Mann? Ich konnte nicht glauben, dass er andersrum war, das war er nicht, er war einfach in einem anderen Film, manche Dinge spüre ich ohne allzu viele Erklärungen, er war es nicht, basta. Seit er 15 war, hatte er in Gefängnissen gelebt und Frauen nur im Fernsehen gesehen, in Zeitschriften oder Pornofilmchen auf dem Handy; die Zeiten, in denen er in Freiheit gewesen war, waren bis zum 30. Lebensjahr sehr überschaubar, sonst hatte er nur Männer gefickt und berührt – und dabei von Frauen geträumt, mit den Mitgefangenen über Frauen gequatscht, sich beim Gedanken an Frauen einen runtergeholt. Darum war er so unbefangen im Bett, darum küsste er mich, darum empfing er meine Streicheleinheiten.

Obwohl, wenn man darüber nachdenkt, ist das schon traurig. Mit 15 weiß das Hirn schon, was es will, Mädchen oder Jungs; als Alberto anfing, sich mit dem Wichsen zu langweilen, und er bereit war, sich wie ein Wolf auf die Herde der Frauen zu stürzen, da war er plötzlich eingeschlossen unter Männern; sein erster Kuss war mit einem Mann, ficken hat er mit Männern gelernt, als Erstes hat er Männer gestreichelt; seine Initiation und Erfahrungen hat er, bis er 30 wurde, nur mit Männern gemacht.

Auf dem Rahova-Markt traf ich auf einen 17-Jährigen, der behauptete, er hätte Zigaretten. Das gefiel mir nicht, ich wusste gleich, dass er nicht sauber war: mit

Sonnenbrille, und wie er sich so wichtigmachte. Ich kenne diese Sorte Idioten, die Blödsinn anstellen und glauben, sie wären große Mafiosi, voller Pickel, nicht mal ein Stück Brot im Magen. Ich ahnte es also – aber trotzdem kriegte er mich ran.

Wo sind die Zigaretten? Ich will sie sehen.

Zeig du mir erst das Geld, raunte er frech. Wir verhandelten ungefähr fünf Minuten und statt ihm männlich zu verstehen zu geben, verpiss dich, seh ich aus wie ein Blödmann?, und dann abzuhauen, überreichte ich ihm das Geld – und der Junge sagte, warte, ich geh schnell und hol sie von den anderen. Dann verschwand er, redete dabei ins Handy, ging mit langsamen, gemessenen Schritten, sehr wichtig – und ich sah ihm wie ein Idiot hinterher und wusste, er hatte mich reingelegt.

Dann hätte ich ins Büro gehen können, aber mich zog es da nicht wirklich hin, ich hatte nur zwei Stunden Schlaf gekriegt und würde auf dem Stuhl einnicken.

Ich fuhr nicht über den Boulevard zurück, denn wenn ich ihn da traf? Was würde ich sagen, warum ich nicht bei der Arbeit wäre? Er würde mich rannehmen – Bruder, du hast mich belogen, warum sagst du nicht die Wahrheit? Wo arbeitest du, was machst du in Wirklichkeit? Dann ziehen wir mal andere Saiten auf. Er war doch sichtlich labil, was seine Affekte anging, seine Laune konnte jede Minute umschlagen, und mit seinem Verstand hatte er es nicht grade weit gebracht. Er war fünf Jahre zur Schule gegangen, war dreimal sitzengeblieben und von dort gleich auf die Uni, wie die Gangster es formulierten.

Zu Hause saß Vasi am Rechner.

Hör mal, fing er an, jag diesen Typen weg, ich will seine Fresse hier nicht mehr sehen.

Will ich aber nicht, ich zuckte mit den Schultern, ich mag ihn.

Dann, sagte er und starrte auf den Rechner, falls er nochmal herkommt, sag mir rechtzeitig Bescheid, damit ich nicht zu Hause bin. Ich will auf keinen Fall was mit ihm zu tun haben. Er konnte nicht auf dicke Hose machen, vor zwei Wochen hatte ich ihm einen Online-Job bei einem internationalen Tourismus-Portal verschafft, wo er Anzeigen ins Rumänische übersetzte – er setzte lieber nichts aufs Spiel, er hätte ja den Beleidigten spielen können und seine Siebensachen nehmen, Schluss, aus, ich such mir ein anderes Zimmer.

Aber er hat doch nur was mit mir zu tun, Vasi, nicht mit dir.

Keine Ahnung, interessiert mich nicht. Was glaubst du, irgendwann dreht er durch und attackiert dich und fängt an, hier alles kaputt zu schlagen, was mach ich dann? Oder er holt sein Messer raus und sagt, her mit allem, was du hast – und dann kommt er zu mir; was mach ich dann? Du bist hier ja nicht alleine.

Was soll ich sagen. Alberto würde das nicht tun, er ist kein bekloppter Vollidiot – aber die Unterhaltung mit Vasi steckte mir trotzdem in den Gliedern. Ich setzte mich an den Rechner und saß zehn Minuten nur so da, mit dem Bildschirmschoner von Windows vor mir, und dachte angestrengt nach.

Alberto verfolgte etwas anderes – er wollte, dass ich ihn mochte, dafür strengte er sich offensichtlich an und arbeitete dafür auch gratis. Weil es nicht hinhaute, dass ich ihm einen blies, und in den Arsch wollte ich es auch nicht, hatte er mir den Schwanz gelutscht und mich eingeladen, ihn zu vögeln. Und zwar gratis. Anders war der Junge aus der Nähe von Bukarest auch nicht vorgegangen – am Anfang machte er mich an und lieferte kostenlos, sozusagen Sex als Werbegeschenk, aber als ich dann Feuer gefangen hatte, begann er, Geld zu verlangen.

Ganz einfach, dieser Trick war so alt wie die Menschheit, er wollte, dass ich mich in ihn verliebte. Warum sollte er die Hand in meine Tasche stecken, wenn ich sie selbst reinstecken konnte, sobald ich angebissen hatte?

Bloß davor musste ich Angst haben, der Rest – dass er mir den Fernseher klauen könnte, dass er mir im Schatten der Häuser auflauern und mich bedrohen könnte oder meinem hübschen Mitbewohner eins auswischen – das war alles Bullshit. Der Junge vom Lande hatte Mitleid gehabt und keinen blutigen Profit aus der Sache geschlagen, er hatte nicht mit meiner Abhängigkeit gespielt, obwohl er sich der Macht bewusst war, die er über mich hatte. Und als die Liebe zur Krankheit wurde und mein Urteilsvermögen vernebelte, war er immer noch nett zu mir. Er war ein Kind vom Land, er war menschlich, er wusste, dass man sich nicht über andere lustig macht, dass Gott das auf einen zurückkommen lässt.

Aber wie viel Moral und Menschlichkeit konnten in einem Menschen sein, der im Gefängnis aufgewachsen war, das war mir wirklich nicht klar, ich stand mit dieser Sache total im Nebel.

Freitag ging ich ins Büro und eine Kollegin borgte mir Geld, 400 Lei. Auf dem Rückweg ging ich in den Supermarkt auf der Zeicani, wo ich für 50 Lei Einkäufe machte. Als ich rauskam, sah ich Alberto – und (wahrscheinlich) seinen Bruder –, wie sie aus der Kneipe kamen. Ich hätte ihn rufen können, aber ich dachte, besser nicht, ist nicht ratsam, Borcans Aufmerksamkeit zu erregen; der ging großkotzig voraus und Alberto wie ein Hündchen knapp hinter ihm, vielleicht mit einem halben Meter Abstand – also hatte er nicht gelogen, Borcan holte ihn wirklich von den Spielautomaten in der Bar weg, er kam und befreite ihn.

Ich hatte also Geld. Hundert, so stellte ich meine Berechnungen an, konnte ich mit Alberto auf den Kopf hauen, die restlichen 250 brauchte ich für Hermannstadt, wo ein Roma-Kongress stattfand – zu dem ich Trottel mich im Winter freiwillig gemeldet hatte, ich würde hinfahren, ich konnte bei meiner Schwester schlafen.

Den ganzen Tag saß ich wie auf Kohlen, ich hatte Geld, ich wusste sicher, dass ich rausgehen würde, und der Plan in meinem Kopf war, ein Bier mit Alberto zu trinken und dann schön wieder nach Hause zu gehen, wie ich es Vasi versprochen hatte; ich wollte ihn nur sehen, mehr nicht.

Abends machte sich Vasi daran, etwas zu kochen, der Fernseher lief, ich saß vor dem Rechner – ein gemütlicher

Abend im Kreis der Familie. Aber um acht hielt ich es nicht mehr aus und ging auf die Zeicani, ey Vasi, ich geh ein Bier trinken.

Er war dort, kreiste um die Automaten, Brüderchen, ich war sicher, dass du heute kommst. Ich hatte ihm gesagt, dass ich im Laufe der Woche sicher meinen Lohn kriegen und dann auftauchen würde. Und ich beließ es dabei, ich hätte jetzt meinen Lohn – was idiotisch war, denn sobald er begriff, dass ich Geld hatte, klebte er an mir wie eine Klette.

Wir kippten schnell drei Bier, währenddessen wurde mir ganz schwindelig von seinem Gerede, ich kann nicht ohne dich, wir müssens machen, ich halte es nicht mehr aus. Komm, für dich mach ich alles, was dein Herz begehrt, ich blas dir wieder einen, du hast doch gemerkt, wie geil dein Bruder dir einen blasen kann.

Ach, Alberto, unterbrach ich ihn, ich kann dich nicht mit zu mir nehmen, ich muss Vasi vorher Bescheid sagen, damit er Zeit hat, sich einen Platz zum Schlafen zu suchen. Er hat rumgeschrien, übertrieb ich, er hat gesagt, wenn ich dich nochmal mit nach Hause bringe, dann sucht er sich einen anderen Vermieter.

Er seufzte, verdrehte die Augen zum Himmel und nach 15 Sekunden – weißt du was, er beugte sich zu mir herüber, ich hab im Gefängnis Schwänze gelutscht, mit dir bin ich ehrlich. Ich war 16; im Bad stellten sie sich im Kreis um mich herum, es waren vier Jungs, groß wie Schränke – und mein Brüderchen hat mich gefickt, mit Gewalt dazu gebracht, und hat mich von allen die

Schwänze lutschen lassen. Ich war der Kleinste da, was hätte ich machen sollen? Ich hielt mich an die Fieslinge und hatte es gut. Ich hatte den Dreh raus, als Passiver, ich war ein armes Kind und musste irgendwie zurechtkommen. Aber mir hats an nichts gefehlt. Die Jungs kamen zu mir, Zigaretten, Essen, Trinken, keiner konnte blasen wie ich. Ich hatte ein gutes Leben, besser als draußen, vier Brüder bei der Oma aufgewachsen, echt jetzt, viel Hunger, sie schickte uns sonntags in die Kirche, wir sollten Totenkuchen, diesen süßen Weizenpapp, mitbringen, war schwer, im Winter schickte sie uns ohne Essen ins Bett. Schwer, Bruder, war echt schwer, aber ich bin da raus, und was ich dafür an Schande abgekriegt hab, das willst du nicht wissen. Ich hab nie jemandem gesagt, was ich alles erleiden musste, ich hab meine Klappe gehalten – aber es kam doch raus und Papa hat es mitbekommen; nicht nur Papa, alle Verwandten haben es gewusst, die Jungs sind aus dem Gefängnis raus und alle wussten, was ich da für Dummheiten gemacht hab. Ein Jahr lang habe ich nicht mit ihnen am Tisch gegessen, ich hatte mein eigenes Tischchen, meinen Teller und meinen Löffel. Ich saß bei meinen Neffen und durfte sie nicht mal berühren; und wenn mich selber jemand anfasste – o Gott! Ein Jahr und keiner fasst dich an, du hast ja keine Ahnung, mehr Schande gibts bei uns nicht. Sie brachten mich ins Kloster zum Popen, ich trank Weihwasser, was hab ich alles gemacht. Nach einem Jahr hat uns Papa alle zu Ostern an den Tisch geholt, hat mich auf den Mund geküsst und gesagt, Schluss jetzt, du bist nicht mehr besessen, du bist mein Kind – und alle sollten mich küssen. Er ließ mich bei einem Popen mit Kerzen schwören, ich würde nie mehr, solange ich lebe, dieses Teufelszeug machen – aber tja? Für dich breche ich den Schwur und mache es wieder, weil ich dich liebe wie nichts, hier in der Bar würde ich dich küssen.

Und wie soll man bei so einem Bekenntnis nicht weich werden? Ach, Alberto, was soll ich jetzt sagen, ich bin sprachlos.

Er senkte den Kopf, sammelte sich, dann hob er seinen leidvollen Blick, komm, wir gehen zu dir, Bruder, ich werd dir einen blasen, du wirst sehen, daran erinnerst du dich dein Leben lang. Er zog mich an sich, wollte mich auf den Mund küssen, überlegte es sich anders und küsste mich geräuschvoll auf die Wangen – und dann klangvoll zum Publikum: Dein Bruder küsst dich, weil er dich liebt, aber schwul ist er nicht, was denn, küssen sich etwa nur Schwule? Ich küss dich, weil du mein Bruder bist etc., etc.

Nach vier schnell gekippten Bieren blieb also die berechtigte Frage, die sich hier stellte: Wie widersteht man einem so entschiedenen Angriff? Wir sind ja Menschen und haben ein Herz; also gab ich am Ende nach, komm, lass es uns machen, Alberto.

Es war halb eins, als wir nach Hause kamen, und Vasi schlief nicht, seine Zimmertür war offen. Er sagte kein Wort, grüßte nicht, saß da und starrte auf den Rechner. Ich hörte nur, wie er aufstand und die Tür schloss.

In dieser Nacht vögelte er mich, stehend von hinten und ohne Kondom – und selbst so betrunken dachte ich, Adrian, nicht gut, was du da machst, überhaupt nicht gut.

Wir gingen schlafen, ey Alberto, bat ich, leg dich auf mich. Ich sagte schon, mein Fetisch sind Dicke, und diese Nummer ist Teil des Programms.

Bist du verrückt? Ich bin 120 Kilo schwer, ich zerquetsch dir deine Lunge. Er legte sich auf mich, lag da zwei Minuten, dann ging er runter – na, wie wars? War bestimmt, als hätte ich dich mit dem Touareg von meinem Bruder überfahren. Haha, du bist mein Mädchen, ich komm zu dir und überfahr dich jeden Tag.

Und Vasi?

Den überfahrn wir auch mit dem Touareg, haha.

Ich wachte um acht auf, aber trödelte so lange, bis ich mir ein Taxi nehmen musste – er kam mit bis zum Bahnhof, wenn er einmal an mir dran war, dann wurde ich ihn so leicht nicht wieder los, ich bekam ihn nur aus dem Haus, wenn ich irgendwo hinging. Nach Hermannstadt fuhr ich nicht alleine, sondern mit einem Mädchen (20+) von der Arbeit, sie war aufgeweckt und unkompliziert. Sie wartete auf dem Bahnsteig und kriegte ihn also auch zu sehen; im Zug sagte sie, ziemlich dick, aber hübsch, dein Albertino – und versuchte nicht, ihn mir auszureden, von wegen Dieb oder Knast oder ach du meine Güte. Wir blieben drei Tage in Hermannstadt; und weil wir den ganzen Tag zusammen verbrachten, erzählte ich ihr alles, was ich über Alberto wusste – und sie, ausgestattet mit dem paradoxen Verstand einer verheirateten jungen Frau, sagte, Kinder könnte er mir ja nicht machen, nun ja, sehr schön, tummelt euch nur weiter wie die Delfine, aber pass auf, dass ihr mit Kondom fickt.

Von Hermannstadt aus flog ich, mit einem kurzen Zwischenstopp in Bukarest, nach Neapel zu einer Konferenz. Ich kam um zehn Uhr abends im Ferentari an und um halb vier Uhr morgens nahm ich ein Taxi mit einer Kollegin. Ich war total pleite, aber meine Kollegin, dieses nette Wesen, sagte, sie würde mir Geld für Neapel leihen – und Essen, Fahrt und Unterkunft waren sowieso gesichert; aber trotzdem gab ich in vier Tagen 50 Euro aus. Am dritten Tag hatte ich einen starken Fieberanfall mit schrecklichem Schüttelfrost. Es war während eines Vortrags und ich konnte mich kaum auf dem Stuhl halten, also legte ich meinen Kopf auf meine Hände und fing an zu dösen. Irgendjemand, tatsächlich war es das Mädchen vom Kongress in Hermannstadt, besorgte mir eine Fervex, und ich ging ins Hotel – es lag am Arsch der Welt, am Bahnhof an der Piazza Garibaldi, ich lief und als ich wankend ankam, wurde mir schwindelig. Den ganzen Tag aß ich nichts, ich schwitzte nur unter der Decke und dachte, es könnte das akute retrovirale Syndrom sein, die Anfangsphase von AIDS; er hatte im Knast und mit der Schnüffelsüchtigen vom Bahnhof gefickt, außerdem wahrscheinlich noch mit anderen drogenabhängigen Nutten aus dem Ferentari: Also, wenn man darüber nachdachte, war das Risiko ziemlich groß. Und dann noch diese Kugeln, die einem Wunden machten, und dazu meine Hämorrhoiden; wenn er es hatte, waren die Chancen, dass er mich angesteckt hatte, ziemlich hoch. Okay, er war dick und hübsch, und von AIDS nimmt man ab – obwohl, er konnte ja auch ein gesunder Träger des Virus sein.

Vom Flughafen aus fuhr ich mit dem Auto eines Verwandten von jemandem aus der Gruppe mit, die Frau, die mir diese Mitfahrgelegenheit angeboten hatte, sagte, sie hätte Verwandte, die im Ferentari lebten, auf derselben Allee, auf der ich wohnte. Was sollte das, was suchten die da? Sie war eine Frau um die 35, emanzipiert, korrekte Pro-Roma-Sprache, Pro-Homosexualität, und sie bemühte sich zu zeigen, dass sie nicht dumm war, dass sie offen war und im Einklang mit dem westlichen Gang der Dinge. Sie wusste, dass ich andersrum war, sicher hatten ihre Verwandten ihr das verraten, oh, da wohnt ein schwuler Doktorand im Ferentari. Sie sagte, sie wären auf die Allee gezogen, weil sie nach der Krise ihre Wohnung im Titan verkauft hätten.

Und wo arbeitet dein Mann?, fragte ich, und die Frau sagte, im Innenministerium – also ein Polizist. Ja sag mal, dachte ich, hör mir auf mit verkauften Wohnungen und der Krise und sowas, sie waren aus beruflichem Interesse hergezogen. Dann sagte mir die Dame wohlwollend, vielleicht könnte sie mir eine Wohnung besorgen, die genauso wäre wie meine, aber für nur hundert Euro – und schlau, wie ich war, beließ ich es dabei, ich tat so, als würde ich ihr das Gerede über Gay Marriage glauben, und beide walzten wir an diesen ganzen intelligenten Ideen vorbei und alles war nichts als Träumerei. Aber ich hatte Lust zu reden und war angespannt und fing an, mich zu brüsten, ich hätte eine Beziehung mit einem Ex-Knacki; da ruderte sie, die Frau eines Polizisten, schnell zurück, am Ende gab sie mir nicht mal ihre Telefonnummer, sie sagte nur noch, sie würde ihre Verwandten nach meiner fragen. Das kommt davon, wenn man seinen Mund nicht halten kann und anfängt zu quatschen und sich aufzuspielen.

Es war warm, Wetter für T-Shirt mit dünner Jacke, und abends ging ich auf die Zeicani. Das traf sich gut, es gab ein Spiel, Rapid gegen Steaua. Alberto war auch da, wir gaben uns die Hand, küssten uns, aber er setzte sich nicht zu mir an den Tisch, sondern holte mir nur einen Stuhl und stellte ihn an die Wand vor den Fernseher. Er wusste wahrscheinlich, dass sein Bruder auftauchen würde, oder er hatte es einfach geschnallt, dass er den Bogen überspannt hatte, ich konnte nicht wissen, wie sehr die Leute in der Bar über diese plötzliche Freundschaft mit mir spotteten, über unser unerwartetes Verschwinden aus der Bar. Klar, das war alles nicht unbemerkt geblieben.

Als sein Bruder aufkreuzte, lief das Spiel schon seit ein paar Minuten. Er schickte Alberto zwei Cola holen und hängte sich vor die Automaten, schnell verspielte er einfach mal 20 Lei. Er war für Steaua, wie Alberto, wie die Mehrheit hier – obwohl Rapid traditionell als Roma-Mannschaft gilt. Das Spiel endete in einem Schlamassel, zehn Minuten vor Spielende warf ein Rapid-Fan einen stumpfen Gegenstand, wie der Kommentator sagte, auf einen Spieler, und es wurde für zehn Minuten unterbrochen. Am Ende stand es 1:1, der Typ hatte genau rechtzeitig das stumpfe Ding geworfen, denn Steaua hatte in diesem Moment massiv dominiert.

Während des Spiels killte ich vier Bier vor lauter Nervosität. Borcans Nähe spannte mich an, er stand da und kommentierte lakonisch das Spiel, machte trockene Bemerkungen und beteiligte sich nicht am Hohn, den die anderen angestimmt hatten. Er tat so, als würde er mich nicht bemerken, obwohl er nur zwei Stühle entfernt saß – und studierte mich nur, wenn ich woanders hinsah; ihn empfand ich als einen kontrollierten und kalten Typen, dem ich mich niemals würde nähern können.

Alberto war brav, er machte keine Witzchen, spielte sich nicht auf. Er hatte den Schwanz zwischen die Beine geklemmt, solange Borcan da war; erst als der abzischte, kam er wieder zu sich. Es war komisch, dass Borcan ihn noch dableiben ließ – wer weiß, entweder steckten sie unter einer Decke, oder falls jemand ihm etwas über diese zwielichtige Freundschaft gesteckt hatte, dann wartete er vorfreudig, ließ Alberto noch ein bisschen zappeln, bevor er ihn mit Fragen löcherte.

Du, fragte ich, nachdem Borcan weg war, was sagst du zu ihm, wenn du nächtelang von zu Hause weg bist?

Dass ich mir ne Nutte geangelt hab.

Und glaubt er dir?

Dann sagt er, ich soll ihn auch zu der Nutte mitnehmen. Wir tranken noch ein, zwei Bier, schließlich machten wir uns auf den Weg nach Hause. Zu Vasi hatte ich gesagt, er solle sich verziehen – und er verzog sich, wir waren also unter uns.

Unterwegs bereitete sich vor einer Autowaschanlage ein Drogensüchtiger auf seinen Schuss vor und erhitzte einen Löffel über brennendem Zeitungspapier. Es war spät, halb zwölf, und die Junkies kamen wie die wilden Tiere aus ihren Verstecken und setzten sich im Licht der Laternen ihre Spritzen.

Was machst du denn da?, brüllte Alberto, hast du gar keine Scham im Leib? Und dem Junkie fiel der Löffel aus der Hand, als er ihn hörte. Scheiße, verfickte, brüllte Alberto und stürzte sich wie ein Falke auf ihn. Der Junkie rannte weg, ließ Spritze und Löffel liegen, aber Alberto holte ihn mit einer Geschwindigkeit ein, die ich ihm nicht zugetraut hätte, erwischte seinen Rücken mit einer Ladung Spucke – und der Junkie verschwand schreiend, schlag mich nicht, Bruder, nicht schlagen.

Die machen mich krank, ich kann das nicht sehen.

Wie du willst, Liebster, ich zuckte mit den Schultern. Keiner im Viertel ertrug die Junkies, vor allem nicht diejenigen mit Familie – aber im Großen und Ganzen ließ man sie in Ruhe und jagte sie nur weg, wenn sie sich öffentlich ihre Spritzen setzten; Alberto war in der Hinsicht eher ein Aktivist, er hatte eine bürgerliche Haltung, das war es wohl.

Aber eigentlich war die Sache viel komplizierter. In einem ethnisch stark gemischten Viertel erlaubte es sich keiner, vordergründig rassistisch zu sein, und die ganze brodelnde Wut richtete sich auf die Junkies. Die Arbeiter jagten sie aus den Kneipen, die Obdachlosen drohten ihnen spöttisch mit Schlägen und damit, den Sicherheitsdienst zu holen, um dann über sie zu lachen, wenn sie Panikattacken kriegten, und die Wachmänner hatten nichts Besseres zu tun, als sie schrecklich zu verprügeln; einer, der richtig fertig war, mit dem ich mich eines Nachts vor der Fixerstube auf der Verlängerungsstraße unterhielt, sagte, die Polizisten würden sie in ihre Wannen stecken, mit ihnen zu einem verlassenen Haus hier in der Nähe fahren, sie blutig schlagen und dann wieder freilassen. Aber sie können uns nichts tun, Bruder, er zuckte gleichgültig mit den Achseln, gib mir mal fünf Lei – und ich gab sie ihm. Mit Heroin kann man 20 Jahre durchstehen, wenn man zwischendurch mal zu Methadon wechselt; was ihn kaputt gemacht hatte, waren die Pülverchen, merkwürdige Amphetamine, die einen schnell ausknockten, wenn man sie sich in die Vene spritzte. Ein paar Jahre lang konnte man diese Pülverchen überall kaufen, man besorgte sie sich in Spezialgeschäften, die über die ganze Stadt verteilt waren. Sie schienen eine Wundersubstanz zu sein, billig und legal – und außerdem holten sie einen aus der Heroinabhängigkeit, so dass die eingefleischten Heroinjunkies im Viertel ihre geliebte Droge für diese neue Sache aufgaben. Aber während man bei Heroin ruhig dasitzt, nachdem die Dosis drin ist, gibt einem dieses Pulver das Gefühl, dass man sich dauernd noch eine setzen muss, bis man manische, quasipsychotische Episoden kriegt; und wenn man damit weitermacht, dann schafft man es nicht länger als zwei Jahre. Also, dieses Scheißzeug hatte ihn kaputt gemacht.

Alberto war sowieso nicht gut gelaunt, er hatte irgendwie den Blues. Zu Hause bat er mich, Musik aufzulegen, dann stützte er seinen Kopf in die Hände und wiegte sich wie ein Schnüffelkind – zuerst hörten wir irgendwas mit Waisenkindern, danach Zeit für meine Mutter von Mihăiță Piticu in Salams Version. Er sang mit heiserer Stimme, Meine Mutter ... und mein Vater ... er zog heulend die Nase hoch, ich halts nicht mehr aus, Bruder, ich vermisse meine Mutter so. Er skippte zurück zum ersten Lied mit den Waisenkindern, Meine Mutter ... Solang ich noch lebe ... Mama war so eine Sau, sie hat uns verlassen und ist mit einem Mann abgehauen. Sie hat uns vier für einen Schwanz verlassen, so eine Sau.

Und wer hat euch aufgezogen, Alberto?

Omama, die Arme. Und jetzt vermisse ich Mama so sehr, aber wenn ich sie sehe, dann denk ich nur noch Du blöde Sau. Was diese Frau mir angetan hat, das willst du nicht wissen. Ihr Mann hat mit Leihgeschäften Geld gemacht – aber hat sie vielleicht mal hundert Euro an ihre Kinder geschickt? Nichts haben wir von ihr zu sehen gekriegt. Guck, Borcans Kinder aus erster Ehe, die sind die ganze Zeit bei uns, die kommen, essen, Borcan gibt ihnen Geld, und seine jetzige Frau sagt nichts.

Er weinte noch ein bisschen, zog die Nase hoch. Bei Borcan kann ich sowas nicht machen, der wird sauer. Einmal haben wir zwei in der Küche was getrunken, ich erinnerte mich an Omama und fing an zu weinen; als Omama gestorben ist, die Arme, da konnte ich nicht zur Beerdigung, ich hab wie ein Hund gelitten. Und ich tröstete mich bisschen mit Weinen, ich hatte so viel Schmerz in meinem Herzen. Und natürlich weint man, n Elternteil ist ja einer, der einen großgezogen hat, nicht der dich gemacht hat, und Omama hat uns alle vier großgezogen, nicht diese blöde Sau. Was hast du denn auf einmal?, hat Borcan gesagt. Ich halts nicht mehr aus, Bruder, guck, es drückt hier so, ich hab Omama nicht mehr gesehen, als sie tot war, und ich würde wie ne Schlange unter der Erde langkriechen, um sie nochmal zu sehen, sagte ich. Und er, statt dass er was Nettes sagte, paff, eine Faust ins Gesicht, ich bin vom Stuhl gefallen und lag da auf den Fliesen – dieser Irre hat so eine Kraft, mit ihm legte sich im Knast keiner an.

Ach nee, wunderte ich mich, ihr wart zusammen im Knast?

Was soll das, ich weiß nicht, wo du das jetzt hernimmst. Lass mich zu Ende erzählen. Und er, was sagt er? Ich hätte ihm die Freude genommen, ich soll ihm nicht mit sowas kommen, wenn er grade was trinkt; wenn Borcan trinkt, trinkt er zwei Wochen, ohne aufzuhören, man kommt nicht mehr an ihn ran.

Ja, wie bitte, hat er dich aufgenommen, damit du ihn unterhältst?

Er mag es, dass ich das Leben liebe und nicht alles so schwernehme, sagt er. Aber ich wohn da nicht umsonst, keine Sorge, ich fege den Hof, helfe den Frauen, die Wohnung sauberzumachen, ich passe auf die Hunde auf … Ach, scheiß drauf, er hat einfach echt kein Herz, auch wenn ich von ihm Essen und Zigaretten kriege. Und seine erste Frau hat er auch verlassen, die war 30 und hat ihm nicht mehr genug Geld eingebracht. Darum hat er sie verrückt gemacht, verstehst du, seine Frau schaffte nicht mehr genug ran. Er hat seine Kinder und die Frau sitzen lassen und ist mit dem neuen Mädchen nach Italien, die sollte jetzt anschaffen gehen. 18 Jahre alt war sie, als er sie ins Ausland gebracht hat, zurück kam er mit einem Kilo Gold und hunderttausend Euro, toll gemacht. Kein Ding, er hilft seinen Kindern, gibt ihnen Geld, die kommen zu uns zum Essen – aber er hat sie einfach so alleine gelassen, sechs Jahre alleine, so lang, wie er in Italien war.

Er seufzte, schnappte nach Luft. Bruder, ich hab Borcan echt satt, er ließ mich dieses Mädchen vom Bahnhof nicht mit nach Hause bringen, er meinte, die Leute würden ihn auslachen, er wäre verrückt geworden. Sie war vielleicht behindert, aber sie war meine Frau und hielt zu mir, sie brachte mir ihr ganzes Geld, die Arme, 50, 60 Lei, was sie so verdiente, alles auf die Hand, und sie schlief im Bahnhof, wo es grade ging. Und Borcan, dieser Hund, wollte sie nicht im Haus haben. Ich scheiß auf ihn, er schlug mit der Faust auf den Tisch, das ist doch kein Leben, die ganze Zeit für ne Suppe und ein Päckchen Zigaretten immer nach seiner Pfeife.

Ich wusste nicht, was ich zu dieser Geschichte sagen sollte, ich streichelte seinen Kopf, aber er zog ihn weg und saß da mit dem Schädel in den Händen, wiegte sich – und was hätte ich letzten Endes für ihn tun können? Er hatte in seinem Leben noch keinen Tag als Angestellter gearbeitet, er wusste nicht, was das ist, ein Chef, ein Zeitplan. Er ging um vier Uhr morgens schlafen, stand um zwölf auf, Borcan gab ihm irgendwas zu tun, er fegte den Hof, kaufte irgendwas im Laden ein. Er konnte nichts, das war ja das Elend, und er war auch nicht besonders helle. Ich schlug ihm vor, ich würde ihm eine Arbeit als Straßenfeger suchen, aber er regte sich auf, war beleidigt, was soll das, ich bin vielleicht am Arsch, aber ich bin mein Leben lang n Gauner gewesen, ich und Spucke von Idioten und Kacke von Hunden aufsammeln, das würd ich nicht mal machen, wenn man mich in Euro bezahlt. Besser zurück in den Knast als mit dem Besen auf die Straße. Sein Traum war es, Wachmann zu werden, aber er hatte die Strafakte und bis die wieder sauber war, konnte er nirgends unterkommen. Nicht mal einen Ausweis hatte er, der Unglücksrabe – also, wer sollte so einen einstellen?

Ich kannte jemanden im Bürgeramt und, wer weiß, über Beziehungen konnte er vielleicht auch arbeiten und drei Bäume in einem Park bewachen. Jedenfalls lebten wir innerhalb der Hauptstadt in einer Grauzone, wo auf allen Ebenen die Gauner die Regeln aufstellten – ich sah Polizisten, die mit vollen Tüten aus den Geschäften kamen, gib mir dies, gib mir das, und dann hielten sie einen Fünf-Lei-Schein hin. Nicht nur Drogen wurden vertickt, sondern auch Wählerstimmen, manche hatten sich darauf spezialisiert und vermittelten bei Wahlen zwischen den Parteien und den armen Schluckern im Viertel, sie kauften ihre Stimmen, also, warum sollte nicht auch über Albertos Akte hinweggesehen werden?

Bruder, fuhr er fort, ich hab dir nicht alles gesagt, was ich im Knast gemacht habe. Sie haben mich nur beim ersten Mal mit Gewalt dazu gezwungen; danach habe ich mich von alleine an den Zimmerchef gehalten, um mir das Leben leichter zu machen. Ich hab seine Wäsche gewaschen, hab auch seine Unterhosen gewaschen, ich hab an seinem Platz sauber gemacht, wenn irgendwas zu tun war, bin ich gesprungen. Es gab auch noch andere, die sich an ihn ranschmissen, aber so wie ich ihm einen blies, das konnte keiner, er war verrückt nach mir, ich schwöre bei meiner Familie, dass es so war, vor dir ist mir das nicht peinlich, das zu sagen, du bist schwul. Und so habe ich es dann gemacht, manchmal mit Blasen, manchmal mit Besen und Wischlappen auf dem Klo, bis er Vertrauen gefasst hatte und mir sein Herz geschenkt hat. Dieser Gauner hat gesehen, dass ich ihn nicht verpfeife, selbst wenn sie mich in Einzelhaft steckten; wenn man einmal sang, dann hatte man verschissen, dann kriegte mans von allen ab. Er nahm sich alles von den Kumpels, ein Päckchen Zigaretten, eine Flasche Bier, was er grade in die Hände kriegen konnte – und gab mir auch was ab. Ich war sein Mann, wenn du verstehst. Deshalb ist Papa mit mir zu den Klöstern und Popen gefahren, weil es rausgekommen ist, was ich im Knast gemacht hab, dass ich den Hintern hingehalten hab. Darum nimmt er mich jetzt nicht mit zu seinen Projekten, die haben Angst, wenn mich die Wachen schnappen, dann werd ich wieder so und bringe ihnen wieder Schande ins Haus.

Da fasste ich mir ein Herz und sagte, du, Alberto, lass es uns mit Gummi machen, ich weiß nicht, ob du dir im Knast irgendeine Krankheit eingefangen hast, um Gottes willen, AIDS oder Hepatitis – und dann hast dus mir für den Rest meines Lebens gegeben. Du hattest diese Beziehung mit der Schnüfflerin am Bahnhof, hältst du für die die Hand ins Feuer? Vielleicht hast du mit irgendwelchen Junkies im Ferentari gefickt, die Hälfte von denen hat AIDS oder Hepatitis von den Nadeln. Seit ich aus Neapel wieder da bin, hab ich einen Husten, den ich nicht mehr loswerde, und nachts schwitze ich unter der Decke – hast du mich irgendwie angesteckt?

Da hob er die Stimme, war beleidigt, nee, mein Freundchen, glaubst du, Borcan hätte mich noch ins Haus gelassen, wenn ich irgendeine Krankheit hätte? Er hat kleine Kinder, eine Frau, er würde mich wegjagen, wenn ich was hätte. Und von AIDS wird man dünn, guck mich an, ich hab 120 Kilo drauf und nehme noch zu. Vielleicht hast du ja AIDS, durch dich pfeift der Wind durch, so dünn bist du.

Nicht ganz, Alberto, AIDS kann man zehn Jahre haben, ohne dass man was sieht, aber man gibt es weiter. Da wurde er noch lauter, glaubst du, ich bin so ein Penner, der es halt einfach macht wie son Idiot? Wenns darum geht, letztes Jahr hat Borcan mich losgeschickt, ich sollte mich testen lassen, und ich war negativ. Siehst du, dass ich über AIDS Bescheid weiß, er fing an, heftig und lächerlich triumphal zu brüllen, wenn er negativ wäre, das wäre doch gut? Alberto ist nicht blöd.

Ich glaubte ihm nicht. Er konnte das mit dem nötigen negativen Ergebnis von seinem Bruder wissen, Borcan lebte auf Kosten einer Nutte und die ließ sich bestimmt ab und zu untersuchen.

Das war das ganze Gespräch, ich konnte ihn nicht überreden, mich mit Kondom zu ficken; und obwohl ich ihm nicht glaubte, was er über die Untersuchungen und Borcan sagte, fickten wir in dieser Nacht wieder ohne. Es ist, wie es ist, dachte ich, während er mich vögelte, wieder im Stehen, wie die Knackis in der Dusche.

Ich hatte es also nicht geschafft, überzeugend zu wirken; vielleicht, weil ich Kondome selbst nicht leiden konnte, ich habe, wenn überhaupt, zehn Mal im Leben eins benutzt – in Leib und Blut war mir das also nicht übergegangen, dass das selbstverständlich war: Wenn man vögelt, dann mit Kondom.

Er ließ sich auch ficken – als ich vom Bett aufstand, um Nivea-Creme zu suchen, knurrte er wie im Schlaf, nimm Spucke, so mag ich es. Ich fickte ihn ungefähr zehn Minuten, aber ich langweilte mich – mit ihm war das auf einmal eine andere Geschichte; man will ja kein riesiges Tier ficken.

Soldaten

Am Morgen sollte Atti kommen, ein Anthropologe aus der befreundeten Republik Ungarn, der mein erster Mitbewohner im Viertel gewesen war. Er wollte in den Ferentari kommen, um seine Feldstudie zu Ende zu führen, zwei, drei Wochen etwa, und ich würde in dieser Zeit nach Hause aufs Land fahren. Ich tat das nicht seinetwegen, sondern weil ich im Herbst meine Doktorarbeit abgeben musste – von der ich erst 60 Seiten geschrieben hatte. In Bukarest konnte ich mich nicht richtig konzentrieren, dauernd lud mich einer auf ein Bier ein und wenn nicht, dann trugen mich meine Füße von alleine in eine der Kneipen im Viertel – und am nächsten Tag hatte ich einen schweren Kopf und immer so weiter. Die einzige Möglichkeit, noch etwas zu schreiben, bestand darin, mich in einer einsamen Gegend auf den Hosenboden zu setzen.

Alberto war bei mir und ich würde ihn erst nach Ostern wiedersehen – darum lockte ich ihn gegen zwölf sachte aus dem Haus. Ich wäre auf die Zeicani gegangen; aber er war dagegen, geh da nicht mehr hin, Bruder, sonst sehen uns Borcans Spione und der lässt mich nicht mehr ins Haus, der kriegt raus, dass ich mich mit Schwulen rumtreibe. Wenn wir uns treffen, dann irgendwo anders, da geht es nicht mehr, es ist nicht gut, wenn die Leute uns zusammen sehen.

Ich kaufte zwei Shawarma und blieb noch, um zu zahlen. Er ging voraus, und wie er so ging, so schwerfällig mit der Schnauze im Shawarma, Bauch voran, dazu diese unproportional langen Arme, da hatte ich das Gefühl, er wäre ein gezähmter Zirkusbär, den man in der Stadt zwischen den Autos hat laufen lassen, der verwirrt war vom Hupen und dem Lärm, in dem er lebte – und alles, was er jetzt tun konnte, war, sich einen Herrn zu suchen. Und genau das zog mich an, diese verwirrte und blinde Kraft, dass er mich fickte und ich ihm zu essen gab.

Im Boieru hätten wir im Biergarten bleiben können, aber der Wind pfiff und wir gingen rein; ich wollte, dass Floricǎ ihn kennenlernte, der Kellner der Bar, er sollte ihn einschätzen.

Die Bar hat kein Schild und der Name kommt vom Spitznamen des Besitzers, einem Typen mit graumeliertem Haar und metallgrauen Augen – nüchtern, distanziert und selbstsicher, wie die meisten Leute mit Geld. Der Mann macht ein Vermögen mit Immobilien, er kauft billige Grundstücke im Ferentari, die er dann weiterverkauft – und die Bar hat er nur aus Prestigegründen; sie ist sozusagen sein Straßengeschäft. Im Winter wirft sie nichts ab, weil er keine Kunden hat – und nur an Sommerabenden füllt sich der Biergarten. Hier ist das Bier etwas teurer (um die 50 Bani) – aber sie ist trotzdem die erlesenste Bar an der Verlängerung, mit trockenem Rotwein und zwei WCs, kurz, die einzige, in die man seine Frau ausführen kann; die Toiletten haben keinen Sitz und stehen draußen im Biergarten – aber egal, solange sie nicht unisex sind.

Die Wand zum Biergarten wurde rausgeschnitten und ein großes weißes Isolierfenster eingesetzt; innen sind die Tische und Stühle blassbeige mit Melamin überzogen und haben dünne verchromte Stahlbeine wie in den ordentlichen Restaurants anderer Viertel; im Biergarten bestehen die Tische und Stühle aus mit Pallux gestrichenen Holzlatten, die von unten mit Eisenstangen verstärkt sind.

Der Kellner Floricǎ (55+) ist von hier, im Ferentari geboren und aufgewachsen und mit allen Wassern gewaschen: ziemlich viel rumgekommen – nach der Revolution sogar vier Jahre im Ausland.

Wir küssten uns ritualartig, was soll ich machen, Adi, so ein Elend, kein einziger Kunde. O Gott, Floricǎ kann wirklich jammern, der gute Kerl. Nicht, dass er keinen Grund hätte – der Besitzer gibt ihm nur 400, aber als Entschädigung lässt er ihn in einem der hinteren Räume der Bar schlafen; außerdem ist er mit seiner Gesundheit am Ende, beginnende Zirrhose und eine OP an der Galle, die schlecht gelaufen ist, ein Schnitt über den ganzen Bauch – guck selbst, das ist doch kein Leben, und er entblößte seinen enormen Bauch, ich hab kein Geld, um zum Arzt zu gehen. Ein Schnitt in der Form einer violetten Pfütze, der eiterte, so dass sein T-Shirt von innen fleckig wurde – Floricǎ deckte ihn mit Papiertaschentüchern ab. Es war nicht leicht, sich das anzugucken, ich gab ihm 40 Lei, er sollte zu einem Arzt, damit ich es nicht mehr sehen musste.

Floricǎ, sagte ich zu Alberto, war fast sein ganzes Leben ein Gauner, er war vier Jahre im Ausland, und da ist er einer geworden.

Wahnsinn, wie gerne Florică redete. Er goss sich an der Bar einen Kognak ein, zog sich einen Stuhl zu uns heran und während er seine Brille putzte, fing er an zu erzählen. Das waren Zeiten, Jungs, begann er, ich bin heimlich in einem Güterwaggon mit Kalbsfellen mitgefahren, hatte einen Kanister Wasser und ein paar Konserven dabei – aber wie soll man, entschuldigt bitte, in diesem Mief essen, ich habe zwei Tage nichts angerührt.

Er war 90 ins Ausland gegangen, ein paar Monate nach den ersten Mineriaden, als die Roma, die im Alten Zentrum lebten, zusammen mit den Studenten von den Bergarbeitern so richtig in die Mangel genommen worden waren. Florică wohnte im Ferentari, aber jemand hatte ihm gesteckt, wenn er nach Deutschland ginge und sagen würde, er wäre ein von den Bergarbeitern misshandelter Zigeuner, dann würde er politisches Asyl bekommen – und genau das tat Florică. Er kam in ein Asylbewerberheim und dort schickten sie ihn zu Deutschkursen und wahlweise zum Englischunterricht. Außerdem gaben sie ihm tausend Mark Sozialhilfe.

Zwei Jahre haben sie mir dieses Geld gegeben, ein Haufen Geld, ich hab ja keine Miete gezahlt. Mit Englisch hab ich mir ziemlich Mühe gegeben, ich hatte schon zu Hause was gelernt – aber war ich etwa so blöd und lernte Deutsch? Denn wenn man die Sprache konnte, dann fanden sie Arbeit für einen und aus wars mit der Hilfe.

Und warum bist du zurückgekommen, Florică, wenn es da so gut lief?

Aus Dummheit, darum. Wegen einer Rumänin, verfickte Sache, verdammt. Ihre Möse war richtig heiß, sie vögelte besser als eine Ballerina, was solls. Ich war verrückt nach ihr. Aber na ja, sie hatte eine Schwäche fürs Klauen, sie machte bei Elektrosachen lange Finger, Uhren, teures Zeug. Wenn sie wie alle armen Schlucker einfach eine Salami im Supermarkt geklaut hätte, eine Flasche Whisky, dann wär das egal gewesen. Das waren die Regeln bei denen, wegen einer Salami ließen sie dich in Ruhe, aber bei Elektronik und Uhren gings ins Kittchen, dann falteten die einen zusammen und schickten einen zurück nach Rumänien. Am Anfang klaute ich auch, aber mit Gefühl, Essen und Trinken im Laden; ich wäre ja dumm gewesen, hätte ich das nicht gemacht, die waren damals wirklich blöde – jetzt, hab ich gehört, sind sie schlauer geworden, die haben Kameras und Security-Leute. Damals, haha, schüttelte man das Bäumchen und es kamen Bananen runter, man gab dem Zigarettenautomaten einen Tritt und es purzelten fünf Päckchen raus. Danach ließ ich es sein, ich lernte einen Griechen kennen, der hatte ein Restaurant und nahm mich als Hilfskraft – warum also ein Risiko eingehen? Es ging gut, ich sags dir, aber mit der Rumänin, das ging nicht gut. Ich meinte zu ihr, Mädchen, häng dich da nicht mehr so rein, die schnappen dich und dann? Gehst du zurück nach Rumänien und hungerst? Und sie haben sie geschnappt, Bruder – sie haben sie ins Flugzeug gesetzt und ich Blödmann bin ihr hinterher, wieder Hunger leiden.

Das sind Floricăs Lieblingsgeschichten, wie er sich im Ausland durchschlagen musste und was für Frauen er in der Jugend hatte. Aber Alberto rollte mit den Augen, gähnte, ihn langweilten diese Geschichten; Menschen wie er können nicht zuhören, außer sie haben ein direktes Interesse an der Geschichte, und sie wollen die ganze Zeit im Mittelpunkt stehen, brauchen Bestätigung – irgendwann unterbrach er Florică, und hast du von Borcan gehört? Mein Bruder. Der hat Geld, ne Villa etc.

O Mann, natürlich habe ich von Borcan gehört, Florică riss die Augen auf, auch wenn ich die Hand dafür ins Feuer lege, dass er keine Ahnung hatte, wer das war. Es gibt im ganzen Ferentari keinen Schlaueren als ihn – und dann ließ er Alberto mit seinem Bruder angeben. Ab und zu rief er, das gibts doch nicht, ja Wahnsinn – ganz entspannt und mit versteckter Ironie, wie die Gauner es eben so machen.

Na, dann hol noch mal zwei Bier, kommandierte Alberto, nachdem er die Auflistung von Borcans Reichtümern beendet hatte, und sah mich an wie ein Bauer sein fettes Kalb und fing ohne jede Scham an zu singen, Wie son reicher Adliger, erfüllst du jeden Wunsch … und er begann, laut und dröhnend zu lachen, mein Geliebter, jeden Wunsch. Ich schämte mich vor Florică, weil Florică Bescheid weiß, was meine Leidenschaften angeht, eines Abends war ich mit zwei Arbeitern ins Gespräch gekommen – als sie hörten, dass ich mich mit Roma-Musik befasste, luden sie mich an ihren Tisch ein und gaben mir zwei Bier aus. Ich wollte irgendwie nicht ablehnen, und die Biere wurden dann mehr als drei – so dass ich nach zwei weiteren den einen von ihnen anmachte und ihn einfach fragte, ob er mit mir ficken würde. Seitdem verkauft mir Floricǎ nie mehr als drei Bier, außer wir sind nur noch zu zweit in der Bar.

Und Floricǎ, der ein kluger Kopf ist, bekam mit, was da mit Alberto lief, aber er ging es diplomatisch an, pass gut auf Adi auf, ist ein guter Junge, verarsch ihn nicht. Eure Sache, was ihr miteinander treibt, aber leg ihn nicht rein. So ist der nämlich, erst verdient er Geld und dann gibt er allen einen aus.

Aha, was verdient er denn? 1.700, das ist doch kein Geld. Guck dir erstmal meinen Bruder Borcan an, prahlte Alberto mit seiner Familie.

Ach, er verdient 1.700?, er tat erstaunt, mir hat er gesagt, er kriegt 2.200 auf die Hand, oder vertu ich mich da, Adi?, warf er ruhig ein – und ich nahm ihm das übel, Floricǎ ist ein überlegter Typ, nicht mal betrunken redet er einfach drauflos, und zu dieser Uhrzeit war er so nüchtern wie nur irgend möglich. Ich weiß nicht, warum er mich da reingeritten hat, wahrscheinlich passte es ihm nicht, dass ich nach dem Monat, in dem ich nicht mehr dort aufgetaucht war, mit einem anderen ankam, in den ich Bier reinkippte, und ihm selbst gönnte ich Geizkragen nicht mal 50 für einen Kognak.

Ja, mit Sicherheit war es das, er fühlte sich betrogen; ich wiederhole, Floricǎ plappert nicht einfach ohne Grund drauflos, er unterhält diplomatische Beziehungen zu allen und jedem. Auch wenn er ein Loser ist, der Chef vom Boieru will ihn trotzdem haben und gibt ihm Geld. Er ist verlässlich und nett, wie man so sagt, er ist anders als die groben Menschen dieser Gegend: Er hat während des Kommunismus zehn Jahre lang jeden Tag die Schule besucht, er ist im Ausland gewesen.

Die betrunkensten und aggressivsten Männer bringt er mit Worten zur Besinnung, innerhalb von fünf Minuten beruhigt er sie mit einem Witzchen oder einem versöhnlichen Appell an ihren gesunden Menschenverstand: Selbst wenn man ihnen Barbiturate in die Venen spritzen würde, bekäme man keine schnellere Reaktion. Die Leute spielen sich hier mit Aggressivität und dümmlicher Selbstverherrlichung auf, während Floricǎ – und das zeichnet ihn aus – mit Humor den Bescheidenen spielt und alle Anspannung mit Witzen und seiner besonderen Freundlichkeit entschärft; wäre er in eine andere Familie hineingeboren worden, er wäre heute der perfekte Mann von Welt. Die Tatsache, dass er Junggeselle geblieben ist (obwohl er an einem Ort geboren, aufgewachsen und alt geworden ist, an dem die Familie dem Menschen erst seinen Wert verleiht), das sagt eine Menge über ihn aus. Er ist von einem anderen Schlag, und darum ist er mit 55 Jahren das Vorbild der Jungs, die im anderen Raum der Bar am Billardtisch herumlungern: Sie lernen von ihm Manieren, eine andere Art, Witze zu machen und Geschichten zu erzählen – ohne aggressiven Unterton, ohne sich aufzuspielen, einfach nur aus Freude am Erzählen; im Winter gebe ich ihm gerne ein Bier nach dem anderen aus, ich mag es, ihm zuzuhören.

Kurz, er liebt das Leben und hat ein Händchen für Menschen, mit jedem kann er in dessen eigener Sprache sprechen. Zurück in Rumänien, am Flughafen Otopeni, meinte die Polizei, er würde in den Knast wandern, er hätte sein Land verraten. Aber er machte sich in der rumänischen Auswanderungsbehörde an eine geschiedene feine Dame um die 40 ran, sie fing an, ihn zu mögen, und für eine Flasche Whisky und Parfüm für hundert Mark gab sie ihm die Staatsangehörigkeit zurück. Er bekam einen Job als Kellner in den Restaurants im Zentrum, in Deutschland hatte er diesen Beruf in dem griechischen Restaurant gelernt. Damals war er jung und dauernd fand sich eine Frau, an die er sich hängen konnte – unter anderem eine Journalistin vom Gardianul, bei der er vier Monate lang wohnte, bis er sich einmal drei Tage lang betrank, und als er zurückkam, fing sie an zu schimpfen, und er schlug vor Ärger ihre Küche kurz und klein. Um diese Frau tat es ihm am meisten leid – sie hat ihn respektiert, und auch wenn sie eine Studierte war, sie hatte keine Angst, was die anderen redeten, und stellte ihn ihrer Familie vor; diese Frau hatte einen 14-jährigen Jungen, der ohne ihn nicht schlafen konnte, um ihn zu zitieren: Er klebte sich so, guck, mit seinem Bauch an mich ran, der Arme, er konnte sonst nicht einschlafen – mit dieser Geschichte macht er mich fertig und dieser verflixte Florică vergisst nie, sie zu erwähnen, wenn er auf die Journalistin zu sprechen kommt. Mit 45 wurde er dann zum Trinker und hatte weder Geld noch eine Frau, die ihn bei sich wohnen ließ – also zahlte er ein bisschen Schmiergeld, damit er in der besten Obdachlosenunterkunft schlafen konnte, eine NGO, finanziert von ausländischem Geld;

aber auch da machte er was draus, denn die Direktorin, wieder eine geschiedene feine Dame, nahm ihn als Aufpasser, und Floricǎ fing an, auf Kosten der anderen zu verdienen. Wenn jemand Leute brauchte, als Tagelöhner, dann kamen sie zu Floricǎ und sagten, ich will vier Leute, die sollen einen Graben schaufeln oder Sand mit der Schubkarre fahren. Das kostet dich dann soundsoviel. Und er war fein raus, er überwachte nur, ob die anderen auch ihre Arbeit machten und nicht klauten. Aber nach einem halben Jahr warfen sie ihn raus, er hatte angefangen, Partys zu schmeißen und Frauen anzuschleppen … Und so trieb es Floricǎ jahrelang, mit miesen Jobs, Deals, Weibern – aber obwohl er Geld und wohlhabende Frauen in die Finger bekam, entwickelte sich alles anders als gedacht, und seit sechs Jahren lebt er von der Hand in den Mund und arbeitet für geringes Geld im Boieru; ohne Wohnung, ohne warmes Essen, so lebt er und trinkt Kognak auf nüchternen Magen und angelt sich Nutten, die manchmal in die Bar hereinschneien, und so greift er auch mal ein bisschen Möse gratis ab.

Dann betraten drei Männer die Bar, einer trug Anzug. Floricǎ kannte sie, er gab ihnen die Hand und zog ihnen Stühle ran, als sie sich an den Tisch setzten. Eigentlich hatte Floricǎ versucht, sie nach hinten in die Bar zu bringen, dort hatte er ihnen die Stühle bereitgestellt – aber sie setzten sich zu uns.

Einer von ihnen, der im Anzug, war Taxifahrer und arbeitete nicht, weil ihm für einen Monat der Führerschein abgenommen worden war – aber, sagte er, der Lohn fließt weiter. Nur die Hälfte, aber er fließt. Er bestellte sich ein Glas Alexandrion, Floricăs Lieblingsgetränk. Also, erklärte er seinen Genossen, ich blinzle und das Geld kommt aufs Konto. Ich blinzle nochmal und wieder kommen zehn Bani rein. Das ist doch ein schönes Leben, oder?

Kannst du nicht blinzeln, damit es auch auf meins kommt, wenn du so cool bist?, stieg Florică darauf ein.

Ach Scheiße, es ist nichts umsonst auf dieser Welt. Gib mir einen Kognak aus, dann blinzle ich eine Stunde lang nur für dich.

Klar, der Mann war geschmeidig. Als Alberto einen Witz machte und damit das Gespräch brutal unterbrach, gib mir ne Million, da sah ihm der Mann fünf Sekunden lang tief in die Augen und dann – geb ich dir nicht, Bruder, wenn du willst, geb ich dir zwei, aber ich sterbe lieber, als dir eine zu geben. Da klinkte sich Alberto vollends ins Gespräch ein und fing an, damit zu prahlen, er wäre Borcans Cousin, der hätte zwei Kilo Gold im Haus, haben Sie von meinem Cousin Borcan gehört? Auf jeden Fall, die Männer nickten höflich, aber es war deutlich, dass sie keine Lust auf seine Geschichten hatten – aber Alberto hörte gar nicht mehr auf.

Was, wieso dein Cousin?, schnitt ihm Zeremonienmeister Florică galant das Wort ab, zu mir hast du gesagt, er wäre dein Bruder.

Na ja, wir sind zusammen aufgewachsen, wir sind wie Brüder, gab Alberto zu – und solange wir noch in der Bar waren, schwieg er dann; eigentlich schwieg er nicht, sondern er summte ein Lied, dieses mit Wie son reicher Adliger, erfüllst du jeden Wunsch … – und er lachte wie verrückt. Aber auch wenn ich mich für ihn schämte, ließ ich ihn in Ruhe – nicht mal unter diesen ungebildeten Leuten fand er seinen Platz, der Arme, nicht mal die gaben einen Heller auf sein Gequatsche. Er hatte nichts an sich, mit dem er selbst herausstach, und gab dauernd mit Borcan an.

Lass uns hier abhauen, murmelte er, gefällt mir hier nicht. Aber wo sollte man noch hin außer zum Shawarma-Laden auf der Piața Ferentari; er hatte sich betrunken und fing an, Stuss zu reden, ich hatte Angst, er könnte auch da noch peinlich werden.

Komm mit mir ins Zentrum, entschied ich plötzlich. Und auf dem Weg dorthin – Borcan ist nicht mein Bruder, ich muss dir das sagen, er ist mein Cousin, darum sag ich nichts, ich kriech ihm in den Arsch und sag nichts, aber ein Cousin ist wie ein Fremder, man ist sein Sklave. Nicht, dass er nicht hinter mir steht – aber Bruder ist Bruder und Cousin ist Cousin … In diesem Moment glaubte ich gar nichts mehr, egal ob Bruder, Cousin, Onkel aus Amerika. Nicht in dem Sinne, dass er dauernd Mist erzählte, das will ich gar nicht sagen – die Lüge war einfach Teil des intimen und warmen Kerns seines Lebens und derer, die ihm nahestanden. Menschen wie er lügen so, wie andere atmen – sie lügen, um ihr Scheißleben zu vergessen, sie lügen, um sich rauszureden, sie lügen, um dich zu prüfen, um dich zu kriegen, um dich nicht loszulassen und dir einen Gefallen zu tun; kurz, die Lüge war sein Lebenselement, von klein auf hatte er sich darin geübt.

Vielleicht hatte er ihn ja im Knast kennengelernt, wirklich: Warum sollte Borcan nicht irgendwann sein Zimmerchef gewesen sein, und Alberto hatte sein Vertrauen durch Sklavendienste und blinde Loyalität gewonnen – und nachdem sie freigekommen waren, hatte er ihn als Soldat mit nach Hause genommen? Alleine war er unfähig, zurechtzukommen, er brauchte einen Tutor, einen Chef, der ihm Anweisungen gab: Er konnte sich nicht mal ein Handy leisten, er steckte alles in die Automaten. Vielleicht ließ ihn Borcan erstmal einfach so bei sich wohnen und er musste zu schmutzigen und riskanten Geschäften antreten, keine Ahnung, um wen abzuschrecken, der seine Schulden nicht zurückzahlte, oder um seine Frau zu beschützen, wenn sie anschaffen ging; also ein höriger Soldat, den man, wenn er Pech hatte, ins Gefängnis stecken konnte, statt selbst zu gehen; auf Albertos Stirn stand sowieso Knast geschrieben, das war der Lebensraum, an den er sich angepasst hatte, wie ein Fisch ans Aquarium.

Du hast gesagt, ihr seid vier oder fünf Brüder – Warum gehst du nicht zu einem von denen, geht es dir da nicht besser?

Zu wem soll ich gehen, Bruder? Zu meinen Schwestern kann ich nicht, die haben Männer, und die nehmen mich nicht, und meinem Bruder gehts schlecht. Mein Vater hat das Haus verkauft und ist nach Dänemark, Geld verdienen. Ich hab keinen, zu dem ich gehen kann, ich hab meine Neffen schon seit zwei Jahren nicht mehr gesehen, die kleinen Scheißerchen. Ich wohn bei Borcan, weil er hatn dickes Portemonnaie.

Ich brachte ihn ins Castel auf der Piața Romană; mein Lieblingsort im Zentrum, dem ich treu geblieben bin, seit ich in Bukarest lebe. Alle Lokale in dieser Gegend sind kaputtrenoviert worden – nur das Castel hat noch seine 90er-Atmosphäre: Links ist der Biergarten schilfgedeckt, zwischen den Tischen sind Trennwände, an denen nachgemachte traditionelle Teller, getrocknete Kürbisse und Ketten aus roten Paprika oder gelben Maiskolben hängen. Rechts stehen gelbe Bergenbier-Sonnenschirme und schwere Holztische mit unbequemen Bänken.

Außerdem bekommt man hier Bier für fünf Lei die Flasche und es ist unprätentiös und immer voll: erfolglose Schriftsteller aus den 90ern, vom Land stammende Unternehmer zu Beginn ihrer Karriere, Pensionäre des Staatsapparats oder einfache Arbeiter. Warum sollte es Alberto hier nicht gefallen?

Zu zweit ist es ab einem gewissen Punkt langweilig, also rief ich ein paar Freunde an – aber keiner konnte vor fünf, also verbrachten wir drei Stunden alleine. Eigentlich nicht alleine, denn Alberto hatte einen Verfasser von Epigrammen an Land gezogen, der dort herumhing, na komm, du Armer, trink ein Bier mit – eine Klette, er versuchte, uns durch ein paar tödlich altmodische Vierzeiler aufzuheitern, die sich Alberto feierlich, mit gerunzelter Stirn anhörte, als wären es irgendwelche Oden.

Essen wir auch was?, fragte er und entließ die Klette vorerst.

Natürlich, Alberto, was auch immer dein Herz begehrt, und sein Herz begehrte ein paar Mici.

Komm, iss was mit, du armer Schlucker, sagte er zu dem Epigrammdichter, wir laden dich ein. Na sag, wie viele willst du? Die Bank hat Geld, hehe. Ich hätte sagen können, was soll das, dem da geb ich gar nichts, was bin ich denn, die Nationalbank? – aber ich ließ ihn machen, wenn ich ihn schon mal ins Zentrum ausführe, dann verwöhn ich ihn eben.

Er hatte sein Spielzeug gefunden, die epigrammdichtende Klette – und als die Klette aufstehen wollte, weil ein paar Klettenbrüder ihr von einem anderen Tisch aus zuwinkten, fuhr er ihn an, wohin so eilig, he? Glaubst du, du kannst gehen, wann es dir passt?

Als der stotterte, er ginge nur ein paar Freunde begrüßen, donnerte Alberto, he, Kellner, bring nochn Bier, ich besauf mich und mach so richtig Ärger – und der Kellner, ein Dickwanst, guckte finster und tat so, als hätte er nichts gehört; ich lachte mich kaputt.

Aber Alberto gab sich nicht einfach geschlagen, er machte weiter, komm, renn, Kellner, ich besauf mich und geb dir auf Fresse; erst da knallte der Kellner mit starrem Gesicht der Klette ein Bier vor die Nase, aber er hatte nicht den Mut, irgendwas dazu zu sagen.

Ich fühlte mich gerächt, denn ich hatte Schiss vor den Kellnern im Castel, und vor allem hatte ich Angst vor dem Dicken, einem Sauertopf jenseits der 50. Wie viele Kellner der alten Bukarester Garde, haben auch die Bediensteten im Castel die idiotische Angewohnheit, ihre Gäste zu erziehen, ihnen Lektionen in Benimm zu geben: Einmal hatte ich zum Beispiel einen Fuß auf die Bank gelegt – und der Dicke kam an den Tisch und maßregelte mich geschlagene vier Minuten, ohne sich vor den Leuten, mit denen ich da war, zu genieren, und die, was sollten sie anderes tun, saßen da und hörten ihm zu. Mein Fehler war, dass ich eine Minute, nachdem er angefangen hatte, auf meine Handyuhr sah; wenn du zickig wirst, sagte er mit flacher, absolut gleichförmiger Stimme, mit mir nicht, glaubst du, wenn du auf die Uhr guckst, das nervt mich? Damit kommst du nicht durch und schade, du scheinst gebildet zu sein, aber du weißt halt nicht, wie man sich benimmt, entschuldige, dass ich das so sage etc. – und er machte immer so weiter, ganze drei Minuten lang, immer dieselbe gleichförmige monotone Stimme.

Die Erste, die kam, war Marinela (~30) und sie verzauberte Alberto auf der Stelle. Marinela ist der Traum aller Arschlöcher: blond, blaue Augen und babyrosa Teint. Und obwohl sie richtig gut leben könnte, wenn sie diese Vorteile nutzen würde, lässt sich Marinela selten dazu herab – in Bukarest ist sie tatsächlich nur einmal so weit gegangen, bei einem kriminellen Dealer mit Audi und Mietwohnung auf der Piața Unirii. Aber sie ließ ihm seine postproletarische Versifftheit nicht durchgehen, sondern brachte ihn dazu, sich ein Rad zu kaufen und ein paar Kilo abzunehmen – in dem Sommer, in dem er mit

Marinela zusammen war, sah ich ihn dauernd mit einem Mountainbike durch Bukarest radeln. Marinela, die auf ihre Art eine alternative Künstlerin ist, hatte Ambitionen, was die aalglatten Jungs aus dem Zentrum anging, und darum gab sie ihm den Laufpass – und bei der Trennung hinterließ er ihr einen Laptop für 2.000 Euro, auf dem Marinela ihre alternativen Projekte entwickeln konnte.

Alberto teilte ihr mit, wir wären Brüder, wir würden uns gegenseitig helfen, langweiliges Zeug.

Marinela hat keine Vorurteile, was Schwule betrifft, ich ging zum Angriff über, sie hat selber Analsex. Alberto, vor ihr kannst du offen reden, du musst nicht verstecken, dass du auf Männer stehst.

Marinela kommt wie ich vom Land, aus einem armseligen Dorf im Norden, in der Moldau-Gegend – aber sie ist ungefähr zwei Jahre durch Berlin gezogen und von da kam sie drogengebeutelt zurück und mit einer nagelneuen Mentalität, Gay Marriage, BDSM, Camp Art. In Bukarest freundete sie sich mit einem schwulen Pärchen aus der finsteren Modewelt an und die brachten ihr bei, Männer mit Schwester anzusprechen.

Schwester, was redest du da, Marinela war es peinlich, und Alberto nahm sie sofort in Schutz, wie redest du denn mit einem Fräulein, aber es war klar, die Info mit dem Analsex hatte ihn elektrisiert.

Anyway, ich hatte das Böse in die Welt gebracht und jetzt wartete ich zufrieden auf die Ergebnisse – Marinela meinte, das wäre etwas Natürliches und sehr Schönes, und weil Alberto jetzt von Marinela grünes Licht hatte, fing er damit an, er hätte im Gefängnis die Schwulen von hinten rangenommen – aber keine Frauen, obwohl er es sich gewünscht hätte. Aber irgendwas störte ihn – Marsch, ab, sagte er zu der Klette, die große Augen machte vor Verwunderung; keinen Schimmer, warum er sich vor diesem Sandler schämte und ihn wegjagte.

Und wie ist es im Gefängnis?, zwitscherte Marinela, werden Homosexuelle da bestraft und geächtet?

Da machte Alberto eine diplomatische Kehrtwende, ohne sich weiter auf die Sache einzulassen, und sagte, wenn einer gut Schwänze lutschen könnte und sich an die Gauner hielte, dann würde es ihm gut gehen – und Marinela protestierte, das wäre nicht wahr.

Aber, fuhr sie heiter fort, sie freue sich, dass er einen so guten Kerl wie mich gefunden hätte, der ihm den Horizont erweitere – und Alberto war sofort verärgert und blitzte mich an, was soll das? Warum hast du ihr das gesagt? Wir haben doch vereinbart, dass wir kriechen gehen. Ich könnte schwören, ihn nervte vor allem, dass es so aussah, als würde er von mir ausgehalten, er konnte nicht mehr so tun, als wäre er eine große Nummer.

Fettnäpfchen? Habe ich was gesagt, was ich nicht hätte sagen sollen?, fragte Marinela noch immer genauso heiter. Marinela hat ein besonderes Talent dafür, alles zu vermasseln und sich in die unmöglichsten Situationen zu manövrieren – vor ein paar Jahren fuhr sie nach Budapest zum Sziget Festival, wo sie wie alle anderen in einem Zelt schlief. Eines Nachts schlüpfte ein mieser Punker zu ihr rein – er hielt ihr ein Taschenmesser an die Kehle und sagte, sie sollte keinen Ton von sich geben. Dann rutschte er mit dem Kopf nach unten zu ihrem Nabel und fing an, es ihr mit der Zunge zu machen – und dann war Marinela in einem Dilemma: Sollte sie zur Polizei gehen und ihn anzeigen, weil er sie vergewaltigt hatte? Denn technisch gesehen war das auf jeden Fall eine Vergewaltigung; aber wenn sie das tat, wie sollte sie das beweisen? etc. – ein Haufen juristischer Hindernisse tauchte zwischen ihr und ihrem legitimen Bedürfnis nach Gerechtigkeit auf, so dass sie schließlich keine Anzeige erstattete.

Dann kam Dinu (~25), und er ist noch okay; obwohl er bis ins Mark ein Hipster ist (er ist 1,94 groß, wiegt aber nur 74 Kilo), verspürt er eine selbstmörderische Faszination für die Arbeiterklasse, genauer gesagt für die Ultras, denen er seine Doktorarbeit widmet, und Sonntag für Sonntag schwirrt er wie eine Mücke mit ihnen ins Stadion.

Wir haben uns ein High Five gegeben wie echte Jungs, und Küsschen – und da ist Alberto schon bei ihm, was willst du trinken? Komm, ich geb dir einen aus. Um ein bisschen zu rekapitulieren, er war zunächst von der dritten Person, er (beziehungsweise mir, dem Erzähler des Textes), zum Wir übergegangen (also dem Erzähler + Alberto) – und inzwischen verkomplizierte er es überhaupt nicht mehr mit dem Erzähler und bezog sich direkt auf sich, Alberto den Exklusiven. Er fing an, mir damit auf die Nerven zu gehen.

Dinu sagte, das wäre nicht nötig, er hätte Geld – aber Alberto quoll geradezu über vor Größenwahn und sagte, keine Diskussion, er wäre sein Gast; Dinu sagte, na gut, dann ein Ciuc. Dinu ist ein ehrlicher und loyaler Typ, er hält bis zum Fanatismus zu seinen Freunden, ich weiß nicht, ob er das von seinen geliebten Fußballfans gelernt hat oder ob er sich einfach zu ihnen gesellte, weil er sich in ihren reinen und harten maskulinen Werten wiederfand. Die Wege des Herrn sind unergründlich, man weiß es halt nicht.

Alles gut und schön also, wir tauschten uns immer noch über das schwere Leben im Knast und in den Stadien aus – das Problem war nur Marinelas Talent, alles zu vermasseln, in diesem Falle gelang ihr das, indem sie eine Ärztin dazuholte, mit der wir beide befreundet sind. Diese Frau hat einen messerscharfen Verstand, und ich mag es, mich mit ihr zu unterhalten – aber nur unter vier Augen; in gemischten Gruppen kann sie sich nicht zurückhalten und flirtet mit allen. Bis 32, als sie was an der Schilddrüse bekam und einen dicken Arsch kriegte, war sie eine schöne Frau, sehr sexy, und ihre Flirts fielen vor diesem Hintergrund nicht weiter auf. Jetzt ist das Problem, dass diese Flirts mit allen möglichen bedrückenden Bedeutungen aufgeladen sind, bei denen man unmöglich durchblickt; genauer gesagt, sie ist Psychiaterin und macht es hinterrücks und manipulativ, plötzlich hast du den Boden unter den Füßen verloren, Männer, Gegenstände und Boden fangen an, sich langsam um sie herum zu drehen. Sie redet nicht viel, sie macht es langsam und sehr leise, ob man will oder nicht, sie drückt dem Gespräch ihren eigenen Rhythmus auf und zwingt alle, sich ihr zuzuwenden.

Wenn ich zurückblicke, kam sie also an den Tisch, Alberto legte seine Hand auf Marinelas Rücken und Dinu fragte, ob sich Fußballfans im Gefängnis weiter kloppen, und Alberto antwortete, ach, wasn süßes Fötzchen.

Als Alina (35) kam, geriet dieses prekäre Gleichgewicht ins Wanken; nach zehn Minuten hatte Alberto nur noch Augen für sie, er drehte sich hilflos um sie wie der Boden unter seinen Füßen, bring dem Fräulein Doktor ein Bier; drei Mici auf Kosten des Hauses?, röhrte er werbend.

Und drei Mici, flüsterte das Fräulein Doktor kaum hörbar. Wenn sie flirtet, kann Alina nur noch ironisch sein und fordert den männlichen Ehrgeiz heraus, Haltung anzunehmen – aber weil ich sie seit vielen Jahren kenne, bin ich gegen diese Strategien immun und kann sie im Gespräch ignorieren, ich tue so, als würde ich ihre perversen Stilfiguren nicht bemerken. Bloß, der arme Alberto hatte davon keine Ahnung und wusste nicht, wie er seine Muskeln noch spielen lassen sollte, sie platzten fast schon vor Konzentration – damit Alina ihn als S-Klasse-Mann ins Auge fasste.

Was zappelst du so rum, unterbrach ihn Alina, als wärst du ne alte Jungfer. Alberto war schon ganz heiser vom ständigen Bierbestellen und seinen Geschichten, dass man im Gefängnis alles bekam, wenn man Geld hatte, sogar Bierflaschen für 50 Lei und Nutten für 500 Euro – je mehr er sich anstrengte, um so unleidlicher wurde Alina, die ihm nur noch schnippische Antworten gab.

Auf dem Nachhauseweg nahmen wir ein Taxi – und Marinela hängte sich an uns ran, ach, ich komm mit euch mit, wir fahren in dieselbe Richtung und ihr könnt mich dann rauslassen. Als ich in den Ferentari gezogen war, hatte ich ein paar Mal in den sauren Apfel beißen müssen – und ich verstand nicht, warum eine Fahrt mit Marinela so teuer war, was für Quanteneigenschaften hatte sie wohl, dass sie den Raum so schaurig verzerren konnte; später merkte ich, dass der Ferentari viel näher am Zentrum war, eigentlich nur zwei Stationen von der Piața Unirii, im Gegensatz zu Berceni, wo sie wohnte, das war am Arsch der Welt. Und obwohl ich jedes Mal zu Marinela sagte, erst zu mir – kam sie immer wieder mit derselben idiotischen Bitte, komm, setz mich erst mal in Berceni ab.

So machte sie es auch jetzt – und als ich zischte, das kannst du vergessen, machte sie ein erschrockenes Gesichtchen, und Alberto plusterte sich auf, keine Diskussion, wir machens, wie Marinela es will – da schluckte ich auch das noch, so viel, wie ich ausgegeben hatte, hatte es keinen Sinn, jetzt am Ende noch ein Fass aufzumachen. Sie saßen wie die Käuzchen auf den Hintersitzen, ich quatschte vorne mit dem Fahrer, echt Ferentari?, fragte er. Echt Ferentari. Ich wohn in der Nähe, auf der Șălaj. Echt bei Tata Nuțu? Echt bei Tata Nuțu. Nuțu Cămătaru, das erfuhr ich bei dieser Gelegenheit, war die gute Fee des Viertels, weil seine Jungs die Penner im Zaum hielten, keiner regte sich mehr, wenn die Fee oder ihre Soldaten auftauchten. Das waren höfliche Jungs, die sagten zu allen Frauen Küss die Hand. Jetzt, wo sie Nuțu geschnappt haben, herrscht Chaos, die Penner drehen durch.

Nachdem wir Marinela abgesetzt hatten, nervte Alberto mich die ganze Zeit damit, dass Marinela ihn die Hand in ihre Unterhose hatte stecken lassen, die süße kleine Fotze.

Mit Atti, den ich seit einem Jahr nicht mehr gesehen hatte, redete ich gerade mal zehn Minuten – als er Alberto sah, sagte er, ich schlaf bei Vasi im Zimmer.

Warum? Du kannst hier schlafen.

Nein nein. Ich schlaf bei Vasi.

Am nächsten Tag zog Alberto ohne subtile Erpressungsversuche ab – er trank seinen Kaffee, bat mich um 50 Lei und sagte, na, dann werde ich mal los, Borcan macht sich sonst Sorgen, dass die Polypen mich geholt haben. Wir küssten uns auf die Wange – Frohe Ostern, wenn wir uns bis dahin nicht mehr sehen.

Es war erst neun – ich ging runter, um mir Zigaretten zu holen und da ich nun schon unten war, überprüfte ich meinen Kontostand – und als ich nachsah, hätte ich fast einen Herzinfarkt bekommen, ich hatte noch genau 600; ich war praktisch pleite – 400 plus 50 Lei hatte ich Schulden bei meiner Kollegin, die Nebenkosten hatte ich nicht bezahlt, die Miete stand jetzt an. Kurz, ich hatte 1.200 Miese.

Ich ging zurück, aber noch war keiner wach – ich setzte mich an den Rechner. Per Messenger knöpfte ich mir Marinela vor, was höre ich da, Süße, du und Alberto, ihr habt euch gegenseitig in die Unterhose gefasst? Das ist doch nicht korrekt, oder, ich zahle und du fickst ihn?

Wie unverschämt, empörte sie sich, er hat mir nirgendwohin gefasst, ich habe ihn ein bisschen gestreichelt und er ist durchgedreht. Und apropos – stimmt es, dass er einen Kleinen hat?

Ja, darin besteht sein Charme. Er hat mich ruiniert, knirschte ich, ich habe mein ganzes Stipendium für ihn rausgeschmissen!

Er macht dich fertig, Marinela war aufgebracht, der ist ja schlimmer als ne unverschämte Fotze, der geht erst, wenn er dein gesamtes Geld hat.

Und was soll ich machen?

Lass ihn laufen, er nimmt dich nur aus, das riecht man doch von Weitem. Hast du gestern Abend nicht gemerkt, dass er dich gar nicht beachtet hat, dass er nur Augen für die Frauen am Tisch hatte? Er ist mit dir zusammen, um an deine Kröten zu kommen, du bist ein Idiot, wenn du was anderes denkst.

Ich kann nicht, stöhnte ich.

Weißt du, was er gesagt hat, als du auf der Toilette warst?, warf Marinela ein, dass du ein kluger Junge bist, du hast Köpfchen – aber irgendwas ist mit dir nicht in Ordnung und das gefällt ihm nicht. Du bist zu weich, du bist nicht so, wie ein Mann sein sollte.

Marinela rammte mir ein Messer ins Herz. Und ja, wenn ich darüber nachdachte, hatte er in diesen letzten zwei Tagen kein liebes Wort für mich übrig gehabt, ich liebe dich, mein Leben oder sowas, nur immer mein Bruder und das Lied mit diesen Adligen. Ich hatte ein Déjà-vu-Erlebnis – wie mit dem Jungen vom Lande war der Honigmond langsam vorbei und am Horizont zeigte sich die blutige Wahrheit. Na gut, und wer war schuld, dass Alberto mich ausnahm? Hat er mir die Hand in die Tasche gesteckt oder habe ich das selbst getan? In seinen brutalen Worten besaß ich Brot und Messer, also das Geld, und er war nur dazu da, um mir Appetit zu machen. Er tat, was er im Gefängnis gelernt hatte, er hielt sich an jemanden, der besser zurechtkam als er selbst, um sich das eigene Leben zu versüßen. Folglich war ich in seinem Kopf der Chef, also der, der an den Schalthebeln saß – aber weil ich mich nicht durchsetzen oder ihn abweisen konnte, hatte ich ihn nicht dazu gebracht, das wirklich zu glauben. Ich war weder dreist noch stolz genug, ich war nicht wie seine Zimmerchefs im Gefängnis, mein Verhalten irritierte seine Soldateninstinkte; wenn ich so romantisch und konfus weitermachte, würde seine Verwirrung mit Sicherheit zu Verachtung werden, Scheiße, was für ein Blödmann. So ging es nicht weiter, ich musste etwas tun.

Dann stand Atti (30+) auf und nachdem er gegessen hatte, kam er mit Vasi in mein Zimmer. Wir saßen da wie auf einem idiotischen Familiengemälde, Mutter, Vater, das verlorene Kind – Papa Atti packte den Stier bei den Hörnern, Mama Vasi saß neben ihm mit den Händen im Schoß. Also, erstmal wäre es nicht okay, was ich tat, vor allem nicht gegenüber Vasi, meinem Mitbewohner. Ich hätte versprochen, Alberto nicht mehr mitzubringen, ohne ihm vorher Bescheid zu sagen, aber ich hätte mein Wort gebrochen – und Mama Vasi sagte nichts dazu, schwieg nur und blickte hilflos im Zimmer umher.

Es tut mir leid, ich machs nicht mehr, ich senkte den Kopf.

Und dann sagte Atti, ich könnte die Situation nicht mehr kontrollieren und ich sollte mich mal daran erinnern, als er mit einer Gruppe Penner unterwegs war und sie ihn am Anfang auch so einlullten, wir sind Brüder, komm mit uns in den Park der Jugend, wir klauen da Gras – aber dann hätten sie angefangen, Geld von ihm zu verlangen, und als er sagte, nix da, kamen sie mit Vorwürfen und Drohungen, was für ein Scheißfreund er wäre, und er würde schon sehen, sie würden im Viertel rumerzählen, er würde Drogen nehmen – sehr schwierig wäre das gewesen, die wieder loszuwerden; glücklicherweise hätte er Kontakt zum Spoitoru-Clan gehabt, er wäre mit Florin Spoitoru zu denen gegangen und Florin hätte gesagt, lasst ihn in Ruhe, er ist mein Bruder – so wäre er grade noch aus der Sache rausgekommen … Also, Atti atmete tief ein, Adrian, wer beschützt dich denn, wenn das Blatt sich wendet? Welche Familie kennst du hier, die dir den Rücken freihält?

Keine einzige, ich wurde ganz kleinlaut.

Dann versuch, ihn loszuwerden, solange es noch geht.

Ich kann nicht, stöhnte ich, wenn er sich auf mich legt, dann ist es so, als würde mich ein Touareg überrollen.

Aber Atti hatte keinen Sinn für Humor, er verstand die Pointe nicht. Was willst du damit sagen?

Er fickt gut, Atti, was ist daran so schwer zu verstehen?

Er war ein paar Sekunden außer Gefecht gesetzt, dann – weißt du, was die Leute im Viertel über dich sagen? Dass du verrückt bist. Dein Problem ist, dass du trinkst, und wenn du trinkst, dann drehst du durch, du fängst an, Blödsinn zu reden, und verschreckst die Leute, du machst sie paranoid. Erinnere dich, wie es mit Bibi war.

Bibi (39) war einer der ersten Menschen, die ich im Ferentari kennenlernte, das war damals im August, als ich mit Atti eine Wohnung suchte und wir im Viertel überall auf den Straßen herumfragten. Wir waren auf der Allee und bemerkten einen dicken gedrungenen Typen, der seine Flasche süßen Wein vor einem Laden im Erdgeschoss eines Wohnblocks trank, er saß auf einem Bierkasten an einem behelfsmäßigen Tisch aus Sperrholz; er saß als Einziger am Tisch, alle anderen tranken ihr Bier auf den Eingangsstufen oder im Stehen. Ich fragte ihn, ob er eine Wohnung wüsste, die wir mieten könnten. Vor allem Atti weckte seine Neugier, weil er Ausländer war, im Ferentari sieht man schon kaum Leute von der Uni – umso seltener sowas wie einen Ausländer. Er gab uns ein Bier aus und nahm uns auseinander, was wir vorhatten, was wir dort suchten.

Wir sind Studenten und suchen eine billige Wohnung. Was Atti betraf, war das zum Teil richtig – er schrieb seine Doktorarbeit und lebte von einem Stipendium; was mich anging – nicht wirklich, denn damals arbeitete ich als Journalist. Aber wir ließen es so stehen – das, was falsch daran war.

Einer von ihnen kannte jemanden, der sogar eine Wohnung an der Abzweigung zur Allee hatte, auf dem ruhigsten Teil der Straße – und schickte uns dahin. Gezielt und getroffen – wir redeten mit der Blockwartin, und die gab uns die Telefonnummer der Besitzerin. Nach einer Woche zogen wir ein und weil der Laden nur drei Blocks weiter war, fingen wir an, abends dorthin zu gehen. Obwohl Bibi verheiratet war und Kinder hatte, mochte er es, seine Zeit mit Jungs und Gaunern zu verbringen; nun ja, das ist in den Außenbezirken so üblich, die Gruppen bilden sich nicht nach Alter wie im Zentrum, sondern nach Geschlecht, Jungs mit Jungs, Mädchen mit Mädchen.

Wir redeten eine Menge über Fußball, Manele-Musik und Ungarn; über Fußball – die meisten waren Steaua-Fans und liebten Becali und sie erinnerten sich immer daran, wie der Chef von Steaua den armen Leuten von Zăbrăuți eine Spende verpasst hatte; die klauten da Strom und die Stromgesellschaft hatte die Leitungen abgestellt – und Becali hob seine helfende Hand und zahlte ihre Rechnung und es wurde wieder Licht in Zăbrăuți. Über Manele – wie sie in den Han gingen und sich dann volllaufen ließen, sie waren nicht so sehr an den Musikanten interessiert, eher an dem mondänen Spektakel, daran, mit den besseren Leuten aus der vermeintlichen Upperclass in Kontakt zu kommen (einer von ihnen, das weiß ich noch, prahlte tagelang damit, dass er mit Emi Pian am selben Pissoir stand). Über Ungarn – dass die Ungarn arrogant wären und Siebenbürgen einnehmen wollten; weil alle Gruppen gemischt waren, hatte niemand etwas gegen

Roma – das Problem waren die Ungarn, obwohl man nie einen Ungarn im Ferentari sah.

Aber am meisten redete man über Frauen – und das war mir unangenehm, weil ich bei den Frauen, die vorbeikamen, Begeisterung vortäuschen musste: Die da ist ne Nutte, sagten sie, für 50 Lei macht die eine Gruppen-Nummer, die da hat sich vor zwei Monaten von ihrem Mann scheiden lassen und rennt jetzt den Schwänzen hinterher.

Und welche gefällt dir, fragte Bibi eines Abends, sag einfach, wie sie aussehen soll, und ich besorge dir eine Nutte für nen Hunderter die ganze Nacht – und betrunken rieb ich mir die Hände vor Appetit, ach, der werd ichs besorgen, aber am nächsten Tag bekam ich Schiss vor der Nutte und eine ganze Woche lang ging ich nicht mehr am Laden vorbei. Als wir uns wieder trafen, war bei Bibi die Geschichte mit der Nutte zum Glück in Vergessenheit geraten.

Kurz, der Ort bebte vor dicken Eiern und Testosteron – und das, obwohl alle Jungs inklusive Bibi Angst vor ihren Frauen hatten und keiner etwas sagte, wenn ihre Partnerin vom Fenster aus schrie, sie sollten nach Hause kommen. Und weil der Druck Richtung Heterosexualität so groß war, hielt ich diese Schizophrenie nicht mehr aus, fiel eines Abends in Sünde und tat mich mit Ana zusammen – und der Sünde und ihr blieb ich verfallen … Eigentlich war es noch etwas komplizierter, denn irgendwann in dieser Zeit, vielleicht ein bisschen früher, beschloss ich, mir die Heterojungs aus dem Kopf zu schlagen, koste es, was es wolle – und weil es mit den Schwulen nicht ging, blieb nur Variante B, ein knabenhaftes Mädchen mit schöner Haut; zu Ostern war ich zu Hause bei meinen Eltern, hatte ein Geschenk für das Kleine, und im Haus war es sehr warm, weil sie die Heizung für das Baby angeworfen hatten, es roch stark nach Familie und mich überkam eine schreckliche Sehnsucht nach diesem einfachen Leben – und da dachte ich, nein, ich will nicht alleine alt werden, ich muss jemanden finden, koste es, was es wolle. Ich war ein bisschen scheiße zu mir, weil ich mich mit Ana zusammentat, aber na ja, manchmal muss man so sein, sonst geht es nicht – und das Seltsame war, dass es funktionierte, es war beunruhigend, aber im Großen und Ganzen war es ungefähr dasselbe wie mit einem Mann, nur ohne Schwanz und ohne toxische Intensität.

Bibi hatte es sich also zur Gewohnheit gemacht, uns ein Bier auszugeben, bevor wir nach Hause gingen – und ich mochte das nicht, weil das Verpflichtungen schuf. Als wir ihm auch eins ausgeben wollten, lehnte er ab, lasst mal, ihr seid arme Studenten – und da sagte ich zu Bibi, ich wäre nicht unbedingt ein Student, ich wäre eigentlich Journalist für die Presse im Zentrum; aber er ging darüber hinweg, als hätte er mich nicht gehört. Wenn ich klug gewesen wäre, dann hätte ich merken müssen, dass das nicht in Ordnung war, kein Bier von mir anzunehmen; Geschenke sind eine Art Schuldschein, evolutionsgeschichtlich hat damit die Wirtschaft angefangen zu brummen.

Zu mir sagten sie Professor oder Hermannstädter und zu ihm Atti – Ungar oder, wenn er nicht dabei war, Harry

Potter, weil er eine Brille hatte wie diese Figur und einen weichen vorpubertären Teint. Ich mochte Bibi ziemlich gern, er war ein harter, zynischer Typ, sehr straight, das machte ihn, glaube ich, zum Leader, er war bekannt für seine Art übermaskulines Fairplay, behandelst du mich wie einen Menschen, behandle ich dich auch wie einen Menschen: Ich weiß noch, dass irgendwann ein Junge (18+) in den Laden kam, dessen Gesicht mir irgendwie bekannt vorkam – ja, ich erkannte ihn wieder, eine Zeit lang hatte er sich an Bibis Clique gehängt und dann war er verschwunden. Als er gerade in den Laden wollte, hielt Bibi ihn auf; komm du mal her, sagte er ganz ruhig – und unterwürfig wie ein Schaf blieb der Junge stehen und lächelte schief; was erzählst du da rum, dass ich kein Geld habe, um den Wein zu bezahlen, den ich hier trinke?, er hob die Stimme leicht an. Der Junge protestierte schwach, aber Bibi hörte nichts mehr und hatte plötzlich einen hemmungslosen Ausbruch blinder Wut, ich stampfe dich in Grund und Boden, du Bastard, ich brech dir alle Knochen, deine Tante kann dich mit dem Kehrblech auffegen – und als der, blass, wie er war, anfing, sich zu rechtfertigen, warf sich Bibi brüllend auf ihn, du Scheißjunkie!; er demütigte ihn furchtbar und keiner aus der Clique griff ein, um den Konflikt zu schlichten, alle schwiegen, während er seiner Wut freien Lauf ließ.

Aber das ist eine andere Geschichte; vorerst erlebten wir ein interkulturelles Märchen, Bibi spendierte uns eines Abends gegen Ende ein paar Bier, tat das aus Patriotismus oder anderen obskuren Gründen – und wir staunten, wie wunderbar die Ferentarier waren und was für anständige Menschen hier im Viertel wohnten. Vor allem Atti bemutterten sie und kümmerten sich um ihn, denn er war ein Ausländer und sie fühlten sich verpflichtet, ihn zu beschützen und aufmerksame Gastgeber zu sein, so dass Atti einen guten Eindruck von dem Viertel und der Gastfreundlichkeit der Ferentarier mitnahm. Es war von Vorteil, ein Ausländer zu sein – alle Aggressionen waren ausgehebelt, den Gaunern blieben ihre Drohungen im Hals stecken, wenn Atti sein Gedicht über Budapest aufsagte. Einmal im Mai zum Beispiel, im Monat der Liebe, gingen wir um zwölf Uhr nachts los, spazierten betrunken auf der Allee herum und blieben am Übergang zwischen den beiden Zonen stehen, um das zauberhafte Panorama des Ghettos zu genießen – dort hörten erst kurz vor ein Uhr in der Nacht das Gewimmel und die Manele-Musik auf, bis dahin war da ein Getümmel wie beim Festival von Rio. Ein betrunkener und paranoider Gauner machte uns an, ihr wohnt doch bestimmt nicht hier; und ihr kommt hier nicht weg, bis ihr sagt, was ihr um diese Uhrzeit in dieser Gegend zu suchen habt – und als Atti in gebrochenem Rumänisch das Gedicht mit dem Ungarn aus Budapest aufsagte, der sich ins Ferentari-Viertel verliebt, war der Gauner wie ausgewechselt und bestand darauf, uns am Junkie-Non-Stop ein Bier zu besorgen – sag deinen Ungarn, was für ner Menschlichkeit du hier im Ferentari begegnet bist. Er führte uns bis zum Treppenaufgang, um sicherzugehen, dass niemand sich an seinem seltenen Vogel aus Budapest vergriff.

Aber auch das ist eine andere Geschichte, ohne Bezug zu Bibi. Ja, das Märchen im Laden fing an, sich zu trüben, als ein gescheiterter Verbrecher (60+) ein Auge auf uns geworfen hatte und anfing, sich an uns abzuarbeiten und uns dauernd zu sich zu holen. Er hatte gefärbte Haare wie Ion Dolănescu, er war schmierig und machte zweideutige Witze, was für einen tollen Hintern hast du, kann ich ihn heute Abend ausleihen und mit ihm spielen?, sagte er zu einem Jungen – und als der sich ärgerte, schlug der Verbrecher einen honigsüßen Ton an, warum ärgert dich das? Gib mir die Muschi von deiner Freundin, ich hab gehört, die wär rasiert und mit Parfüm eingesprüht; und er führte ihn eine Stunde an der Nase herum, während die Leute sich vor Lachen bogen.

Als ich zu Bibi sagte, der Verbrecher hätte uns zu sich nach Hause eingeladen, reagierte er ungewöhnlich heftig – ein Hinterlader, geht da nicht hin, ihr kommt da nicht raus, bevor ihr ihn gefickt habt.

Warum sollten wir den ficken, Bibi, antworteten wir im Chor, wir sind zwei zu eins; was, sind wir etwa Muschis, die er mit Gewalt zwingen kann?

Darum gehts nicht, seufzte er verzweifelt, er wird euch verarschen, und ihr werdet ihm nicht entkommen.

Mal im Ernst, Bibi, nahmen wir unsere Rede im Chor wieder auf, selbst wenn uns Typen gefallen würden, bei dem würden wir keinen hochkriegen, der ist im Alter von unseren Opas.

Und weil ihm die Argumente ausgegangen waren – mich hat er so bekloppt im Schädel gemacht, bis ich ihn gefickt hab, ihr habt keine Ahnung, was der alles kann. Der hat die Schwanz-Schule im Gefängnis durchgemacht, der reibt sich so lange und macht einen völlig gaga, bis mans ihm von hinten besorgt. Ziemlich merkwürdig, sowas öffentlich zu bekennen, aber na ja, als Held gerät man nicht ganz so tief in die Scheiße, wenn einem das unfallmäßig mal passiert, Probleme bekommt man erst, wenn man ihn reingesteckt kriegt. Hinzu kommt, das sagte ich schon, dass Bibi eine sehr direkte Art hatte: Er gab nicht nur zu, dass er ihn gefickt hatte – sondern auch, dass seiner im Vergleich zum riesigen Schwanz unseres Verbrechers eher klein war.

Wir sind damals nicht zu ihm gegangen, weil wir riskiert hätten, als Schwanzlutscher zu gelten – und als wir doch hingingen, taten wir das, weil Ana mit dabei war. Es war sehr kalt an jenem Abend und vor dem Laden war es menschenleer – aber drinnen im Warmen waren der Verbrecher und einer seiner Kumpels.

Dieses Mal lehnten wir nicht ab, als er uns zu sich einlud. Der Verbrecher hatte zwei Wohnungen im selben Wohnblock, in einer wohnte er + seine Frau + die Tochter, aber dort führte er uns nicht hin, sondern in die andere; die stand leer, obwohl sie besser möbliert und mit einer Dusche mit Musik ausgestattet war – er hielt sie sich wahrscheinlich als Liebesnest. Die erste, erklärte er uns, hatte er von dem Geld gekauft, das er als Taschendieb verdient hatte: Er prahlte damit, dass er Mitte der 90er eine Bande von Kindern unter 14 Jahren zusammengestellt hatte, die er für sich klauen ließ; wenn er sie arbeiten schickte, zog er ihnen Schulkleidung an und gab ihnen Schulranzen – meine Soldaten, nannte er sie zärtlich; und als Atti ihn fragte, warum er sie Soldaten nennen würde, zwinkerte er ihm zu, wieso, dürfen nur die Sizilianer Soldaten haben? Wir Rumänen sind noch viel schlauer, wir ziehen sie uns schon im Kindergartenalter ran, bei dem Alten blieb mir die Spucke weg. Die zweite Wohnung hatte er in der orgiastischen Zeit vor der Krise über Kredite von sechs Banken ausbauen lassen; als sie nach der Krise kamen und ihn wegen unbezahlter Raten drankriegen wollten, konnten sie ihm nichts anhängen, die Kredite waren ordnungsgemäß abgeschlossen worden und liefen wie all sein Eigentum auf den Namen seiner Frau – mit der er auf dem Papier nicht verheiratet war.

Bibi gefiel unsere Freundschaft zu dem Verbrecher überhaupt nicht – und Atti gab klein bei, er ging auf Abstand zu dem Alten. Ich traf mich weiter mit ihm, weil ihm manchmal schräges Zeug rausrutschte und es mich faszinierte, wie einer eine ganze Stunde lang reden konnte, ohne etwas zu sagen: Wenn Alberto imstande war, eine halbe Stunde über Brüderlichkeit und moralische Aufrichtigkeit zu reden, dann war der Verbrecher um Längen ausdauernder, er konnte es ganze anderthalb Stunden. Aber wenn Bibi uns zusammen sah, rümpfte er die Nase wie bei einer sauren Zitrone; hast du ihn gefickt?, fragte er mich mit schiefem Lachen, nachdem ich den Alten los war – und ich antwortete im Spaß, ich wäre doch nicht pervers, ich würde nicht mit Opa ficken; aber klar, er glaubte mir nicht. Rückblickend, vom Ende der Geschichte her betrachtet, wird mir klar, was ihm nicht gefiel, er konnte nicht kontrollieren, was Opi mir erzählte, der hatte sich seit ein paar Jahren vom Geschäft zurückgezogen und gab jetzt Kommentare darüber ab wie die Philosophen am Tresen – und man kann nicht behaupten, dass seine Sorge unbegründet war: Bibi, so sagte der Alte, wäre ein Teilzeit-Gauner, er hätte einen Job, aber um sein Einkommen aufzuhübschen, machte er manchmal kleine Geschäfte mit den Jungs – nur wollte er mir nicht sagen, was genau Bibi da trieb.

Je weiter man in das Viertel eindringt, um so verwirrender und zwielichtiger werden die Dinge, und die Leute werden immer paranoider; das Gefühl einer dritten, unsichtbaren, trügerischen Präsenz drängt sich auf – und ich hatte während dieser Zeit Journalistenquatsch im Kopf und wollte hier die unbeschreiblichen Vibrationen einfangen; was wiederum ein Fehler war, denn wenn du in diesem Viertel überleben willst, dann tust du so, als würdest du nicht sehen, was passiert, und fragst vor allem nicht nach dieser dritten, okkulten Präsenz – und wenn du es mit dem Don't ask, don't tell so hältst, wird sich dir diese Präsenz von selber zeigen, denn so ist der Lauf der Dinge, die Menschen fangen schließlich an, dir Dinge zu erzählen, ohne dass du danach fragst.

Um die Angst loszuwerden, hatte ich außerdem angefangen, immer mehr zu trinken, wenn ich in den Laden ging. Das Dilemma war – trank ich nicht, dann saß ich mit zusammengebissenen Zähnen da und betrachtete bloß mit toten Augen die Leute; trank ich, riss ich den gesamten Redeanteil an mich und nur ich erzählte, oder nicht mal das, es erzählte aus mir heraus – und mein Scheißmund quasselte wie ne Möse, die Ferentarier wären toll, Bibi wäre toll, alle wären toll, und keine Ahnung, was für einen Scheißhippie-Porno von Frieden und Brüderlichkeit zwischen den Klassen und Arten ich dumme Gans noch von mir gab; und als es Atti peinlich wurde und er mich wegzog, wir sollten gehen, sagte der Amphitryon Bibi, ach nein, bleibt doch noch, komm, ich mach euch noch ein Bier – und wie konnte man seinem Freund Bibi etwas abschlagen, unserem Rückhalt hier im Viertel?

Und Bibi nickte immer und hörte sich meine Hippie-Schweinereien an – bis er eines Abends im November explodierte und sie völlig zunichtemachte. Er ging im schlechtesten Moment hoch, grade als ich Ana mitgebracht hatte, um mit meinen Freunden vom Ferentari anzugeben.

Als ich sie ihm vorstellte – diese Vogelscheuche ist deine Freundin? Verarschst du mich? Und dann direkt zu ihr, weißt du, dass der hier jede Woche mit nem anderen Mädchen ankommt? Wie blöd bist du, na ja, man sieht es dir schon an. Aber Ana war eine Soldaten-Frau und in ihrem Gesicht zuckte kein Muskel, sie stand einfach da und hörte ihm ruhig zu; und am Ende, mit derselben Selbstbeherrschung – was willst du von mir hören, Bibi? Das geht dich alles gar nichts an, das bespreche ich mit ihm zu Hause. Tatsächlich wusste Ana von den neugierigen Freundinnen aus dem Zentrum, die ich auf

Safari in den Ferentari mitnahm, genauso, wie sie auch wusste, dass ich Jungs mag.

Aber in dem Moment war Bibi betrunken und schlug wahllos um sich – und einen Teil kriegte Ana ab, er machte sie zur Sau. Und sie hörte ihm ein paar Minuten lang zu, dann gähnte sie verächtlich und fragte mich, ob wir nach Hause wollten.

Aber Bibi hatte sich grade erst warmgeredet und ließ uns nicht gehen, ihr haut ab, wenn ich das sage, ich bin noch nicht fertig mit diesem widerlichen Wurm. Das alles glich einer öffentlichen Steinigung – an diesem Abend hatten sich fast alle Jungs versammelt, die dort immer ihr Bier tranken. Aber keiner griff ein, sie saßen da und hörten zu.

Du hast gesagt, du wärst Student und 31 Jahre alt – jetzt erzählst du uns, du wärst Journalist und 37. Wann hast du jemals die Wahrheit gesagt? Warum hast du gelogen? – und egal wie viele Argumente ich brachte, ich konnte nicht mehr zu ihm durchdringen, ich hatte gelogen und das nahm er mir übel. Ich sagte schon, auch er war eine Art Soldat, entschlossen und integer, wenn man einmal bei ihm verschissen hatte, dann Adio.

Warum bist du in dieses dreckige Viertel gezogen, alle anderen wollen doch lieber hier weg? Du willst irgendwas von diesen armen Leuten. Du hast irgendwas vor, mich verarschst du nicht, du bist ein verdeckter Ermittler, schloss er. Ich hab dich erstmal unter die Lupe genommen, damit dus weißt, und jetzt hab ich gecheckt, du bist nicht, wer du behauptest zu sein.

Auf jedes meiner Argumente antwortete er – du bist schlau, aber mich verarschst du nicht, die haben dir beigebracht, wie du die Leute hier fickst.

Er redete viel, er zog mich durch den Dreck, und von einem gewissen Punkt an sagte ich nichts mehr, ich saß nur da und hörte zu, wie er mich fertigmachte. Und am Ende – du hast hier nichts mehr zu suchen, ich brech dir alle Knochen, wenn ich dich hier nochmal erwische. Aber weil ich nicht aufstand, um zu verschwinden, ging er noch stärker ins Detail, Würmer wie dich hab ich ne Menge schlucken müssen, glaubst du, du wärst der Erste, der versucht, sich hier einzuschleichen?

Mein Mund war trocken geworden und ich konnte mich nicht mehr bewegen, ich saß wie gelähmt auf einer Kiste – und Ana sagte mit der gewohnten Seelenruhe: Okay, Bibi, verstanden, er hat hier nichts mehr zu suchen; können wir jetzt gehen? – und er ließ uns gehen, nimm deine Vogelscheuche und hau ab.

Zwei Tage lang war ich wegen dieser Sache aus dem Lot und wollte auch nicht mehr ins Viertel. Ich hatte praktisch die Lust am Ferentari verloren und einen oder zwei Monate ging ich überhaupt nicht mehr raus.

In dieser Zeit versuchte Atti dauernd, eine Versöhnung mit der Truppe vom Laden anzuzetteln. Ich weiß nicht, was er denen gesteckt hat, jedenfalls fing er nach Neujahr an, mir zu erzählen, Bibi würde öfter nach mir fragen, und eines Abends, bei etwas milderem Wetter, ging ich raus – okay, Liebes, dann machen wirs. Ich dachte nicht lange darüber nach, ob der Augenblick gut gewählt war, denn (auch Atti sagte das) Bibi war vor ein paar Tagen von seiner Frau verlassen worden, sie hatte die Kinder mitgenommen und war zu einem anderen Mann gezogen. Schon seit einiger Zeit ging es unserem Boss schlecht, er war in die Türkei gefahren, um Geld zu machen, kam aber nach einer Woche völlig pleite zurück.

Sie waren zu dritt im Laden – Bibi, ein heruntergekommener Typ mit Musikantenehrgeiz und einer (30+) mit Gaunerallüren und einem abgefeimten Gesichtsausdruck, von dem man nichts ablesen konnte. Am Anfang redeten wir Salamaleikum – warum die Ungarn im Szeklerland die Rumänen so mies behandelten, Bibi hätte in Miercurea Ciuc ein Brot auf Rumänisch verlangt und nem tudom, sie wollten ihm kein Brot geben. Wenn ich darüber nachdenke, dann schimmerte schon in diesem Salamaleikum eine verborgene Aggression durch, wie in Derridas Palimpsesten.

Wie hast du dich hier im Ferentari gefühlt, Ungar?, fuhr er fort, du hast dich hier wohlgefühlt, siehst du? In unserem Elend haben wir dir zu trinken gegeben und keiner hat dich blöd angemacht – und wie alle Betrunkenen bestand er darauf, uns auf ein Bier einzuladen, und es war mir peinlich, denn ich wusste, dass er kein Geld hatte; irgendwann sagte ich dann zu ihm, lass doch, Bibi, du hast uns schon oft genug eingeladen, jetzt lass uns auch mal – aber er wollte nichts davon hören. Stattdessen fing er an, uns aus einer Art bizarrem Masochismus heraus zu erzählen, er hätte sich mit seinem Bruder drangemacht, eine Wohnung zu streichen, er würde nur 200 dafür kriegen, weil sein Bruder der Fachmann wäre und er nur der Hilfsarbeiter.

Ein Stück weit hatte sich die Sache also beruhigt, es schien, als würde angestrengt wieder eine Verbindung hergestellt – und als ich besoffen war, sagte ich, ey Bibi, ich hab gelogen, das tut mir leid, aber was hattest du gegen meine Freundin, Bruder? Ich verstehe, warum du mich fertiggemacht hast – aber was hat sie dir getan? Und er saß da, dachte nach und sagte, ja, Hermannstädter, du hast recht, ich hab einen Fehler gemacht. Und ich mochte es, wie er das sagte, ich fand darin etwas von dem alten Bibi wieder, der wie ein Soldat dazu stand, wenn er etwas falsch gemacht hatte, und nicht einfach abtauchte.

Dann zog er Atti mit seiner französischen Geliebten auf – einer der Gründe, warum Atti nach Rumänien gekommen war, bestand darin, dass er eine rumänische Geliebte finden wollte. In Bukarest hatte er es nicht geschafft, sich eine zu angeln – dafür hatte er, obwohl er das nicht unbedingt vorhatte, zwei Französinnen gevögelt, eine nach der anderen, wie das tapfere Schneiderlein, und die Jungs zogen ihn immer damit auf, Französinnen? Hast du ein Pech! Der Musikant fing an, auf der Gitarre eine Ballade zu improvisieren, Grünes Blatt und grüner Farn, Marianne hab ich gern, ist nach Franzenland gefahrn etc., etc., der Abend schien ganz gut zu laufen.

Das Problem war nur, dass sowohl ich als auch Bibi angefangen hatten, uns zu betrinken, und jeder reagierte auf seine Weise: mir kam der Ferentari vor wie eine Hippie-

Oase mit lauter Liebe und Empathie, und Bibi wurde immer skeptischer und bösartiger; er machte immer elliptischere Witze, man wird zwar mit einem Schwanz geboren, aber der Schwanz stirbt vor einem, dass man eine Frau nicht mit Pralinen und Blumen hält, sondern mit dem Schwanz und Geld, und wenn man ihr nicht bis zum Abwinken Schwanz und Geld gibt, dann verlässt sie einen. Er war immer masochistischer drauf – aber ich bekam nicht mehr mit, dass er in Wirklichkeit vor Wut platzte, und laberte immer weiter von den tollen Ferentariern, den tollen Bewohnern hier.

Das ärgerte ihn noch mehr – und um mich zu stoppen, fing er mit einem anderen Set von Witzen an, hier die Polizei, da der Räuber – und ich fing an, mich dabei etwas unruhig zu fühlen, vor allem, weil Atti mir zu verstehen gab, wir sollten verschwinden, die Sache wäre dabei überzukochen. Aber als wir aufstanden, stellte sich Bibi uns in den Weg und sagte, ihr geht nirgendwohin – und holte uns noch zwei Bier pro Nase.

Draußen war es arschkalt und das eine Bier schüttete ich schnell runter, das andere ging auf keinen Fall mehr rein – und ich sagte zu Bibi, bei aller Liebe, das geht nicht; und er antwortete, doch, das geht, siehst du das hier?, und meinte damit den Knüppel, den er in dem Moment unter dem Sperrholz-Tischchen hervorholte.

Und ab da versank er total in seinem paranoiden Film, Scheiße, was suchst du hier bei diesen Dreckschweinen, Hermannstädter? – und als ich, bereits mit Pathos, sagte, dass ich hier wohnen wollte, weil ich das Viertel liebte, da verzog der Gauner neben ihm ernsthaft angewidert das Gesicht. Der Typ hatte nichts getrunken, er nuckelte seit Beginn des Abends an einem Bier – und hatte sich nicht in die Diskussion eingeklinkt, sondern nur zugehört.

Der Musikant versuchte, den Konflikt zu schlichten, komm, Bibi, wir trinken was, wir machens uns schön. Aber der Gauner legte ihm eine Hand auf die Schulter, er sollte damit aufhören, das wären Dinge, die ihn nichts angingen – und der Musikant zog den Schwanz ein und war weg.

Als wir aufstanden, um zu gehen, holte er den Knüppel unter dem Tisch hervor und schlug uns ganz leicht auf die Füße, ich sage, wann ihr geht, nicht ihr. Und so verpeilt vom Alkohol, wie ich war, wurde mir nicht klar, wie gefährlich die Lage war, wie Vasi sagt, ich empfand eher Mitgefühl für Bibi, wenn ich ihn so klein und dick und zerzaust wie einen Kater dort sitzen sah – glaubst du, nur weil ich Journalist bin, habe ich Angst?

Ich musste pissen, aber er ließ mich nicht hinters Haus, Bibi, sagte ich, ich mach mir in die Hose, Bruder, ich halts nicht mehr aus. Er ließ mich erst, als sein Kumpel, der Gauner, hinterm Block verschwand; aber selbst da ließ er mich nicht alleine los, er kam mir hinterher.

Sein Kumpel stand etwas abseits mit dem Rücken zu uns – und als er an uns vorbeikam, sah er gleichgültig geradeaus, als würden wir gar nicht existieren.

Jetzt sieht uns keiner, du hast keine Zeugen, na, was machst du jetzt? Ich brech dir die Beine, sagte er, während ich meinen Hosenstall aufmachte; und um mich davon zu überzeugen, hob er den Stock über seinen Kopf – und ich beugte reflexhaft das linke Bein. Man sagt, in solchen Schockmomenten verschwindet der Alkohol aus dem Kopf – ich weiß nicht, aber ich fürchtete mich jedenfalls sehr.

Doch er schlug nicht zu, er ließ den Knüppel sinken, ich geh sicher nicht für ein Verräterarschloch wie dich ins Kittchen. Atti meinte, er hätte mich nicht nur erschrecken wollen, sondern gewollt, dass ich mich anpinkelte, darum hätte er den Stock gehoben, als ich mir grade in die Hose griff. Aber ich schwöre, ich habe nichts daneben gehen lassen.

Nun ja. Wenn die Geschichte auch bis hierhin einen Sinn zu haben scheint und man sie verstehen kann, dann ist das, was jetzt kommt, komplett irre und drüber, und darum erzähle ich jetzt einfach draufos, ohne hermeneutische Anker: Nachdem wir zurückkamen, ließ Bibi seine Hose und Unterhose runter, bückte sich, hielt mir den Arsch hin und sagte: Steck ihn rein, was wartest du? Das willst du doch? Und ich sagte, was ist das denn für eine Scheiße, Bibi?, und sein Freund, der Gauner, sagte, tu, was er sagt – und ich sagte, das geht so nicht, Brüder, das geht so nicht.

Bibi zog seine Trainingshose hoch und sagte, lasst uns was trinken, hol dir was zu trinken, Hermannstädter – und da hatte ich die Eingebung zu sagen, es ist kalt, kommt mit zu uns in die Wohnung, da trinken wir was; ich sage Eingebung, denn damals, als ich und Bibi uns liebten, wiederholte er immer diese eine Regel, ich sollte mir nie fremde Leute in die Wohnung holen – und dadurch entwaffnete ich ihn irgendwie, dass ich ihn nach der ganzen wilden Geschichte zu mir ins Haus holte. Auf der Treppe sagte ich, macht bitte keinen Lärm, die unter mir haben kleine Kinder – und Bibi wurde ruhig und vernünftig, er wohnte schließlich auch in einem Wohnblock, er bewegte sich innerhalb derselben physikalischen und sozialen Gesetze. Ich gab ihnen was zu essen, oder eigentlich ging Bibi zum Kühlschrank und sagte abschätzig, was seid ihr denn für arme Schlucker, ihr habt ja gar nichts. Ich machte ihnen ein paar Wiener Würstchen und nach einer halben Stunde gingen sie wieder.

Am nächsten Tag ließ er mich nochmal durch Atti wissen, dass er mir alle Knochen brechen würde, wenn er mich jemals wieder im Laden sähe, oder eigentlich übermittelte mir Atti, der sich nicht an den rumänischen Ausdruck erinnerte, alles auf Englisch, you are not welcome anymore, that's the idea – kurz, er gab mir eine Anordnung, wie sie es nennen; dieses Mal nahm ich es ernst und machte einen Umweg über eine Parallelstraße, um ihn zu meiden. Und immer wenn ich Bibi sah – an der Bushaltestelle oder in einer Kneipe –, dann drehte ich auf dem Absatz um und tat so, als hätte ich ihn nicht gesehen. Ich fürchtete mich vor ihm.

Damals hörte ich mit dem Lügen auf; ich sagte den Leuten von Anfang an, ich wäre Journalist, und brach Gespräche über dubiose Geschäfte ab – das ist deine Gaunerei, sagte ich, das interessiert mich nicht, ich will hier keinen Ärger.

Bibi war der erste Typ, bei dem ich dieses typische Becali-Lachen hörte; auch wenn ich ihn wirklich schätzte, weil er ehrlich war und einen beschützte, es störte mich, dass er auf grundlegende Art und Weise seinen Glauben an die Menschheit verloren hatte und nur noch auf Kraft spielte. Er versuchte, korrekt zu sein, aber er hatte kein gutes Herz, er war ein verunsicherter Mensch, das Leben hatte ihn grausam werden lassen, er mochte es, andere zu demütigen. Alberto hatte auf seine naive Art gegenüber niemandem Vorurteile, obwohl sein Leben viel schlimmer gewesen war; er war warmherzig und hatte einen Instinkt für Nähe, sein großer Körper war dazu in der Lage, sich an andere befreundete Körper zu schmiegen.

Nun ja. Ich konnte an jenem Tag nicht nach Hause aufs Land, auch wenn das wirklich gut gewesen wäre – seit einer Woche war mein Fahrrad an ein Geländer im Treppenhaus eines Freundes gekettet und der hatte mich angerufen, dass jemand den Dynamo geklaut hätte, er hatte es also im Blick gehabt. Ich hasse dieses Mistding von Fahrrad, es tut seinen Dienst, aber es ist hundertpro ein Mädchenrad, Ana hat es mir geschenkt, als sie sich ein besseres kaufte. Es hat keine Stange und ist schreiend rosa, dazu kommt noch ein weißes Körbchen auf dem Gepäckträger – die Freunde aus dem Zentrum brechen in Gelächter aus, wenn sie mich damit sehen, und die Gauner im Ferentari pfeifen mir höhnisch hinterher, hallo Prinzessin.

Ich habe es abgeholt und zu Hause gelassen – und von zu Hause ging ich, obwohl es schon zehn war, ins Zeicani. Alberto verzog das Gesicht, als er mich sah, du hältst nicht, was du versprichst, hatten wir nicht gesagt, dass du hier nicht mehr auftauchst?

Kümmere dich um deinen eigenen Kram, sagte ich, morgen fahr ich nach Hause und ich will ein Bier trinken.

Ich ging ins Séparée und trank in Ruhe mein Bier – aber nach fünf Minuten kam er dazu, hol mir ein Bier und gib fünf Lei, ich will Automat spielen. Er machte den Fünf-Lei-Schein klein, ich hörte, wie er fluchte und auf die Automaten einhämmerte – es wäre klug gewesen, wenn ich jetzt gegangen wäre, aber ich tat es nicht; ich blieb noch für ein Bier und wieder kam er zu meinem Tisch, gib noch fünf Lei, aber ich gab ihm nichts mehr – ich sagte, ich habe genug für dich ausgegeben, Schluss jetzt, die Bank hat kein Geld mehr.

Komm, wir gehn zu dir, sagte er, ich bin noch nicht zu Hause gewesen und will heute Abend nicht bei Borcan schlafen – und ich antwortete, das geht ums Verrecken nicht, außer Vasi wäre da auch noch der Ungar.

Und was kümmern dich die? Er war richtig betrunken, er hatte rote Augen und atmete schwer.

Es geht nicht, Mann, klar? Als es ging, ging es, aber jetzt geht es nicht mehr.

Komm, ich kenn da einen Ort, er versuchte es jetzt sanfter, aber kauf mir ein Päckchen Zigaretten. Klug wäre gewesen, zu sagen ICH HABE KEIN GELD MEHR, klar?, denn ich hatte wirklich kein Geld mehr, mit diesem Päckchen kam ich schon ins Minus; die Fahrkarte nach Hause kostete 60 Lei und ich hatte noch genau 60 Lei in der Tasche.

Unterwegs wollte er, dass ich bei Marinela anrief – und sie redeten etwa zehn Minuten; er lachte laut und während er durch die Hose an seinem Pimmel zog, sagte er, was würd ich gern deine niedliche Fotze lecken und den Saft aus deiner Möse trinken.

Er führte mich an den Arsch der Welt, noch hinter den Ferentari-Markt, zu den Ghettos von Zăbrăuți. Hundert Meter vor den Blocks zweigt dort eine Gasse von der großen Straße ab, voller Weiden und Büsche, irgendwie eine ehemalige Straße, von der Vegetation überwuchert – einfach ein unwahrscheinlich wilder und intimer Ort, an dem die Grillen zirpten.

Nur waren wir nicht alleine da, ein Junkie lag sediert im Gras und Alberto ärgerte sich, als er ihn sah, hau ab, du Dreckschwein. Aber der Junkie war richtig fertig, er konnte nicht sprechen, er sah uns nur mit leeren Augen an und brabbelte wie im Schlaf.

Ey, hast du gehört, was ich gesagt hab? Du verpisst dich hier sofort, du Junkie-Arsch, wegen euch können die Kinder nicht in den Park und stechen sich beim Spielen an den Nadeln.

Aber der Junkie setzte sich auf und lallte ins Gras, es fehlte nur noch, dass er uns Handküsschen zuwarf, er war total verstrahlt.

Ey, hast du gehört, was ich gesagt hab?, brüllte er nochmal und stürzte sich auf ihn. Er versuchte ihn hochzuheben, aber der Junkie fiel immer wieder hin, weshalb Alberto versuchte, ihn an den Beinen hochzuheben.

Lass ihn in Ruhe, du Irrer, siehst du nicht, der ist total

weggetreten? – aber er hörte nicht auf, erst als dem Junkie die Lippen aufplatzten und Albertos Adidas vom Blut fleckig wurden, machte er Schluss und fing an, mit einem Grasbüschel die Flecken von seinen Adidas zu wischen – während der Junkie aufzustehen versuchte und es nicht hinkriegte; er kroch auf allen vieren bis zur Straße, wimmerte und brabbelte.

Und in der Stille, die nun entstand – die haben keine Scham im Leib, diese Wichser, die spritzen sich auf der Straße und die Kinder sehen dabei zu, sagte er bewegt. Komm zu mir, komm, küss mich.

Jetzt hab ich den Salat, dachte ich, wie komm ich hier wieder raus, ohne dass es Ärger gibt. Ich küsste ihn, empfand dabei keine große Begeisterung, und ich glaube, er merkte es, weil er wieder anfing, über Junkies zu schimpfen – und nachdem er sich dann beruhigt hatte, steckte er mir die Hand in die Unterhose, wie gehts deinem Hähnchen?

Und nach einer Pause – du, ich hab gedacht, warum vögeln wir Marinela nicht zu zweit? Mich macht ihre Stimme ganz verrückt, man muss sie nur hören und schon kriegt man einen Ständer.

Aber da wurde diesmal nichts draus, wir küssten uns umsonst. Los, an die Maschine, versuchte er zu witzeln, und was sollte ich tun, ich fing an, ihm mit ebenso wenig Begeisterung einen zu blasen; und er dann – ich weiß, dass du das magst, komm, stell dich so hin wie die Knackis im Waschraum. Und da sagte ich, Mensch Alberto, sei mir nicht böse, aber es geht nicht so mit dieser Anspannung und der Angst – und dann er, dann hab keine Angst mehr, du bist mein Bruder und so weiter. Und wenn ich dich gefickt habe, dann fickst du mich, nicht dass du denkst, ich wär ein schlechter Kerl.

Alberto, wir sind hier nicht im Gefängnis, hier gibt es andere Regeln, so geht das nicht – und er nach einer Pause, warum verdirbst du mir den Spaß? Ich hab immer dafür gesorgt, dass du deinen Spaß hast, jetzt kümmer du dich auch mal.

Aber es war kein Spaß, sondern nur ein brutales Gefühl und sehr körperlich, als würde jemand mit einem Stock in dir herumstochern. Und als es vorbei war – gibst du mir kein Geld, wenn du jetzt sowieso abhaust? Komm, ich hab gesehen, dass du welches hast.

Das ist das Geld für die Fahrt, Alberto.

Du hast doch deinen Lohn gekriegt, gib mir 50 Lei ab. Ich sagte nichts dazu, holte das Portemonnaie raus und hielt ihm das Geld hin, ungefähr 45 Lei.

Siehst du, du hast doch was. So gefällst du deinem Bruder. Und nachdem ich ein bisschen gejammert hatte, gab er mir 20 zurück, damit du siehst, was für ein gutes Herz dein Bruder hat.

Den ganzen Rückweg über redete er mit sich selbst und fluchte auf die Junkies, kaputte Scheißefresser, und für so einen kommt man dann in den Knast.

Na dann, gefickt und ohne Geld, dachte ich am nächsten Tag immer wieder, als ich im Bus saß, und fühlte mich wütend und gedemütigt.

Ich fuhr nach Hause aufs Land, und mein Vater, der

Arzt ist, was ist das für ein Husten? Nimm doch was dagegen – aber der Husten hatte sich in meiner Kehle festgesetzt, trotz aller Medikamente.

Nach ein paar Tagen rief er mich an, ich spielte gerade Backgammon mit meinem Vater. Freundlich, aber kühl antwortete ich, heute ist Sankt-Georgs-Tag und der Geburtstag von meinem Alten, wir haben gegrillt und spielen jetzt Backgammon.

Liebst du mich?, unterbrach er mich impulsiv, sag schon, liebst du mich? Und ich antwortete, er sollte nicht mal dran denken, und er fing an, auf die Junkies zu fluchen, die wären überall und man könnte nicht mal mehr mit jemandem in die Büsche gehen, ohne auf einen zu stoßen.

Sei ruhig, du redest Unsinn, schnitt ich ihm das Wort ab. Ich war auf den letzten Metern, kurz vor dem Abflug, ich konnte ihn mir noch ohne große Unkosten aus dem Kopf schlagen. Abgesehen davon, dass er unkontrollierbar war, man konnte nicht wissen, was für Krankheiten er mit sich herumschleppte. Natürlich musste ich diesen Menschen loswerden, er brachte mir nur Pech. Und was sollte ich überhaupt mit ihm anfangen? Er sah die Welt außerhalb des Gefängnisses völlig verzerrt und er war spielsüchtig – also, auch wenn ich einen Job für ihn finden würde, er würde sich mit dem ersten Lohn in einen Spielsalon pflanzen und nicht eher wieder gehen, als bis er alles verloren hätte. Für ihn war es bei Borcan besser, bei einem Herrn, vor dem er Angst hatte, und der ihm nur häppchenweise Geld gab. Ich konnte ihn nicht kontrollieren, ich hatte auch keine Autorität. Ja, Fall abgeschlossen.

Dann fing ich an, meine Arbeit zu schreiben, und alles änderte sich – ich analysierte das Leben im Ferentari, beschrieb ihn in meiner Doktorarbeit als begeisterten Manele-Fan und erinnerte mich, dass er ein warmherziger Mensch war; dass er trotz seines Scheißlebens ein heiteres und fröhliches Gemüt hatte. Sein Leben hatte sich hauptsächlich im Gefängnis abgespielt und jetzt mit 33 hatte er keine Frau und lebte von den Almosen seiner Verwandten – aber das hatte ihn nicht bösartig werden lassen, er war nicht giftig geworden wie Bibi. Ich erinnerte mich an das ein oder andere und zack, holte ich mir einen runter – sogar das Geficke zum Abschied ließ ich mir nochmal durch den Kopf gehen: Scheiße, er hatte mich das eine Mal mit Gewalt gezwungen und Schluss, aus, geht davon gleich die Welt unter? Und hat er mich wirklich gezwungen? – ich fing an, wie eins dieser klugen Mädchen auf Facebook zu analysieren, ob es wirklich eine Vergewaltigung war oder nicht, und die Schlussfolgerung lautete: eigentlich nicht, irgendwie, ich hätte entschlossener sein können, härter, denn ich war ja der, der am Hebel saß – aber ich war weich wie Kacke; oder ich hätte auf jeden Fall abhauen können, Ciao Alberto und Küsschen; aber ich bin wie eine dumme Ehefrau dageblieben, wie die Mutter von Oara Vulc aus meinem Dorf, als ihr Mann besoffen war und bei der Totenwache Lust zum Ficken hatte – was sollte die Frau denn machen, der Irre war zu allem bereit und auf Streit aus, sie machte die Beine breit, ließ sich ficken und dachte dabei immer an die Oma im Sarg.

Er rief mich kurz vor Ostern an, und nachdem er seinen Witz mit der Million gemacht hatte, fragte er mich, ob wir uns noch liebten – und ich antwortete, immer, Alberto, wenn ich nach Bukarest zurückkomme, dann vögle ich dich, dass dir Hören und Sehen vergeht. Wenn ich mich erinnerte und darüber nachdachte, dann schien es mir immer offensichtlicher, dass er auch Männer mochte, dass er sogar gerne passiv war – aber weil er ein Gauner war, konnte er das bei sich selbst nicht akzeptieren: Was blieb dann noch von seinem Gauner-Selbstbild, wenn er sich eingestand, dass er gerne Schwänze lutschte? Und außerdem – was würde es ihm bringen, sich das einzugestehen? Klar, es würde ihm nichts nützen, in der fruchtbaren Familienwelt, in der er lebte, war Homosexualität eine total sinnlose Sache. Ich erinnerte mich an die unvorsichtige Beharrlichkeit, mit der er sich mir an den Hals geworfen hatte – oder dass er es nicht geschafft hatte, eine Frau abzubekommen; nicht mal eine 50-jährige Witwe oder eine verheiratete Frau wollte was mit ihm anfangen, der Arme. Ich erinnerte mich auch, dass er im Gefängnis bloß am Anfang mit Gewalt gezwungen worden war – und als er dann zum zweiten Mal dran war, machte er es freiwillig; ja, er lernte, es zu mögen, und in Freiheit sehnte er sich nach diesen Männersachen. Auch wenn es als Missbrauch angefangen hatte, war es doch Teil einer männlichen Kameradschaft, die ihm hier fehlte; und wie jeder wiederholte Missbrauch gab ihm das mit der Zeit emotionale Sicherheit, gewährte ihm einen prekären Unterschlupf: Solange der Zimmerchef es mit ihm trieb, war er geschützt – und hier, in dieser komplizierten und rauen Welt, war das Sicherheitsbedürfnis umso größer. Er war eine Art Hetero, aber im Gefängnis war er auch davon abhängig geworden, mit Männern unter der Bettdecke zu kabbeln – wahrscheinlich eine schwächere Sucht als das Glücksspiel. Jedenfalls war es eindeutig, dass er, wenn wir im Bett waren, alle möglichen komplizierten Strategien fuhr, damit auch ich ihn fickte – vorzugsweise im Schlaf, so dass er seine Gaunerehre nicht aufs Spiel setzte; und wenn es passierte, fing er an, leise zu stöhnen und mit dem Hintern gegen meinen Bauch zu stoßen.

Nach Ostern nahm ich meinen Mut zusammen und ging zum Arzt, weil dieser Husten nicht wegging. Ich musste ein paar Tage auf das Untersuchungsergebnis warten – obwohl ein negatives Ergebnis in den ersten drei Monaten nicht unbedingt aussagekräftig war. Je mehr Tage vergingen, umso angespannter wartete ich, es ging um eine ganze Menge. Es konnte diese schlimme Sache sein, und wenn nicht, dann Syphilis oder eine Scheißgonorrhö, die mein Immunsystem geschwächt hatte; klar, irgendetwas musste da sein, ich fühlte mich schwach. Einen Tag vor dem Ergebnis ging ich am Olt spazieren, und als ich so am Flussufer stand, dachte ich, was für ein Ding, mein Leben könnte in zehn Jahren zu Ende sein, mit 50 könnte es schwarz auf dem Bildschirm werden und dieser trübe schweigsame Fluss würde ohne mich weiterfließen … Aber zehn Jahre, das war eine abstrakte Zeitspanne und schwer abzuschätzen, sie hatte nicht die chirurgische Genauigkeit einer

Krebserkrankung, die einen innerhalb von ein paar Monaten umbringt. Ich hatte also Zeit zu atmen und mein Leben zu leben.

Gut, das wäre also geklärt, dachte ich und warf Steine in diesen großen trüben Fluss, jetzt ging es weiter: Was tue ich mit Alberto? Dieser Mann gibt mir einen Sinn, mein Kopf ist voll von ihm und ohne jemanden im Kopf vertrocknen wir wie meine Mutter im Glasbehälter des Bewusstseins. Und wenn das Ergebnis positiv ist, dann bedeutet es, dass wir es beide haben. Wenn es negativ ist – haben wir es beide nicht. In beiden Fällen haben wir dann grünes Licht. Außerdem war es genau wie in meinen verzweifeltsten Fantasien – er ist hetero, und trotzdem passiert es diesem Mann, dass er Männer mag. Wo findet man sonst noch so einen Soldaten, wann trifft man noch einmal auf so eine glückliche Konstellation der Sterne? Was soll ich alleine, mich wie ein Bär im Winter mit Tabletten vor den Fernseher hängen? Ganz klar, ich verlasse diesen Mann nicht.

ZWEITER TEIL
GEGENWART

Sollst ein trauriges Herz haben, du
denn hier ist ne verbotne Zone
hat nen Stacheldrahtzaun drumrum
mit Polizei und mit Armee.

Albatros – *Gott, mach die Tür zum Fenster*

Auf der Flucht

Zum Untersuchungsergebnis kam es nicht mehr. Meine Eltern gaben mir Geld für den Zug und zehn Lei Taschengeld, um mir das Ergebnis abzuholen – aber es war so ein schöner Tag ohne eine einzige Wolke am Himmel, und als ich anfing, an der Straße den Daumen hochzurecken, was dachte ich da? Besser, ich besorg mir von dem Geld ein Päckchen Zigaretten, dann kann ich vom Rest noch zwei Bier in der Brückenkopf-Bar kaufen; aber was mach ich mit den Feinden, die sehen mich am helllichten Tag in der Bar und verpfeifen mich beim Arzt, dann kriegt meine Familie mit, dass ich nicht nach Hermannstadt gefahren bin – also: Was mache ich mit denen? Besser, ich gehe heimlich zum Laden an der Straße, hole mir ein Päckchen Zigaretten und eine Literflasche Bier, verdrücke mich hinters Dorf an den Olt und mach mir ein schönes Leben.

Im Übrigen war das Geld erst spät auf dem Konto gelandet, erst Mitte Mai, und als ich wieder in den Süden in die Ebene von Bukarest kam, da war der Sommer schon in vollem Gange; und in der Bar auf der Zeicani – in der ich am nächsten Tag gegen fünf ankam – rannten die Leute in Schlappen und kurzen Hosen herum; nur der Mann, der behauptete, er wäre verdeckter Ermittler, trug Anzug, einen schwarzen Anzug.

Man saß draußen auf der Terrasse; der Weinstock darüber hatte schon große fleischige Blätter, die ihren kühlen Schatten über die Plastiktische darunter warfen.

Alberto tauchte etwa eine Stunde später auf; ich hörte seine heisere Stimme im Laden donnern und rief ihn in die Bar. Da waren Leute, aber er umarmte mich trotzdem und küsste mich auf die Wangen, er schloss mich mit aller Kraft in die Arme und schlug mir mit der Hand auf den Rücken; diese Umarmung spürte ich bis in den Magen.

Ich setzte ihn an meinen Tisch mit Malik und dem Polizisten und er fing an, zusammenhangslos davon zu plappern, wie es gewesen war, als ich ihn ins Castel mitgenommen hatte, dass wir 600 Lei auf den Kopf gehauen hätten, dass er eine Ärztin kennengelernt hätte, dass wir mit dem Taxi nach Hause gefahren wären. Der Polyp hörte ihm zu und nickte, ja, ja, einen Haufen Geld habt ihr auf den Kopf gehauen; und Alberto fühlte sich ermutigt und plauderte alle möglichen Details aus – und zum Schluss, den da liebe ich wie meinen Bruder, na, sag schon, er reckte mir das Kinn entgegen, ich lieb dich doch, oder?

Wir lieben uns, Alberto, wir lieben uns, antwortete ich ebenso euphorisch wie unvorsichtig.

Ich hatte ihn schon einen Monat nicht gesehen und er hatte inzwischen so viel Sonne abbekommen, dass er jetzt dunkel wie ein Marokkaner war. Aber unter diesem Braun leuchtete er, sein Licht strahlte – und im roten Sonnenlicht, das sich in der Dämmerung verlor, fühlte ich, dass dieser verrückte Mensch ungefährlich war und mir nichts Böses wollte; ich lachte und hörte mein eigenes Lachen in der Kehle – aber ihn hörte ich nicht mehr, bekam nicht mehr mit, was er sagte, als hätte jemand der Welt den Ton abgedreht.

Ich wachte erst wieder auf, als er mich nach zwei Bier beiseitenahm und sagte, pass auf, wie wirs machen, ich geh zu Borcan, hol mir paar Klamotten und dann treffen wir uns direkt bei dir, kapiert? Damit uns die Leute nicht zusammen weggehen sehen.

Ich blieb noch auf ein Bier mit dem Polizisten – der sagte sturzbetrunken, halte dich von dem fern, du weißt ja nicht, mit wem du es da zu tun hast, aber es war eine Sekunde zu spät, wir zwei, er nur einer – so dass ich ihm träumerisch das Wort abschnitt, er hat mir geholfen, meine Arbeit über Manele zu machen, er hat mich zu den Gaunern geführt und auf mich aufgepasst; und er sagte wieder, indem er seine betrunkene Hand pathetisch auf meine Schulter legte, halt dich von dem fern, er ist aus diesem gefährlichen Clan, die brechen dir alle Knochen.

Und ich fragte: Was für ein Clan, die Daranis? – denn Alberto hatte mir erzählt, eine Cousine von Borcan wäre mit dem Sohn eines Clanchefs zusammen; ich hatte ihm aber nicht geglaubt, weil die Sandler und die kleinen Jungs im Ferentari dauernd irgendwelche Verwandtschaftsverhältnisse zu den Verbrecherstars erfinden – im Laufe der Zeit lernte ich unzählige Enkel von Nuțu kennen, dem Stolz der Ferentarier. Im Falle der Daranis war der Vater die eigentliche Legende, der Junge führte die Firma nur weiter, und wie viele Jungs, die reich geboren werden, war er etwas unorthodoxer – er hatte Sängerallüren und mitten bei einer Feier schnappte er sich das Mikrofon des Stars und zahlte ihm seine Lobeshymnen zurück, er fing an, ein Lied zu improvisieren, in dem er seine eigene Nachtigall lobte.

Die Verbrecher sind für den Manele das, was die Familie der Medici für die Kunst der Renaissance gewesen ist, Philanthropen, die die Künstler protegieren, ihnen am Anfang ihrer Karriere finanzielle Hilfe bieten und ihnen dann gegen Zinsen Geld leihen, um sie zu ihren Hofbarden zu machen. Der Handel ist für beide Seiten vorteilhaft: Die Verbrecher haben die Taschen voller Geld und wollen ihren Reichtum bekannt machen – und die Musikanten verewigen in ihren Liedern deren Gerissenheit und finanzielle Macht. Es herrscht Konkurrenz zwischen den Verbrechern, wer die luxuriösere Hochzeit oder Taufe veranstaltet und welche Feier wie in den Medien erscheint, wer mehr Geld auf die Musikanten regnen lässt … Aber der Verbrecher aus Albertos Familie hatte die Spielregeln geändert, er hatte für die Musikanten gesungen – darum meine ich, er war ein bisschen komisch; das Filmchen gibts auf YouTube, ich habs da gesehen.

Und der Polizist machte große Augen und sagte, aber – woher weißt du das?, und ich blinzelte ihm zu und sagte, ich habe als Journalist gearbeitet, ich habe meine Quellen, und ich wusste, das würde ihn in die Paranoia treiben; der Mann zog ein finsteres Gesicht, los, sag schon, für wen arbeitest du? – und da legte ich mir den Finger an den Mund und blickte rätselhaft zum Himmel; und den ganzen Heimweg über brach ich in nervöses Lachen aus, ich weiß nicht, ob wegen dieses idiotischen Witzes oder wegen des unheimlich roten Himmels über mir.

Vasi war bei mir im Zimmer und sah fern; wir redeten über alles Mögliche, nur nicht über Alberto – die Situation überforderte uns beide, wir befanden uns in einem fragilen Waffenstillstand, in dem das Zusammenwohnen nur noch möglich war, wenn wir Alberto ausklammerten wie einen bösen Traum.

Nach einer halben Stunde hörte ich ihn vor dem Wohnblock nach mir rufen; Vasi ging in sein Zimmer, na gut, dann geh ich mal übersetzen.

Ich ließ ihn in die Wohnung – im Flur hielt er mich zwei Minuten lang im Arm und wiegte sich mit mir; er atmete schwer und war ganz verschwitzt, er machte mein T-Shirt nass in dieser feuchten, organischen Umarmung.

Ich kann nicht ohne dich, sagte er, und weil er merkte, dass ich einen Ständer bekam, steckte er mir die Hand hinten in die Hose und in die Unterhose, und während er mich fachmännisch am Poloch kitzelte, fragte er: Wie gehts deiner kleinen Möse? Ich bin verrückt nach deinem Fötzchen. Und dann kam er plötzlich auf den Boden der Tatsachen zurück – Bruder, wir können uns nicht mehr im Zeicani sehen, weißt du, was Borcan gesagt hat? Was ich mit dir zu tun hätte, ob ich nicht wüsste, dass du Schriftsteller bist und Schriftsteller schwul sind. Hör mal, Borcan ist nicht blöd, er hat gemerkt, was mit dir los ist, wenn er uns zusammen sieht, dann schlägt er uns beide zu Brei. Ich weiß nicht, was du gemacht hast, wem du was gesagt hast, aber alle kennen dich.

Wir besoffen uns, waren beide sternhagelvoll an diesem Abend und schliefen, wie der Perser sagt, wie Steine; aber gegen sechs Uhr morgens setzte er sich auf die Bettkante und fing an, sich zu wiegen und monoton zu weinen wie ein Muezzin, und ich fragte, was hast du, Bruder? – und er sagte, mir tut der Rücken weh, ich halts nicht mehr aus.

Schlaftrunken, wie ich war, massierte ich ihn eine Viertelstunde; und als ich mich später im Bad waschen ging, kam er an und sagte, was ist los, gehst du alleine duschen? Was soll das, ich bin doch deine große Liebe, bist du nicht wegen mir aufgestanden? Entweder duschen wir zusammen oder wir gehen getrennte Wege – und er kam zu mir in die Dusche und besetzte drei Viertel der Wanne wie ein Nilpferdjunges, so dass ich mich, als er mir den Bauch zuwandte, auf den Wannenrand setzen musste.

Wir seiften uns gegenseitig ein und voller Seife und mit geschlossenen Augen sagte er, küss mich – und ich küsste ihn, und das wurde dann zur Gewohnheit, dass wir zusammen duschen gingen, er faselte, du bist meine Frau, du musst dich um deinen Mann kümmern, du musst ihn waschen, ihn anziehen, ihm was zu essen geben.

Als ich ihn dann küsste, sagte er, boah, du piekst, du musst dich rasieren, ich hab ne feine Haut wie ne Jungfrau, du machst mich ganz wund. Obwohl er fast 34 war, hatte er eine babyweiche Haut – und keine Haare auf der Brust, nur um die Brustwarzen ein bisschen Flaum, den ich ihm mit der Nagelschere entfernte.

Meine Rasierklingen waren stumpf und er schickte mich neue kaufen; als ich wiederkam, stand er neben mir, während ich mich rasierte, und überwachte mich mit finsterem Blick. Am Ende glitt er mit der Hand über meine Wange und sagte, du hast keine Ahnung, wie man sich rasiert, komm, ich zeig dir, wie man das macht, und er rieb mir Schaum ins Gesicht und fing an, mich wie ein Experte zu rasieren, eine Viertelstunde lang rasierte er mich. Und ich dachte, dass er das vielleicht auch im Gefängnis so gemacht hatte, dass er das Ritual des Rasierens und Massierens dort gelernt hatte, dass das seine Art war, Unterwerfung zu zeigen, nein, dass das die Art der Gefangenen war, ihre Zärtlichkeit auszudrücken, ohne dabei ihre Männlichkeit in Frage zu stellen.

Am nächsten Tag fingen wir wieder von vorne an; mit einer halben Flasche Bier statt eines Frühstücks begannen wir Pläne zu schmieden: Du brauchst einen Ausweis, das geht nicht so weiter, mit ein bisschen Glück finde ich einen Job für dich, keine Ahnung was, ist mir auch nicht ganz klar.

Wir gingen ins Boieru und erst um fünf aßen wir etwas, ein paar Mici.

Um zwölf Uhr nachts kamen wir sturzbetrunken nach Hause und schliefen bei brennendem Licht und eingeschaltetem Fernseher ein, es lief ein Pornokanal, wir hatten uns nackt auf das gemachte Bett geworfen. Um zwei hörte ich im Schlaf, wie Vasi durchs Zimmer ging, leise wie eine Katze schlich er in die Küche – auf dem Rückweg machte er das Licht in meinem Zimmer aus.

Und morgens, als ich die Bierflasche aus dem Kühlschrank holen wollte, nahm Alberto sie mir aus der Hand und stellte sie zurück, wir müssen reden, Liebster. Er setzte Kaffee auf – was soll ich machen, soll ich noch bleiben? Es ist das zweite Mal, dass ich zwei Tage von zu Hause weg bin; seit ich zu Borcan gezogen bin, habe ich das noch nie gemacht, tagelang weg sein. Weiß du, was Borcan gemacht hat, als ich damals vor Ostern wieder auftauchte? Er hat mir ein paar Ohrfeigen verpasst. Erst nachts hab ich mich nach Hause getraut; den ganzen Tag war ich in der Bar, hatte Angst, hab mich geschämt – und als er mich zu Hause sah, schrie er, wo warst du zwei Tage lang, du Vollidiot, glaubst du, du kannst abhauen, wann es dir passt? Hab ich dich deshalb aufgenommen? – und patsch, eine Ohrfeige mit voller Kraft. Wenn du das nochmal machst, hat er gesagt, dann hast du hier nichts mehr zu suchen. Hab ich dich deshalb von der Straße geholt, hab ich dir deshalb umsonst zu essen gegeben, damit du wie ein Streuner mit irgendwelchen Scheißkerlen rumläufst? – und patsch, wieder eine Ohrfeige ... was sollte ich sagen, ja, entschuldige, Borcan, lieber Bruder, dass ich so dumm war, soll nicht wieder vorkommen, ich schwöre bei meinem Vater – und er hat mir verziehen ... Und jetzt, schloss er, so eine Scheiße, ich war wieder zwei Tage von zu Hause weg, ich hab umsonst geschworen. Ich denke: Wenn ich jetzt gehe, nimmt er mich noch; das denke ich schon, wenn man zweimal einen Fehler gemacht hat, verzeiht er einem – aber beim dritten Mal hat man verschissen. Und Borcan ist nicht blöd, der hat rausgekriegt, dass ich mit dir zusammen bin. Also, so siehts aus – wenn ich jetzt gehe, dann sehen wir uns nie wieder; ich leb dann mein elendes Leben weiter, du deins. Wenn ich bleibe, dann bleibe ich und gehe nicht mehr weg, ich kann sonst nirgendwohin. Also denk gut nach, was du von mir willst, wie wirs jetzt machen. Du musst nicht gleich antworten, denk einfach drüber nach und dann sagst du mir nach dem Kaffee, was du beschlossen hast.

Er brachte den Kaffee, er war entsetzlich süß, und dann sagte ich, warum können wir nicht weitermachen wie bisher, du kommst tagsüber zu mir, bleibst eine Nacht und dann gehst du?

Und er antwortete, das geht nicht, ich kann mich nicht dauernd so verstecken, ich kann nicht gleichzeitig mit dir und mit meiner Familie zusammen sein, ich kann nicht mit meinen Neffen an einem Tisch essen, nachdem ich dir einen geblasen habe, verstehst du, das geht nicht. Und ich hab dir schon gesagt, Borcan ist ein alter Fuchs und riecht den Braten, er erwischt mich irgendwann, er setzt jemanden auf mich an, der mich verfolgt, wenn ich von zu Hause weggehe – und was machen wir dann? Was für eine schöne Scheiße … Wenn du mich bei dir aufnimmst, dann nimmst du mich meiner Familie weg und wir leben unser eigenes Leben.

Aber sosehr ich auch vor Liebe dahinschmolz, ich dachte gar nicht daran, ihn mir ans Bein zu binden; ich hatte einen anderen Plan – er sollte verdammt nochmal bei Borcan wohnen und ich würde mich drei- oder viermal die Woche, wenn er von zu Hause wegkam, an ihm erfreuen wie an einem guten Wein; dann würde ich bis Ende Juni hier bleiben und anschließend voller Erlebnisse und Eindrücke aus dem Untergrund zurück aufs Land fahren und an meiner Doktorarbeit schreiben – und im November wollte ich mit der fertigen Arbeit in den Ferentari zurückkommen; folglich sagte ich, wir haben nicht genug Geld, Alberto, mit meinem Geld komme ich gerade mal so alleine zurecht, du hast ja gesehen, vor Ostern bin ich nach Hause gefahren, weil ich pleite war.

Und plötzlich sagte er völlig verwirrt, ich gehe, wo ist meine Hose? Und frag nicht mehr nach mir.

Er wollte nichts von vernünftigen Überlegungen hören und ich versuchte es über Umwege, du stehst auf Frauen, und du kannst nicht ohne deine Familie leben: Du wirst Sehnsucht nach Mösen kriegen, du wirst Sehnsucht nach deiner Familie kriegen. Weißt du, wir trinken was, zerschlagen Gläser und schmeißen Geld zum Fenster raus, aber es ist wirklich besser, wenn du bei Borcan bleibst.

Er seufzte – ich habe kein Glück mit den Frauen gehabt, alle haben mich verlassen. Ich kann nichts dagegen tun, das ist mein Schicksal, dass ich immer nur am Arsch von Männern hänge. So hat Gott es wohl gewollt; wenn ers anders gewollt hätte, dann hätte er mich an die Seite einer Frau gestellt.

Und obwohl die ganze Geschichte nach emotionaler Erpressung roch, kochte mich die Sache weich, dass er bei den Frauen kein Glück gehabt hatte und er jetzt bei einem Mann sein musste – und da gab ich nach, ich sagte, okay, Alberto, dann bleib, wir gucken, wie wir das hinkriegen. Das konnte schließlich mit unausgelebter Sexualität zu tun haben oder mit anderen Feinheiten – aber genauso gut konnte es auch sein, dass er ein Mann mit zerficktem Hirn und kaputtem Selbstwert war, der sich an alles Übel gewöhnt hatte und nicht mehr zwischen dem unterscheiden konnte, was zu ihm passte und was nicht gut für ihn war, und jetzt rannte er heiter mit diesem zerfledderten Selbst dieser Sache nach, die ihn vergiftete und ihn anekeln musste … Zum Beispiel sah er auf der Straße ausschließlich Frauen nach – und um mit mir zu ficken, mussten wir vorher Hetero-Pornos gucken; während ich sofort einen Ständer kriegte, wenn ich ihn anfasste oder wenn ich seinen Schwanz sah, kriegte er ihn nur hoch, wenn ich ihn in den Mund nahm oder mit ihm spielte, wie ein Hetero-Escort … Darum, meine ich, war mir nicht klar, wie sehr ihm Männer gefielen und inwieweit das Gewöhnung an den Missbrauch war.

Außerdem hatte ich es mir selbst zuzuschreiben; einen Tag vorher hatte ich alle möglichen Pläne für ihn geschmiedet, ich würde einen Job für ihn finden und jemanden, der ihn aufnehmen würde, mein Hirn war randvoll mit Serotonin und unter Serotonin erschien alles leicht, Job Ausweis Geld, ich hatte ihn also mit der Aussicht auf ein anderes Leben verhext, in dem er Borcan entkommen und ein eigenes Leben haben konnte; dass ich nicht einfach irgendwer war und dazu in der Lage, ihn da rauszuholen, weil ich Beziehungen hatte. Und er, der nur das Gefängnis und den Ferentari kannte, hatte angebissen, er glaubte mir.

Und mit dem serotoningetränkten Kopf dachte ich, dass der Mann echt Pech hatte und wir schon sehen würden, wie wir es schafften, für den Moment wollte ich ihn erstmal zum Lachen bringen.

Es war ein nebliger und feuchter Tag mit stickig warmer Luft und er sagte, komm, wir gehen zur Kinderstadt, zum Weiher, wir gucken den Mösen hinterher und fahren Autoscooter – und ich sagte, na los.

Auf dem Weiher nahm er meine Hand, was denn, glaubst du, ich schäme mich? Ich mag Männer – und ich merkte, ich hatte das dringende Bedürfnis zu trinken, um zu vergessen; und nachdem wir schnell zwei Biere in einem Gartenlokal gekippt hatten, kauften wir eine Literflasche in einem ABC-Supermarkt und gingen ans Seeufer. Ich schlug vor, wir könnten auf eine abgelegene Insel fahren; aber er wollte nicht, er sagte, lass uns mal unter Menschen kommen, wir haben genug zu Hause rumgesessen.

Wir setzten uns auf einen Grasstreifen zwischen See und Allee, wo die Leute spazieren gingen; bereits angetüdelt legte ich mich auf ihn und fing an, ihn zu küssen – und am Anfang wehrte er sich, du bist echt verrückt, lachte er da unter mir, aber dann hielt er still und immer weiter kichernd fing er auch an, mich zu küssen, hatte die Brauen zusammengezogen und war zerbrechlich wie ein Kind, das ein neues Spielzeug untersuchte, guck an, er küsste Männer in der Öffentlichkeit.

Leute gingen an uns vorbei, die so taten, als sähen sie woandershin – und irgendwann kam ein Kind von vier oder fünf Jahren, es war nackt und betrachtete uns voller Neugier, und das hielt er nicht mehr aus, komm, lass mich, Schluss, die Kinder sehen uns. Er richtete sich auf – und da stand auch ich auf; ich sah den Vater des Jungen in etwa 20 Metern Entfernung, ein großer, dünner Mann mit kurzem Bart, der mit dem Hintern auf dem Betonrand des Sees saß und die Füße ins Wasser hielt.

Alberto schloss Bekanntschaft mit dem Kind, er nahm es, ohne zu zögern, in die Arme, warf es hoch, küsste es eifrig; er liebte Kinder, vor allem Mädchen, in den Bussen im Ferentari fing er an, sie unter dem Kinn zu kitzeln und mit ihnen zu reden und sie in den Arm zu nehmen – und die Eltern waren nicht dagegen, ihre Augen lachten, wenn sie sahen, dass ihre Kinder von diesem vor Liebe zerfließenden Berg von einem Menschen gestreichelt wurden. Aber dem Mann hier gefiel es nicht, ey du, Medaillon, rief er, Scheiße, komm her – wahrscheinlich hatte er uns küssen gesehen, und es gefiel ihm nicht, wenn sein Kind von einem Schwulen abgeschleckt wurde.

Ist das deiner, Alter?, fragte Alberto, Gott, gib ihm ein langes Leben – und der Mann (~45) antwortete gleichgültig, von wem soll er sonst sein? Ne, Medaillon, wem seiner bist du, meiner oder von deiner Mutter, dieser Nutte? – und er redete höhnisch weiter, darum nenn ich ihn Medaillon, weil seine Mutter ihn mir geschenkt hat, als sie mit dem Moldawier weg ist, soll sie doch verrecken. Und als Alberto hörte, dass seine Frau ihn verlassen hatte, hielt er ihm die Bierflasche hin, trink einen Schluck, komm, auf deinen Jungen; ich hab keine Kinder, aber ich weiß, wie das ist, wenn einen die Frau verlässt – und der Mann, der erst schief geguckt hatte, als Alberto sein Kind geküsst hatte, nahm jetzt ohne Ekel einen Schluck Bier. Seine Frau, sagte er, hätte ihn verlassen, als er im Gefängnis war, sie hätte das Kind zur Schwiegermutter gebracht und wäre nicht mehr gekommen, um es abzuholen.

Und Alberto erzählte ihm, wie er sich im Bahnhof eine Diebin aus Spanien anlachte, als er als Parkwächter gearbeitet hatte, sie war zwölf Jahre älter als er, er hat sie dann zu Borcan gebracht.

Eine arbeitsame Zigeunerin, mein Bruder mochte sie, den ganzen Tag mit Lappen und Besen unterwegs, soll ich das machen, Schwagerchen? Soll ich dir was bringen? So war sie, sie mochte es nicht, einfach dazusitzen; und Torten konnte die machen, Borcan war ganz verrückt nach ihr. Sie war eine versierte und schlagfertige Zigeunerin, sie war meistens draußen und schmierte allen Honig ums Maul, Schwager hier, Schwager da – sie hätte nie über jemanden ein böses Wort gesagt oder meiner Schwägerin widersprochen; na ja, Frauen sind halt Frauen, die tun sich eher nichts … Und ich hab sie mal nachts geleckt, vor dir schäm ich mich nicht, das zu sagen, du bist ja Rumäne: Sie schlief, ich hab Porno geguckt, da machten das welche, und was hab ich da gedacht? Lass mal gucken, wie das ist, damit ich nicht dumm sterbe. Ich hab meinen Mund schön auf ihre Titten gelegt, dann hab ich angefangen zu lecken und zu küssen – und bin dann bis runter zum Bauch; so, Mädchen, jetzt mach die Beine breit. Da lag die Zigeunerin und machte große Augen, und als ich anfing, an ihrem Kitzler rumzuspielen, da sagte sie, was machst du denn da, hast du keine Scham im Leib? Hast du schon mal irgendwo einen Zigeuner gesehen, der so ein Teufelszeug macht? – und ich hab gesagt, sei ruhig, ich mag das, und du wirst schon sehn, dir wirds auch gefallen; und dann hättest du sie hören sollen, ah, oh, ja, ja, nochmal; ich hab die Zigeunerin ganz verrückt gemacht. Und wehe, hab ich gesagt, als ich fertig war, du sagst deiner Schwägerin, was wir hier machen, dann polier ich dir die Fresse. Was denn, hat sie gesagt, denkst du, ich bin blöd? … Hehe, sie mochte es, wie ich sie gevögelt hab, aber sie hat mich trotzdem verlassen und ist zu ihrer Familie nach Craiova zurück – am Bahnhof lief es nicht mehr so, da war alles voller Sicherheitsleute … Siehst du diese sieben Schnitte hier auf meinem Arm? Die hab ich für sie gemacht, im Zug, bei der Rückfahrt. Darum mein ich halt, ich weiß, wie das ist, wenn man sich an so einer die Finger verbrennt.

Eigentlich, sagte er später zu mir, ist die Geschichte länger – nachdem sie mitgekriegt hatte, dass Alberto auf Kosten seines Bruders vor sich hin vegetierte, begann sie, eine Frau der Tat, Fluchtpläne zu schmieden. Sie wurde schwanger oder tat so, keine Ahnung, und dann belämmerte sie Alberto, er sollte von seinem Bruder Geld verlangen, damit sie beide nach Craiova fahren könnten, wo er ihre Familie kennenlernen würde – und Borcan so, liebe Frau, nimm diese 2.500 Lei, nimm auch diesen

Goldring, damit deine Verwandten sehen, was du hier für eine Familie gefunden hast. Nimm du das Geld, Alberto verpulvert es sonst, und gib es ihm am Bahnhof zurück, bevor ihr euch mit deiner Familie trefft. Und sie packten ihre Koffer – und in Craiova am Bahnhof warteten ihre fiesen Verwandten, denn die Frau war aus einer großen Gaunerfamilie, die im Ausland operierte; die krallten sich das Geld und jagten ihn davon, hau ab hier und lass diese Frau in Frieden, die ist nichts für dich.

Jeder prahlt mit seinen Jahren im Gefängnis – der Vater von Medaillon war zehn Jahre drin, allerdings als Resultat von drei Schuldsprüchen; er ist ein schlauer Dieb, macht Geld mit Trickbetrug, beim ersten Mal ist er mit gefälschten Ringen erwischt worden, beim zweiten Mal mit Handybetrügereien, er hat Leuten fiktive Prämien angeboten, wenn sie vier Euro mit einer überteuerten Nummer schickten – und beim dritten Mal habe ich nicht verstanden, warum; sicher war, dass der Mann kontrollierter und gewiefter war als Alberto, dass er besser aufpasste, was nach draußen sickerte und was nicht. Er wollte nicht zu sehr ins Detail gehen, er gab nur an, um das Gespräch am Laufen zu halten, und seine Art zu reden zeichnete sich durch viele Ellipsen und Anspielungen aus, außerdem wich er dauernd aus, machte Witze ohne Bezug zum Gespräch – und es war nicht klar, wann er es ernst meinte und wann nicht. Auf jeden Fall störte ihn meine Anwesenheit, Alberto hatte ihm gesagt, ich wäre Schriftsteller – aber der Mann kaufte ihm das nicht ab und sah mich misstrauisch an.

Damals am Weiher fand ich auch heraus, warum Alberto im Gefängnis gewesen war – er war einer aus der niedrigsten Kategorie von Räubern, die einem Dinge aus der Hand oder Ketten vom Hals reißen und dann wegrennen; und wenn das Opfer schreit oder sich wehrt, dann beruhigen sie es mit der Faust. Mit 15 Jahren schickten sie ihn nach Găești ins Erziehungsheim; es war eine Art Gruppentraining, wie er sagte, aber er wusste das natürlich nicht zu schätzen – es gab Jungen und Mädchen, und es war ein offener Vollzug mit Ausflügen in die Stadt, großer Hof, Fußballfeld und viele Schulstunden zusammen mit den Mädchen. Von Găești aus schickten sie ihn mit 16, ich verstand nicht ganz, warum, zu den schweren Jungs ins Jugendgefängnis. Dort erging es ihm schlecht, es war ein echtes Gefängnis und er machte den Fehler, sich mit einem von den Daranis anzulegen – und der machte ihn, statt ihm seinen Schutz zuzusichern, zum potentiellen Mordopfer, irgendwas im Zusammenhang mit einem rivalisierenden Clan – und er war alleine und sah sich 18 bis 20 Mann gegenüber. Mit 18 ließen sie ihn auf Bewährung frei; er war genau zwei Wochen in Freiheit, aber dann schwupp, eine Aktentasche, und bumm, die Faust, und sie schnappten ihn wieder und da kamen eine Menge Jahre zu denen von der Jugendstrafe dazu, so dass er jetzt insgesamt sieben Jahre sitzen musste – drei bei den Jungs, den Rest bei den Erwachsenen.

Hast du Bicilei noch mitgekriegt?, fragte Alberto stolz, der war mein Vater, er hat 20 Jahre gesessen, davon sieben im Kerker, mit Ketten an den Füßen – aber der Mann kannte ihn nicht, obwohl er in Poarta Albă gewesen war; und Nico Bombardierul?, oder Sile Pietroi? etc., das Gespräch drehte sich jetzt um Bekannte, wie bei Männern, die sich bei einer Uniparty kennenlernen und herausfinden, dass sie aus derselben Stadt sind oder auf demselben Gymnasium waren – und um gemeinsame Bekannte rauszufinden, benutzen sie die Stars des Gymnasiums als Anker.

Einen, den Legionär, kannten sie beide – und Alberto sagte, die Gauner hätten ihn zum Mädchen gemacht, und der Mann sagte zynisch oder in vollem Ernst, hehe, bevor du ihn nicht reinkriegst, bist du kein Mann. Ich sage es nochmal, der Typ war schmierig und wich die ganze Zeit mit Witzen aus, er erinnerte sich zum Beispiel an einen Mann, einen Schrank, der kahlrasiert in ihrer Zelle aufgetaucht war; kam aus der Freiheit und wurde gleich zum Zimmerchef gesalbt – und anstatt zu grüßen, fragte er mit dumpf dröhnender Stimme, welchen lässte mich lutschen, ich will bisschen runterkommen?, und ein riesiges Gelächter brach unter den Inhaftierten aus, die schickten ihn direkt zum Besen, erst fegst du hier durch und dann steckst du ihn dir in den Arsch, mein Freund; im Gegenzug erzählte Alberto, dass die Jungs aus Langeweile den Katzen im Gefängnishof kleine Schürzchen um den Arsch banden und sie jagten – sie pfiffen ihnen hinterher, ey, komm her, Schnecke, nicht doch, du Unersättliche, komm zu deinem Kerl, tönte ein anderer und pumpte seine Brustmuskeln auf wie Mr. Olympia, jedenfalls driftete das Gespräch auf bizarre und übergriffige Weise in Spott ab, obwohl eigentlich nicht bizarr, ich hatte diese Art von Unterhaltung schon in der Kneipe auf der Zeicani kennengelernt – Menschen bei klarem Verstand und wütende Gauner wurden kindisch und redeten einander mit Ey Süße an und verhielten sich wie eingefleischte Schwule; jedenfalls sagte Alberto, Schluss jetzt, Schwester, du gehst nicht, bevor ich ihn dir nicht reingesteckt hab, und der so, mit derselben gleichgültigen, ausdruckslosen Stimme – nee, dich juckts im Arsch; so machten sie fast zehn Minuten weiter, ich schieb sieben Nummern mit dir. Der Mann versuchte mich auch mit ins Spiel einzubeziehen, und was hast du so in der Hose, einen Schwanz oder ein Loch im Arsch? – aber ich kam nicht klar, hatte keine Antwort parat und beim ersten Mal sah er drüber hinweg; aber beim zweiten Mal sagte er unzufrieden, warum antwortest du nicht? Und dann zu Alberto, dein Freund gefällt mir nicht, der versteht keinen Spaß, was soll das für ein Schriftsteller sein? Und Alberto so, der ist ein guter Junge, aber er ist sowas nicht gewohnt – aber ich hatte ihm den Spaß verdorben und nachdem die Flasche Bier leer war, rief er Medaillon, machte ihn fertig und zog ab.

Zwei Tage vergrub Vasi sich in seinem Zimmer; am Morgen des dritten Tages kam er wie Jesus aus seinem Grab und teilte mir mit, er würde Leine ziehen und Bukarest verlassen.

Er kam aus dem Zimmer, als Alberto gerade unten war, den Müll rausbringen; du, Adi, sagte er, ich werde fünf Tage zu meiner Schwester nach Găești fahren, nimm den

Schlüssel hier, vielleicht brauchst du ihn ja; und nächsten Monat ziehe ich aus, such dir einen anderen Mitbewohner.

Als ich ihm vorwarf, er würde mich hier einfach sitzen lassen, und dass ich jetzt die gesamte Miete von 200 am Hals hätte, da antwortete er sarkastisch, na, hast du das nicht gewollt, hier mit Alberto alleine sein? Wünschst du dir das nicht, bisschen Intimität? Hab ich das irgendwie falsch verstanden? – und ich sagte nichts mehr.

Ich hatte in den letzten Tagen echt auf die Regeln geschissen, die ich irgendwann aufgestellt hatte, ich kündigte nicht an, wenn ich Alberto mitbrachte, und wenn er da war, machte ich ihn zum Chef der Wohnung, er durfte nachts schreien und laut lachen und tagsüber durfte er die Musik, die er mochte, auf maximale Lautstärke drehen.

Außerdem hatte die Studentin Vasi vor zwei Wochen verlassen – und unser Gewühle wird ihm schwer auf den Geist gegangen sein; im Grunde hatte er es erfasst: Es gab in dieser Wohnung nicht genug Platz für drei Personen.

In einer Woche verprassten wir 1.500 – von meinen Schulden, den 1.200, zahlte ich nur die Hälfte zurück; das Geld rann mir durch die Finger, aber es war schön, abends kochte ich, morgens wusch Alberto das Geschirr und tat so, als würde er die Wohnung fegen, liebst du mich?, fragte er, und ich antwortete, klar, Alberto, ich liebe dich; und er machte weiter, willst du meine Frau werden?, und ich antwortete, bin ich das nicht schon?

Wir hatten uns nicht viel zu sagen, er mochte es nicht, über das Gefängnis oder seine diebischen Verwandten zu reden; über das Gefängnis nicht, weil er sagte, er würde sich nicht gerne daran erinnern, und über seine Verwandten nicht, weil er eben so gestrickt war, wir sagen niemandem was, wir geben keine privaten Details raus – wie geschwätzig er sonst auch war, in diesem Punkt hielt er sich ziemlich bedeckt; wir hatten also nicht viel, worüber wir reden konnten, obwohl er dauernd redete, vor allem über Sex – er holte seinen Schwanz aus der Unterhose und fragte: Gefällt dir mein Schwanz? Er ist Millionen wert, oder ich schieb sieben Nummern mit dir, du Unersättliche; oder du wirst schon sehen, du Hure, was ich mit dir mache, wenn ich dich mit einem anderen erwische; oder ich bin hier nicht, weil ich irgendwelche Interessen verfolge, wenn es so wäre, dann hätte ich dir schon längst eine runtergehauen, da könntest du nicht mehr gucken, ich hab dich aber lieb gewonnen, weil ich gemerkt hab, dass du ein guter Junge bist.

Gut, dass ich von Borcan weg bin, sagte er, er hat mich nachts geweckt, damit ich ihn massiere, und das vier Stunden lang. Ich wär als sein Sklave gestorben, geh in den Laden, Alberto, massier mich, Alberto – aber mit dir baue ich mir ein neues Leben auf; ich bin nicht bei meiner Familie, na und? Bei dir gehts mir besser, du bist nämlich klug und hilfst mir – und das gab mir das ungute Gefühl, dass er sich darauf verließ, dass ich ihm einen Job besorgen würde, dass er ein normales Leben anfangen könnte; zum Ausgleich tat ich alles dafür, um die Magie unserer Begegnung aufrechtzuerhalten, ich kochte ihm tolle Sachen oder führte ihn in die teuren Lokale im Lipscani-

Viertel aus, obwohl mich das Alte Zentrum zu Tode langweilte; dort erklärte er meinen Freunden, ich hab mein Leben bisher im Knast gefristet, aber dieser Mensch hier hilft mir, mein Leben auf die Reihe zu kriegen, einen Job zu finden, und ich schäm mich nicht zuzugeben, dass ich mit ihm zusammenlebe – und ich nickte in der Überzeugung, dass es so war, dass Alberto keinen Unsinn redete. Kurz, es roch gut, so gut, wie es damals für die Emigranten gerochen haben mag, als sie in der Neuen Welt von Bord gingen.

Wenn wir nicht ausgingen, war er imstande, einen ganzen Tag auf Glücksspiel-Seiten zu verbringen, er saß vor dem Bildschirm und rief mich aus dem Wohnzimmer zu sich, um mir zu zeigen, dass er soundso viele Millionen Punkte im Wert von soundso vielen Millionen Euro gemacht hatte, und ich pflichtete ihm bei, wir sind lebenslang fein raus, Liebster. Im Übrigen interessierten ihn im Fernsehen weder die Nachrichten noch Unterhaltungsprogramme, er zog sich den ganzen Tag Manele, Fußball und Pornos rein, und abends fickte er mich ohne Gummi; wenn ich, was selten vorkam, mal Lust hatte, ihn zu vögeln, dann trieb er mich an, komm, mach endlich fertig, was dauert das so lange, guck mich an, mir kommt es nach fünf Minuten – und das behaftete mich mit Komplexen, umso mehr, als er mir jedes Mal danach vorwarf, du fickst mich nicht, du enttäuschst mich nur.

Weil ich keine Ahnung von Sex habe, waren meine bisherigen Erfahrungen, mit Ausnahme der Episode mit Ana, qualitativ und quantitativ ziemlich dürftig, meist eher ein telepathisches Erlebnis – und körperliche Intimität herzustellen gehört nicht zu meinen Kompetenzen. Meine Gewieftheit, mit der ich Leute von mir abhängig mache, das ist was anderes, ich höre ihnen zu; also, bei den ersten drei Bieren höre ich ihnen zu, dann bei den folgenden, gebe ich ihnen Selbstbewusstsein und Hoffnung, ich beweise ihnen mit mathematischer Genauigkeit, dass sie, wenn sie dieses oder jenes tun, groß rauskommen und es ein für alle Mal hinkriegen, weil sie ein unfassbares Potential haben. Tja, meine Tricks. Es macht nichts, dass sich meine fantastischen Lösungen am nächsten Tag bei Licht betrachtet in nichts auflösen wie Nebel im Wind, für den Moment hat ihnen das Gespräch gutgetan und manchmal verspüren sie das Bedürfnis, zurückzukommen und noch eine Dosis zu nehmen; auch wenn sie nicht an die Lösungen glauben, mit denen ich sie verhexe, wollen sie sie immer und immer wieder hören. Aber Alberto hatte nicht die analytischen Fähigkeiten meiner üblichen Gesprächspartner und meine Lösungen hatten in seinem kaputten und beschränkten Hirn auch am nächsten Tag bei Tageslicht noch genauso Bestand.

Nachdem wir gevögelt hatten, zogen wir ins Schlafzimmer um, wo wir im Netz Filme schauten und er mich die Untertitel vorlesen ließ, weil er mit den langen Sätzen und komplizierten Wörtern nicht zurechtkam. Am Anfang sahen wir uns indische Schmachtfetzen aus den 80ern an – bei Yaadon Ki Baaraat fing er an, laut zu schluchzen, als man einem der Protagonisten ein Bein amputierte; er sagte, wobei er die Nase hochzog, ich hab das schon 30

Mal gesehen, aber ich muss immer noch weinen. Mich langweilten diese Filme wahnsinnig und ich sagte, hey, Alberto, mein Kopf hält das nicht aus, komm, lass uns irgendwas finden, was uns beiden gefällt – aber außer indischen Filmen mochte er nur noch Kampfkunst-Filme; also schauten wir uns Van Damme und Jackie Chan an. Horrorfilme, Science-Fiction, Krimis oder Abenteuerfilme ließen ihn kalt – und darum musste ich, um einen ordentlichen Streifen zu sehen, warten, bis er einschlief.

Nachdem uns Borcan so in Aufregung versetzt hatte, fing Alberto an, mich zu drängen, aus dem Ferentari wegzuziehen; wir waren im Biergarten vom Boieru und auf einmal sah ich, wie er blass wurde und flüsterte, guck, der Jeep von Borcan, hau ab, sofort raus aus der Bar – und er stand hastig auf und versteckte sich auf dem Klo.

Ich blieb auf meinem Stuhl sitzen, vor Florică wäre es mir peinlich gewesen, Hals über Kopf aus der Bar zu stürzen. Er blieb da fünf Minuten, verzaubert wie eine Märchenprinzessin in ihrem Turm, und als er zurückkam, sagte er, warum bist du nicht abgezogen? Wenn der hier gehalten hätte, was hättest du dann zu ihm gesagt?

Dass ich über Manele arbeite und du mir hilfst und mir den Rücken freihältst, damit die Penner mich nicht ausnehmen, ich zuckte mit den Schultern.

Und du glaubst, Borcan ist so blöd und frisst das? Er hat den Braten gerochen, wie oft soll ich dir das noch sagen? Guck dich doch an, du kriegst schon Angst, wenn dich ein kleiner Junge böse anguckt, dann gackerst du wie ein dummes Huhn. Guck mal – du sitzt an diesem Tisch und der kommt zu dir und nimmt dich richtig hart ran, was treibst du mit dem, na los, fickt er dich? Du hättest dir in die Hose gemacht und alles ausgeplaudert, der hätte dir nicht mal eine runterhauen müssen. Du kriegst sowas nicht hin, deine Mama hat dich immer beschützt, du kannst keine Lüge aufrechterhalten. Glaub nicht, dass einer dich schlägt und tritt und du hältst dicht, ich hab nichts mit Alberto, ich bin kein Schwanzlutscher.

Wenn ich nachgegeben hätte, gab ich zu, dann hätte ich ihm vielleicht gesagt, dass ich dein Mädchen bin, dass dus mir besorgst, weil ich dir Geld gebe. Ich konnte nicht glauben, dass Borcan so verklemmt sein sollte wie die Bauern in meinem Dorf, wie Alberto ihn mir beschrieben hatte – sondern dass ihm eher der gesunde Zynismus der Freigeister seiner Kategorie zu eigen war; er wirkte weltmännisch, hatte sechs Jahre im Westen gelebt und einen Haufen Geld gemacht – ganz sicher, er war ein schlauer Kopf: Er hatte unter Huren und Zuhältern gelebt, sicher war er darüber informiert, was die rumänischen Jungs da draußen in den Bahnhöfen und auf den Parkplätzen taten, wenn ihnen das Geld ausging – und dass Geld, solange die Familie und die Feinde nichts erfuhren und dann schlecht über einen redeten, nicht stank.

Ich versuchte, ihm das zu sagen – aber er sah mich hasserfüllt an. Siehst du, unterbrach er mich, siehst du, dass du nicht nachdenkst? Deine Klugheit nützt dir nichts, weil du nichts checkst. Dich hätte er verprügelt und mich hättest du richtig in die Scheiße geritten, Alter. Was du im

Gefängnis machst und was du da treibst, das ist das eine – aber wenn du dann draußen bist und zurückkommst, dann hast du damit abgeschlossen, was ich nicht weiß, macht mich nicht heiß. Glaubst du, Borcan ist blöd? Das eine ist, einen Dummkopf zu ficken, was anderes, bei ihm einzuziehen – und weißt du, was er gedacht hätte? Diese Vollidioten haben eine Beziehung … Siehst du, wie dumm du bist? Das bringt nichts, mit einem Mann zusammenzuleben, schlag dir das aus dem Kopf. Wenn der dich rangenommen hätte, hättest du sagen müssen: Ich lebe nicht mit ihm, er hilft mir mit meiner Manele-Sache und er bringt mich zu den Nutten – und Alberto hat eine Frau gefunden, bei der er jetzt lebt.

Das machte natürlich Sinn; seitdem gingen wir nicht mehr zusammen ins Boieru – obwohl Alberto selber sagte, Borcan ist etepetete, der trinkt nicht in Kneipen hier im Viertel, nur zu Hause oder in teuren Clubs. Das Problem war, es gab keinen Ort mehr, an dem wir im Ferentari was trinken gehen konnten: im Boieru und auf der Zeicani nicht, und im Shawarma-Laden auf der Piața Ferentari schon gar nicht, weil sich Alberto beim ersten und letzten Mal, als wir dort waren, so brutal angestellt hatte, mach ne Pizza, Mann – und das hatte den Kellner richtig verärgert, wie redest du mit mir? Dir bring ich bestimmt keine.

Doch, du bringst eine, ich zahle schließlich, Alberto war bockig – und da schrie ich ihn an, hör auf, mir meine Beziehungen hier zu zerficken, und zum Kellner –

Entschuldige, der Arme ist noch nie wirklich aus dem Ferentari rausgekommen, und der Kellner – das hier ist was für feine Leute, solche Wichser haben hier nichts zu suchen. Am Ende schrien sich alle gegenseitig an, so dass der Kellner schließlich keine Bestellung mehr aufnehmen wollte, was glaubst du eigentlich, wo du hier bist, du Bauer?

Darum sag ich, er war selbst für Ghetto-Maßstäbe zu unangepasst; seine dreiste Art, die in den fiesen Jahren nach dem Fall des Kommunismus noch okay gewesen wäre, war jetzt, 20 Jahre später, nicht mehr angebracht, nicht mal im Ferentari: Sogar da fanden die Leute ihn exotisch und unerhört grob – nur im Boieru tolerierte ihn der Chef, vielleicht aus Respekt vor mir oder weil er Borcan kannte; Floricā war eindeutig überfordert, auch wenn er keine Miene verzog oder ein gezwungenes Lächeln aufsetzte.

Menschliche Beziehungen basieren auf Zusammenhängen, an die man sich eigentlich ohne große Anstrengung anpasst, man kriegt es im Vorbeigehen mit – in Witzen, Ablehnungen, Glückwünschen, einfach einer Menge Sachen; und wenn man das nicht hinkriegt, liegt das daran, dass man sich seine Unangepasstheit entweder als exotisch schönredet und darauf wartet, dass einem das jemand abkauft, oder weil man sich abgrenzt und sich mit der Philosophie tröstet, man wäre unabhängig – oder man ist unterwürfig und baut darauf, dass andere alles für einen erledigen; er baute auf mich, er dachte, wenn ich Geld verdiene, dann hätte ich den Durchblick; aber auch ich war, selbst wenn ich die Dinge anging, auf gewisse Weise unangepasst – oder besser gesagt, ich besaß keine praktischen Skills.

Und die Dinge änderten sich, sogar im Ferentari. Als ich hergezogen war, rauchte man spät abends in den Bussen und den ganzen Tag hörte man über Handylautsprecher Manele; seit die Stadt die Busse ausgetauscht und neue mit Klimaanlagen eingesetzt hatte, traute sich niemand mehr, eine Zigarette anzuzünden – und nur noch selten machte ein Gauner das Handy an, um die Aufmerksamkeit der Mädchen auf sich zu ziehen. Außerdem hatte man überall Gasleitungen verlegt, es gab fließend Wasser, eine Kanalisation und asphaltierte Straßen – und man weiß eben nicht, was die Menschen dann verändert, der Zivilisationssprung und die damit verbundene Selbstachtung – oder die Kultur, die Tatsache, dass ein ganzes Land auf dich herabsieht wie auf einen Wilden und darauf wartet, dass du zur Vernunft kommst.

Wie auch immer, die Schlägertypen und Gauner kamen aus der Mode – nicht gerade zum Vorteil von Alberto. Ich glaube nicht, dass ich Quatsch erzähle – Manele-Musik bestimmt den Coolness-Faktor im Ferentari; und aus ihrem Vokabular sind seit ungefähr fünf Jahren die Knackis verschwunden und seit einem halben Jahr, Überraschung, verschwinden auch die Sandler und Gauner … Einmal waren wir diesen Winter im Boieru und saßen mit Florică zusammen und neben uns setzte sich eine Gruppe von Leuten hin. Vier zwielichtige Männer und zwei Nutten und alle schmierten dem Berg von Typen Honig ums Maul, der die Runden zahlte; sie kuschten und sagten sowas wie Ein feiner Mensch, ein großes Talent, ein wunderbarer Mann – obwohl er eindeutig der letzte Penner war, er rülpste und machte grobe Witze, sowas wie Ich geh pissen und überlass euch dem Pfandhaus (also, er würde gehen, ohne zu zahlen) – und die anderen blökten dünn, du hasts echt drauf, hehe, aber du machst sowas nicht, du bist doch der Boss. Wenn einer der Lakaien bei seinen Ehrerbietungen was mit dicken Eiern sagte oder mit Eisenfaust, dann zwickte der Hüne sich am Arsch und sagte, lass das Geprolle, ich bin was feiner, ey. Darum meine ich, dass die Knackis und Gauner aus der Mode kamen, andere Figuren besetzten jetzt die Bühne. Auf der Straße trugen die smarteren Jungs rosa T-Shirts und epilierten sich die Beine, am Wochenende gingen sie ins Afi in der Mall, um an einer Cola zu nuckeln – und alle hatten ein Facebook-Profil; für diese Avantgarde-Kids war Gaunertum nicht mehr mit Macht und finanzieller Durchschlagskraft verbunden, sondern, keine Ahnung, Tricks und Talent, Verführungskunst und Stil ... Und Alberto war Lichtjahre davon entfernt; aus seinem Leben waren 14 Jahre ausgeschnitten worden und verschwunden und er befand sich plötzlich in einer neuen Welt, die er nicht begreifen konnte.

1994, als er zum ersten Mal sitzen musste, hatte man vom Internet noch nichts gehört, man telefonierte über Festnetz, und Musikalben wurden als Audiokassetten produziert. Auf den Gängen in den Zügen oder in den U-Bahnstationen wurde geraucht und wenn jemand protestierte, guckten die, die sich die Zigarette angezündet hatten, verwundert. Das Geld verlor jeden Tag an Wert und die Menschen, die die Zeichen der Zeit noch nicht erkannt hatten, verloren all ihre Ersparnisse beim Caritas, diesem Pyramidenspiel. In den Vierteln gab es immer mehr Blechhütten, in denen Zigaretten, Getränke und Lebensmittel verkauft wurden. Es gab eine einzige Bank, die CEC, und den Lohn bekam man auf die Hand. Nach Westen hin waren die Grenzen hermetisch abgeriegelt und die Leute, die alle gleichermaßen arm waren, lebten davon, dass sie Stück für Stück die Relikte des Alten Regimes abmontierten und verkauften, volkseigene Betriebe; die Wirtschaft war gelähmt von Blockaden, Streiks, Schwindeleien, und all diesem Chaos entstiegen die ersten Millionäre.

Die Pausen, in denen er in Freiheit war, waren unbedeutend; als er zum letzten Mal rauskam, 2009, hatten alle Kinder Handys und Messenger-IDs, und Musik hörte man auf dem Rechner oder auf MP3-Playern. Rumänien war in einen überstaatlichen Organismus aufgenommen worden, die EU, und das erlaubte einem, ohne Pass überallhin nach Westeuropa zu reisen. Die Löhne wurden auf Konten überwiesen, und um an das Geld ranzukommen, musste man Bankautomaten bedienen. Die Blechbuden waren verschwunden und an ihrer Stelle waren Malls und Supermärkte aufgetaucht, wo man mit Karte zahlen konnte. Man rauchte nicht mehr in den U-Bahnhöfen und Zügen, und in den Wohnungen von Bekannten musste man um Erlaubnis bitten, um sich eine Zigarette anzuzünden. Die Läden, Straßen, Parks waren voller Videokameras und als Dieb musste man aufpassen. Die Städte waren voller Bankfilialen, in denen man einen Sicherheitsabstand einhalten musste, wenn jemand vor einem mit dem Mitarbeiter am Schalter sprach. Das meine ich eben, die Welt hatte sich verändert, andere Regeln. Wie sollte er sich da anpassen? Er war als Kind ins Gefängnis gekommen und die vier Wände da waren die Welt, die er kannte; kurz gesagt, für ihn war der Ofen aus.

No More Parties

Die Jugendstrafanstalten für 16- bis 21-Jährige sind eine total düstere Angelegenheit, die nach der Revolution nach amerikanischem Vorbild aufgebaut wurden; während des Kommunismus wurden die Minderjährigen in Erziehungszentren geschickt, wo richtig Schule stattfand und der Vollzug halboffen war. Mit 16, als Alberto zu den Jugendlichen kam, machte er den Fehler, sich mit den Daranis einzulassen; ein etwas älterer Junge hatte ihn gefickt und dann, weil er sowieso schon geliefert war, fickten ihn auch die anderen. Anfangs mochte er es nicht, aber er konnte nichts dagegen tun – er war weder ein Gauner noch ein Paketjunge, Paketjungen sind die, die von zu Hause Pakete bekommen, mit denen sie Rücken/ Schutz von den Gaunern kaufen können – und in den zwei Jahren, die er bei den Jugendlichen verbrachte, hatte er nur ein einziges Mal Besuch von einem Cousin. Und er war schon als Kind ein kleiner Vielfraß gewesen, immer in Angst, das Essen könnte ihm ausgehen. Was sollte er dort als armes und einsames Kind anderes tun, als sich durchzumogeln und sich mit allen gut zu stellen? Er kaufte sich Rücken, Leberwurstkonserven und Zigaretten mit Schwanzlutschen, Massage und Fegen.

Und dann fing er an, es zu mögen – und so vergingen die 14 Jahre. Er war immer bei den Schwulen; die bildeten eine eigene Gruppe und aßen separat, weil die Jungs sie nicht zu sich an den Tisch ließen und sie auch nicht beachteten, sie dachten, sie würden verflucht werden, wenn ein Arschficker sich mit dem Hintern auf ihr Bett setzte; trotzdem ließen sie ihn als einzigen von den Schwulen dabei sein – sie spielten mit ihm Barbudi oder Backgammon, sie ließen ihn auf ihrem Bett sitzen; er war groß und sie sagten zu ihm, ey Kugel, was suchst du da bei den Schwulen? Du bist einer von uns, Junge.

Wenn er Barbudi spielte, nannten sie ihn Kugel, weil er groß und dick war; wenn er seine Show abzog, nannten sie ihn Roxana oder Roxy. Die Gauner mochten es, dass er sich mit Showmachen auskannte, die Jungs fielen fast um vor Lachen, wenn er mit seiner sexy Darbietung anfing, so war er eben, für Spaß und Vergnügen war er schon immer zu haben. Einmal, als bei einer Party im Fernsehen Taraf-Musik lief, zog er sich einen Minirock an, fing an zu tanzen und sich an den Jungs zu reiben, und die klatschten ihm auf das Hinterteil, wenn er an ihnen vorbeikam, hey, bist du heiß, Mädchen, riefen sie – und er sagte, es juckt mich so, ich schwöre, ich besorgs euch allen; er ging auf alle viere, fing an mit seinem großen Hintern zu wackeln und rief, wer steckt ihn mir rein – zwei Jungs holte er einen runter, einem blies er einen und ein anderer war an seinem Arsch zugange, das war die Show des Jahres, die Gauner lachten, dass sie fast platzten, sie warfen ihm Zigaretten zu und riefen wie bei den Musikanten, ein Tausender, ein Tausender, für die Weltmeisterin Roxy.

Keiner kriegte so eine Show hin wie er, und darum

wollten ihn alle haben, wenn sie eine Feier machten. Und schwanzlutschen konnte auch keiner wie er – die Jungs mochten es so sehr, dass sie zu ihm kamen, er musste gar nicht durch die Zimmer gehen und um Zigaretten betteln, wie die Schwulen es normalerweise machten. Ansonsten war es mal gut, mal schlecht; gut, weil sein Schrank immer voller Konserven und Zigaretten war und keiner sich mit ihm anlegte – schlecht, weil er nicht ablehnen konnte; nur bei den Jüngeren sagte er, wenn du mich nicht gut fickst, dann fängst du dir eine – um aus der Sache rauszukommen. Wie jeder Mensch hatte er nicht die ganze Zeit Lust, aber wenigstens viermal am Tag musste ers machen; manchmal flunkerte er darum auch. Einmal sagte ihm ein Fiesling, komm, ab an die Maschine, und als er sagte, ich kann nicht, Bruder, ich hab Durchfall, da schrie er, nee, du kommst schön her, sonst mach ich dich kalt; und er musste ran, was sollte er machen, alle hatten vor dem Angst. Und nachdem dieser Riese seinen Schwanz voller Scheiße rauszog, wurde er wütend und verprügelte ihn, eine ganze Woche lang konnte er nur humpeln.

Er fand keinen, der ihn liebte, und auch er verliebte sich nicht, beim Ficken unter Männern ist nichts mit Anfassen oder Küssen, Gott bewahre. Er mochte den ein oder anderen, weil er kein Grobian war und ihn auf gute Art fickte.

Nachdem er aus dem Gefängnis kam, versuchte er die Männer aus dem Kopf zu kriegen und trieb es mit keinem mehr, obwohl das Bahnhofsklo voll von Schwulen war, die einem auch Geld gaben, wenn sie es mit einem machen durften. Allerdings, wenn er seine Alte vom Bahnhof fickte und die Augen schloss, dann dachte er manchmal an Männer; nachdem er zu Borcan gezogen war, bekam er ab und zu Sehnsucht und dann steckte er sich den Finger in den Arsch, wenn er wichste.

Er mochte es nicht, über das Gefängnis zu reden – sogar betrunken tat er das nur auf Drängen und im schlüpfrigen Stil der Knackis, fragmentiert und lakonisch, er verwischte seine Berichte mit Witzen, frechen Bemerkungen, feindseligen Lügen, und fügte Dinge hinzu, die andere herabsetzten; es dauerte eine Weile, bis ich begriff, dass seine dümmlichen Frechheiten und Späße der Versuch waren, seine Scham zu verbergen, dass er im Kittchen komplett gedemütigt worden war, dass er Unterworfener und Sklave gewesen war – und in Freiheit brachte er sich bei, die Demütigung, die er ertragen hatte, als Zeichen seiner eigenen Findigkeit umzudeuten und aufzufassen.

Manchmal fragte er mich, was siehst du eigentlich in mir? Ich bin arm und dick und hässlich, und ich antwortete ihm, du bist ein Mann, Alberto, oder du bist ein warmherziger Mensch – und er hörte mir schwermütig zu und nickte; diese Beziehung gab ihm, glaube ich, das Gefühl einer großen Errungenschaft, dass Gott ihn berührt hatte; auf gewisse Weise war ich sein Luxusspielzeug, die Puppe, die er sich aus dem Schaufenster geschnappt hatte – und unser Zusammensein bedeutete so gesehen, dass er mich liebte und ich ihn mit Job Ausweis Miete versorgte.

Mein großes Problem besteht darin, dass ich sehr faul bin, mein Enthusiasmus erschöpft sich darin, Pläne zu schmieden, ich tüftele sie in zig Einzelheiten aus – und wenn ich damit fertig bin, dann ist die ganze Lust weg. Als das Geld also anfing zu verschwinden und auf meinem Konto nur noch ungefähr 200 herumdümpelten, wachte Alberto auf und warf mir vor, ich wäre nicht in Călărași wegen der Geburtsurkunde gewesen, ich hätte keinen Job für ihn gefunden – kurz, es wäre genau wie an dem Tag, an dem er zu mir zog.

Was ich für ihn getan hatte, war, meine Freunde beim Bier zu fragen, was man unter den gegebenen Umständen tun konnte: Einer sagte, lass ihn Masseur werden (aber um als Masseur zu arbeiten, musste man zwölf Jahre zur Schule gegangen sein), ein anderer erkundigte sich bei der Parkaufsicht (aber da brauchte man Beziehungen) – und alle schüttelten skeptisch den Kopf, er wäre im Gefängnis gewesen und kein Arbeitgeber würde sich auf ihn einlassen; mit dem Ausweis war es noch komplizierter – die Geburtsurkunde war bei Borcan; ein Teufelskreis, denn für die Ausstellung eines Ausweispapiers brauchte man ein anderes, das bereits existierte – den Ausweis für die Urkunde, die Urkunde für den Ausweis. Ein bisschen Schmiergeld im Bürgeramt von Călărași, so belehrte mich ein Kumpel beim Bier, könnte uns aus dem Teufelskreis befreien, die könnten ihm ein Duplikat seiner Geburtsurkunde ausstellen, und damit und mit drei Fotos würden wir zur Polizei von Fetești gehen, um ein provisorisches Ausweispapier zu erhalten. Die ganze Sache würde jeweils drei Tage in diesen Städten in Anspruch nehmen, mit Nächten in Trucker-Motels und krampfhaftem Gerenne von Angestelltem zu Angestelltem.

Ich hatte weder Geld noch Energie, mich dazu aufzuraffen – und um so zu tun, als würde ich etwas für ihn ins Rollen bringen, sagte ich, lass uns mal zu einer ärztlichen Untersuchung gehen, mal sehen, was mit deinem Rücken los ist.

An diesem Tag suchte ich im Netz nach Neurologen mit Privatpraxen, verglich die Tarife, damit die 200 reichten, während er jammerte, der Arzt, bei dem er gewesen wäre, hätte gesagt, er wäre innerlich ausgebrannt und würde keine 40 mehr werden.

Ich rief an, machte einen Termin, und als ich am nächsten Tag sagte, komm mit zum Arzt, da sagte er seufzend, warum sollten wir hingehen? Damit er mir nochmal dasselbe sagt wie der andere, zu dem Borcan mich geschleppt hat? Ist mein Leben nicht schon schlimm genug? Also – wärs nicht besser, du gibst diese 200 mir, und ich fahre damit meine Schwester auf dem Land besuchen, damit ich meine Neffen mal wieder sehe, die süßen kleinen Eierchen, ich halts nicht mehr aus vor Sehnsucht nach ihnen! Ich geh dann auch am Bahnhof vorbei, meine Frau besuchen, ich hab sie schon ein Jahr nicht mehr gesehen, ich könnte ihr wenigstens 30 Lei geben. Und wenn ich sie nicht treffe, dann kenne ich da eine, bei der ich ihn für 50 ohne Gummi reinstecken kann.

Und weil das weniger Herumgerenne bedeutete, gab ich ihm 150 von den 200 Lei – mit denen er genau vier

Stationen fuhr, bis Luica, und da verzockte er sie bei den Spielautomaten. Drei Stunden später kam er reumütig nach Hause, verzeih mir, mein Herz, ich weiß nicht, was ich mir dabei gedacht habe.

Ich nahms ihm nicht übel, damals war alles schön und alle Farben waren unglaublich intensiv; ich lieh mir von Dan, dem christlichen Dichter, 200 Lei.

In den letzten Tagen hatte er in einer Schublade einen MP3-Player von Sony entdeckt und lief nur noch mit Kopfhörern auf der Straße herum, summte und tanzte – sogar in der U-Bahn und im Bus außerhalb des Stadtviertels, wo die Leute ihn ansahen wie einen Außerirdischen; als ich den Finger an den Mund legte, donnerte er, ich bin ein Gauner, Mann, glaubst du, das juckt mich?, dann klatschte er in die Hände und kreiste wie ein Kran mit den Armen – und die Leute taten eingeschüchtert so, als würden sie aus dem Fenster schauen, oder setzten sich etwas weiter weg.

Mit Dan, dem christlichen Dichter (~35), trafen wir uns im Dianei 4, einem Biergarten an der Universität, wo die Intelligenzia sich trifft. Dan ist ein ziemlich fickriger Typ (er bittet mich, zu erwähnen, dass er dreimal am Tag seine Nummer rausgibt, und wenn es möglich sei, dann sollte ich ihm mein Handy überlassen, auf seinem würde es dauernd klingeln) – und sein Lieblingsspruch ist, dass er deshalb Schriftsteller geworden sei, um junge Mädchen zu vögeln; übrigens dauern seine Beziehungen im Durchschnitt ungefähr drei Jahre: Er nimmt sie sich als junge und knabenhaft dünne Mädchen und zieht sie groß, bis sie am Hintern Fett ansetzen. Aber seit ein paar Jahren klemmt der Mechanismus, er jammert, er würde nur noch das Interesse intelligenter und verbrauchter Frauen auf sich ziehen.

Mir hat die Tatsache, dass ich Schriftsteller geworden bin, nicht geholfen, irgendwas zu ficken – I mean, selbst wenn ich Interesse geweckt habe, dann war es entweder eine Frau oder ein Schwuler, und die Schwulen sind in ihrer Eigenschaft als Seelenverwandte meine Schwestern und Inzest erregt mich nicht. Wenn wir uns trafen, witzelten wir über dieses Dilemma, dass er inmitten seiner verwelkten Frauen sterben würde und ich unter passiven Schwulen.

Doch jetzt saß neben mir auf dem Stuhl ein stark heterosexuell wirkender Typ; siehst du?, sagte Dan, jetzt brauchst du nicht mehr zu heulen, dass du Kunst nur um der Kunst willen machst.

Die Leute redeten da im Flüsterton, und das Problem mit Kopfhörern ist, dass man damit lauter redet, als wenn man nichts auf den Ohren hat, so dass der ganze Biergarten mitbekam, wie er aus dem Arsch ne Möse gemacht hatte – und dann kehrte er in seine musikalische Welt zurück, deine Lippen oh … Blütenblätter oh … Beine. Solange ich mit Dan beim Bier saß, behielt Alberto die Kopfhörer auf und summte und strahlte vor Freude – und Dan sagte, als hätte er Angst, ihn aufzuwecken, wie unschuldig er aussieht; und dann, als Alberto aufs Klo ging – der und Verbrecher? Im Ernst, der ist wie ein Kind, guck doch, wie glücklich er mit diesen Kopfhörern ist.

Nicht, dass ich ihm nicht glaubte, im Gegenteil, er sagte das aus ganzem Herzen und nicht aus politischen Prinzipien heraus oder aus moralischer Verpflichtung – aber Dan ist eben praktizierender Christ, er betet und fastet und hat die Tendenz, die Welt für besser zu halten, als sie ist, damit niemand leer ausgeht.

Bis er 27 wurde, war er Atheist, aber er konvertierte, nachdem er sich an der Bauchspeicheldrüse hatte operieren lassen; vom Alkoholmissbrauch hatte die Bauchspeicheldrüse Nekrose und der Chirurg musste praktisch alles Verfaulte drumherum wegschaben; als sie ihn vor der Operation alle möglichen Papiere unterschreiben ließen, sagte eine Krankenschwester: Du hast Glück, dich operiert der beste Chirurg des ganzen Landes und es steht fifty-fifty, dass die dich wieder hinkriegen; und bevor Dan vom Anästhesisten die Maske aufgesetzt wurde, dachte er, jetzt werde ich einschlafen und es kann sein, dass ich nicht mehr aufwache; es ist wie beim Werfen einer Münze, vielleicht wirds was, vielleicht nicht – und diese Vorstellung, dass er nicht mehr sein könnte, erschien ihm verstandesmäßig nicht fassbar, nicht begreiflich und nicht zu verstehen; und da tat sich ihm augenscheinlich die Wahrheit auf, dass es keinen Tod gibt und er also in jedem Fall wieder aufwachen würde, hier oder woanders. Nachdem er die Augen auf dieser Welt wieder aufschlug, sagte der Chirurg zu ihm: Junger Mann, du hast Glück gehabt, die Erfolgsrate bei solchen Operationen liegt bei 20 %, du hattest also eine 20-prozentige Chance, heil rauszukommen – und diese Woche wird entscheidend sein: Wenn du die überstehst, dann kannst du dich als gerettet betrachten. Aber ihn juckte das nicht mehr, denn jeder Tag, der vorüberging, bestärkte ihn in der Überzeugung, dass es keinen Tod gibt, denn Gott, so unbegreiflich er auch ist, das konnte er denken, den Tod hingegen nicht.

Aber auch Dans Geld war schnell verbraucht; allein die Zigaretten kosteten 30 Lei pro Tag. Zum Glück, man wunderte sich, kam das Geld in diesen Tagen immer irgendwoher, es poppte einfach so auf wie ein Feuerwerk am Himmel: Ich wandte mich an die NGO, mit der ich zusammenarbeitete, ich bearbeitete einen Text und klagte, ich hätte kein Geld mehr – und die netten Leute dort sagten mir, ich hätte noch einen Rest von 800 ausstehen.

Von diesem Geld gab ich 400 dem Besitzer der Wohnung, denn wir näherten uns dem Monatsende; ich sagte, du, Alin, Vasi ist ausgezogen und ich muss jetzt die ganze Miete zahlen, den Rest gebe ich dir, wenn ich nächsten Monat Geld kriege, spätestens am 10.; und nächsten Monat zieh ich aus, ich kann es mir nicht leisten, 200 Euro alleine zu zahlen.

Gut, Adrian, aber am 10. ist es da, sagte er. Drei Tage vor Monatsende, manchmal sogar eine Woche vorher, fing Alin (23) an, mir Druck zu machen, ob ich ihm die Miete bald geben könnte – und außerdem beschiss er mich systematisch mit der Stromrechnung, der Verbrauch wurde, warum auch immer, zusammen mit dem in seiner Wohnung im Berceni-Viertel berechnet.

Er lebte von meiner Miete und von der Rente seiner

Mutter, mehr Geld kam bei ihm nicht ins Haus. Aber obwohl er pleite war, hatte er ein iPhone und teilte sich mit seiner Mutter, seiner Frau und einem sehr hübschen Dobermann eine Zweizimmerwohnung; ich nehme an, dass er ihn mit manischer Aufmerksamkeit pflegte, so wie andere ihr geleastes Auto pflegen. Alin war dünn und klein und der Dobermann reichte ihm bis zur Hüfte.

Selbstmörderisch wie ein Falter am Feuer juckte es Alberto plötzlich und er rief Borcan an – und dieser Anruf riss mich brutal in die Wirklichkeit zurück. Eines Morgens sah ich, wie er mein Handy nahm, eine Cosmotel-Nummer wählte und seine Stimme sanft klingen ließ wie bei einer Erotik-Hotline, Halloo Borcan? Ich bins, Vaali, könntest du mir tausend Euro leihen? Und der, überrumpelt – ich hab nichts, Mann, mein Konto ist auch leer, und dann nach einer Pause – was fürn Vali? Dann wieder Alberto mit seiner normalen Stimme, Vali, du Blödmann, erkennst du mich nicht? Und Borcan plötzlich ärgerlich, Alberto? Scheiße, du verdammter Schwanzlutscher! Pass auf, dass ich dich nicht im Ferentari erwische, du Arschloch – und legte auf.

Das Gespräch dauerte weniger als 30 Sekunden und ich hatte keine Zeit, einzuschreiten.

Und nachdem ich wieder bei mir war, warum hast du Borcan angerufen, Mann, was ist los mit dir? – aber er konnte mir nicht antworten.

Dass du ihn angerufen hast, Schwamm drüber, sagte ich, aber warum hast du ihn verarscht, bist du nicht mehr ganz dicht? Es reicht doch, dass wir auf der Flucht sind, warum ärgerst du ihn noch? Und auch das konnte er mir nicht erklären, er fing an, ihn zu verfluchen, scheiß auf ihn, was glaubt der, wer er ist? Dass nur er ein Gauner ist, oder was? Ich habe keine Ahnung, vielleicht war das seine Art der Revolte, dass er sein Mütchen kühlte, indem er den Mann verarschte, dessen Sklave er gewesen war.

Und obwohl ich erwartete, dass Borcan mich zurückrief, wenn er jetzt schon meine Nummer gespeichert hatte, er tat es nicht. Warum – ich habe dafür keine Erklärung.

Am nächsten Tag fing ich an, mir Sorgen zu machen. Ob er ihn jetzt fallenließ und mir schenkte, nimm ihn, Alter, vergnüg dich mit ihm? Borcan hatte sicher Geld, aber auch die Möse seiner Frau währte nicht ewig, in ein paar Jahren würde sein Einkommen drastisch sinken und irgendwann würde seine Frau gar nichts mehr einbringen, keinen Leu – und Alberto war ein zusätzliches Maul, das gestopft werden musste, eine zusätzliche Belastung. Na gut, selbst wenn er ihn mir zum Geschenk gemacht hatte, was sollte ich tun, wie kamen wir da raus? Mein Einkommen betrug 2.200 Lei, beide waren wir Raucher und tranken – woher die 400 nehmen, um umzuziehen und Kaution und Monatsmiete zu zahlen? Okay, vielleicht rieb sich Borcan wirklich zufrieden die Hände, dass er Alberto los war – aber auf keinen Fall gefiel es ihm, zu sehen oder zu hören, dass er sich mit einem Arschficker im Viertel rumtrieb … Woher, sag mir das, woher nehmen wir das Geld, um umzuziehen?

Als ich darüber nachdachte, hing ich im Sessel und merkte, dass mein Puls stieg, ohne dass ich etwas tat, einfach nur wegen meiner Hirntätigkeit, und ich schwitzte.

Im Ferentari fühle ich mich vor der Geschichte und der Politik geschützt; hier ist meine 90er-Blase, die mich vor der Gegenwart bewahrt. Auch hier verändert sich alles – aber nicht so schnell wie im Rest der Stadt, und alle, die von draußen hierherkommen, kriegen den überwältigenden Eindruck eines Ortes, der in den 90ern vergessen wurde, mit Läden, die sich in Blechbuden quetschen, staubigen Straßen und Kleidern made in China. Wenn ich mich aus dem Viertel wegbewege, dann meide ich wenn möglich das Alte Zentrum und versuche, als Treffpunkt das Castel auszumachen, auch eine – etwas kleinere – Blase aus den 90ern, diesen gesegneten Jahren, in denen ich jung war und alles bergab ging – und je mehr die Welt in Depressionen versank, umso größer wurde das Desinteresse, eine enorme Gleichgültigkeit, die jeden Tag größer wurde: Denn es stand schlecht um uns und in einem Jahr würde es noch schlechter stehen und dieses Gefühl war so tief in die Menschen eingegraben, dass niemand mehr glaubte, dass es jemals wieder gut werden würde – außer in der anderen Welt, im Westen. Wie der Anarchist sagt, jede Zerstörung ist schöpferisch, und damals wurde begeistert zerstört, und alles bewegte sich in einer Abwärtsspirale, es war ein blühendes Chaos, in dem über Nacht ein System verschwunden und durch ein anderes, nagelneues ersetzt worden war, von dem niemand irgendwas verstand – so dass die Menschen zehn Jahre lang in Unsicherheit, Verwirrung und Werteschwund dahintrieben. Wie alle anderen träumte auch ich von einer besseren Welt mit Wohlstand und Gerechtigkeit; aber als 2002 endlich die Grenzen zum Westen geöffnet wurden und die neue Gesellschaft aus den Wogen stieg, war ich bereits zu alt und korrumpiert von der zwanghaften Schönheit der 90er; ich konnte mich nicht mehr mit all den Dingen arrangieren, von denen ich in der Vergangenheit geträumt hatte und die sich nun plötzlich vor meinen Augen materialisierten, sie überzeugten mich nicht mehr, sie hinterließen einen brackigen und unangenehmen Geschmack auf der Zunge.

Aber ich will nicht heuchlerisch sein, selbstgemachten Radikalismus vorschützen und das Maul zu weit aufreißen, denn es gab Dinge in dieser Gegenwart, mit denen ich mich durchaus gut fühlte – und am meisten mochte ich die Bequemlichkeit, die das Geld mit sich brachte; und in dieser Hinsicht konnte ich mich als privilegiert betrachten: Die Gegenwart überwies mir monatlich Geld aufs Konto, ohne dass ich groß etwas tat, und ich gab es im Ferentari aus, in der Vergangenheit.

Nur war ich jetzt nicht mehr allein auf der Welt, an mir hing etwas – und ich musste mich der Gegenwart zuwenden; ich konnte nicht mehr zurück, jede Stunde, die verging, bestärkte mich in der Überzeugung, dass Borcan unser Arrangement ganz recht war, natürlich, der Mann war kein Idiot, ob nun Bruder oder Cousin, sondern betrachtete die Welt durch die Brille des Geldes, auf Einkünfte und Ausgaben, Kosten und Vergünstigungen hin … Oder vielleicht war Borcan wie all die anderen Gauner im Ferentari ein Becali-Fan: der hatte keine Schulbildung, sondern nur seinen festen Glauben an Gott – und vom Stadtrand aus war er mittels zweifelhafter Zusammenhänge zum Millionär geworden; nachdem er es auf die Liste der reichsten Rumänen geschafft hatte, fing er an, Kirchen zu bauen und sich für die Armen einzusetzen, um sich von seinen Sünden hintenherum reinzuwaschen. Warum sollte nicht auch Borcan so ein gerissener Christ sein, der Schuld auf sich geladen hatte durch Deals und Huren, die er anschaffen schickte; vielleicht hatte er versucht, sein Gewissen zu beruhigen, indem er sich um seinen armen Cousin kümmerte, den er am Bahnhof aufgelesen hatte, damit er nicht wieder bei den Schwulen im Gefängnis landete. Aber Verrat war Verrat, und da er desertiert war (zu mir), hatte Alberto also in die Hand gebissen, die ihn genährt hatte; und wenn du einen Gauner verraten hast, dann gibt es keine Vergebung mehr.

Doch wie die Dinge auch standen, es war klar, dass sein Cousin Alberto nicht mehr wollte und ich an der Reihe war, mich um ihn zu kümmern. Einen Job für ihn zu finden, konnte ich vergessen; ich musste schnellstens zusätzliche Gelder auftreiben – und dachte daran, eine Manele-Party zu veranstalten; aber um damit tatsächlich Geld zu verdienen, musste ich einen Sponsor finden, damit ich die Musikanten bezahlen konnte, so dass ich dann das Eintrittsgeld für mich hatte. Ende 2009 hatte ich mit

Unterstützung einiger Tänzer mitten im Zentrum eine Party mit Musikanten aus dem Ferentari veranstaltet, und die Feier war ein unerwarteter Erfolg, ich hatte bestimmt 200 Leute rangeholt. Jetzt dieselbe Menge Menschen bei einem Eintritt von durchschnittlich 10 Lei, das machte dann insgesamt 2.000 Lei, mit anderen Worten Miete + Kaution + noch etwas Kleingeld für Zigaretten; aber 200 Menschen sind viel, die kriegt man schwer zusammen. Damals hatte ich als Kulturjournalist bei einer Tageszeitung gearbeitet und ich war ziemlich angesagt, die Leute kannten mich – und Manele war irgendwie auch in, er hatte noch ein intaktes Skandal-Potential, so dass die etwas offeneren Leute im Zentrum es für nötig hielten, entweder auf der einen oder auf der anderen Seite vehement Position zu beziehen. Aber inzwischen hatte ich mich von der Presse abgewandt und mich in den Ferentari verzogen, man hatte mich so ziemlich vergessen – und Manele hatte nach den drei Jahren auch sein subversives Potential verloren.

Nun ja, wir konnten es probieren, mir fiel nichts Besseres ein, was wir hätten tun können; damals hatten wir kein Eintrittsgeld genommen und die Musikanten hatten kostenlos gearbeitet, ich hatte sie gekriegt, indem ich ihnen unter die Nase rieb, sie würden am Kilometer Zero von Bukarest spielen, im Gebäude des Nationaltheaters, in dessen Dachgeschoss damals der Sitz des zeitgenössischen Tanzes untergebracht war. Ich hatte mich mit einem Rom zusammengetan, der anfangs die Nase rümpfte, Manele – aber nachdem die Party ein Erfolg gewesen war, hatte er sein Coming-out als Manelist und wurde in der Sache zum Propagandisten. Und einmal kam ihm sogar die Idee eines Manele-Pride, mit dem er den Kreis der Verlogenheit durchbrechen wollte; denn seit ein paar Jahren gab kein Rumäne mit niederer oder höherer Bildung mehr zu, dass er sowas hörte – obwohl es keine Hochzeit und keine proletarische Feier gab, bei der nicht am Ende, wenn alle betrunken waren, zu Manele Bauchtanz gemacht wurde.

Der Junge (~25) heißt Columbeanu, aber alle sagen Columbianu; inzwischen ist er erwachsen geworden, so dass er im Stadtrat arbeitet.

Ich rief ihn an und sagte gleich, hey, Columbianu, ich will eine Manele-Party steigen lassen, um ein bisschen Geld zu verdienen; willst du dich nicht mit mir zusammentun, also ich bekomme den Eintritt, und du besorgst uns einen Sponsor von der Stadt?

Das ist doch mal ne Idee, sagte er, mit ein bisschen Glück könnte ich dir tausend Euro besorgen – aber willst du nicht mit Cristi reden, dann könnten wir die Feier mit Street Delivery koppeln? Und dieser Vorschlag schien mir die Rettung zu sein, obwohl mich dieses Festival zu Tode langweilte, ich atmete erleichtert auf, denn so würden die Hippies von Street Delivery zur Party gelenkt werden, das Publikum war praktisch sicher.

Ich rief Cristi an, der sagte, es wäre keine schlechte Idee, ich kenne einen tollen Club, der vor ein paar Monaten geöffnet hat, warte mal, ich rufe den Besitzer an, ob ihm dein Vorschlag gefällt – und der Besitzer sagte,

Manele, Ghettomusik, die sie bei TV România und Radio FM verboten haben? Hmm, klingt gut, kommt, wir treffen uns morgen und besprechen die Einzelheiten.

Street Delivery, um auch das zu erklären, ist eine Art Bierfest für die Leute im Zentrum, I mean, es dauert ein Wochenende, Mitte Juni, eine Straße im Bukarester Zentrum wird für die Autos gesperrt und den Fußgängern überlassen – die trinken und verkaufen Bio-Säfte, beschießen sich mit Wasserpistolen, kämpfen gegen Homophobie und Rassismus, und machen oder verkaufen einander letztendlich alle möglichen niedlichen Sachen.

Ich rief Columbianu an, dass Cristi einverstanden wäre – und er sagte: Ich hab noch eine Idee, ja, er wollte für einen Tag einen dieser Doppeldeckerbusse mieten, die Touristen durch Bukarest kutschten. Er wollte die Hippies vom Street Delivery in den Ferentari fahren, zu den Hotspots der Gegend – dazu gehörte natürlich der Hof von Nuțu Cămătaru, der für den Ferentari ungefähr dasselbe ist wie das Haus des Volkes für Bukarest, es verschlägt einem den Atem.

Eine exzellente Idee, Columbianu, sagte ich glücklich, komm, ich mache mit, ich erwarte die Hippies in der Kneipe der Zețaris mit Brot und Salz und einem billigen Musikanten, der sich selbst auf dem Akkordeon begleitet und den ganzen Tag für hundert Euro arbeitet; wer Lust hat, kann dort ein Bier trinken, bis der Bus wieder ins Zentrum fährt.

Und schlussendlich, kommt, wir treffen uns alle vier morgen irgendwo im Zentrum, ich, du, Cristi und der Besitzer vom Modern.

Am nächsten Tag ging ich mit Alberto in die Mechanikwerkstatt; der Besitzer hatte zwei Veranstaltungsräume, die Mechanikwerkstatt, die ein kleiner Concept Club auf der Lipscani war, und das Modern, ein Club so groß wie ein Hangar irgendwo an der Piața Romană. Das Bier in der Werkstatt war furchtbar teuer, eigentlich gemäßigte Preise für das Alte Zentrum, genau gesagt neun Lei der halbe Liter Trübes – aber ich nahm zwei, damit wir nicht knausrig rüberkamen. Der Ort erinnerte vage an eine Werkstatt aus kommunistischen Zeiten, mit Schildern, die einen warnten, man sollte den Aktionsradius des Krans meiden; im Biergarten gab es Tische und Stühle aus Eisen wie in den Kneipen von damals, schrecklich unbequem.

Columbianu tauchte nicht auf, er hatte gerade eine Besprechung, aber er sagte, ruft mich an und sagt mir, was ihr entschieden habt.

Ich verkündete ihnen direkt, dass ich mit einer Party Geld verdienen wollte; Columbianu würde die Musikanten sponsern und ich wollte den Eintritt behalten.

Ich hab nichts dagegen, sagte der Besitzer und streichelte seinen Dreitagebart, ich kriege sowieso Geld durch den Barbetrieb. Und Cristi, der eigentlich Ansprüche auf einen Teil der Summe hätte erheben können (weil er das Publikum zur Party dirigierte), sagte, es wäre okay – außer, dass es nicht schlecht wäre, wenn Columbianu das Geld für die Flyer und Plakate von der Stadt kriegen könnte.

Cristi (~30) ist der Hipster schlechthin und seit ungefähr sechs Jahren hält er sich als solcher, auch wenn die

Zeiten sich geändert haben. Vor der Krise versuchten sich die Hipster wegen verschiedener Mentalitäten zu bekriegen und mit Adibas-Partys zu übertrumpfen; die Elektropartys in Bukarest, so sagten sie stolz, sind genau wie die in London-Paris-New York, und die Menschen, die da hinkommen, haben genau so eine offene Mentalität; nach der Krise fing ihr Hedonismus an zu bröckeln und sie begannen, ethisch aufzurüsten, sie bekriegten sich nicht mehr mit Adibas-Partys, sondern mittels Ehrenamt und Freiwilligendiensten. Cristi war zum Trendsetter geworden, ohne dass er die Raffinesse oder den Narzissmus dieser Leute geteilt hätte, ich habe keine Ahnung wie, er ist herzlich, wie Mülltaucher es eben sind, aber er machte auf Hippie mit Sex und Drogen. Nach der Krise passte er sich an, I mean, er wurde verklemmt und ließ die Hippie-Witze mit make sex sein – nur wenn er sich entspannt, rutscht ihm manchmal einer raus und dann blitzt kurz etwas von dem alten Cristi auf. Trotzdem, auch so verknöchert mit Moral und Ehrenamt ist er weiter ein guter Typ, der einem den Arm um die Schultern legt und einem zur Hilfe kommt.

Wir gaben uns die Hand darauf und weil Samstag war, lud der Besitzer mich und Alberto zu der Party ein, die abends stattfinden sollte, eine Party mit Remixen kommunistischer Popmusik. Und Alberto ging wie selbstverständlich davon aus, dass die beiden uns nett fanden, und fragte sie, wollt ihr zu meinem Geburtstag kommen?

Sie warfen sich lange Blicke zu und wussten nicht, was sie sagen sollten.

Auf welchen Tag fällt der?, fragte Cristi, ich guck mal, was ich an dem Tag zu tun hab.

Diesen Monat am 30., ein Mittwoch, gab Alberto zur Antwort.

Und Cristi räusperte sich – leg ihn aufs Wochenende, unter der Woche gehen die Leute arbeiten. Wie alt wirst du?

34, wie Jesus, wenn er überlebt hätte, wiederholte Alberto einen meiner Witze – und die zwei entspannten sich und fingen an zu lachen.

Wenn er schon mit dem Leben davongekommen ist, dann feiern wir euch doch bei deiner Party, sagte der Besitzer.

Am Himmel glitt eine für diese Zeit ungewöhnlich kühle Sonne dahin; es war Friede, es war Realismus. Ich spürte, wie mein Puls sich beruhigte und mir nicht mehr in den Ohren pochte, wie das Blut sich still wieder in seine Bahnen fügte.

Abends holte ich Andrei (~35) in den Ferentari. Damals wollten meine Freunde Alberto kennenlernen, auf neutralem Boden in Kontakt mit einem Repräsentanten der Ferentarier treten, unverfälscht, ohne NGO-Vermittlung; die Leute dort bedienten sich sowieso zweierlei Sprachen, eine war für den internen Gebrauch, Gauner, Geld und Idioten – und die andere für die reichen Fremden, Einladungen, Gastfreundlichkeit, auch wir sind Menschen.

Aber lass uns Andrei aus dieser Kategorie raushalten – im Gegensatz zu meinen linken Freunden hat Andrei Gesocks und Proleten zuhauf kennengelernt, ihn interessierte also nicht dieser Aspekt bei Alberto, sondern etwas anderes trieb ihn in den Ferentari; ich erinnere daran, Andrei ist einer meiner Freunde, die andersrum sind; er hat in seinem ganzen Leben nur eine einzige Beziehung gehabt – und um sich gefühlsmäßig am Laufen zu halten, bezahlt er Jungs für Sex.

Er ist also auch ein altes Mädchen. Irgendwo argwöhnt man einen Erziehungsfehler, denn von drei Brüdern sind alle schwul geworden; ich meine nicht, dass ihr Vater sie in den Arsch fickte, klar, dass er das nicht getan hat, Bauern machen so einen bourgeoisen Quatsch nicht; er hat sie nicht mal geschlagen oder angebrüllt – er sah sie nur abwesend an wie der Schäfer seine Schafe auf der Weide und wollte komplette Ruhe im Haus, völlig gegen ihre Bedürfnisse.

Mit seinem Vater verband ihn ein ruhiger und endgültiger Hass; am Ende einer psychotherapeutischen Sitzung hatte ihm die Psychologin gesagt, du wirst dich besser fühlen, wenn dein Vater gestorben ist – und ich wunderte mich, was das für eine Psychologin war, die einen nicht mit der Vergangenheit versöhnte, sondern das Messer noch in der Wunde umdrehte. Doch Andrei sagte ganz ungerührt, nein, sie hat recht.

Aber sein Tod machte ihn nicht glücklicher. Sein Vater war ein Kind vom Land gewesen, die Kommunistische Partei hatte ihn gefördert und er hatte dann eine ziemlich wichtige Funktion bekleidet. Der Grund, warum er ihn so sehr hasste, hatte wahrscheinlich damit zu tun; nach der Revolution hatte sein Vater seine Stelle verloren – und alle Kinder im Wohnblock oder aus der Vorstadtschule, die Andrei bis dahin Zucker in den Arsch geblasen hatten, fingen an, ihm schlimm mitzuspielen und ihm schreckliche Sachen ins Gesicht zu sagen.

Trotz alledem war seine Laufbahn bis zu einem gewissen Punkt tadellos gewesen: Erster Platz in der Grundschule, das beste Gymnasium der Hauptstadt, Philologie an der Universität Bukarest – und dann die Masterarbeit in den Staaten mit dem Angebot, dort zu lehren, irgendwas mit Kulturwissenschaften.

Als ich ihn kennenlernte, bereitete er sich auf das Doktorat vor, er hatte sein Leben noch vor sich; wir lernten uns auf mIRC kennen, einem Gay Chat aus den Anfängen des Internets; ich war ein 28-jähriger Lehrer aus Cluj, und für ihn, meinen Rimbaud 21+, ging ich in Internetcafés, wo wir bis ein Uhr nachts chatteten, obwohl das Netz damals teurer war als eine Nutte. Er wollte Schriftsteller werden und schrieb mir sehr tolle Nachrichten.

Er lud mich zu sich nach Bukarest ein, wo er mich mit den Lichtern der Stadt und seinen Freunden von der Kunstakademie verzauberte, so dass ich mich in ihn und die Stadt verliebte.

Wir hatten etwas Sex und fummelten irgendwie rum – zuerst in Bukarest, dann bei mir auf dem Land, wo er mich mit zwei Freunden, einem Jungen und einem Mädchen, besuchte; in der Woche, in der sie da waren, war ich völlig überfordert.

Dann ging er in die Staaten und ich nach Neuseeland – und in der Unsicherheit und Einsamkeit dieses Landes schmiedete ich heimlich Pläne: Dass ich, wenn ich Geld sparen würde, mir etwas in Bukarest zum Wohnen kaufen und ihn zu mir nehmen könnte – auch wenn Andrei keine Ahnung davon hatte, was ihm blühte; meine Gedanken kreisten ständig um ihn und je größer die Unsicherheit wurde, desto gravierender wurde die Besessenheit – und als Andrei das schließlich erkannte, gab er mir den Laufpass, und tat das in einem echt ungünstigen Moment, in dem ich mental ziemlich angeschlagen war in diesem fremden Land.

Nach zwei Jahren kehrten wir beide zurück. Er zog von seinen Eltern in eine eigene Mietwohnung und fand einen guten Job in der Werbung, während ich, pleite und am Ende meiner Nerven, anderthalb Jahre bei meinen Eltern auf dem Land wohnte, wo ich mich mit Pornos und Antidepressiva zudröhnte.

Als er dann Geld hatte, stockte sein Gewinner-Mechanismus; Andrei war immer ein Hippie gewesen, aber wie jeder Gewinnertyp hatte er schön seine Tassen im Schrank zusammengehalten; nachdem er aus den Staaten zurückkam, ließ er allerdings locker – er fing mit Ketamin an (das konnte man damals mit geschmiertem Rezept vom Tierarzt kriegen), er lud sich alle möglichen Drogenhippies ins Haus ein und fing an, Penner und Sandler aufzugabeln.

So traf er auf Marius (17+), einen Klebstoffschnüffler aus der Universitäts-Passage, den er mit nach Hause nahm. Sechs Monate vögelte er mit ihm, und dann machte der Junge Schluss, ich will keine Männer mehr an meinem Schwanz – und Andrei ließ ihn in Ruhe; aber er gab ihm weiter zu essen, ließ ihn bei sich wohnen und kümmerte sich um ihn. Er besorgte ihm einen Ausweis mit der Adresse eines Freundes, fand einen Job für ihn, den er aber nicht halten konnte – und nahm ihn wieder auf, sogar nachdem der Penner ihm zum zweiten Mal die Wohnung aufgebrochen hatte.

Diese einseitige Liebe hat ihn psychisch wirklich kaputt gemacht und er war total auf Ketamin; als er nach drei Jahren kein Geld mehr hatte, um den Jungen zu ernähren, verkuppelte er ihn mit einem amerikanischen Rentner, der in Spanien lebte – und schickte Marius zu ihm.

Als Marius damals zu dem Rentner verschwand, zogen wir zusammen – er hatte seine Arbeit verloren und seine Mutter gab ihm mittlerweile nicht mehr genug Geld, um die Miete für eine Zweizimmerwohnung alleine zu zahlen. Wir gingen nicht miteinander in die Kiste, wir schliefen nicht mal zusammen in einem Bett; Intimität bedeutete unter diesen Umständen, manchmal zusammen abends einen Film zu gucken; so funktionierte es, und ich glaube, anders wäre es auch nicht gegangen – unsere Körper sehnten sich nach anderen.

Da er immer verloren aus dem Fenster sah, wuchs ihm irgendwann eine erweiterte Taubenfamilie ans Herz, die ein Nest auf dem Balkon baute; er sagte melancholisch, guck, wie die drei miteinander kuscheln, es geht also. Dann bekam die älteste von ihnen eine schlimme Krankheit an den Füßen (am Anfang hinkte sie, dann fing sie an zu fallen) und die anderen beiden Tauben fingen an, sie zurückzuweisen; als Andrei das sah, fing er an zu weinen – er war von den Drogen und von Marius ziemlich mürbe, erzählte mir von den Tauben und weinte, zog die Nase hoch, und fuhr fort mit der Geschichte von den Hippie-Tauben. Er war ein arroganter Snob, aber im Grunde hatte er ein weiches Herz – im Gegensatz zu vielen anderen meiner Freunde (Tudor 44, zum Beispiel), er gab den Bettlern Geld, ohne dabei über Prinzipien und Gedankenkonstrukte zu stolpern, man würde auf diese Weise irgendeinen sündigen Teufelskreis am Laufen halten; egal, wie lang und trostlos die Rotzfäden der bettelnden Kinder waren, meine bestialischen Freundinnen gaben keinen Leu. Andrei gab; high und verwirrt wiederholte er dauernd die einnehmenden Worte der Gläubigen, Mensch, Mensch, du kannst nicht gänzlich ohne Mitleid leben.

Ich kam nach dem Jungen vom Lande langsam wieder auf die Beine, und ab einem gewissen Punkt wurde es düster um Andrei, abends lud er Junkies nach Hause ein und am nächsten Tag war er dauerverkatert, den ganzen Tag tippte er in seinem Handy herum, um Ketamin zu kriegen, und spielte den Boten seines Dealers bei seinen reichen Freunden. Mein Zimmer war schmal wie ein Flur, es lag neben dem Bad und ich schlief auf einer Matratze, die gleich neben der Tür lag – wenn sie zum Klo gingen und sich dabei an der Wand abstützten, dann stolperten sie manchmal wie die Soldaten über mich, wenn sie die Tür verwechselten.

Sogar in diesem Zustand hatte er mir wie in Vama Veche am Meer untersagt, in der von ihm gemieteten Wohnung Manele zu hören; er warf mir vor, ich wäre ein Bauer geworden und hätte mein Herz an eine heruntergekommene Dorfbar gehängt und an einen Zigeuner, der schon mit 13 verheiratet gewesen wäre und der mich nicht geliebt hätte. Aber das machte mir nichts aus, in unabwägbaren Zeiten wird bei mir eine Art merkwürdige selbstschützende Starre aktiviert, die mich komplett aus dem Zusammenhang reißt. In meinem Kopf spielte ich Szenarien durch, wie ich mein Leben mit Andrei verbringen würde, wie wir beide Männer in Bars auf dem Land aufreißen würden oder in Kurorten, in denen wir unsere alten Knochen behandeln ließen; ich war noch immer eingenommen von diesen Plänen, ohne zu merken, dass seine Freunde immer schlimmer über mich fielen – und ihn dann verließen; so dass am Ende kein Freund mehr in der Wohnung war, nur wir zwei. Aber mir war das egal, wir hatten wichtige Dinge zu planen – er hätte neben mir sterben können und ich hätte ihm träumerisch zugesehen, wie er sein Leben aushauchte.

Dann nahm ihn seine Mutter, die von einem seiner Freunde angerufen worden war, zurück zu sich nach Hause. Dort ließ er es sich noch eine Weile mit legalen Pülverchen gutgehen – aber nach zwei Entziehungskuren strengte er sich an und wurde wieder vernünftig.

Jetzt arbeitet er von zu Hause aus als Übersetzer, ist viel auf Facebook, und am Lohntag gönnt er sich einen Typen. Nur sehr schwer kann man ihn in die Stadt bekommen; er ist jetzt 140 Kilo schwer und zieht es vor, online zu kommunizieren, auch er ist einer von denen, die Facebook verschlungen hat. Wenn wir uns treffen, jammert er über sein trauriges Leben und dass er schlechte Karten habe und es schrecklich sei, schwul zu sein.

Ich mag es sehr, mit ihm zu reden, weil er ein belesener und intelligenter Typ ist – und diese Quasi-Verlorenheit macht ihn auf gewisse Weise noch intelligenter, weil sie ihm erlaubt, die Dinge freier zu denken, er hat keine Karriere aufzubauen und keinen Ruf zu verlieren, der ihn zwingen würde, an die ganze normative Heuchelei zu glauben; mit keinem aus den Reihen der Angestellten oder Akademiker kann man ernsthaft über Fakten reden, alle verwechseln das vorgeschriebene Ideal mit der Wirklichkeit; man nickt, jaja, es ist schlimm, so geht es nicht weiter – aber ab einem gewissen Punkt ist es ziemlich langweilig zu nicken, man will ja auch gern begreifen, was mit dieser Welt los ist. Und Andrei akzeptiert problemlos die elementare Tatsache, dass Beziehungen ein Machtgefälle aufweisen und sich daraus nähren, einer dominiert, der andere wird dominiert, einer schützt, der andere wird geschützt.

Bis zu einem gewissen Punkt, sagte er, kann man das ändern – aber nicht grundlegend, denn wenn man zu stark in die Betten und Beziehungen der Menschen vordringt, dann riskiert man, sie zu zerstören. Auch der Kommunismus hat das probiert, aber das Experiment ist schiefgegangen; möglicherweise war es so, wie der Franzose sagt – dass Gott, auch wenn es ihm leidtut, Ungleichheit will und keine Ungerechtigkeit.

An diesem Punkt des Berichts übergebe ich Andrei das Mikrofon. Das ist etwas narzisstisch, aber ich ziehe es vor, das so zu machen, mit einem Blick von außen:

Ich nahm ein Taxi aus dem Drumul-Taberei-Viertel in den Ferentari; auf dieser Strecke, durch Rahova bis auf die Verlängerung, ist alles voll von zarten Fieslingen und gut gebauten, sinnlichen und wunderbar gefügigen Zigeunern – was mich, nach einer Woche, die ich ausschließlich zu Hause verbracht hatte, automatisch in einen Zustand der Erregung und erotischen Vorahnung versetzte; es war Wochenende und alle bewegten sich langsamer. Ich wollte Alberto kennenlernen, ich war neugierig, ob ich ihn anziehend oder wenigstens interessant finden würde.

Als ich in die Wohnung kam, sprang er vom Sofa auf, stieß einen Pfiff aus und sah Adi vielsagend an. Zur gleichen Zeit konnte ich meine Enttäuschung nicht verbergen, denn er hatte ein hässliches Gesicht und seine Bewegungen hatten keinerlei Anmut.

Ich glaube, ich gefiel ihm – was nicht unbedingt ein Kompliment war; dick und hübsch war wahrscheinlich sein Schönheits- und Erfolgsideal.

Adi setzte sich auf den Sessel am Rechner und Alberto hockte sich mitten aufs Sofa, das zum Bett ausgezogen war. Er bedeutete mir, mich neben ihn zu setzen, aber ich lehnte ab; wir sind zwei Dickwanste und wahrscheinlich wäre es eingekracht, also zog ich mir einen unbequemen Eisenschemel heran, von dem ich den ganzen Abend nicht aufstand.

Er bemerkte gleich die Narben an meinen Handgelenken – er nahm meinen Arm, drehte ihn um und fing an, kumpelhaft zu lachen, wie kaputt bist du denn; ich zog meine Hand sanft zurück und sagte, ich wäre seit zwei Jahren weg davon. Meine Schwäche wäre jetzt das Wichsen, das war ein Witz; Drogen will ich nicht mehr und Sex kriege ich nicht.

Gleich nachdem ich Männer erwähnt hatte und das offenlegte, was wir sowieso alle wussten, begann er mich anzumachen, irgendwie zum Spaß, aber offen und hartnäckig. Er ließ nicht locker, bis ich ihm ganz klar sagte, er wäre nicht mein Typ, und dass ich eher auf jüngere, dünne und maskuline Männer stünde, auch wenn ich alt und dick wäre. Verärgert gab er es mir zurück, ich würde auch nie mehr abnehmen; ich verzog das Gesicht und Adi sagte, das würde sich nicht gehören, mich so zu entmutigen.

Eine Zeit lang – höchstens 20 Minuten – beruhigte er sich.

Als wir davon sprachen, dass er in einer Beziehung wäre, log er mich, ohne mit der Wimper zu zucken, an, er wäre seit einem Jahr mit Adi zusammen – wahrscheinlich, damit es nicht nach einer kurzen, zweifelhaften Sache aussah –, und dann machte er immer so weiter und erzählte eine Menge Blödsinn. Ich war peinlich berührt, denn sowohl ich als auch Adi wussten, dass er log, und wir mussten so tun, als wäre das alles wahr.

Allzu viel gab es nicht zu tun, also fingen wir an, Musik auf YouTube zu suchen, und weil ich keine Lust hatte, den ganzen Abend Manele zu hören, stellte ich die Regel auf, jeder sollte der Reihe nach ein Stück aussuchen. Alberto gefiel nichts von den etwas alternativeren Sachen, die ich auswählte, obwohl ich mich bemühte, eher poppige Sachen zu nehmen – und er hatte auch keine Geduld, zuzuhören; während meine Lieder liefen, zappelte er auf dem Bett herum, kniff mich, fasste mich an, redete laut, um die Musik zu übertönen – dafür zischelte er, wenn seine Stücke dran waren, und sagte zu Adi, er sollte lauter drehen; und dann hatte er nicht die Geduld zu warten, bis er wieder an der Reihe war, und verlangte zwei oder drei Stücke nacheinander.

Jedenfalls konnte ich mit ihm nicht viel anfangen und er nervte mich ziemlich; ich rückte näher an Adi heran, damit er merkte, dass ich keine Lust auf ihn hatte, dass er der Neue in dieser Runde war und er uns wie zwei alte Freunde reden lassen sollte; aber das regte ihn noch mehr auf, so dass sein Mundwerk dann gar nicht mehr stillstand. Frech schob er seinen Fuß unter meinen Schemel und fing an, ihn langsam zu sich ranzuziehen; ich war wie gelähmt, hatte gar keine Worte für so eine Unverfrorenheit.

Ich drehte mich zu ihm um und versuchte, ihn zum Schweigen zu bringen, Mann, lass mich doch mit Adi reden, stell dich mal nicht so in den Mittelpunkt – und wie gelangweilte Sitzenbleiber in der Grundschule fing er an, sinnloses Zeug zu quatschen, nur damit er auffiel und sich selbst reden hörte.

Er fing an, Adi auf hässliche und demütigende Weise zu beschimpfen, und Adi machte ein bemüht unterwürfiges

Gesicht, sowas wie, Alberto wäre der Boss und er müsste gehorchen; es zählte nicht, dass eigentlich er die Hebel in der Hand hatte, während Alberto nur rumschreien konnte.

Dann brachte Adi gefüllte Paprika und Alberto warf ihm vor, dass er den Gästen hartes Brot anbot, während in der Kammer frisches wäre. Was soll ich sagen? Das macht man wirklich nicht, obwohl ich ja irgendwie zur Familie gehörte. Aber auch als Adi das frische Brot brachte, blieb sein Ton aggressiv und unverschämt, so redet man vielleicht im Gefängnis, wo den Leuten beigebracht wird, dass man seine Wünsche nur mit Gewalt und Drohungen durchsetzt und es keinen Sinn hat, eine Bitte in höflichem Ton zu formulieren.

Zwischen zwei Anraunzern sagte er zu Adi mein Liebster und andere solche Sachen, die falsch und wenig überzeugend klangen, erst recht, weil zwei seiner Finger mich wie ein kleiner Krebs in die Hüfte kniffen. Wenn Adi ins Bad oder in die Küche ging, kam er zu mir, so dass es nicht lange dauerte, bis er mir die Hand zwischen die Beine schob. Auch wenn seine Gnomenfresse mich überhaupt nicht anzog, war ich scheißerregt; er hatte wirklich eine sinnliche und effektive Art, einen anzumachen.

Normalerweise mag ich es nicht, wenn man mich angräbt ,und ziehe es vor, selbst die Initiative zu ergreifen – aber er machte es auf so eine geschmeidige und natürliche Art, sozusagen lustvoll und warm. Als er mir die Hand auf mein Geschlecht legte, bekam er sofort eine Antwort, und ich sah mich schon was mit ihm anfangen.

Selbst als Adi ins Zimmer kam, war es ihm nicht peinlich, mir vorzuschlagen, wir sollten nach nebenan ins Schlafzimmer gehen, es wäre dann ja seine Sache, was er draus macht. Er sagte, du bist so geil, willst du mit mir eine Nummer schieben? Komm, ich würde sterben, ihn dir mal reinzustecken; Adi war das überhaupt nicht recht, ich glaube, das ging ihm alles ziemlich auf die Nerven – denn irgendwann versuchte er, ihn zu stoppen, dass du mit Weibern vögelst, ist das eine, aber wenn du Andrei fickst oder irgendeinen anderen Typen, dann hast du verschissen, dann kannst du deine Koffer packen.

Und während er für fünf Minuten aufhörte zu drängeln, sagte er, ach komm, Bruder, das war ein Scherz, was denn, verstehst du keinen Spaß mehr? Er beschiss ihn also ganz offen.

Letztendlich, keine Ahnung, was er sich dabei dachte, schlug er mir vor, mich zu massieren; Adi sagt, er wollte mir unbedingt einen Gefallen tun, gerade weil er gemerkt hätte, wie reserviert ich war.

Ich liebe Massagen, aber es ist selten jemand da, der mich massiert. Ich setzte mich auf die Bettkante und er massierte mir vielleicht fünf Minuten lang den Rücken; er konnte das gut, besser als die meisten Escort-Boys oder professionellen Masseure, die es nur oberflächlich machen; er machte es hart und kraftvoll, so dass ich unter seinen Händen zerfloss.

Aber dann drehte sich alles in einer Endlosschleife und ich fing an, mich zu langweilen. Alberto bekam mit, dass ich gehen wollte, und obwohl es fast zwölf war, sagte er, ich würde nirgendwohin gehen, bis es drei wäre; nein, ich würde hier schlafen, sagte er und hielt mir die Faust hin. Adi sagte, er sollte mich in Ruhe lassen, und Alberto regte sich auf, sei ruhig, pass bloß auf, du.

Da hatte ich die Nase voll und rückte ihm den Kopf zurecht, tu hier nicht so, als wärst du der Chef – und dann zu Adi, warum lässt du dich von ihm rumkommandieren? Siehst du nicht, dass ihm das zu Kopf steigt? Du tust ihm keinen Gefallen und dir selbst auch nicht; er liegt dir auf der Tasche, also halte ihn an der kurzen Leine.

Ich vermittelte ihm sozusagen, dass er hier nicht der Chef war und von uns dreien das kleinste Würstchen. Ich sagte Auf Wiedersehen und ließ sie in ihrer vollgestopften, ärmlichen und heißen Wohnung mit nicht mehr funktionierenden Steckdosen und kaputten Wasserhähnen zurück, da konnten sie sich gegenseitig Gesellschaft leisten, so viel sie wollten.

Andrei ist arrogant und irgendwie herrschsüchtig, wenn man ihm auf den Schwanz tritt, spuckt er einem ins Gesicht wie eine Katze. Alle Arbeitsplätze, die er je gehabt hat, verließ er im Streit mit den Vorgesetzten – vor allem, wenn sie weiblich waren, die konnte er gar nicht leiden; von seinem letzten Job als Journalist verabschiedete er sich, indem er die Chefin anbrüllte, sie sollte sich ihre Themenvorschläge in den Arsch schieben, zu denen könnte man nicht recherchieren.

Per Messenger sagte er mir ohne Umschweife, solange Alberto mit mir zusammen wäre, würde er nicht mehr in den Ferentari kommen; okay, der Abend wäre ganz lustig gewesen – abgesehen davon, dass der gute Mann sich zu sehr in den Mittelpunkt gestellt hätte, er würde einen bedrängen.

Und ich sagte, er würde das bei allen meinen Freunden so machen, was regst du dich auf?

Wenn es sich um alleinstehende Frauen handelte, dann machte er eben die an; er meinte das großzügig, passte dabei irgendwie auf, niemandem etwas zu tun, mit Handkuss und mit Fräulein; wenn die Frauen vergeben waren, dann hielt er sich an ihre Partner und ließ in diesem Fall die Zärtlichkeit beiseite und setzte eher auf grobe Scherze, was du für Lippen hast, machst dus mir damit? Ich bin ein schöner Mann, guck hier, na, würdest dus mit mir machen? Und der Abend endete immer mit dem Versprechen, uns alle zu vögeln. Weder Mund noch Hände standen bei ihm jemals still, er zwickte, er tastete, legte den anderen die Hand auf den Schenkel – irgendwo war das vielleicht eine taktile Art und Weise, die eigene sexuelle Befreiung zu feiern, denn im Viertel konnte er seine schwule Seite nicht ausleben, außer im Scherz oder indem er seine Kumpel auf die Wange küsste; in der freien Welt aber verstand er die Toleranz der Männer aus dem Zentrum für diese Dinge als Einladung. Und wie Andrei schon sagte, war er ein lustvoller und warmer Mensch und wir, die Menschen, werden von Wärme angezogen, Wärme macht uns glücklich. Doch meine Freunde störte das sehr, dass er sie anfasste, es machte sie nicht glücklich. Außerdem, wie gesagt, außer den Händen stand auch sein Mundwerk nicht still – und wenn er keine Sendezeit bekam, verstieß er auf aggressive Weise gegen die Gesprächskonventionen meiner Freunde, die immer schön Schlange standen, um ins Gespräch einzusteigen.

Glaubst du, das ist ihnen recht?, sagte Andrei, ich akzeptiers, weil es mir um dich geht. Deine Freunde wollen mit dir reden, nicht mit Alberto, darum suchen sie deine Nähe … Du hast ihm das anerzogen, wiederholte er, es ist deine Schuld; du hast ihn ermuntert und jetzt ist dir die Sache aus dem Ruder gelaufen.

Ich schluckte es, wenn auch mit einem Kloß im Hals. Wenn ich so durchs Viertel spazierte und über die Zäune sah, dann wurde ich ganz gierig danach, dass ein Mann mit mir umging wie mit seiner Frau; oder, keine Ahnung, vielleicht sah das im Rückblick nur so aus, während sich in Wirklichkeit alles einfach so ergeben hatte, wie sich in einer Beziehung alles einfach so ergibt.

Denk auch an ihn, schloss er, du hilfst ihm nicht, du tust ihm nichts Gutes, wenn du so weitermachst. Du willst einen Job für ihn finden, dann gib ihm eins auf die Nase, wenn er mit seinem Blödsinn und seinen Grobheiten anfängt, erzieh ihn, bieg ihn zurecht, damit er dem Chef gefällt, wenn er dann zur Arbeit geht.

Aber nicht der Job für Alberto war jetzt mein Problem, sondern die Manele-Party – denn am Tag nach unserem Treffen war Columbianu nicht mehr ans Telefon gegangen. Ich hatte ihn ein paar Tage in Ruhe gelassen; dann folgte ich ihm auf Facebook und als ich sah, dass er an einer Diskussion zu einem queeren Thema interessiert war, ging ich auch hin.

Das Gespräch fand in einem Saal der Philologischen Fakultät statt. Die meiste Zeit wurden terminologische Feinheiten abgestimmt, zwei Frauen von der Roten Bibliothek erklärten, was Intersexualität und Solidarität bedeuteten, und untermalten ihr Exposé mit einer PowerPoint-Präsentation voller Schaubilder, Farben und Sprechblasen mit Witzen auf Englisch.

Nach der Hälfte machten sie eine Pause von den terminologischen Feinheiten, und auf dem Hof fragte ich bei einer Zigarette, gibts was Neues von dem Geld, Columbianu? Ich sterbe vor Sehnsucht – und er packte endlich den Stier bei den Hörnern und sagte, ey Adi, ich hab dem großen Boss deine Party + meine Tour vorgeschlagen, aber er hat mich aus dem Büro geschmissen, er gibt kein Geld für Manele und Flyer aus; was soll ich machen? Ich bin eine kleine Nummer bei der Stadt, ich habe keine Befugnisse, ich bin von anderen abhängig.

Was sollte ich dazu sagen? – ist kein Unglück, Columbianu, vielleicht ein andermal, wenn du ans Ruder kommst, na dann, ich hau ab.

Diese Geschichte frustrierte mich ehrlich, das Geld für einen möglichen Umzug war weg und ich drauf und dran, aufzugeben – aber ich konnte nicht mehr zurück, dafür war es zu spät, der Tanz war eröffnet und ich musste mitmachen; ich dachte, wenn wir kein Geld mehr haben, gehe ich aufs Land, aber was macht Alberto, wenn sein Cousin ihn nicht mehr aufnimmt? Klar, er landet wieder auf der Straße – und wie kommt er dann zurecht, wenn er nicht mal als Parkwächter arbeiten kann? Er wird draußen auf Kartons schlafen und wenn der Hunger an ihm nagt, dann wird er nichts dagegen tun können, er wird zu seinem Jugendjob zurückkehren, Bumm mit der Faust, Zack die Aktentasche. Mich schauderte es, wenn ich daran dachte, ich kippte fast um; es war kontraproduktiv, so zu denken, es lähmte mich – und ich fing an, so gut ich konnte vor diesen Gedanken zu fliehen; auf der Karte des Gehirns gab es wie in diesem Manele-Song vom Gefängnis eine verbotene Zone, die von Polizei und Armee umstellt war.

Ich konnte nicht mehr zurück; ich trank mir mit einem Bier Mut an und telefonierte mit dem Besitzer vom Modern, um ihm zu sagen, dass kein Geld da war – und der sagte mir dann, sehr nett, wir setzen den Eintritt auf 15 Lei hoch, du musst nur noch die Musikanten besorgen. Die Wahrscheinlichkeit, einen guten Musikanten zu kriegen, ging gegen null, denn die Jungs im Zentrum geben kein Trinkgeld, für sie endet die Sache beim Eintritt.

Außerdem muss man, damit so eine Party was wird, eine Truppe von sechs oder sieben haben – und sosehr man das Konzept auch vereinfacht, drei Leute braucht man trotzdem: Sänger, Pianist und Solo-Instrumentalist. Das bedeutete einen Nettogewinn von 3.000 Lei, den sich vier Leute teilen mussten; ich würde also 750 Lei rauskriegen, von denen 200 sicher für alle möglichen Ausgaben draufgingen; so viel hatte mich die letzte Party nach der Endabrechnung gekostet, ohne das, was Ana ausgegeben hatte.

Aber ich sagte mir, es ist trotzdem gutes Geld, also komm, ich ruf die Jungs an, mit denen ich die erste Party gemacht hab; ihr Sänger war mittelmäßig, inzwischen waren die im Zentrum auch wach geworden, sie konnten zwischen einem guten Sänger und einem mit dünner Stimme unterscheiden, und das würde mich in die Scheiße reiten – aber bei diesem knappen Budget hatte ich keine andere Wahl, zumal die Jungs Equipment hatten, Boxen und Mischpult, ich musste also nicht noch zusätzliche Produktionskosten auf mich nehmen. Ich rief sie an, aber keiner ging ans Telefon; eine Stunde später rief mich Fane an, der Solist, sie würden grade bei einer Taufe in Rahova spielen – wir verabredeten uns für den nächsten Tag im Boieru.

Gegen Abend traf ich im Boieru Fane und einen der Instrumentalisten, Petrică Zahn, das ist sein Spitzname, weil er einen Goldzahn hat; als ich sie damals kennengelernt hatte, waren sie jeden Abend im Boieru aufgetreten – aber weil sie nicht genug Trinkgeld bekamen, hatten sie irgendwann aufgegeben.

Fane, der Solist, ist ein ernsthaftes Männlein, gegelt und immer eins a angezogen, wie aus dem Ei gepellt; Zahn ist ein fauler Dickwanst und angelt gern, er ist immer zu Späßen aufgelegt.

Nachdem ich ihnen das reduzierte Konzept mit drei Musikern nahegelegt hatte, sagte Fane ganz direkt, Adrian, letztes Mal haben wir gratis für dich gespielt – jetzt wirds Zeit, uns wie Menschen zu behandeln.

Das Equipment, sagte er, gehörte nicht ihnen, sondern einem Typen, der seinen Anteil am Gewinn bekam; wir waren am Ende also fünf, die sich alles teilten.

Zahn sagte gar nichts, er ließ seine Blicke über die Wände schweifen. Nur einmal fügte er hinzu, du hast ja gesehen, deine Leute sind geizig, die geben kein Trinkgeld, die wollen, dass man umsonst für sie spielt; und Fane, der entschlossen sein Kinn vorstreckte, bestärkte das mit einem Nein, so geht es nicht, Junge.

Und schließlich – na ja, nicht dass du denkst, wir wären schlechte Kerle, ruf uns am Mittwoch vor dem Freitag vorm Auftritt an.

Aber auch wenn ich jetzt Mitstreiter hatte, meine Energien schwanden, ich war nicht mehr überzeugt von dem, was ich da tat. Ich wusste eine Menge über Manele, ich wusste, was es für die Organisation einer solchen Party brauchte, aber mir fehlte es an Energie, alles zu einem guten Ende zu bringen. Als ich die erste Feier organisiert hatte, steckte ich einige Male fest, aber Ana holte mich jedes Mal wieder raus; sie hatte ein Talent, die Dinge ins Laufen zu bringen; ich hatte es nicht.

An all das dachte ich im Castel – nachdem ich die Idee mit der Party aufgegeben hatte, war ich dem plötzlichen Bedürfnis gefolgt, mich dorthin zurückzuziehen; ich ekelte mich davor, nach Hause zu gehen, Erklärungen zu säuseln, Hoffnungen zu begraben – und ging im Zentrum ins Castel.

In weniger als einer Stunde kippte ich vier Bier.

Kurzfristig ist Alkohol das beste Antidepressivum, das je erfunden wurde; auch wenn er deinen Blick auf die Welt verändert und die Lösungen und Instrumente, die er dir an die Hand gibt, oft falsch sind – nichts ist so erhebend wie Alkohol; so dass ich nach diesen vier Bieren dachte, ich könnte mir 200 Lei leihen und die Erklärungen zusammen mit diesem handfesten Argument bei Alberto abliefern; denn wie die Philosophie tröstet einen auch das Geld, selbst wenn es nicht die Rettung ist.

Gott schlägt zu, aber er haut nicht mit dem Knüppel drauf; er gibt, aber stopft es dir nicht in die Tasche – sondern aufs Konto. Nachdem ich eine durch einen Nachrichtensender versklavte Freundin angerufen hatte und sie überredete, sie sollte auf ein Bier ins Castel kommen, wir hätten uns seit zwei Jahren nicht mehr gesehen, überprüfte ich mein Konto, es war ja gerade Anfang des Monats.

Und auf dem Konto raschelten 2.200 Lei; ich rief Alberto an und sagte, das Geld ist da, willst du im Zentrum mit mir ausgehen, und wir treffen uns mit einer, die beim Fernsehen arbeitet?

Die vom Fernsehen kam mit Costel (~35), einem Freund aus der linken Business-Fraktion. Die Bukarester Linke, um das mal klarzustellen, hat zwei Fraktionen: die Schickeria-Linke, die auf Feminismus, Ökologie und Liberalismus setzt – und die Business-Linke, das sind, wie es im Manele heißt, Leute, die sich von unten raufgearbeitet haben, ohne dabei zu vergessen, woher sie kommen; so sie eine Machtposition eingenommen haben, versuchen sie, etwas für die

Armen zu tun, aus deren Welt sie stammten, und greifen dabei immer noch eine saftige Kommission ab. Das sind beliebte Jungs, die mit beiden Beinen auf dem Boden stehen und ein gutes Gespür fürs Geld haben – und darüber hinaus auch für die Wirklichkeit; bei ihren Zusammenkünften spricht man über Arbeitslosigkeit, Armut, Ausgrenzung und Ungleichheit; sie scheinen mehr Talent zu haben als die Bourgeoisen der zweiten Generation in der anderen Fraktion, die wie im 19. Jahrhundert Konzepte aus dem Westen implementieren wollen, zu fünfzehnt vor dem Regierungsgebäude demonstrieren und Diskussionen in der Uni oder in den Cafés im Zen-trum abhalten, wo sie sich gegenseitig informieren, mit der Faust auf den Tisch schlagen und sagen, es sei unerhört, so gehe es nicht mehr weiter.

Costel ist in armen Verhältnissen aufgewachsen, kommt aus einer Arbeiterfamilie aus einer bankrotten Stadt im Kreis Vaslui, und in Bukarest hat er sich während des Studiums mit stundenweise bezahlten Artikeln über Wasser gehalten. Er ist ein kluger Kopf, vor allem, was zeitgenössische Literatur betrifft – und er hat sich an den angesehensten Professor der Universität gehängt; als er sich einen Namen als Journalist machte, gewöhnte er sich an das Geld und gab seinen Traum aus Gymnasialzeiten auf, eine Doktorarbeit zu verfassen und eine akademische Laufbahn einzuschlagen; er kapierte, dass die Linke auf lange Sicht die profitablere Option ist, und arbeitet jetzt für eine sozialdemokratische deutsche Stiftung.

Er ist ein warmherziger väterlicher Typ, arrivierte Roma sind oft so, wie auch diejenigen, die aus bescheidenen Familien stammen und es geschafft haben – er ist irgendwie stolz, vorangekommen zu sein, dass er es auf einen Lohn von tausend Euro gebracht hat; ich schätze ihn dafür, dass er zugibt, ein Parvenu zu sein. Rumänien ist ein Land, das der Kommunismus plattgemacht hat, und das sich seit ein paar Jahren aus seiner bitteren Armut erhebt, während die gesellschaftlichen Klassen sich damit abmühen, sich zu formieren; auf jeden Fall ist das hier eine Gesellschaft, die gerade erst zu Geld gekommen ist, die aus Emporkömmlingen besteht – aber keiner, außer den Verbrechern, ist dazu bereit, sich in dem Bild des Emporkömmlings mit Hunger im Bauch wiederzuerkennen, gierig nach Geld und gesellschaftlicher Anerkennung; ich glaube deshalb, psychoanalytisch gesprochen, dass die Allgegenwart der Parvenus das bestgehütete Geheimnis der Nation ist und darin auch der Grund liegt, warum Manele so sehr verhasst ist – weil Manele dieses Geheimnis offenbart, das sich durch die gesamte rumänische Gesellschaft zieht, nämlich dass es gut ist, Geld zu haben, und dass es sich lohnt, Scheiße zu fressen, um welches zu bekommen.

Wie der erhabene Bourgeois Kant sagen würde, folgt das einer quasi transzendentalen Logik, die über die Köpfe / den Willen der Menschen hinweg funktioniert und immer dieselben Spuren hinterlässt – Ratenzahlungen, deutsche Automarken und zweistöckige Gebäude –, einer Logik, die vollkommen immun ist gegen kulturelle und soziale Unterschiede sowie Intelligenzgefälle. Aber trotz alledem hassen die Akademiker und vor allem die

Linken alle Emporkömmlinge aus ganzem Herzen und sind nicht gewillt, sich auch nur eine Sekunde in ihnen wiederzuerkennen: Ein befreundeter Künstler zum Beispiel, der einen gut bezahlten Job im Ausland hatte, ging wegen eines BMW und eines Hauses mit acht Zimmern für sich und seine Frau zur Bank, obwohl er keinerlei Pläne hatte, Kinder zu bekommen, und sein Wohnort 60 Kilometer von seiner Arbeit entfernt lag … Ich schwöre, ich habe nichts zu dem Haus gesagt, ich meinte nur, dass BMW eine Marke für Parvenus wäre – und er sagte, so ein Blödsinn, hier in Frankreich ist das einfach nur eine deutsche Autofirma, das ist was, was man zehn Jahre lang nicht reparieren muss und was sogar Erdbeben übersteht.

Aber Costel steht dazu, ein Parvenu zu sein, obwohl er ein Linker ist, er fühlt sich solidarisch mit dem Arschloch, das sich einen gebrauchten BMW von dem Geld kaufte, das er im Ausland beim Kirschenernten verdient hatte.

Beide waren damals meine Kollegen bei der Tageszeitung gewesen; Dana (~45) ist die beste Investigativ-Journalistin der Zeitung, obwohl sie schrecklich faul und den ganzen Tag auf Social Media zugange ist – und Costel ist Leiter der Kulturabteilung, in dieser Funktion hat er schon einen widerspenstigen Fotografen geschlagen.

Als Dana Alberto sah, verkrampfte sie sich ein bisschen, korrigierte dann aber ihre Haltung, lachte gezwungen und sagte, du warst schon immer unangepasst. Dana ist klein, ungefähr 1,55 groß und mager wie eine Parkplatzkatze.

Im Castel sind die Tische länglich mit je zwei Holzbänken für drei Personen an den Seiten. Zum Glück saß ich neben Alberto und Costel auf Danas Seite, so dass Alberto seine Lüstlings-Allüren nicht ausleben konnte; ich glaube, dass Dana, die unverheiratet, etwas konservativer und eher lehrerinnenhaft ist, in Ohnmacht gefallen wäre, wenn Alberto seine körperlichen Scherze mit ihr getrieben hätte. Sie ist eine Journalistin der alten Schule, liberal und antikommunistisch, aber bemüht, sich anzupassen und auf der Seite der jungen Leute zu stehen, die nicht an postkommunistischen Folgeerscheinungen leiden, und bei diesem Versuch kommt etwas heraus, das so rührend ist wie das Programm von Radio Costinești.

So klein, wie sie ist, hatte sie es dennoch geschafft, Alberto im Zaum zu halten und dem Gespräch eine ernsthafte Note zu verleihen. Alberto log sie an, er würde als Bodyguard arbeiten, aber dann vergaß er die Lüge und sagte, ich habe keinen Job, der hier versucht, mir einen als Bodyguard zu besorgen – und Dana sagte, Bodyguard? Keine Chance, du brauchst eine Erlaubnis von der Polizei; und um ihn zu trösten, sagte sie, diese Schutz- und Sicherheitsjobs sind doch krank, weil du dann nach beiden Seiten hin arbeiten musst, Verbrecher und Polizei – und sag schon, hast du etwa Lust, Berichte zu schreiben? Ich seh doch, dass du ein ernstzunehmender Mann bist.

Da ist wirklich etwas seltsam mit diesen Wachschutzfirmen; zum Beispiel stand auf der Verlängerung vor dem letzten legalen Drogenladen der Stadt dauernd ein Auto einer Personenschutzfirma – und war allen ein Rätsel, die dort arbeiteten, sowohl den Gaunern, die das Geschäft betrieben, als auch der Polizei, die die Leute beim Drogenkauf beobachtete. Das Geheimnis vergrößerte sich noch durch die Schriftzüge auf dem Wagen: Spartaner – Schneller Zugriff – Hundeabteilung. Zwei total gegensätzliche Sachen: Die Spartaner sind der hiesige Spitzname für die Verbrecher-Brigade, und die anderen beiden Punkte klangen nach schweren Polizeieinsätzen mit Maskierten und Antidrogenaktionen.

Und Costel – ich wiederhole, er steht als Typ mit beiden Beinen auf dem Boden – hörte eine Weile zu und sagte dann versöhnlich, hör auf, Dana, du siehst überall nur Infiltrierung und Komplott. Besser, du redest darüber, dass die Industrie nach der Revolution zusammengebrochen ist, die Berufsschulen geschlossen wurden und das Land jetzt voll von diesen Mistkerlen ohne Schulbildung ist. Statt dass sie herumhuren und klauen, soll man sie doch besser für solche Pseudojobs nehmen wie Wachmann – merkst du nicht, dass Bukarest voller Bodyguards ist? Wenn du keinen Entwicklungsplan hast, dann frisierst du das Ding, so gut du kannst, damit es nicht kippt.

Ja, auch ich mischte mich in ihr Erwachsenengespräch ein, mein ehemaliger Mitbewohner, ein Deutscher, sagte, ihn hätte bei seiner Ankunft in Rumänien am meisten überrascht, wie viele Bodyguards und Wachfirmen es hier gibt; vor jedem kleinen Laden und jeder Apotheke – je eine Uniform, wie in einem Militärstaat.

Und Dana öffnete weit ihre Arme – siehst du, wie gut wir uns verstehen? Der Staat kauft sich solche Penner aus den Straßen-Cliquen oder Schlägertypen aus Verbrechertruppen und macht sie zu seinen Männern. 40 % des Budgets gehen für Verteidigung, Polizei und Geheimdienst drauf – wohin verschwindet all das Geld, Costelchen? Natürlich, wir haben in den letzten 20 Jahren keinen Plan gehabt – mit einer Ausnahme, die Securitate und die Polizei; bei denen ist die Belegschaft stetig gewachsen.

Andererseits hatte auch Costel recht; Dana arbeitet als investigative Journalistin und hat sich schon ziemlich die Finger verbrannt – und wenn sich eine Journalistin die Finger verbrennt, fängt sie an, überall Spitzel zu sehen; die Paranoia mit der Securitate ist eine Art Berufskrankheit von Journalisten, wie die Staublunge bei den Bergarbeitern – auch ich bin, glaube ich, nicht ungeschoren davongekommen. Für eine Tageszeitung zu schreiben ist kein Beruf, in dem man alt werden will – er macht einen schnell müde, nach 15 bis 20 Jahren ist man erledigt. Und sobald in den Artikeln eines Journalisten Anspielungen und Bezüge zu den Geheimdiensten auftauchen, die in diesem Land alles richten und bestimmen, ist das ein Zeichen, dass er durch ist.

Irgendwann ließ ich Alberto den Vortritt, damit er sich Costel vornehmen konnte (Dana traute er sich nicht mal anzusehen) und uns am Ende allen versprechen würde, uns zu vögeln, keiner sollte leer ausgehen; er wollte um jeden Preis gefallen, der Arme, aber er traf nie den richtigen Ton.

Es war ein angenehmer, warmer Abend – und von irgendwo jenseits des Boulevards, wahrscheinlich aus dem

Hof des Kanadischen Konsulats, hörte man eine Grille zirpen. Ich ließ die beiden sich an Albertos Gesellschaft erfreuen und vertiefte mich in meine Gedanken an die 90er – und irgendwann kapierte ich, dass Dana zwar richtig falschlag, aber trotzdem nicht bloß Unsinn von sich gab; so wie ich ist sie in einem merkwürdig freien System aufgewachsen, in dem es keine Überwachung mehr gab – und jetzt erschien uns jede Maßnahme, die versuchte, das wieder einzuführen, als skandalös; und trotz alledem war die Gegenwart normal und die Vergangenheit war es nicht. In den 90ern war Rumänien ein totales Chaos, ein Ghetto, das von seinen westlichen Nachbarn in Quarantäne geschickt worden war; die Wirtschaft kippte und alle Rumänen klauten wie verrückt aus den Fabriken, wo sie vorher gearbeitet hatten; die Obdachlosen bedienten sich, die Arbeiter bedienten sich, die Fabrikdirektoren bedienten sich.

Denn für wenigstens ein Jahrzehnt war die Überwachung ausgesetzt und die Leute konnten tun und lassen, was sie wollten, sie konnten also ohne Angst klauen gehen oder sich öffentlich in den Mund ficken; damals war die Polizei diskreditiert und offen korrupt, hässliche Verräter, und die Securisten versteckten sich ein Jahrzehnt lang, auch wenn sie sich nach 90 neu organisierten, ungefähr wie die Mafia heutzutage.

Dann waren die 90er vorbei, 40 % des Budgets gingen für Sicherheit und Glaubwürdigkeit drauf, die Überwachung wurde neu erfunden, und Denunziation war wieder okay, unter den Roma auch für Geld, für die

Bürgerlichen umsonst über Tasten/Telefonanschlüsse mit 0800-Vorwahl – und die Leute, die (wie der Manele sagt …) vergessen hatten, woher sie kamen, waren damit einverstanden; sogar Costel, der ein bisschen anarchistisch ist auf seine Art, hatte bei einer Bürgeraktion wohl eine Friedenstaube gefrühstückt und schmatzend vor Haltung sehr feierlich gegrunzt: Ich denunziere.

Kurz, in ganz Rumänien war nur ein stilles Summen zu hören, die Rumänen traten für eine bessere Zukunft in die Pedale und waren zufrieden mit den Securisten, die erneut die Telefone abhörten und Politiker, Richter, Polizisten und Leute, die bis dato unangreifbar schienen, ins Gefängnis brachten.

Im Kommunismus war die Überwachung aufgezwungen und darum hatten die Menschen sie gehasst – jetzt, in der Demokratie, wurde ihnen die Illusion vermittelt, dass sie ausgehandelt wurde, mit jedem einzelnen Menschen, mehr noch, dass es eine bürgerliche Pflicht war, sich gegenseitig zu überwachen und zu verraten. Seit ein paar Jahren scheinen die Rumänen diese zynische Idee akzeptiert zu haben, I mean, es gibt keinen Fortschritt ohne Kontrolle, denn Überwachung ist ein Teil der Normalität fortschrittlicher Demokratien.

Aber auch wenn ich diese Idee bis zu einem gewissen Grad verstehe, stört es mich trotzdem genauso wie Dana, wie die Kontrolle um mich herum immer enger wird – ich bin im Unterschied zu denen, die in fortschrittlichen Demokratien leben, einem idiotisch freien System entsprungen, ich weiß, wie es ist, anders zu sein, ich habe ein System durchlaufen, aus dem die Überwachung verschwunden war. Die Leute hatten kein Geld, aber sie erprobten eine unfassbar große Freiheit, ohne Vorbild und wahrscheinlich als politisches und gesellschaftliches Projekt nicht durchzuhalten. Aber die Party ging zu Ende; die Leute wurden vernünftig. Und erst nachdem ich Alberto im Castel gut abgefüllt hatte, sagte ich im Taxi, no more parties for us, die Feier mit den Musikanten fällt aus, der Spaß ist vorbei.

Alte Jungfern

Von dem Geld kaufte ich ihm auf dem Obor-Markt für zehn Lei eine Brille mit verspiegelten Gläsern, und weil ich irgendwo in der Schublade Nokia-Kopfhörer hatte, kaufte ich ihm noch ein Handy mit 4-GB-Speicherkarte für 110 Lei: Das Telefon hatte den winzigen Fehler, dass es rosa war, aber ich sagte nichts, ich ließ ihn machen – als der Händler ihm die QWERTY-Tastatur zeigte, konnte er seinen Blick nicht mehr davon abwenden und sagte, das will ich, Alter, und ich schwieg heimtückisch, weil ich Angst hatte, er würde sich sonst auf ein iPhone für 200 stürzen, das gefälscht war, nicht zu gebrauchen, mit einem Akku, der einen nach zwei Stunden im Stich ließ. Seins sah echt nach Secondhand aus und das war gut so.

So. Und als ich 290 vom Konto abhob, riss er mir das Geld aus der Hand, die würden es gut bei ihm haben, und er würde ihnen nichts tun, er würde sie nur in seiner Geldbörse schön warm halten – und obwohl ich flehte und ihn anschrie, er sollte es mir zurückgeben, reagierte er gar nicht darauf; er hörte mich nicht, er war schon in einer anderen Realität.

Ich wusste, wie das Ganze enden würde, also machte ich alle möglichen Lebensmitteleinkäufe auf dem Obor-Markt – aber es blieben immer noch 110 Lei.

Damals brachen gerade die letzten Wellen unseres Glücks über uns zusammen – und abends, als er nach Hause kam, hatte er das Geld vermehrt, er hatte einen Nettogewinn von 90 Lei gemacht; ich sagte, jetzt hast du Geld in der Tasche, jetzt brauchst du keine Minderwertigkeitsgefühle mehr zu haben, also gib mir mein Geld zurück – und er gab es mir.

Dann bekam ich eine Abmahnung von der Hochschule, wenn ich nicht einen Auszug im Umfang von 40 % meiner Doktorarbeit schicken würde, bekäme ich im nächsten Monat kein Geld mehr – und mir wurde klar, dass ich mit Alberto nicht schreiben konnte, dass ich mich nicht konzentrieren konnte, selbst wenn er im Nebenzimmer war; wenn ich schreibe, muss ich den Kopf frei haben – solange ich mit Ana zusammen war, konnte ich nur in den Pausen schreiben, in denen wir getrennt waren oder sie nicht in Bukarest war; zum Glück blieb sie monatelang weg – ihr Anthropologen-Job verlangte es, viel in Roma-Dörfern zu sein, im In- und Ausland.

Ich schickte ihn ins Wohnzimmer und als er ging, schloss er die Tür. Er legte sich aufs Bett und guckte Taraf – er drehte den Fernseher nicht sehr laut und versuchte, keinen Lärm zu machen. Aber auch so ging es nicht, seine Anwesenheit drückte mir aufs Hirn, ich saß vor dem Bildschirm, doch nichts passierte, ich dachte darüber nach, wie ich Geld für eine andere Mietwohnung bekommen konnte. Nein, in Bukarest kamen wir nicht zurecht, und nach Hause konnte ich ihn nicht mitnehmen, meine Eltern würden uns beide rausschmeißen. Aber irgendwo auf dem Land, vielleicht in der Nähe von Bukarest. Und ich dachte, ja, das ist die einzige Möglichkeit, die wir noch haben, wir ziehen in den Schlamm aufs Land.

Alberto, sagte ich, wir haben kein Geld für Bukarest, wir müssen aufs Land ziehen. Und weil ich das am besten konnte, versuchte ich ihn einzulullen, ich schreibe meine Arbeit und du gehst angeln; auf dem Land fallen im Sommer nur Stromkosten an und dann bleibt noch genug Geld für uns zum Leben – und später, im Herbst, sehen wir, was wir machen.

Er nickte schläfrig, ja, dann haben wir unser Häuschen, da kennt uns keiner und wir sind von der Familie weg, keiner kümmert sich drum, was wir machen.

Aber ich blickte wohl traurig drein und als ich so am Rechner saß, streckte er sich auf dem Bett aus und sagte, warum setzt du so ein Gesicht auf? Und ich sagte, was sollen wir da ohne Warmwasser, unter Bauern und im Schlamm?

Macht dir das was aus? Glaubst du, ich hätte noch nie so gelebt? Wir werden glücklich sein.

Ich fing an, Lösungen durchzugehen, und dachte an Fabiola, vielleicht ließ sie uns in ihrem Haus in Comana wohnen, dort gab es Internet, ein Bad und zig Busverbindungen nach Bukarest.

Fabiola (~40) gehört zu den Linken, ein Mädchen aus gutem Hause, aus einer Familie mit Wurzeln im Großbürgertum; nach der Revolution erstattete der Staat ihrer Mutter ein Herrenhaus nahe der Piața Victoriei zurück, das sie für einen Haufen Geld verkauften – und von diesem Geld kauften sie zwei Wohnungen und ein Häuschen bei Bukarest, das sie entkernten und zu einem Ferienhaus umbauten; im Sommer kamen wir dort manchmal zusammen, Fabiola lud uns ein und kochte uns besondere und exotische Sachen, arabisches Kebab über dem Feuer gegrillt oder Lamm mit geräucherten Pflaumen aus dem Kessel.

Und ich sagte zu Alberto, ich habe eine reiche Freundin mit einem Haus auf dem Land und einer Wohnung in Bukarest, vielleicht kriegen wir sie rum und sie lässt uns in Comana wohnen, und dich soll sie auf ihre Adresse anmelden, wegen der Ausweis-Geschichte. Und er lachte ungläubig, Reiche tun sich nicht mit Armen zusammen, guck dir Borcan an, er ist ein Schnösel und er trinkt lieber zu Hause, als dass er ins Zeicani geht; und ich sagte zu Alberto, sie mag die Armen, den ganzen Tag redet sie von ihnen – und er sagte, hör mir doch auf, du; und da warf ich haarsträubenderweise ein, sie ist unverheiratet und fickrig, Alberto – obwohl ich keine Ahnung hatte, wie fickrig sie eigentlich war.

Komm, wir laden sie auf ein Bier ein, fuhr ich fort, wir füllen sie ab und wenn sie dann blau ist, was meinst du, machst du sie dann an? Vielleicht überzeugen wir sie mit dem Schwanz und kriegen das Haus auf dem Land; und Alberto sagte, die könnte auch ne Waldhexe sein, wenn sie eine Möse hat, dann fickt dein Junge sie, dass sies nicht mehr vergisst, solang sie lebt.

Ich rief sie an, Püppchen, wollen wir ein Bier trinken? Und sie sagte, wieso nicht, komm, ich bin auf der

Buchmesse und muss ein Interview mit einem Franzosen machen, aber in einer Stunde bin ich spätestens fertig. Von Alberto sagte ich kein Wort, ich wollte sie nicht verschrecken.

Wir verabredeten uns im Castel und von dort schrieb ich ihr eine Nachricht, bin da, Fabiola – aber sie antwortete nicht; nach 20 Minuten rief ich sie an, aber auch dann nahm sie nicht ab, und um es abzukürzen, sie ging den ganzen Abend nicht ran, sie schrieb nicht mal eine Nachricht – ich hatte nicht daran gedacht, dass es auf der Buchmesse von Linken nur so wimmelte und einer sie vielleicht gewarnt hatte, hat Adi dich angerufen? Pass auf, der ist pleite, er ist mit einem Ex-Knacki zusammen, der ihm das Geld aus der Tasche zieht, pass auf, der wird sich Geld von dir leihen wollen.

Was solls, ich hatte keine Beweise, dass es so war – aber sie war doch sehr panisch und entschuldigte sich nicht mal formal, als ich ihr am nächsten Tag eine Mail schrieb, Fabiola, du hast mich sitzen lassen, einen ganzen Monat schwieg sie und antwortete mir erst, als ich auf Facebook öffentlich verkündete, die Gefahr wäre vorüber; erst da sagte sie, sie wäre nicht ins Castel gekommen, weil sie auf der Buchmesse plötzlich in abseitige Zustände geraten wäre, aus denen sie – komisch, oder? – erst herauskommen konnte, nachdem ich auf öffentlichen Kanälen magische Zeichen von mir gegeben hatte – und ich sagte, okay, Fabiola, no worries, aber ich hatte jetzt eine Abneigung gegen sie, auf einmal begann mir das Musterschülergerede, das diese Kaste von sich gibt, tödlich auf die Nerven zu gehen, man argumentiert virtuos für alle progressiven Themen, man argumentiert in jeder Lage und bei jeder Gelegenheit, in Artikeln in linken Blättern, in der Küche, wenn man arabisches Fleisch kaut, in den Bars, wenn man mit Freunden ausgeht etc.; ich fing also an, dieses Gelaber nicht mehr zu ertragen, und im Suff loggte ich mich auf Facebook ein und kommentierte unter irgendeinem schlauen Kommentar, du bist ein dumme und perverse Kuh; und am nächsten Tag, ängstlich und verkatert, tat es mir leid, dass ich das getan hatte, sie ist schließlich auch nur eine alte Jungfer, die sich ihre Einsamkeit nach Möglichkeit versüßt – und wenn wir alten Jungfern uns nicht gegenseitig lieben, wer sollte es sonst tun?

Es tat mir leid, dass ich mich mit ihr gestritten und mir so die Rückkehr in die linke Clique verbockt hatte. Wir waren zu fünft, drei Männer und zwei Frauen – und ich sage das mit Bedauern, die Männer waren vernünftiger. Manche Frauen betrinken sich und fangen an, schweinische Lieder zu singen oder schamlos Männer anzugraben, die Frauen in der Clique fingen hingegen an zu argumentieren – und das langweilte mich furchtbar. Wir plauderten und erzählten irgendwas, es war angenehm und unkompliziert – dann betranken sich die Frauen und Fabiola stellte die entscheidende Frage, ist es wohl okay, dass?, oder die andere Amazone sprang auf und sagte, du hast unrecht, ich glaube nämlich; so dass keine Geschichten mehr erzählt wurden, keine Erlebnisse mehr durchgegangen wurden, sondern man argumentierte nur noch – und ich war pappsatt von dieser Sache mit dem dauernden Argumentieren, weil das Netz und die echte Welt voller Argumentationen waren, ist es richtig, zu?, ist es moralisch, zu?, ist es moralisch, meinen Schwanz links oder rechts zu tragen?, wo die Sache doch ganz einfach entschieden werden konnte, Alter, wenn ich meinen Schwanz links trage, tut er mir weh, ich halts nicht aus – kurz, es fing an, zur gesellschaftlichen Geißel zu werden.

Aber nein, ich war in der ganzen Sache der Depp, denn ich fühlte mich schuldig; und weil ich nicht damit zurechtkam, die Schuld allein zu tragen, versuchte ich, sie mit anderen zu teilen – wie Dan, der christliche Dichter, sagen würde, keiner sollte leer ausgehen.

Am nächsten Tag schickte ich Alberto ins Wohnzimmer und als ich auf dem Bildschirm auf den Titel der Zusammenfassung starrte, die nicht werden wollte, hatte ich einen lichten Moment, in dem ich dachte, Mann, was ein verficktes Leben, Scheiße, was mache ich mit diesem Analphabeten auf dem Land, wie sollen wir unsere Abende verbringen – will ich wirklich umziehen? Was mach ich mit der Doktorarbeit, im Dezember muss ich sie fertig haben, woher nehme ich das Geld für die Rückzahlung? Meine Doktorarbeit wurde von europäischen Geldern bezahlt und ich hatte einen Vertrag unterschrieben, dass ich die ganze Summe zurückgeben musste, wenn ich sie nicht fertig schrieb, und meine Eltern hatten mit ihrem Haus gebürgt – was sollte ich machen, sie auf die Straße setzen? Und plötzlich kam es mir so vor, als würde ich in eine seltsame, verrückte Schleife geraten, als würde etwas

Heimtückisches mein Leben einnehmen, es aus der Bahn werfen und einstampfen – und ich war mir gar nicht mehr so sicher, dass ich aufs Land ziehen wollte.

Ich hatte die Party abgeblasen und jetzt tat mir das schrecklich leid; wäre ich schlau gewesen, hätte ich mit dem Besitzer einen höheren Eintrittspreis aushandeln können, 20 Lei, der Mann war offen für Vorschläge – aber ich hatte nicht daran gedacht, ich hatte aufgegeben, und nachdem ich dann das Stipendium in der Tasche hatte, ging mir alles am Arsch vorbei. Auch wenn die Musikanten nur mittelmäßig waren, 300 Euro hätten mir nicht geschadet.

Ich fing an, mir Sorgen zu machen und alle Möglichkeiten durchzuspielen, wie ich Geld auftreiben konnte – und während ich die Dateien meines Hirns durchkämmte, erinnerte ich mich an Columbianus Idee mit der Tour durch den Ferentari; ich dachte, komm, das versuch ich, ich habe nichts zu verlieren.

Alberto, sagte ich, ich schicke dich anschaffen, Bruder, wir machen eine Touristenagentur auf.

Das Konzept sah null Investitionen vor, die Besucher würden an der Station Helden der Revolution von einem Einheimischen aufgegabelt werden, der sowohl Reiseleiter als auch Bodyguard wäre, sie würden in den 141er verfrachtet und auf der Piața Ferentari abgesetzt werden, von wo sie dann mit Leibwächter durchs Viertel spazierten.

Viele aus dem Zentrum sind neugierig auf den Ferentari, aber wenige wagen es, ihn zu betreten. Er ist sozusagen eine Terra incognita – die Bukarester haben die Vorstellung, er sei am Arsch der Welt, am Stadtrand, obwohl er nur zwei U-Bahnstationen vom Haus des Volkes entfernt liegt. Von denen, die den Mut haben, ins Viertel zu kommen, sind die Blogger die Lustigsten (bis auf Simona Rădoi, die mit ihrer Familie im Ferentari wohnt) – sie eiern per Fahrrad oder Bus durch die Gegend und kehren entweder mit bluttriefenden Berichten über Drogenabhängige und zusammengestürzte Wohnblocks zurück, oder mit dem Bild von einem Ort mit kleinen Kneipen an der Straße, gastfreundlichen Leuten und Unterhosen, die zum Trocknen auf dem Zaun hängen.

Die Ferentarier selbst spielen mit diesem Bild, und wenn sie riechen, dass man Angst hat, dann nehmen sie einen hoch, sie spielen mit einem Katz und Maus – und wenn es sie dann langweilt, einen mit der Kralle am Kinn zu kitzeln, dann lassen sie einen laufen; wenn man sich normal benimmt, dann laden sie einen auf ein Bier ein und sagen, es gebe nirgends so nette Leute wie im Ferentari, guck, trotz unserer Armut laden wir dich zum Bier ein. Im Grunde verlangen sie verzweifelt nach ein bisschen Respekt und bearbeiten auf diese Weise ihren Komplex, so gut sie können – entweder sind sie exzessiv menschlich, um ihr schreckliches Image aufzupolieren, oder sie brüsten sich damit, in ihrem Viertel sei die Gaunerei erfunden worden, denn in den 90ern sei man im Anzug und mit Aktentasche hierhergekommen und in Unterhosen wieder abgezogen.

Einen halben Tag verlor ich damit, eine Webseite auf einer Blogging-Plattform einzurichten. Aber als ich darüber nachdachte, was die touristischen Attraktionen dieser Gegend sind, blieben meine Finger über der Tastatur hängen, außer Nuțus Ranch und den Junkie-Wohnblocks hat das Viertel nichts zu bieten, was einen umhaut; ich schrieb das beides hin und dachte, Scheiße, was kann ich noch nehmen? Dann fügte ich noch die Piața Ferentari und das Rotlichtviertel hinzu, den Gebüsch-Dschungel, die Kackhaufen und Nylontaschen an der Straße Richtung Luica. Und ich ließ die Tour im Boieru mit einem Bier auf Kosten des Hauses enden.

Dann postete ich den Link zu meinem Angebot auf verschiedenen Seiten, auch auf Facebook, wo ich eine Menge Likes bekam – aber keiner opferte sich. Ich postete den Link noch einmal und schrieb in den Status: Gebt mir Geld und kein Like – aber selbst dann bekam ich von zwei Idiotinnen noch ein Like; ich hasse das mit den Likes, man bittet verzweifelt um Hilfe in einer Angelegenheit, die einem Sorgen macht, und die Leute überschütten einen mit Likes.

Irgendwas war falsch an der ganzen Sache – Hendrik, den ich im Chat traf, sagte, es wäre zu billig und müsste auf die Expats zugeschnitten werden; Andrei warf mir vor, ohne Fotos wäre es nicht glaubhaft; ich übersetzte also alles ins Englische und erhöhte den Preis auf hundert Lei, Vergünstigung um 30 Lei für Rentner und Studenten – und ich fing an, in meinen Ordnern nach Fotos zu suchen. Aber abgesehen von ein paar Hochzeitsfotos waren meine Bilder deprimierend nutzlos – mit postapokalyptischem Schauder und der Atmo verlassener Orte, weil ich wie alle Feinsinnigen nur Türklinken, Brachen und Hunde geknipst hatte, oh, vor allem zusammengerollte Hunde, die einzigen Lebewesen auf meinen Fotos.

Ich sagte, Alberto, wir müssen Fotos machen, darum meldet sich niemand für unsere Tour an, na, hast du Lust? – und Alberto sagte, du weißt ja nicht, mit wem du da redest.

In den Ghettos reißen sie einen in Stücke, wenn man Fotos macht, sie lassen nur noch deine weißen Knochen auf dem Boden übrig – aber Alberto holte sein Handy raus und knipste ohne Probleme. Wir gingen in die Straßen mit den Einfamilienhäusern – und mir kam es immer noch so vor, als wäre irgendwas an der ganzen Sache faul.

Es war ein schöner Nachmittag, heiter und warm, die Sonne glitt sanft der Dämmerung entgegen. An einer Biegung in eine der ärmlichen Straßen, eine Sackgasse, die nicht asphaltiert war, trafen wir auf eine Gruppe von Kindern, sieben bis zwölf Jahre alt, die mit 10er- und 50er-Münzen Barbudi spielten, und Alberto blieb stehen, um sie zu beobachten. Eine Weile sah er ihnen über die Schulter zu und instruierte die Kinder; und wie er sich so groß und aufgeregt zwischen ihnen bewegte wie ein Elefant zwischen angeknackstem Nippes, sagte er zu mir, gib mal ne Münze, ich schmeiß ne Runde – und während er wegen des Geldes mit mir diskutierte, ließ er die Augen unschuldig in der Gegend umherwandern, ohne zu verstehen, warum ich vor Lachen fast zusammenbrach.

Und da merkte ich, was an der ganzen Sache nicht stimmte, dass nämlich der Zauber der Ferentarier sich einem nicht erschließt, wenn man nicht hierherzieht – zu den Jungs, die hier auf einer buckligen Straße Barbudi spielen oder einen um eine Zigarette anbetteln und so tun, als sei sie für ihre Mutter; zu den kleinen Mädchen, die ihre Geschwister im Arm halten, sie küssen und ihre Gesichter mit in Wasser getränkten Tüchern abwischen; zu den schmutzigen Autowäschereien an der Verlängerung, die wie Häuser mit einer ausgeschlagenen Wand aussehen, oder zu den Blumengeschäften in zerschlissenen alten Militärzelten auf derselben Straße – wo in aller Stille Geldwäsche für die Gauner betrieben wird; zu den zitternden Silhouetten der Junkies, die nachts durch die Straßen ziehen und versuchen, ihr gestohlenes Kleinzeug zu verkaufen; zu den niedrigen und elenden Häusern der südlichen Vorstadt, zwischen denen die imponierenden Umrisse eines Gaunerschlittens aufragen; zu den direkt auf dem heißen Asphalt des Gehwegs ausgebreiteten Decken, auf denen die Frauen in bunten Morgenmänteln tratschen und Sonnenblumenkerne aufbeißen, während in drei Meter Entfernung die Kinder auf der Straße schreien und Ball spielen; zu den rostigen Grillgestellen, die strategisch vor den Häusern aufgestellt wurden, damit die Nachbarn sehen, dass das Fleisch brutzelt und das Geld fließt; zu der warmen Luft, die vor Leben schreit in diesem während der moribunden Jahre der 90er gealterten Viertel, als alles Verrostete den Bach runterging.

Wir setzten unsere Reise Richtung Nuțu fort, und auf dem Weg bat ich ihn, eine Gaunervilla zu fotografieren – ein dreistöckiges Bauwerk voller Balkone und weißer Erker, dessen Wände in einem schrecklichen Gelb gestrichen waren. Als Alberto das Handy rausholte und ein Foto machte, rief eine Stimme, kommt mal her! Wir drehten uns zur Seite, irgendwo unter dem Vordach einer verlassenen Hütte sahen wir zwei Männer, die Backgammon spielten und dabei auf Bierkästen saßen.

Als wir näher kamen, erkannten wir einen von ihnen – er war der Typ, der den ganzen Tag, egal ob Sommer oder Winter, an der Ecke der kleinen Straße saß, die auf den Boulevard führt; er hatte einen alten Audi, auf dem die Telefonnummer einer Firma für Autoaufkleber stand – aber dieses Geschäft war wohl eine Briefkastenfirma, der Typ war eher der Hauptmann einer Brigade, die zweifelhafte Geschäfte auf der Allee trieb; nun ja, auch Autoaufkleberfirma klang nicht sehr ehrenhaft, wegen der vielen geklauten Autos hier. Jedenfalls hatte zu diesem Zeitpunkt jede Straßeneinfahrt an der Allee so einen Wächter; am Anfang dachte ich, dass das Leute von der Polizei wären, die die Autos melden, die von der Verlängerung in die Allee einbiegen – aber dann merkte ich, dass tatsächlich das Gegenteil der Fall war, das waren die Männer der Gauner.

Ey, was macht ihr da, Fotos?, brüllte er. Und wer hat euch das erlaubt?

Und nachdem er mich erkannt hatte – was machst du da, Hermannstädter, machst du Dummheiten? Was ist los, du machst Fotos? Er glaubte mir kein Wort, als ich sagte, das hätte was mit der Doktorarbeit über Manele und anschaulichem Fotomaterial zu tun, ich brachte die Wörter kaum über die Lippen.

Quatsch nicht, sagte er, schämst du dich nicht, so zu lügen? Du hast mich angelogen, du würdest mir Pflaumenschnaps mitbringen, nichts hast du gebracht … Wo kommst du her, Mann, von irgendnem Verein? Und da ritt ich mich noch tiefer rein und sagte, ja, ich arbeite auch für Ferentari Policies, das ist die größte NGO im Viertel, die war mir grade eingefallen – er machte große Augen, er konnte es nicht glauben, was hast du gesagt, Polizei? Bist du von der Polizei? Und mir wurde plötzlich klar, dass sie sich keinen unglücklicheren Namen hätten ausdenken können, wer sollte die mit so einem abschreckenden Namen ernst nehmen?

Lass ihn zufrieden, Bruder, der ist verrückt, schritt Alberto ein – und der Gauner wandte sich ihm zu, du bist Zigeuner wie ich, warum machst du mit diesem Blödmann Fotos? Und Alberto, der demütig den Kopf einzog, sagte, verzeih mir, Bruder, keine Ahnung, was ich mir dabei gedacht habe, Gott hat mir wohl in den Kopf geschissen. Und dann redete er eine Weile auf Romanes, gadjo dilo, Borcan, baro şmechero, und schließlich meinte der andere – hai orde. Er nahm ihm das Handy aus der Hand, besah sich die Fotos und machte sich daran, die vom Riesenhaus zu löschen.

Na, Hermannstädter, fuhr er verärgert fort, bezahlst du den, damit er dich vögelt? Lass ihn in Ruhe, kümmer dich um dein eigenes Leben.

Ich stammelte verlegen, nein, mich vögelt keiner, du redest Unsinn.

Aber der gab keinen armseligen Leu auf das, was ich da stotterte, er sagte angeekelt, guck dich an, du bist total abgemagert, seit er dich vögelt. Er ließ mich angewidert stehen und nahm sich Alberto vor, schämst du dich nicht, den für Geld in den Arsch zu ficken? – und Alberto bekreuzigte sich, ich hab mit diesem Verrückten nichts zu tun, Bruder, ich steh auf Frauen.

Wir fuhren zurück nach Hause, und auf dem Weg sagte Alberto, puh, du hast dir ganz schön in die Hose gemacht; als er dich rangenommen hat, hättest du fast zugegeben, dass ich dich vögle. Und dann, während er sich die Arme rieb und Luft ausstieß vor Erleichterung – aber ich hatte auch Angst, guck, sone Gänsehaut hab ich auf den Armen … Man kann im Ferentari keine Fotos machen, keine Ahnung, was ich mir dabei gedacht hab, als ich auf dich gehört hab. Also, bei den Armen fordert dich keiner zum Elfmeter heraus, aber bei den Gaunern, die machen dich fertig, die denken, du verpfeifst die an die Zeitung. Wie kann man nur Fotos bei den Cămătaris machen, bist du bescheuert? Nuțus Bodyguards zertrampeln dir den Fotoapparat und machen Hackfleisch aus dir … Bruder, führ deine Touristen im Ferentari rum, wo du willst – aber wenn die Fotos machen, das geht nicht, ich bin doch nicht verrückt geworden. Hast du gesehen, wie der durchgedreht ist, der hätte uns fast plattgemacht.

Dieses Monster hatte ein Auge auf mich geworfen, seit ich hergezogen war; nein, ich lüge, ich hab ihn selbst auf mich aufmerksam gemacht: Er spielte an der Bushaltestelle Backgammon, mit einer Gruppe von Zuschauern um sich herum, und ich stellte mich auch dazu; er war gut gelaunt und machte Scherze – und bei einem Witz musste ich loslachen, der Typ war wirklich schlau und hatte Sinn für Humor. Ich weckte seine Neugier und er witzelte, hält dich deine Frau auf Diät? Komm, ich kauf dir ein Shawarma. Ich antwortete, ich wäre nicht verheiratet, also, ich machte diesen Witz mit Das ist nicht meine Art, obwohl den im Ferentari keiner versteht. Aber ich mag ihn sehr und werde auch in Zukunft nicht drauf verzichten. Er zuckte die Achseln und gab mir den freundlichen Rat, nicht mehr in kurzen Hosen rumzulaufen, die Leute lachen sonst über deine dünnen Stelzen und glauben, du stehst unter Drogen.

Als ich sagte, ich wäre aus Hermannstadt, biss er an und sagte, ich sollte ihm einen Liter von diesem guten Pflaumenschnaps aus Siebenbürgen mitbringen, er würde auch bezahlen. Seitdem fragte er mich jedes Mal, wenn er mich sah, nach diesem Pflaumenschnaps, wann ich ihm den mitbrächte – und obwohl Hermannstadt keine Pflaumengegend ist, besorgte ich ihm am Ende einen Liter von meinem Onkel aus Zalău, den ich dann auf Wunsch des Gauners in der Brezelbäckerei seines Vaters hinterlegte. Aber sein Vater, dieser Alkoholiker, trank den ganzen Liter weg – oder wenigstens behauptete das der Typ, sein Alter hätte ihm keinen Pflaumenschnaps gegeben.

Weil wir uns dauernd an der Haltestelle trafen, wechselten wir manchmal das ein oder andere Wort – und einmal fing er an, verschwörerisch zu lachen – du bist schwul, oder?, fragte er mich, komm, gibs zu, keine Angst; hey, glaubst du, nur weil ich vom Ferentari bin, hab ich was gegen Schwule? Nein, Mann, das ist eure Sache, was ihr da macht, ihr bringt niemanden um, ihr verprügelt keinen. Ich bin auch schon im Ausland gewesen und weiß, wies läuft, ich guck Fernsehen – ich bin doch nicht blöd.

Ich wollte es nicht zugeben, weil die Leute das hier extra so machen, sie spielen Theater und schmieren einem Honig ums Maul, damit man damit rausrückt. Oder, keine Ahnung, vielleicht wollte mir der Typ wirklich beweisen, dass er, auch wenn er nicht in der Schule gewesen war, nicht auf den Kopf gefallen war und wusste, in welcher Welt er lebte.

Und so verging ein weiterer Tag mit blutarmen und immer idiotischeren Likes und keiner Buchung für unsere armselige Tour. Und weil ich keinen Ausweg mehr sah, fing ich an, Alberto selbstmörderisch mit Geld zuzuschütten; ein paar Tage lang ertränkte ich ihn in Alkohol, erkundete die Bars von Nuțu in Sălaj, stieß mit kleinen Dieben an, nahm sie mit in unsere Wohnung, wo ich sie mit Manele auf YouTube, Bier und Hühnchen à la Alberto bewirtete – gewürzt mit Brühwürfel + Pfeffer, und dann in einer Lache Öl gebraten.

Als mein Kontostand unter die 700er-Marke sank, erwachte ich aus dem Suff, und verkatert und verwirrt hängte ich mich an Columbianu. Ich rief ihn unter irgendeinem Scheißvorwand an, laberte ihn mit komplett irrelevantem Müll zu, bis er mich gelangweilt fragte, kommst du heute Abend in den MȚR-Club? Da gibts ein Theaterstück über Roma – und obwohl ich für Kunst kein

Geld ausgebe, erst recht nicht für engagierte Kunst, sagte ich, okay, ich komme; es war eine strategische Investition und der Eintritt für Veranstaltungen engagierter Kunst ist sowieso niedrig, vielleicht zehn Lei.

Komm, anziehen, trieb ich Alberto an, wir haben heute zu tun, wir gehen ins The-a-ter und treffen den Typen von der Stadt, du weißt ja, der ist ein Gauner, der findet einen Job für dich, der hilft dir, an einen Ausweis zu kommen.

Es war ein kühler und feuchter Tag und Alberto hatte nur diese Dreiviertelhosen und eine fusselige Trainingsjacke – und da merkte ich, dass er praktisch nackt war, ich konnte ihn so nicht mit ins The-a-ter nehmen. Ich sagte, Alberto, du musst dir Jeans kaufen, da kommen feine Leute hin und du bist angezogen wie ein Penner, wir müssen da einen guten Eindruck machen, verstehst du? Damit die Leute uns ernst nehmen.

Ich zog ihn aus der Wohnung und ging mit ihm Geld beim Luica holen; der einzige Geldautomat im Ferentari ist an der Haltestelle auf der Zeicani direkt vor Borcans Nase, also gingen wir seit neuestem zum Luica, das liegt am Arsch der Welt.

Vom Luica nahmen wir den Bus bis zur Piața Sudului, wo wir ein Paar Jeans kauften und auf einer Bank eine Raucherpause machten. Wir saßen neben einem Pennerpärchen, vielleicht 25 Jahre alt, die Alberto aus der Zeit kannte, als er noch am Bahnhof gearbeitet hatte, die beiden sahen schlimm aus, dreckig und von innen zerfressen, sie bewegten sich in einem anderen Tempo, arthritisch und langsam. Er trank eins dieser furchtbaren Biere aus einer Ein-Liter-Butelcos-Plastikflasche, sie hatte ein Bein um ihn geschlungen; das Mädchen hat Syphilis, klärte Alberto mich auf, ohne darauf zu achten, dass sie dabei waren und zuhörten, und ich konnte nicht anders und fragte, ob sie auch so krank noch vögeln würde.

Was soll sie machen?, antwortete Alberto, sie bettelt für ihn, das bringt Kohle, die Leute geben ihr was, wenn sie sie so kaputt sehen.

Er fragte sie nach Cristina, seine Alte am Bahnhof, und der Typ sagte, die käme auch hierher zur Piața Sudului, um Dosen und Flaschen zu sammeln. Mich ekelte es, mich mit ihnen zu unterhalten, und Alberto kürzte das Treffen ab, nur dass er mich am Ende bat, hab Mitleid und gib ihnen fünf Lei – und ich gab ihnen was.

Wir verabschiedeten uns von ihnen, und als ob er sich entschuldigen wollte, sagte er, Cristina ist sauber, sie kauft sich Kleider vom Secondhand-Shop und wenn sie sie ein paar Tage getragen hat, wirft sie sie weg.

Er wurde melancholisch und erzählte, er hätte nicht gewusst wohin, als er aus dem Gefängnis entlassen wurde, weil sein Vater das Haus in Fetești verkauft hatte – und als er aus Jilava freigekommen war, nahm er nicht den Zug nach Hause, sondern blieb am Bahnhof.

Am Bahnhof lernte er Cristina kennen, die wie eine Schnecke einen Sack auf dem Rücken trug, der dreimal so groß war wie sie selber. So beschränkt, wie sie war, brachte ihm diese Frau bei, sich durchzuschlagen – sie brachte ihn zu einem Parkplatz, wo ein Typ arbeitete, der hinkte, und sie sagte, mach es so und so, und du sei ruhig,

Hinkebein. Ohne sie wäre er heute wieder im Gefängnis, denn außer mit der Faust zuzuschlagen hatte er nichts gelernt. Drei Jahre aßen sie zusammen das bittere Brot des Bahnhofslebens, Cristina mit ihrem Sack und er mit dem Parkplatz. Sie war in einem Kinderheim aufgewachsen, aber von dort abgehauen, und einen Teil ihres Lebens hatte sie in der Kanalisation verbracht. Damit die Penner sie nicht vergewaltigten, wenn sie durch die Kanäle wanderte, lernte sie, sich wie ein Junge anzuziehen und sich die Haare zu schneiden.

Sie ist eine Jüngin, sagte er, wenn du sie siehst, dann glaubst du, sie ist ein Mann, so wie sie sich die Haare schneidet und sich anzieht, wie sie sich bewegt, alles, alles, ey, ich schwöre bei ihrer Möse, was rede ich da, die ist mehr ein Mann als du, hehe, du solltest hören, wie sie flucht, wenn sie sich ein Rapid-Spiel ansieht, du stirbst vor Lachen.

Im Sommer schliefen sie im Transporter eines Gauners, der es ihnen erlaubte, sie zahlten ihm alle Einnahmen dafür – und im Winter schliefen sie im Concordia, einem Nachtasyl, das ein idiotisches Programm hatte, sie mussten dort beten und Lieder über Jesus singen.

Bei der Rückfahrt stieg an der Haltestelle Boscheți unglücklicherweise einer seiner Cousins mit Frau ein, während Alberto gerade aufgeregt und laut von einer Nutte aus dem Rotlichtviertel erzählte, einer aufgetakelten Puppe im Mini, die mit ihrer Genossin auf dem Gehweg patrouillierte. Das Rotlichtviertel, um das zu klären, ist eine Brache voller Scheißhaufen und Büsche, sie liegt zwischen Zețarilor und Progresul, wo man die billigsten Nutten kriegt, die keinen Ort zum Ficken haben – die Büsche dort sind perfekt für eine proletarische Nummer, einmal Lecken im Stehen nach der Arbeit.

Normalerweise saßen wir, bis wir aus dem Ferentari raus waren, in einem gewissen Abstand zueinander und taten so, als würden wir uns nicht kennen – aber an jenem Tag war Alberto aufgeregt, weil wir bei einem historischen Treffen diesem Mann von der Stadt begegnen würden, er war aufgedreht und vernachlässigte die Vorsichtsmaßnahmen; er rückte an mich heran und redete laut über eine der irren Puppen, die er schon auf dem Hinweg ins Auge gefasst hatte, komm, Bruder, wir steigen aus, für 50 Lei besorgt sies uns beiden, was sind schon 50 Lei für dich? Die Proleten im Bus stießen sich mit den Ellbogen an und lachten, haut mal richtig auf den Putz; und ein Kind von sieben oder acht Jahren war plötzlich ganz aufgeregt – puh, ist die geil; und die Großmutter antwortete – Ruhe, du Rotzlöffel, du machst deinen Mund erst auf, wenn du selber an die Möse gehst. Alberto, den das entstandene Chaos ermunterte, schrie und zog seine Show ab, sei nicht so geizig, der Hintern da ist ne Million wert.

Wir saßen beide an der Tür und seine Verwandten stolperten praktisch über uns, aber ich hoffte trotzdem, dass sie uns nicht zusammen sahen, und zog mich zurück, ich ging einfach ans andere Ende des Busses und ließ Alberto sich alleine durchmogeln, während der ganzen Fahrt warf ich keinen einzigen Blick mehr zu ihnen rüber.

Ich schrieb ihm eine Nachricht, ich steige eine Station weiter aus – aber er verstand nicht, was ich meinte, und als sie alle drei bei Şura Mare ausstiegen, rannte Alberto dem Bus hinterher, schlug gegen die Scheibe und fuchtelte wütend herum.

Wir trafen uns an der U-Bahn und er – jetzt kann ich mich nicht mehr verstecken, du Blödmann, die haben uns zusammen gesehen, jetzt hast du uns in die Scheiße geritten.

Und was hast du ihnen gesagt?, fragte ich.

Dass du einer bist, der mir hilft, so einer von einem Verein, dass du mir eine Arbeit suchst und mit mir rumrennst, damit ich einen Ausweis kriege. Ich habe ihnen den Schlüssel von der Wohnung gezeigt und gesagt, ich hätte eine Frau gefunden, bei der ich bleiben kann … Mein Cousin ist ein guter Junge, er hat mir seine Nummer gegeben und gesagt, ich soll mal vorbeikommen. Er ist ein armer Schlucker, er klopft Silber auf dem Markt in Rahova, macht manchmal einen Ring, dies und das – aber der Laden läuft nicht mehr, der kommt kaum noch über die Runden. Er hat ein gutes Herz, einmal hab ich ihm den Fernseher aus der Wohnung geholt und ihn zum Pfandleiher gebracht. Aber er war nicht böse und seine Tür steht mir immer offen.

Auf der Piața Victoriei war alles voller Polizisten und maskierter Sondereinheiten; ich fragte eine Gruppe von Pressevertretern, was hier los wäre, aber die ignorierten mich total, sie starrten finster vor sich hin. Ich sah sie mir genauer an und mir wurde klar, dass sie überhaupt nichts mit Journalismus zu tun hatten, das waren Zivilbullen – und ich dachte, was für Vollpfosten, die im Ferentari sind im Verkleiden um Klassen besser.

Die Kiseleff-Chaussee war gesperrt und in einiger Entfernung erkannte man eine Reihe von Demonstranten, als ich näher kam, sah ich die Regenbogen, die Musik, die Knaller. Ich kapierte, das war die Gay Pride, und ich dachte mit einer gewissen Traurigkeit – Mann, seit ich mit Alberto zusammen bin, hab ich keine Ahnung mehr, was in Bukarest los ist, ich weiß gar nicht mehr, was so ansteht in der Stadt.

Wir setzten uns im MȚR-Club in den Biergarten; ich mag es da, weil der Hof begrünt ist, man hat einen Geruch von Gras in der Nase; Bukarest ist sehr ausgefranst, umgeben von Industriegebieten und Firmensitzen, so dass man ohne Auto nicht aus der Stadt raus an die frische Luft kommt; man zappelt wie ein Insekt im Mückennetz und die einzige Ausweichmöglichkeit sind ein paar Parks und Biergärten.

Letztendlich kamen wir grade rechtzeitig, denn die Parade hatte aufgehört, wo der Kiseleff-Boulevard auf die Piața Victoriei traf, und alle gebildeten Leute gingen jetzt in den Museums-Club, um zu entspannen.

Es gab da eine Menge Bekannte, Künstler und NGO-Mitarbeiter, die sich, nachdem sie mich nach meiner Gesundheit gefragt hatten, alle an einen anderen Tisch setzten; alle sagten sie, Lipcanu gibt eine Party, kommst du auch heute Abend in seine Galerie? Und ich sah sie schief an, sah Alberto schief an – und antwortete, nein.

Einmal oder zweimal die Woche luden mich Freunde oder Bekannte in die Stadt ein – doch seit Alberto aufgetaucht war, vergingen manchmal Tage, ohne dass das Telefon klingelte; auch ihm ging es nicht besser, er hatte ja keine Freunde und hatte bei seinen Verwandten gelebt – die, seit ich aufgetaucht war, nichts mehr von ihm wissen wollten. Wir verkrochen uns in der Wohnung, gingen in irgendwelche Bars oder hängten uns an alte Bekannte, damit sie mit uns ausgingen.

Der Eintritt für das Stück kostete 25 Lei, wie echte Kunst, und Alberto zuckte zusammen, als hätte er sich verbrannt, bist du irre? Das ist eine Menge Geld, geh nur du rein, wenn es sein muss – aber nachdem ich die Summe gehört hatte, wollte ich sowieso nicht mehr, ich sagte, wir gehen nur rein, wenn dabei ganz klar was mit Columbianu rauskommt.

Ich will nicht falsch verstanden werden, ich habe Freunde, die hochwertige engagierte Kunst machen, ja, sie gehen in die Dörfer und helfen, streiten sich mit fetten Bürgermeistern oder machen Theaterstücke, um der Stimme der Elenden Gehör zu verschaffen – nur, ich weiß nicht, das Endprodukt hat immer was von einer Schwarzen Witwe, es scheint eine zu ernste Sache, als dass es glaubhaft wäre. Nicht in dem Sinne, dass diese Kunst einem ein schlechtes Gewissen macht, sondern im Gegenteil, diese Stücke zeigen einem, dass sich diese Leute auch amüsieren, dass sie trotz der Unterdrückung auch ein Leben haben und Witze reißen – das Problem ist, dass einem bei diesen Witzen nicht so zum Lachen ist, ich weiß nicht, irgendwas fehlt.

Als Columbianu auftauchte, grüßte er mich im Vorbeigehen wie einen Rom und nach einem kurzen Abstecher zum Tisch der Feministinnen, die er zum Lachen brachte, ging er schnurstracks in den Club, obwohl noch eine halbe Stunde Zeit war, bis das Stück anfing – und ich merkte, dass meine Gaunleraktivitäten in Albertos Augen rasant an Größe verloren, mehr noch, ich fühlte mich wie ein armer Schlucker vom Land, der einen Angestellten belauerte, der aus demselben Dorf kam, damit er für ihn etwas erledigte.

Und Alberto sagte, was machen wir? Der hat dich nicht mal bemerkt.

Scheiße, was machen wir jetzt, murmelte ich rot wie eine Tomate, wir trinken und warten, bis das Stück zu Ende ist, und dann schnappen wir ihn uns.

Was erwarten wir, Bruder, sagte er enttäuscht, wir sitzen hier umsonst.

Wir holten uns noch ein Bier und inzwischen war Ana aufgetaucht; irgendwie freute ich mich – das war eine Ablenkung, die mich das missglückte Treffen mit Columbianu vergessen ließ, obwohl mich ihr Anblick etwas hemmte.

Wir gaben uns kein Küsschen, sie fragte, ob sie sich setzen dürfte; sie hatte eine Einladung zu dem Stück und fragte, ob wir deswegen gekommen wären.

Eigentlich schon, antwortete ich, aber wir gehen nicht rein, das kostet einen Haufen Geld.

Was, wunderte sie sich ironisch, du schreibst Bücher über Zigeuner und kommst nicht umsonst rein?

Und nachdem ich die Bemerkung verdaut hatte, stellte ich ihr Alberto vor, wie findest du meinen Freund?, ich lächelte sie sonnig an. Wie gehts dir denn, hast du dir auch einen Freund angelacht?, ich strahlte sie noch inniger an – und sie antwortete, nein, hätte sie nicht, sie wäre alleine, und dann wandte sie sich Alberto zu; aber sie redete nicht mit ihm, als wäre er mein Geliebter, sondern so, wie sie mit ihren Roma in den Dörfern redete oder mit den Bäuerinnen auf dem Markt; kurz, sie war in ihrer Rolle als Feldforscherin und horchte ihn aus: Sie tat verwundert, ach, so was, wirklich? – und Alberto, der sie nicht kannte, kotzte sich bei ihr aus; aber statt ihm zu sagen, sei ruhig, Mann, sag ihr nichts mehr, ließ ich ihn sich entfalten; als Alberto fragte, liebst du mich?, antwortete ich, ja, Mann, ich liebe dich, und sie lachte – und Alberto sagte, das ist nicht dein richtiges Lachen.

Ana hat, ich weiß nicht, das Talent?, die Berufs-krankheit, den Leuten Informationen abzuknöpfen, ohne etwas zurückzugeben – oder nur Kinkerlitzchen; nach drei Jahren Beziehung wusste sie eine Menge über mich, ich aber nichts über sie, nur nichtige, harmlose Kleinigkeiten. Mit der Zeit hatte mich das paranoid gemacht, und als ich ihr das vorwarf, antwortete sie, sie hätte nichts zu verbergen – ich habs dir schon gesagt, sie zuckte mit den Schultern, alles, was ich vom Leben will, ist ein vernünftiger Mann und Kinder, was soll ich dir sonst noch sagen? Am Anfang dachte ich, sie wäre ein Teamplayer, die Sorte Mensch, die sich in einer Institution mit allen anfreundet, vor allem mit den Pförtnern und Sekretärinnen; aber dann, als die

Paranoia voranschritt, sah ich in ihr nur noch einen verstockten und komplexbeladenen Menschen, der seine Gefühle und Nöte unterdrückt und kaum Vertrauen in andere Menschen hat; und ich merkte, dass ihre Güte, die ich nicht leugnen kann, eine unbewusste Anpassungsstrategie ist, unter der ein messerscharfer, kühler Verstand arbeitet.

Ich war betrunken und aggressiv, ich hatte keinen Blick mehr dafür, dass die Arme sich für ihre Einsamkeit schämte – während ich, ihr ehemaliger Geliebter, vor emotionaler Erfüllung neben ihr platzte; ich sah nur das eine, dass sie uns aushorchte, und ich streute Salz in ihre Wunde: Wenn du Informationen aus erster Hand willst, dann nimm sie dir, Süße, guck, ich bin verrückt nach diesem Typen, wie ich es nach dir nie war, diesem Mann sage ich ohne Probleme, dass ich ihn liebe – während ich dir nach drei Jahren Beziehung ins Gesicht gesagt hätte, dass ich das nicht tue, wenn du mich gefragt hättest.

Und als Alberto zum Klo ging, sagte ich, der vögelt gut und ist ein warmherziger Mensch; auch wenn er 14 Jahre im Knast war, er ist ein warmherziger Mensch; auch wenn er gefährlich erscheint und meine Freunde Angst vor ihm haben, er ist ein warmherziger Mensch.

Gefährlich?, sie wunderte sich, ha, deine Freunde sind echt Mimosen, der Arme ist doch harmlos. Und ich glaubte ihr, als sie sagte, meine Freunde wären Mimosen, sie hat monatelang bei Roma gewohnt, und ihr Verstand ist kühl und messerscharf.

Am Ende kam sie zu dem Schluss, ich glaube nicht, dass ihr lange zusammenbleibt; sie redete nicht von Geld und so weiter, oder dass ich zu faul wäre, jemals einen Job für ihn zu finden – und sie sagte lachend zu Alberto, pass gut auf dich auf, das ist ein schwieriger Typ, der es nicht lange mit jemandem aushält, ich habe nie auf ihn zählen können; und ich, der entsprechend demonstrativ vor emotionaler Erfüllung platzte, antwortete ihr, vielleicht, weil ich dich nicht geliebt habe, und sie antwortete mit demselben starren Lächeln auf den Lippen, nicht deswegen, sondern weil du so bist, wie du eben bist, ans Alleinsein gewöhnt und egoistisch wie eine alte Jungfer.

Und obwohl das Stück schon seit einer halben Stunde vorbei war, blieb Columbianu stur und kam nicht aus dem Club heraus; und Alberto meinte, nicht einmal als Vorwurf, und wenn er rauskommt, was dann? Dann rauscht er wie ein D-Zug an dir vorbei – und was sollte ich da noch sagen außer, Mann, du kennst Columbianu nicht.

Alberto fing an, die Geduld zu verlieren, und er drängte mich nachzusehen, was mit ihm war, warum er nicht rauskam, aber ich zögerte, meine Füße waren schwer wie Blei und ich konnte den Gedanken nicht abwehren, dass der Mann hier ja seine Freizeit verbrachte, dass ich mich wie ein Bauer in sein Privatleben drängte.

Anstelle von Columbianu kam die Freundin von Dan, dem christlichen Dichter, aus dem Club, sie fragte, warum wir nicht ins Theaterstück gegangen wären? Und ich antwortete, kein Geld und keine Einladung, und Ioana sagte, also ihr seid doch echt, ich und meine Freundinnen hatten auch keine, aber Columbianu hat uns reingelassen, und Alberto murmelte, wir haben halt keine Muschi zwischen den Beinen, die hat Miau gesagt und ist abgehauen – und nachdem sie zurück in den Saal gegangen war, fügte er hinzu, wir sind umsonst gekommen und haben unser Geld verbraten, das noch für zwei Tage hätte reichen sollen.

Und da kippte ich das Bier runter und sagte, scheiß drauf, ich scheiß auf die Faulheit, auf das Gesetz und auf die Krankenhausbetten und knöpf mir jetzt Columbianu vor.

Der saß mit den Feministinnen von der Parade am Tisch, als einziger Mann, und Ioana rief, komm zu uns, wir beißen nicht, du Psycho. Columbianu ist der größte Hipster unter den Roma – er ist hübsch und hat ein Näschen für coole Sachen, er ist immer auf Facebook oder bei wichtigen gesellschaftlichen Ereignissen.

Ich weiß nicht, wie viel Lust er auf mich hatte, wohl eher keine, weil ihm offensichtlich Frauen gefallen, und er sich bei den Feiern im Zentrum gerne mit ihnen umgibt; wenn wir uns treffen, seh ich ihn oft so, mit einem Glas in der Hand inmitten einer Gruppe offenherziger Frauen, denen er etwas über Roma, das Leben und das Universum erklärt.

Und hier stritt er sich mit den Feministinnen und war voller Energie, voller galanter Bemerkungen. Ich rief Alberto von draußen rein und setzte ihn neben mich. Er sagte keinen Ton, sah nur in ihre Gesichter – und ich sagte auch nichts, war stumm wie ein Fisch, obwohl Dans Freundin dauernd versuchte, uns ins Gespräch miteinzubeziehen; ich war zu gestresst, um launige Witze zu machen, und außerdem fühlte ich mich mit Alberto an meiner Seite wie die armen Verwandten vom Lande.

Und weil ich wieder nicht wusste, wie ich es anstellen sollte, von Columbianu bemerkt zu werden, sagte ich mir, scheiß drauf, jetzt machen wir hier ne ganz schmutzige Revolution – und ich fing an, Alberto demonstrativ zu küssen; und Alberto hielt für den einen Kuss still, aber beim zweiten zog er sich zurück und fauchte mich an, warum tust du das in der Öffentlichkeit? Warum machst du mich lächerlich? – und ich sagte, sei ruhig, du kapierst gar nichts. Es war schrecklich peinlich, was ich da machte, aber in meinem Größenwahn und sternhagelvoll dachte ich, scheiß drauf, jetzt ist Revolution.

So hatte ich das in Neuseeland auch gemacht, wenn ich mir meine Minderwertigkeitsgefühle hatte wegätzen wollen, oder wenn ich irgendwas getan hatte, was die Einheimischen anwiderte, na und? Geht mir am Arsch vorbei, dachte ich immer wieder, und masochistisch trat ich die Sache dann richtig breit, nur um mich davon zu überzeugen, dass mir wirklich alles am Arsch vorbeiging; als ich jedenfalls genug von der bescheuerten Aktion mit Alberto hatte, sagte ich, du, Columbianu, Alberto ist auch aus Fetești – und da donnerte Alberto jovial, du bist aus Fetești? Wo aus Fetești?

Aus Dalas, antwortete Columbianu.

Das kann doch nicht sein, ich bin auch aus Dalas, rief er frech und aufdringlich, und dann beugte er sich über mich, um Columbianu näher zu sein, und sagte, ich bin echt arm dran, ich bin mit diesem Mann hier zusammen, der versucht mir zu helfen, kannst du mir nicht helfen, einen Ausweis zu kriegen? Scheiße echt, wir kommen finanziell nicht mehr klar, ohne Ausweis kriege ich nirgendwo einen Job, und meine Familie nimmt mich nicht mehr auf.

Und da stieg ich ein und sagte, na ja, Columbianu, hast du nicht eine Arbeit für ihn? Braucht ihr nicht jemanden, der das Rathaus bewacht oder drei Blumen in den Park pflanzt? Der Arme hat einen Bandscheibenvorfall und kann keine von den Arbeiten annehmen, bei denen man viel schleppen muss.

Mit dem Ausweis, das kriegen wir hin, erklärte Columbianu, das ist keine große Sache – aber mit dem Job beim Wachdienst, das ist schwerer, weil du eine Akte hast; vielleicht eher was beim Parkamt, aber die Jobs sind da auf zwei Jahre vergeben, na ja, ich werde mal gucken.

Und bis zum Ende des Abends schmolz Alberto dahin vor Dankbarkeit und schmierte ihm Honig ums Maul, was Columbianu schrecklich peinlich war, sowas wie, du kommst doch zu meinem Geburtstag, du bist so ein feiner Mensch, ein großer Charakter; und im Taxi nach Hause, nachdem wir uns von der ausgelassenen Gesellschaft verabschiedet hatten – der Mann ist ein Lügner, der hat nur angegeben, weil die geilen Fötzchen da waren, aber du kannst mir den Schwanz abschneiden, wenn der irgendwas macht.

Und zu Hause, während ich ihm die Jeans runterzog und die Schnürbänder seiner Turnschuhe öffnete – vielleicht ist es so, wie du sagst, dass er jung ist und noch keinen Einfluss hat. Aber ärgere dich jetzt nicht, wenn ich dir sage, dass du genauso bist, du hast gesagt, du findest einen Job für mich, dass du mir Geld besorgst, und ich hab mich auf dich verlassen – aber du hast dich um gar nichts gekümmert, weder um Geld noch um Arbeit. Du redest viel, aber es ist nichts dahinter. Guck dir Borcan an – der hat Rückgrat, der kennt die hohen Tiere von der Polizei, von der Staatsanwaltschaft, von der Stadt: Der macht einen Anruf und die Sache ist erledigt. Alberto ist nicht blöd, ich hab dich beobachtet: Du gibst mit deinen Freunden an, aber deine Freunde haben keine Macht und helfen einem nicht. Betrunkene sagen die Wahrheit und vielleicht ärgert dich das, was ich sage, aber du kannst mir den Schwanz abschneiden, wenn du einen Job für mich findest. Ich sag nichts, du hast mir Geld gegeben, du hast mir meine Wünsche von den Lippen abgelesen – aber du bist faul und hast keins meiner Probleme in den Griff gekriegt, es ist alles noch wie am Anfang.

Und sogar im betrunkenen Zustand tat mir das weh. Ich erinnerte mich, wie Ana immer irgendetwas von mir wollte, frag X, oder bitte Y, und mir fiel es furchtbar schwer, das zu tun; einmal, als eine Roma-Familie aus einem ihrer Dörfer auf dem Weg nach Italien von der Straße weggeholt und zur Polizei gebracht wurde, sagte sie, schreib Dan, dem christlichen Dichter, er ist auch in Rom, er soll für sie dolmetschen – und ich schrieb ihm eine Mail und wusste gleich, dass der überhaupt keine Lust haben würde, sich aus seinem Haus zu bewegen und einen halben Tag für irgendwelche Leute zu verplempern, mit denen ihn nichts verband; und als sie am Abend fragte, was Dan getan hätte, schrie ich sie an, Mensch Mädchen, verlang halt von mir irgendwelche Sachen, aber bring mich nicht mehr dazu, meine Freunde um Gefallen zu bitten – und sie hob verwundert die Schultern, na ja, was hab ich schon groß von ihm verlangt? Und da wurde mir klar, dass meine Beziehungen zu meinen Freunden anders sind als ihre; auch wenn wir uns Geld leihen, verlangen wir voneinander keine Gegenleistungen, außer als letzten Ausweg, wenn es gar nicht anders geht. Und als ich ihr das sagte, meinte sie sarkastisch, dass ich und meine Freunde nichts voneinander verlangen würden, weil wir nicht gerne geben würden, dass wir nicht in unserer bequemen Existenz als Internetmaulwürfe gestört werden wollten; dass wir nicht hilfreich und gut wären, sondern höchstens noch versuchen würden, korrekt zu sein.

Aber die Tore, die Tore schlossen sich, der Zauber begann sich zu verflüchtigen, als auf dem Konto langsam Ebbe eintrat, es kam da kein Geld, kein Bier, kein gutes Leben mehr raus wie aus einem Hut – und als ich Alberto am nächsten Tag runterschickte, um Zigaretten und Brot zu holen, und er mit einem teuren Päckchen schwarzer Dunhill zurückkam, sagte ich ihm, bei aller Liebe, es reicht, Alberto, jetzt wechseln wir ins Sparprogramm, heute holen wir kein Geld mehr vom Automaten und bleiben zu Hause.

Und den ganzen Tag lang beschimpfte er mich, ich hätte mir einen Gauner genommen, und wenn man einen

Gauner hätte, dann müsste man auch für ihn anschaffen gehen; was das sollte, hätte ich ihn deshalb aus seiner Familie geholt, um ihm wie einem Penner die Augen wegen einem Päckchen Zigaretten auszukratzen? Wie jetzt, Mann, macht das Geld dich oder du das Geld? Scheiß auf das Geld, wenn wir keins mehr haben, dann gehen wir auf die Straße und betteln um Zigaretten etc., etc. Er hatte keinerlei Verständnis für sowas, das Einzige, was er im Kopf hatte, war die Zahl auf dem Konto, die hypnotisierte ihn wie ein Kind das Spielzeug im Schaufenster, und er ließ nicht locker, bis er alles verpulvert hatte, völlig unerreichbar für Argumente.

Als er anfing, an mir herumzuzerren, wir sollten in die Stadt, rief Columbianu an, also mit dem Job kann ich dir nicht helfen, was ich regeln kann, ist der Ausweis von Alberto. Dich wird ein Mann vom Amt anrufen, der sich mit sowas auskennt; ruf mich an, wenn ihr mit ihm geredet habt, und sag mir dann, was ihr erreicht habt.

Nach diesem Anruf beruhigte sich Alberto, er rannte nicht mehr wütend im Wohnzimmer im Kreis; diese Gewohnheit hatte er noch aus dem Gefängnis, bei Ärger oder Stress kreiste er minutenlang auf einer festen Umlaufbahn.

Aber der Mann rief erst um fünf an – und sagte mir genau das, was wir schon wussten, wenn er keine Papiere hätte, müsste er nach Călăraşi, in die Stadt, in der die Geburtsurkunde ausgestellt wurde, um ein Duplikat anfertigen zu lassen, und mit diesem Duplikat und drei Fotos sollte er zur Polizei in Feteşti, um sich einen provisorischen

Ausweis machen zu lassen. Denn einen endgültigen Ausweis könnte man nur mit einer festen Adresse erhalten.

Hab ich dir doch gesagt, meinte er triumphierend, Columbianu wird gar nichts regeln!

Und ich rief Columbianu an, der sagte, nein, Mann, das lassen wir nicht so, ich rede mit denen, und dann kriegen wir das schon hin. Aber ich war skeptisch, diese Sache konnte man nur auf einem dritten, unorthodoxen Weg regeln; und Columbianu, der Hipster-Rom, war selbst ein armer korrekter Typ, der von zwielichtigen Machenschaften, Deals und Salto mortale nichts hielt, sondern sich seine Karriere in kleinen Schritten aufbaute, sicher und umsichtig – und dieser Kumpel von ihm kannte die Gesetze, und es war einfach so, wie er sagte.

Und am Abend, als ich ihm zu essen gab, sagte er, du kannst nicht kochen, dieses Zeug esse ich nicht – und ich antwortete ruhig, na gut, Alberto, dann iss es nicht.

Er aß trotzdem, aber schimpfte immer weiter, verflucht sei der Tag, an dem ich in dein Haus gekommen bin, ich weiß nicht, was mit mir los war, dass ich dir geglaubt habe. Als ich das Geschirr in die Küche brachte, kam er hinter mir her und redete und redete, mir taten die Ohren weh, so viel konnte er reden, und ich sagte, du bist wie meine Oma, die rannte auch immer hinter dem Alten her und schimpfte den ganzen Tag, du bist zu nichts gut, du Dreckskerl, du hast nur immer Saufen im Kopf.

Die Sache ist die, dass er Angst vor der Leere hatte, und er war gewohnt, sie zu füllen, indem er immer mit jemandem redete – aber jetzt war er aggressiver als sonst, er hörte gar nicht mehr auf. Wenn er zum Beispiel sah, dass ich abwesend war und in Gedanken versunken, dann schwänzelte er um mich herum, und wenn ich nicht reagierte, wurde er böse, was bist du eigentlich für ein Mensch – nur, um mich zum Reden zu bringen und die Leere zu füllen.

Und um ihn zum Schweigen zu bringen, sagte ich, komm, wir gucken einen Film, Alberto, aber bitte nichts mit Van Damme, sonst werde ich verrückt – und wir versuchten drei Filme, aber keiner war ihm recht, so dass wir schließlich bei Terminator 2 landeten. Und er schrie, aber fass mich nicht an, ja? – bloß tat ihm der Rücken schlimm weh und er bat mich dann doch, ihn zu massieren.

Ich legte mich auf seine Beine, nachdem ich mit der Massage fertig war, und stieß ihn mit dem Ellenbogen an, damit er sich in die Ritze setzte. Und wie er so auf einer Seite saß, da legte ich den rechten Arm um seinen Bauch und sagte, Albaucho, was wächst denn hier? Ist es ein Junge oder ein Mädchen? Und er fing an zu lachen und sagte, was findest du bloß an mir? Ich hab keine Bildung, ich bin hässlich und dick; und ich sagte, du bist ein echter Mann, Alberto, nicht so ein Hungerhaken, auf dem man die Wäsche trocknen kann. Na, wenn ich ein Mann bin, dann leg einen Porno ein und ab an die Arbeit; und nachdem er mich gevögelt hatte, sagte er, du musst mich auch verstehen, Liebster, ich kann nicht ohne Geld in der Tasche in die Stadt gehen, was soll ich denn machen, soll ich wie ein Penner im Park rumrennen? So geht das nicht.

Am nächsten Tag ging es wieder von vorne los, ich will in die Stadt, ja? Gib mir 50, damit ich bisschen Taschengeld hab – und ich sagte, ich gebe dir 20, das reicht; und er sagte, was soll ich mit 20? Dafür kriegt man ne Pepsi, ich bin ein Gauner, Mann, ich mach mich lächerlich mit 20 Lei.

Und er fing wieder an, um den Tisch zu kreisen und an seinen Fingernägeln zu kauen; während er kreiste, sagte er, warum soll ich mit dir zusammen sein, kein Geld, kein Job – und Bier trinken gehen kann ich auch nicht mehr, ich muss immer Angst haben; ich bin Borcans Sklave gewesen, jetzt bin ich dein Sklave. Der machte wenigstens kein Theater wegen 20 Lei, der schickte mich mit hundert einkaufen und wollte nie den Rest zurück. Und Geld für Nutten hat er mir gegeben, er hat gesagt, hier, nimm 50, damit du auch mal was zu ficken hast, es ist nicht gut, immer nur zu wichsen.

Er ging unter die Dusche, komm mir nicht nach, sonst schlage ich dich, haben wir uns verstanden? – und während er in der Dusche war, dachte er sich Folgendes aus: Hör mal, sagte er, als er zurückkam, du gehst jetzt Geld holen und dann gibst du mir alles und ich hau ab. Ich kann mit dir nicht leben, ich habs satt, ich geh auf die Straße, damit dus weißt.

Ich war im Schlafzimmer am Rechner, und ohne vom Bildschirm aufzusehen, sagte ich, mach, was du willst, du bist über 18, aber von mir siehst du nicht mehr als 20 Lei.

Er setzte sich aufs Bett, stand aber nach fünf Sekunden wieder auf. Und während er seine langen Arme chaotisch hin und her schwenkte und mich schwermütig ansah, sagte er, du hast mir nur Unglück gebracht, weißt du? Du hast mein Leben zerstört, du hast mich aus meiner Familie gerissen und jetzt wirfst du mich auf die Straße. Was soll ich auf der Straße machen, ich hab kein Geld; du kannst mir in die Augen spucken, das wäre nicht schlimmer, denn zu meiner Familie kann ich nicht zurück, und ich muss doch was essen. Du wirst mich auf dem Gewissen haben, das ist alles wegen dir.

Er wusste, wie er seine Erpressertexte genau da platzierte, wo es wehtat, aber ich blieb bei meinem Nein; ich geb dir nichts, sagte ich mit dem Blick starr auf den Bildschirm gerichtet, du sagst immer nur Geld, Geld, Geld – aber wenn ich die Liebe deines Lebens wäre, dann würdest du mich nicht bis auf die Unterhose abziehen und mir das ganze Geld wegnehmen, dann würdest du auch mal ein Opfer bringen.

Und da drehte er den Spieß um, ich brauche dein Geld nicht, ich wollte dich auf die Probe stellen, mal gucken, wie großzügig du bist – und er fing an zu jammern, er hätte solche Sehnsucht nach seiner Familie, er hätte seine Schwester aus Ştefăneşti schon seit zwei Jahren nicht mehr gesehen. Und er würde auch gern mal am Bahnhof vorbeigehen und nach seiner Alten sehen; schlussendlich – ich sollte ihm 300 geben und die restlichen hundert behalten, er würde zuerst seine Alte am Bahnhof besuchen und dann seine Schwester – und wäre dann morgen oder übermorgen zurück.

Meine Aggressionen fließen komplett ins Internet, da bin ich böse wie eine Frau am Telefon, in der echten Welt kann ich nicht streiten und hasse es, das zu tun; außerdem war ich in der Beziehung zu Alberto der Unterlegene, und das bedrückte mich, es war wie eine Art Konditionierung.

Ich glaubte keine Sekunde, was er da brabbelte; Alberto, unterbrach ich ihn, du wirst nicht bis zu deiner Schwester kommen, du wirst in der ersten Kneipe mit Automaten Halt machen und das Geld auf den Kopf hauen, und heute Abend wirst du mich anrufen und sagen, du würdest das nie mehr im Leben tun.

Aber er war nicht gewillt, irgendetwas davon zu hören, und blieb bei seiner Meinung, er würde mich schlagen, wenn ich ihm kein Geld geben würde, dass ich sein Leben zerstört hätte und dass ihn der Teufel holen sollte, wenn er nicht zu seiner Schwester gehen würde – so dass ich schließlich verzweifelt und masochistisch sagte, gut, Alberto, dann machen wir das jetzt so. Ich geb dir 300 und wenn du zurückkommst, dann kümmerst du dich selber um deine Zigaretten und das Bier, dann bittest du mich um nichts mehr, Bruder.

Ich hob das Geld ab, gab ihm 300 und er zog ab.

Zu Hause fing ich an, durch die Wohnung zu rennen, ich konnte mich nicht beruhigen; ich steckte den Kopf zum Fenster raus – aber es nieselte und die Straße war menschenleer. Und als ich die nassen Blätter der Pappeln betrachtete, die den Raum zwischen den Wohnblocks begrünten, dachte ich abwesend, als wäre von jemand anderem die Rede, dass die Dinge rasend bergab gingen, und ich wusste nicht mehr, was zu tun war, was der nächste Schritt sein könnte.

Ich hatte gehofft, dass er die Sache mit Columbianu bis zum nächsten Tag vergessen haben würde – aber nein, er hatte es nicht vergessen; er glaubte nicht mehr, dass ich groß und stark war, ich war nicht mehr seine Luxuspuppe aus dem Schaufenster, sondern, keine Ahnung, die inzwischen platte aufblasbare Frau, die schmutzig neben dem Bett lag. Ohne Geld, ohne Perspektiven ging es mir so elend wie jedem anderen auf der Straße.

Und das Traurige war, dass ich keine Ahnung hatte, was ich noch hätte tun können, was ich noch aus dem Hut hätte zaubern können, um das löchrige Dach zu flicken.

Nach einer Stunde rief ich ihn an und er ging nicht ans Telefon – und ich war sicher, dass er an den Automaten hing.

Was mach ich jetzt, dachte ich, das Geld ist hinüber und ich kann auch kein neues auftreiben, ohne mir was zu leihen; für Zigaretten geht das meiste Geld drauf, also werde ich erstmal dieses Problem angehen. Jemand aus dem Zentrum hatte mir die Nummer eines Typen gegeben, der Tabak für 50 Lei das Pfund verkaufte; ich rief ihn an und traf ihn an der Piața Sudului in Berceni. Es war eine riesige Tüte, zugeschnürt und voller Tabak.

Nachdem ich Filter und Blättchen in der Mall gegenüber gekauft hatte, blieben mir noch 25 Lei – und ich dachte, ach komm, die mach ich jetzt im Boieru alle, wie in den guten alten Zeiten, wir haben nur ein Leben und ein Loch im Arsch.

Als ich ins Boieru kam, hatte der Regen gerade aufgehört. Auf der Terrasse war bloß ein Tisch von ein paar Sandlern besetzt, die sich amüsierten, indem sie ein Straßenkind von sieben oder acht Jahren abfüllten, es war barfuß, hatte schmutzige Füße und trug kein Hemd; am Anfang gaben sie ihm Bier – und dann, weil der Junge stur auf den Beinen blieb, fingen sie an, ihm Kognak einzuflößen. Als ich in die Bar kam, tanzte er wie verrückt zur Musik aus dem Fernseher; dann fing er an hinzufallen, und einer der Jüngeren setzte ihn auf einen Stuhl. Der Junge schlief mit dem Kopf auf dem Tisch ein, der Jugendliche, der ihn auf den Stuhl gesetzt hatte, kitzelte ihn mit einem Grashalm am Rücken und am Hals, der kleine Junge schlug im Schlaf nach dem Halm wie nach einer Fliege – und die Sandler lachten, dass sie fast umfielen.

Ich legte die Tabaktüte auf den Tisch und drehte mir eine Zigarette; der Tabak war schrecklich, reines Heu, bitter und kratzig, aber ich inhalierte gierig, es war meine erste Zigarette seit drei Stunden. Die Sandler glotzten mich an – sie glaubten ganz sicher, das wären Drogen. Das war mir ständig passiert, als ich mit Hendrik unterwegs war, der nur Selbstgedrehte rauchte; die Leute guckten uns ungläubig an, komm, ich dreh dir auch eine, sagte ich – aber die Älteren lehnten ab; manchmal nahm ein Sandler seinen ganzen Mut zusammen und sagte, na komm, mach mir eine, wenn du meinst, das wär Tabak, aber beim ersten Zug rief er enttäuscht, ey, das ist doch Tabak, Bruder – und wir lachten, hab ich ja gesagt, dass es Tabak ist.

Florică wuselte neugierig um mich herum; als er im Ausland war, hatte er nur losen Tabak geraucht, so dass sich für ihn nicht die Frage stellte, ob es etwas anderes war; er sagte unschuldig, dreh mir auch eine von deinen Fluppen – und nach dem ersten Zug spuckte er aus und warf sie auf den Boden, sowas kann ich nicht rauchen, schmeiß das weg, so ne Scheiße.

Als ich so weit war, Florică einen Kognak auszugeben und ihm zu sagen, hol dir den Stuhl ran, ich will dir was erzählen, sprach mich ein Arbeiter an, der an einem Tisch allein sein Bier trank, ich sollte ihm auch eine drehen. Er war ein Mann um die 25, groß und gut gebaut, gut gekleidet – mit gerade geschnittenen Jeans und einem rosa Poloshirt, über dem er eine schwarze Weste voller Taschen trug.

Ich drehte ihm eine Zigarette und der Mann zog kräftig daran, während er sie zwischen Daumen und Zeigefinger hielt; er erzählte mir, dass er ein Jahr in Spanien gearbeitet hätte, auf dem Bau – und dort hätte er von den Kollegen gelernt, Zigaretten zu drehen.

An einem anderen Tisch saß ein Wachmann in Uniform und Stiefeln – und der meinte, er würde sowas ums Verrecken nicht rauchen.

Der Arbeiter unterbrach ihn abfällig, Ruhe, Mann, du hast keine Ahnung. Er hatte ein Jahr lang in Spanien gelebt – und war nach der Krise zurückgekommen; aber, sagte er, es täte ihm nicht leid, denn in Rumänien würde er auch tausend Euro im Monat verdienen, und das Leben wäre viel billiger, von dem Geld könnte er die Hälfte zur Seite legen, ohne auf irgendwas zu verzichten, selbst wenn er sich alle Wünsche erfüllen würde. Er wäre nicht wie die anderen, er würde sich nicht alles vom Mund absparen, er war jung und wollte sein Leben genießen. Die hier im Ferentari, die Armen, gestand er mir, die wissen nicht, was im Zentrum los ist, die glauben, der Spaß in dieser Stadt würde bei den Musikanten im Wirtshaus enden.

Er war eitel, er wollte mir zeigen, dass er anders war, dass er in einer anderen Liga spielte. Er hatte es nicht so mit Manele, er ging ins Bamboo, wo allein die Reservierung schon hundert Euro kostete; und einmal, sagte er, wäre er in einem Swinger-Club auf der Dorobanți gewesen – wenn man da ohne Partnerin reingeht, kostet es 500 Euro; und er hätte gezahlt, er wäre neugierig gewesen. Man ging nackt rein, und es war unmöglich, nicht mit irgendwem Sex zu haben, im Club waren eine Menge Animateurinnen. Man ließ alles am Eingang, vor allem das Handy, die Paparazzi wären dafür gestorben, da Fotos zu machen. Die besseren Leute gingen dorthin, und er hätte auch einen berühmten Fußballer von Steaua gesehen – und der Mann wäre überhaupt nicht hochnäsig gewesen, er hätte ihm die Hand geschüttelt und ihm so nackt ein Autogramm gegeben.

Bravo, Mann, stimmte ich ein, man merkt, dass du anders bist als die anderen hier. Du bist deine tausend Euro wert. Ich dachte, er würde mir ein Bier ausgeben, denn meins und seins waren fast alle – aber er tat es nicht.

Und nachdem er sich selbst noch eins bestellt hatte – ja, allerdings, die bin ich wert, ich arbeite wie ein Irrer.

Er würde noch immer in Malerarbeiten machen, er verputzte, war Fliesenleger und Installateur, jedenfalls brüstete er sich damit, er wäre der Vertrauensmann vom Baustellenleiter, und mit 12–13 Stunden Arbeit am Tag, sechs oder sieben Tage die Woche, würde er 3.000–4.000 Lei rausholen.

Mir ging es gut, die ganze Sache erinnerte mich an die Zeiten, als ich Single gewesen war und keine Probleme am Hacken hatte, ich kam, hörte mir Geschichten an und am Ende – Tschüss, Jungs. Als ich herzog, kam es mir so vor, als wären die Ferentarier völlig selbstverliebt und könnten nicht zuhören, als wäre das eine stigmatisierte Sache; aber dann sah ich etwas genauer hin – sah mir meine Cousine in Hermannstadt und meine Arbeitskollegen an – und ich entdeckte, dass nur wenige Leute gut zuhören können und sich alle selbst loben, wenn auch nicht immer so offensichtlich und ganz so naiv. Im Ferentari sagen die Leute, ich hab Geld, ich bin ein Gauner, ey, oder, echt jetzt, ich bin stark, was? In meinem Geburtsort Hermannstadt tun die Leute es umständlicher, dieser Job bei Continental macht mich echt fertig, oder ich fahr in meinem ganzen Leben nicht mehr nach Österreich, der Service dort ist ja unter aller Kanone – aber im Grunde verspüren alle die Notwendigkeit, mit ihren Erfolgen anzugeben. Das hat nichts mit Ghetto zu tun; das Symptom heißt einfach Prahlerei, das ist das ganze Geheimnis.

So viel?, ich tat so, als wunderte ich mich, ich dachte, beim Bau wären die Preise gefallen.

Er goss sich zufrieden Bier ins Glas, nahm einen tiefen Schluck und nachdem er sich den Mund abgewischt hatte –

die sind gefallen, aber nicht für diejenigen mit Grips im Kopf. Es sieht schlecht aus in den Orten außerhalb der Stadt, in Glina, Voluntari, Ştefăneşti, die sind tot und selbst ein Pope kriegt die nicht mehr lebendig. Aber was in der Stadt gebaut wurde, hat die Krise überstanden und es geht vorwärts. Er arbeitete an einem Gebäudeensemble in Sălaj, und drei Viertel der Wohnungen waren schon verkauft; eine Wohnung mit zwei Zimmern kostete 35.000, also quasi nichts verglichen mit den Preisen im Rest der Stadt.

Neben Papa Nuţu?, fragte ich. Ich kannte die Gegend, gleich neben Nuţus Ranch, aber auf der Seite der Piaţa Pucheni. Es war ein Ensemble mit sechs zehnstöckigen Blocks, von denen drei fast fertig waren.

Ja, da, antwortete er, das Ensemble, um es mal so zu nennen, gehört zu einem Investmentfond, den ein sehr bekannter Bukarester Anwalt ins Leben gerufen hat, er hat das Grundstück von Nuţu gekauft … Ich könnte noch mehr erzählen, fügte er hinzu und wies mit dem Kopf auf einen Wachmann, aber der ist ja hier.

Wer, Mann?, regte sich der Wachmann auf, ich? Was glaubst du eigentlich, ich war auch in der Brigade. Aber jetzt bin ich ruhiger geworden, Bruder, ich hab kleine Kinder – ja was jetzt, würdest du für mich ins Kittchen gehen?

Halt deinen Mund, Mann, antwortete der Proletarier lustlos. Die Arbeiter haben nichts gegen Gauner oder Sandler – aber Wachmänner können sie nicht leiden. Im Zeicani gibt es nach einem Glas zu viel dauernd

Streitereien – die Arbeiter, vor allem die gelernten, hassen die Wachmänner, weil sie nichts können und auch nicht vorhaben, etwas zu arbeiten, sie vegetieren auf Mindestlohn dahin.

Siehst du nicht, wandte er sich wieder mir zu, dass der Ferentari voll ist mit Verrätern und verdeckten Ermittlern? Willst du, dass ich dir sage, warum? Mir hat mein Chef die Augen geöffnet; es gibt ein großes Gerangel um den Ferentari, Scheiße, Mann, die wollen das Viertel von Gaunern und Armen säubern; die sind nicht blöd, hat der Besitzer meinem Chef gesagt, die Stadt will die Ghettos abreißen und die Junkies da rausholen, denn die Armen, die haben eh keine Grundbücher und Papiere, die haben gar nichts. Die Immobilienhaie haben ein Auge auf den Ferentari geworfen, fuhr er fort, er ist nah am Zentrum und der Quadratmeter kostet nur halb so viel wie sonst in Bukarest; eine alte Zweizimmerwohnung kostet 20.000 Euro, Angebote für Einzimmerwohnungen in der Stadt gehen erst bei 30.000 los. Jetzt guck dir an, es gibt zig Quadratkilometer Industriegebiet und da wird wie verrückt abgerissen. Überall werden die Straßen asphaltiert, wird die Kanalisation ausgebaut und Gas verlegt. Warum, kannst du mir das sagen, warum? Aus Mitleid mit den Armen? Die Armen gehen denen am Arsch vorbei – die Immobilienhaie haben große Grundstücke gekauft und warten darauf, dass die Stadt die Viertel säubert, damit die Leute keine Angst mehr haben, sich hier eine Wohnung zu kaufen. Warte nur ab und dann wirst du sehen, wie die Preise im Ferentari hochschießen.

Danach ging er mit dem Wachmann weg und ich konnte Florică endlich einen Kognak ausgeben; ich sagte, komm ran, ich will mit dir reden. Ich wusste nicht, wo ich anfangen sollte, und fiel mit der Tür ins Haus, seit einem Monat hab ich eine Beziehung mit diesem Typen, Alberto, jetzt ist er mit meinem letzten Geld zu den Automaten – und Florică winkte verärgert ab, Adi, erzähl mir sowas nicht, das ist eure Sache; und ich sagte, Florică, was bist du eigentlich für ein Freund? Bist du nur für mich da, wenn es mir gut geht? Ich will kein Geld von dir, Bruder, ich will nur, dass du mir sagst, was ich tun soll.

Und bei der Sache mit dem Geld fühlte sich Florică angegriffen und zog den Schwanz ein und hörte sich alles von vorne an, dass ich ihn aus dem Hofstaat des betrügerischen Cousins gefischt hatte, dass ich mit ihm mein Geld durchgebracht und Schulden gemacht hatte; am Ende sagte Florică, ich versteh echt nicht, was du dir dabei gedacht hast, als du ihn zu dir ins Haus geholt hast, was hast du mit so einem Dummkopf wie dem zu tun, merkst du nicht, dass der nur Grütze im Kopf hat?

Und ich sagte, lass mal, sag mir lieber, was ich tun soll, damit ich aus dem Schlamassel rauskomme, ich bin mit tausend Lei im Minus. Florică hat das Talent, in die Köpfe der Menschen zu blicken oder jedenfalls tief ins Unbewusste, und er verstand sofort, was ich mir in meiner moralischen Geradlinigkeit niemals eingestanden hätte – und er sagte, so leicht wirst du den nicht los, er hängt an dir und ist verzweifelt und jetzt hast du ihn am Hals. Dann fragte er mich, ist deine Tür aus Holz oder aus Metall?

Aus Metall.

Dann ist es ja leicht, du schickst ihn mit Geld zu den Automaten und währenddessen tauschst du das Schloss aus und redest mit dem Besitzer und dem Hauswart, du gibst jedem 50 und sagst, du würdest für eine Woche wegfahren, aber du hättest kein Vertrauen, den Typen allein in der Wohnung zu lassen, die sollten ihn rausschmeißen. Und dann nach ein paar Tagen kommst du zurück.

Das geht nicht, Floricǎ, ich häng an ihm, so was Schreckliches kann ich ihm nicht antun.

So wie dus machen willst, geht es auch nicht, Adi, mit dem Schwanz in der Möse und gleichzeitig mit der Seele im Paradies – und dann schwieg er und betrachtete eingehend seinen Kognak. Erinnerst du dich, nahm er den Faden wieder auf, als du mich angerufen hast und dir Geld für Zigaretten borgen wolltest? Was hab ich da zu dir gesagt, erinnerst du dich? Ich habe gesagt, ICH HABE KEINS – obwohl, was sind schon 15 Lei? Ich hätte den Chef anrufen können und ihn fragen, ob ich dir aus der Kasse was geben könnte; aber ich habs nicht gemacht, denn es war merkwürdig, dass du so weit warst, dir im Ferentari was zu borgen, ich hab gesagt, irgendwas ist mit diesem Jungen nicht in Ordnung, entweder ist er jetzt auf Drogen oder er sitzt in der Scheiße, also besser, ich halte meine Wange nicht für ihn hin – und hehe, du kannst nicht behaupten, ich hätte nicht den richtigen Riecher gehabt … Vielleicht hast du dich damals geärgert, aber so macht man das, wenn man noch bei

Trost ist und jemand, dem man nicht vertraut, Geld von einem will: Man sagt, ICH HAB NICHTS, auch wenn man was hat. So musst du das auch machen, du musst dir schwören, dass du ihm kein Geld mehr leihst, und dass du dir diesen Jungen beiseitenimmst: Mann, sagst du ganz nett zu ihm, ich hab kein Geld mehr, und ich kann mir auch keins mehr leihen. Dein Junge ist eine Nutte aus dem Gefängnis und da hat er das gelernt, wie die Nutten handelt er nur im eigenen Interesse; und was machen Nutten, wenn kein Geld mehr fließt? Na? Weißt dus? Willst du, dass ichs dir sage? Es ist ganz einfach, Bruder, sie ziehen Leine.

Gegen acht rief Alberto an, äääh, ich bin auf der Polizeistation 24, äääh, komm und hol mich raus, ich hab keinen Ausweis, ich hab gar nichts.

Er hatte in Wirklichkeit noch zehn Lei übrig; er war auf ein Bier in die Bar am Flohmarkt an der Luicastraße gegangen, eine fensterlose Halle, modrig wie eine Höhle, und dann war er nicht eher von den Automaten weg, bis er alles verspielt hatte.

Ich war so genervt, ich kanns dir gar nicht sagen, fuhr er fort, neben mir war einer, der hat fünf Lei eingeworfen und 200 rausgekriegt, verstehst du? Er hatte den guten Automaten erwischt. Und als ich noch zehn Lei hatte, sagte ich, hey, Mann, lass mich auch mal an deinen Automaten, und der – hau ab, Mann; und aus Ärger, zack, hab ich auf einen Knopf von seinem Automaten gedrückt. Der Blödmann hat mir den Handrücken über die Fresse gezogen und vor Wut hab ich ihm eine verpasst und er ist hingefallen. Die Frau an der Bar hat die Polizei gerufen und die Polizei hat mich mitgenommen; jetzt saaag schon, kommst du mich rausholen? Komm, Maaann, die stecken mich sonst hinter Gitter.

Aber es war nur Bluff, er war nicht von der Polizei geschnappt worden. Und als er bei mir auftauchte – ich machs nie wieder, Bruder, ich schwöre, das war das letzte Mal, dass ich Geld in nen Automaten gesteckt hab, ich soll verrecken, wenn ich nochmal einen Automaten anfasse, so, ich bin jetzt vernünftig.

Lass mal, Alberto, sagte ich, scheiß auf das Geld, wir sollten einfach glücklich sein … Weil er mir egal war, juckte es mich nicht mehr, was er mit seinem Leben machte; in meinem Kopf war jetzt Ruhe, ich konnte Licht am Horizont erkennen, die Möglichkeit, ihn loszulassen.

Sandler und Schwanzlutscher

Am Morgen sagte ich zu ihm, es gibt kein Geld mehr, Alberto, kriegs selber hin mit den Zigaretten – und er sagte, ich geh auf die Straße, welche besorgen; dann rief er mich alle halbe Stunde an, um mir zu sagen, ich bin auf dem See und guck ins Wasser; ich bin auf dem Markt beim Progresul und hab eine Zigarette. Und ich dachte mir, Bruder, ich könnte schnell meine Sachen packen, einfach schnell nehmen, was mir in die Finger kommt, und abhauen; ich mach drei Säcke mit Zeug voll, rufe ein Taxi und bin von der Bildfläche verschwunden – und wenn Alberto zurückkommt, ist die Wohnung leer. In meiner Panik wurde diese Alternative ziemlich real, was zum Henker mach ich mit dieser Katastrophe von Mensch? Ich dachte fieberhaft nach, nehm ich dies oder das, scheiß auf die Klamotten, was zählt, sind die Papiere und die Elektronik, nicht dass ich davon was vergesse – scheiße, ich lass ihn einfach auf dem Trockenen sitzen, Alin muss es selber hinkriegen, ihn rauszuwerfen, soll er die Polizei rufen, seine Sache, er ist der Besitzer.

Aber ich machte gar nichts, die Zeit verging, während ich im Kopf den Fluchtplan zu Ende dachte. Um sechs rief er an, er würde zurück nach Hause kommen, er könnte in der Stadt ohne Geld nichts machen – und ich sagte, gut, Alberto, komm nach Hause. Er erschien mit vier Zigaretten, entfernte mit den Zähnen die Filter und steckte sie halbiert wieder zurück; wir teilten sie uns. Wir hatten nur noch etwas Suppenhuhn im Kühlschrank, das wir brieten, und er sagte, sehr gut, ich mag es, die Knochen abzunagen, und erklärte sich danach für satt.

Am nächsten Tag gegen zwölf, als Alberto unterwegs war, um Zigaretten zu besorgen, rief mich Floricā an, kannst du alleine in die Bar kommen? Es geht um deinen Gauner. Ich fragte, wann ich kommen sollte, und er sagte, gleich jetzt, aber guck, dass du bisschen Geld bei dir hast.

Wie viel? Wenigstens 50 Lei.

Floricā, jammerte ich, ich hab kein Geld, ich muss erst in die Stadt, mir welches leihen, vielleicht eher nach zwei; es folgte eine Pause von einer halben Minute und dann sagte Floricā, gut, dann um drei, aber komm nicht zu spät.

Ich lieh mir hundert – und als ich in den Ferentari zurückkehrte, saß Floricā auf der Terrasse am Tisch mit einem Typen in Trainingsanzug und Schlappen und mit alkoholtriefenden Augen.

So, stellte Floricā uns vor, dieser gute Junge kennt deinen Genossen aus dem Knast. Ich sag mal, ihr solltet reden, also kommt rein, nach hinten in den Raum, da stört euch keiner; mir kannst du einen Alexandrion spendieren und diesem Mann hier ein Bier nach seinem Wunsch.

Es nieselte und ein kalter Wind pfiff, aber drinnen war es warm und sauber wie in einem Nest; an der linken Wand flackerten Kerzen an einer chinesischen Ikone der Jungfrau Maria leise und absurd vor sich hin –

absurd, weil ich diesen Raum mit dem Winter und den Feiertagen assoziiere, mit dem Ofenrohr in der Ecke, mit dem Fernseher, auf dem in minimaler Lautstärke Kanal D läuft, und mit ein paar Gästen, die an den Tischen flüstern.

Florică hatte einen Tisch für uns vorbereitet, und bevor er wieder auf die Terrasse ging, sagte er zu dem Typen, sag ihm, was du mir vorhin gesagt hast, rede keinen Quatsch. Nachdem er gegangen war, stießen wir an, wir tranken jeder einen Schluck Bier, und ich glaube, für eine Minute, wenn nicht länger, schwiegen wir verstockt, ohne uns in die Augen zu sehen.

Ich kenn deinen Kumpel aus dem Knast, brach der Mann die Stille, hast du Geld?

Ich hab insgesamt 70 Lei – und der Typ sagte, gib mir 50. Und als ich ihm das Geld hinstreckte, sah ich, dass er unter dem schütteren Bart, versteckt unter Spuren von Windpocken, eine Narbe hatte, einen Schnitt, der ihm über den gesamten ausgemergelten Kiefer bis hoch zum Wangenknochen reichte.

Dein Kumpel, fing er an, war im Knast ein Schwanzlutscher.

Ich weiß, ich nickte, er hat mir erzählt, dass er der Chef der Schwulen war und sich das Leben so versüßt hat.

Und er fing an zu lachen, ihr Chef? Vielleicht ihr Blödmann, Kugelchen war groß und fett und die Konkurrenz hart: Es gab andere, jüngere und echte Schwule, die richtig Talent hatten, man hätte schwören können, das wären Mösen – aber guck dir Kugel an, das ist ein Riesenmann, was soll nem Gauner an dem gefallen? Für zwei Zigaretten ließ er sich ficken und es gab noch eine Massage dazu. Sein Trick war, sich an die Gauner ranzuschmeißen, mit dir mach ichs gratis, ich hab dich lieb, so einen Großen und Starken wie dich habe ich noch nie gesehen – aber wer soll so einen Scheiß, entschuldige bitte, von einem Schwulen fressen? Hau ab, du Nutte, sagten die, und gaben ihm eins aufs Maul. Er bettelte, gib mir zwei Zigaretten, dann halt ich still und du darfst mit mir machen, was du willst; und die Gauner sagten, hau ab, du Weichei, du stehst uns im Licht – und dann machten sie sich einen Spaß draus und schlugen ihn, wenn sie sich langweilten.

Und weil es ihm so vorkam, als würde ich ihn nicht verstehen, sagte er, wie soll ichs dir erklären? Es gibt Schwule mit Talent und Nulpen, die nichts checken, die gewöhnen sich da dran, dass die Gauner sie für blöd verkaufen. Da war so ein armer Typ aus Poarta Alba, ein Schäfer hatte den als Kind seiner Mutter weggenommen und ihn zu seinem Sklaven erzogen; der Mann schlug ihn und polierte ihm die Fresse – und so lange hat er ihn geschlagen, bis der verrückt wurde; eines Tages betrank er sich und brachte den Schäfer um, er schlug ihm mit einem Knüppel den Kopf ein … Was soll einer, der nur Schafe kennt, sich im Knast auskennen? Es gibt eben die Becalis und Dorfdeppen; der Arme, der zog den Kopf ein wien Rind unterm Joch und hielt still, man konnte mit dem machen, was man wollte – und wenn man so leidet, das nagt an einem, wenn man immer der Dumme ist, die lassen einen alle möglichen Sachen machen, die Tage vergehen langsam und die Jungs lachen gerne über Idioten, sie wollen sich amüsieren.

Aber, fuhr er fort, dein Kugelchen ist jetzt nicht wie dieser arme Schlucker, bisschen Gaunerei hat er aufgeschnappt, als er im Knast war – aber er ist auch nicht grade eine Leuchte. Der Schäferjunge hielt beim Ficken still wie eine Kuh, der zog den Kopf ein und war still; deiner hatte bisschen was gelernt von den Schwulen, er hat gestöhnt, hat mit dem Arsch gewackelt – oder wenn die Gauner sich langweilten, zog er eine Show ab; was weiß ich, als er jünger war, hat er wohl eher den Jungs seinen Arsch hingehalten – aber als ich ihn kennenlernte, ließen die Gauner ihn immer seine Show abziehen, er sollte tanzen und damit verdiente sich Kugel seine Zigaretten; für zwei Zigaretten durften ihm die Gauner einen Besen in den Arsch stecken, einer hielt sich das Ding vor den Schritt und Kugel stieß gegen den Besenstiel, ja, gibs mir, gibs mir, ich halts nicht mehr aus, das ganze Programm hat dieser Idiot abgezogen.

Du weißt nicht, wie es da ist, ohne Alk, das kriegt jeder Säufer vom Bahnhof noch so hin – aber ohne Zigaretten, nein, du hast keine Ahnung, was ein Mensch für eine Zigarette tut. Einmal packte einer aus dem Zimmer Kugel an den Schultern und gab ihm eine Flasche, von der Farbe her wie Kognak; er sagte, wenn du die in einem Zug ganz austrinkst, dann kriegst du ein Päckchen Zigaretten von uns – wenn nicht, dann hast du verkackt; na, Kugel, bist du dabei? Und der Idiot stieg drauf ein; aber statt die

Pisse auszuspucken, trank er die ganze Flasche, um sein Päckchen Zigaretten zu kriegen.

Sowas machte er auch noch, als Borcan im Knast auftauchte; der hatte Geld und war sofort der Chef vom Zimmer – und als der sah, was sein Cousin da trieb, wurde er so richtig wütend; er hat ihn windelweich geprügelt, hat mit den Wächtern geredet, sie sollten ihn auf sein Zimmer verlegen, und den Gaunern sagte er, sie könnten Alberto ab jetzt nicht mehr hintern Paravent zerren, das wäre sein Mann. Nur den, der ihm die Pisse zu trinken gegeben hatte, den hat Kugel noch rangenommen, Borcan hat zu ihm gesagt, der soll dir hier einen blasen, vor allen anderen; und am Ende hat er zu ihm gesagt, jetzt schluck das Zeug, du Arsch.

Ansonsten war Borcan ruhig und schweigsam, außer wegen der Sache mit seinem Cousin hat er sich mit niemandem mehr angelegt, er saß den ganzen Tag mit der Fernbedienung vor der Glotze und ließ sich von seinem Cousin massieren. Auch Kugel wurde ruhiger, weil Borcan ihn mit Zigaretten versorgte, indem er seine Päckchen mit ihm teilte. Wie du siehst, ist der Idiot aus einer Gaunerfamilie; darum hat ihn Borcan im Gefängnis nicht mehr ficken lassen, weil der seine Familie lächerlich gemacht hätte … Nach einem Jahr kam Kugel raus und sein Cousin blieb noch, ich weiß nicht wie lange, ich bin dann auch rausgekommen.

Während ich mit dem Typen redete, kam Florică höchstens an unseren Tisch, um Bestellungen aufzunehmen – ansonsten saß er draußen am Tisch mit den Sandlern. Am Ende nahm er mir fünf Lei ab, sein Schmiergeld.

Und nach diesem Gespräch hatte ich auf einmal schreckliches Mitleid, so schrecklich, dass ich auf der Straße anfing zu weinen, er wurde als Penner geboren und würde als Penner sterben, egal, wie sehr er mit den Fäusten wedelte und sich als Gauner aufführte; und ich weinte darüber, dass die 14 Jahre unter den Unberührbaren, der niedrigsten Kaste im Knast, diejenigen, die fegen und Schwänze lutschen, ihm jede Aggressivität ausgetrieben und ihn total gehorsam gemacht hatten; dass er so unreif war, dass keine Frau sich je mit ihm zusammengetan hatte, außer einer Minderbemittelten am Bahnhof; sein Gehirn ist durch den Knast so schrecklich Matsche und hinüber, dass es sich nur beruhigt, wenn er es, wie die Behinderten, die sich in den Pflegeheimen hin und her wiegen, mit repetitiven Handlungen fixierte, zehn Stunden an den Automaten oder auf dem Taraf-Sender, wo der Hit des Tages jede Viertelstunde wiederholt wird.

Und wehmütig wurde mir klar, dass ich nicht einfach abhauen konnte, weil er nicht alleine zurechtkam, und zwischen mir und ihm war bereits ein Gespinst von Sorgen gewebt, das man unmöglich von einem auf den anderen Tag würde lösen können; wenn ich das täte, dann würde mich das schwer beschäftigen und bis aufs Blut wundreiben: Ich habe ihn aus einer stabilen Situation herausgenommen und meinen Spaß mit ihm gehabt, und als ich die Nase voll hatte, habe ich ihn auf die Straße gesetzt; denn wie die Gefangenen sagen, und wie der Philosoph sagt, die Welt besteht aus Taten und da kommt keiner raus … Ich konnte es einfach nicht tun, so wie ein Vater nicht so verzweifelt sein kann, seinem Kind am Bahnhof ein Eis zu kaufen, dann zu sagen, warte mal fünf Minuten auf mich beim Gepäck – und dann für immer zu verschwinden.

Also gut, dachte ich, wenn ich das nicht kann, was bleibt mir übrig? – und ich tat, was ich am besten konnte, ich gewährte mir Aufschub, indem ich mir Geld lieh.

Ich rief den Jungen aus der Nähe von Bukarest an und log, ich hätte bei einem Dieb im Viertel ein Samsung Galaxy für nur 600 Lei gesehen. Manchmal liehen wir uns Geld, er bat mich um welches, wenn seine Familie im Ausland zum Betteln war, und ich, wenn mein Stipendium zu spät kam. Ich sagte, ich brauche 400, und er antwortete, so schnell kann ich dir nur 250 geben, und ich sagte, das ist auch gut, geh zur Bank und überweis es mir; und er antwortete, erst morgen früh; und ich sagte, Scheiße, morgen früh ist auch gut.

Bis dahin hatte ich noch genau sieben Lei, davon zwei Lei in 50-Bani-Münzen. Sieben Lei bedeuteten zwei Bier im Boieru und ich ging schnurstracks zu Florică, damit er mir moralisch beistand.

Seit ein paar Stunden hatte es aufgeklart, die Sonne brannte und Dampf stieg aus den schmutzigen Pfützen voller Zigarettenstummel und Papierfetzen; unter der marineblauen Markise auf der Terrasse war es heißt und stickig wie in einem Gewächshaus geworden.

Florică empfing mich triumphierend – weißt du jetzt, was dein Mann für ein Irrer ist?

Ich setzte mich auf einen Stuhl neben den Ventilator mit dem eiskalten Nebel; er drehte sich um 180 Grad und jede Minute behauchte er mein Gesicht und meine Arme mit einem Strom kühler Luft.

Ich sagte, wieso Irrer, er ist richtig arm dran, er hat Glück gehabt mit seinem Cousin, dass er ihn von der Straße geholt hat, sonst wäre er obdachlos und schon längst gestorben. Er hat sich an mich gehalten, weil er dachte, ich wäre groß und stark und hätte viel Geld. Also, lieber Florică, ich kann mich nicht dazu durchringen, ihn wegzujagen, ihn auf die Straße zu setzen, sein Cousin nimmt ihn nicht zurück, und wegen mir landet er wieder auf der Straße und macht Unsinn.

Das sind also deine Sorgen?, sagte Florică und zog einen Stuhl an meinen Tisch, hat er dir nicht schon genug Geld abgeknöpft?

Und weil ich niedergeschlagen den Kopf sinken ließ, weil Borcan ihn nicht aufnahm, sagte er, doch, er nimmt ihn zurück, der gehört zu seiner Familie und Blut ist dicker als Wasser.

Florică besitzt einen eisernen Optimismus – das ist angenehm, aber nicht immer nützlich; man muss zweimal drüber nachdenken, was er da sagt, zu wie viel Prozent das klappen kann und die Welt dazu bringen wird, sich tatsächlich weiterzudrehen.

Würde er ihn zurückhaben wollen, woran ich zweifelte, dann hätte er meine Nummer, weil Alberto ihn von meinem Handy angerufen hat, und meine Nummer war jetzt bei ihm gespeichert. Vielleicht freute er sich auch, ihn los zu sein, Alberto war ja ein zusätzlich zu stopfendes Maul im Haus.

Er nahm einen Schluck Kognak, hielt inne, wog ab – und am Ende sagte er, glaube ich nicht, die Leute hier kennen dich als Journalisten; der lebt auf Kosten einer Hure und im Verborgenen, er kann keine Journalisten gebrauchen, die wissen, wer er ist. Du bringst hier manchmal Fremde rein, berühmte Leute, und dieser Gauner weiß nicht, was du für Rückendeckung hast, wer du bist.

Und ja, vielleicht hatte Florică da etwas Richtiges gesagt, die auf der Zeicani waren fast umgefallen, als ich einmal mit einer Japanerin in die Bar gekommen war – die ungefähr zwei Wochen nach dem Ausflug in den Ferentari in allen Boulevardblättern und auf allen hier im Viertel beliebten Skandalsendern auftauchte – und die Leute von der Zeicani, die nicht viel begreifen, hatten vielleicht Borcan darüber informiert ... Die Frau hatte eine hübsche Geschichte, bei einem Ausflug nach Rumänien hatte sie einen Manele-Musiker kennengelernt, ihn geheiratet und mit nach Japan genommen. Aber der surfte den ganzen Tag im Internet und sah sich Autos an oder hörte Salam auf maximaler Lautstärke, er sagte ihr zwar, ich liebe dich, mein Leben, für dich tue ich alles – aber er rührte keinen Finger, um irgendwo Arbeit zu finden; ihr kam sein Verhalten so merkwürdig vor, dass sie nach der Scheidung eine Doktorarbeit in Anthropologie schrieb, über Manele, an einer Universität in Tokyo – und als sie nach Rumänien zurückkehrte, ging sie zum Boss der Manele-Industrie, Dan Bursuc. Der ist mit allen Wassern gewaschen und schlägt aus allem und jedem Profit; der roch die Möglichkeiten, die sich boten, und umgarnte sie so kunstvoll, dass er die Doktorandin überredete, sich auszuziehen und in einem freizügigen Clip mit lauter Frauen im Badeanzug mitzuspielen.

Weißt du nicht, was Nuţu und Mircea Nebunu passiert ist?, fuhr er fort, die wollten Ruhm, wollten auf sich aufmerksam machen – und jetzt sitzen sie im Gefängnis, die sind Fernsehstars gewesen, und jetzt können sie keinen Schritt mehr tun, weil die Polizei sie beobachtet und sämtliche ihrer Anrufe abhört. Guck mal, der ist ein Gauner aus dem Ferentari und will einfach in Ruhe leben, der will keinen Kontakt zu dir aufnehmen; und wieso soll er seinen Cousin nicht zurückwollen, ermutigte mich Floricǎ, er kann ja sonst nie wissen, was der Dummkopf alles ausplaudert.

Und da machte es auf professioneller Ebene bei mir klick; seit ein paar Jahren war die Manele-Industrie merkwürdig stark eingebrochen, sie war vertrocknet wie eine Pflanze, die von einer unbekannten Krankheit befallen war – und eine Zeit lang dachte ich, vielleicht wegen der Krise, vielleicht mangelndes Interesse beim Publikum. Aber die Industrie hat nie allzu sehr auf die armen Fans gebaut, die sich die Stücke illegal im Netz runterluden, sondern lebte auf wahnsinnsgroßem Fuß vom Schwarzgeld eines stabilen Kerns von Verbrecher-Fans, deren Gaunerei sie gegen Bezahlung verherrlichte.

Ich habe das alles herausgefunden, ohne auch nur eine Sekunde ins Feld zu müssen, alles stand offen im Netz, war in den Clips zu sehen, in denen die ganze Elite der Mafiosi mitspielte, war in den Artikeln über ausschweifende Hochzeiten in der Boulevardpresse zu lesen, in den Liedern zu hören, in denen geheime Helden besungen wurden, die ihre Rivalen bedrohten, stand in den endlosen Widmungen, die ganze Netzwerke offenlegten. Damals bestimmten die Gauner noch das Gesetz in Rumänien, die Polizei und die Justiz arbeiteten Hand in Hand mit den Verbrechern und hielten ihnen den Rücken frei, die Verbrecher konnten sich öffentlich in Liedern darstellen, die ihre Macht verherrlichten – und die Manele-Industrie badete in Luxus, mit Solisten, die Zehntausende von Euros im Casino verloren oder sich superteure Autos kauften, Ferrari oder Lamborghini.

Doch seit ein paar Jahren fingen die Verbrecher unerklärlicherweise an, ins Gefängnis zu wandern, und die bisher unantastbaren Polizisten, Richter und Politiker fielen wie die …, bisher schienen sie unangreifbar zu sein; die zwielichtigen Clips wurden langsam aus dem Netz genommen, die ausgefeilten Widmungen verschwanden aus den Studioversionen – und die Manele-Industrie fing an zu bröckeln. Kurz, die Verbrecher haben sich den westlichen Standards angepasst und sind vernünftig geworden: Ist man ein Gauner, dann versteckt man sich, statt Geld auf die Musikanten regnen zu lassen und sich so einen Namen zu machen.

Und am Morgen, nachdem ich das Geld abgehoben hatte, sagte ich zu Alberto, das hier ist das letzte Geld, das ich mir noch leihe, ich habe niemanden mehr, Bruder, es ist Krise und ich hab jetzt schon 1.300 Schulden. Wir gingen zusammen zum Markt am Progresul und holten Vorräte ein wie für einen nuklearen Winter, hundert gaben wir für Bohnen, Gemüse, Fleisch, Käse, Kaffee aus.

Zwei, drei Tage verbrachten wir beide zu Hause – am ersten Tag schickte ich ihn mit Zigaretten und zehn Lei Taschengeld raus, aber nach einer halben Stunde hielt ich die Traurigkeit nicht mehr aus und rief ihn an, wie gehts, Alberto?, und er sagte, ich bin auf dem See, ich guck ins Wasser. Und obwohl die Kinder, die draußen spielten, einen Lärm machten wie ein Schwarm Spatzen, war es drinnen still und der Staub lag fingerdick auf den Möbeln wie in einem unbewohnten Haus – so dass ich ihn eine Viertelstunde später wieder anrief, wie gehts, Alberto?

Ich trinke ein Bier und guck zu, wie die Jungs die Automaten füttern – und ich sagte, ach komm doch nach Hause, Alberto, ich halts allein nicht aus.

Damals rief mich absolut niemand an, um sich mal nach meinem Wohlergehen zu erkundigen, und er gab nach ein paar Versuchen auf, seinen Cousin anzurufen, der ging nicht mehr ans Telefon. Wir lebten, als hingen wir in einer schallisolierten Blase fest, und um die Leere zu füllen, erzählte ich ihm von meiner Kindheit, wie ich mit meinem Vater zum Angeln ins Delta fuhr, wie die erweiterte Familie ihn mit dem Besen schlug, wenn er betrunken war, wie ich Wäsche wusch und Himmel und Hölle mit den Mädchen spielte, weil es in meiner Nachbarschaft keine Jungs gab; ich weiß nicht, wie sehr ihn diese Geschichten interessierten, wohl eher nicht – aber er hörte zu.

Er erzählte mir, wie ihm mit elf sein Nasenbein gebrochen wurde, als er im Dinamo-Verein boxte, und wie er sich mit 14 den Rücken kaputt machte, als er tageweise bei einem Rumänen arbeitete, der ihn Mehlsäcke schleppen ließ. Als er elf Jahre alt war, verließ seine Mutter seinen Vater, denn nachdem der aus dem Gefängnis gekommen war, hat er sie furchtbar verprügelt und im Suff mit dem Messer nach ihr gestochen; und ich wunderte mich und sagte, wie das denn, Alberto? Und er sagte, mein Vater war eingesperrt und meine arme Mutter, was sollte sie machen? Sie kam nicht mehr mit dem Geld zurecht und hatte vier Kinder, und da hatte sie was mit einem meiner Onkel und hat uns noch einen Bruder gemacht; und ich wunderte mich und fragte, wie das denn, Alberto? Und er sagte, meine Mutter war eine sehr schöne Frau und damals konnte man Kinder nicht wegmachen, dann sperrten sie einen ein; und ich wunderte mich und fragte, wie schön war sie denn, Alberto? – und er sagte, sehr schön, man nannte sie nicht von ungefähr Puppe.

Das waren ein paar schöne und sehr traurige Tage, als ob insgeheim ein kühler Lufthauch hindurchgezogen wäre; ich war immer bedrückt, welk wie ein von der Reblaus befallener Weinstock – und um mich aufzuheitern, tat er, was er konnte, er zeigte mir seinen Schwanz, drehte die Musik auf und tanzte um mich herum, komm/ gibs ihnen/ gibs ihnen/ schweres Geld – und das machte mich nur noch trauriger, ich dachte dann, dass wir beide zwei Sonny Boys waren, Sonny Boys sind Kinder, die von depressiven Müttern aufgezogen werden und diese mit aller Verzweiflung aufmuntern wollen; um ihren abwesenden Blick auf sich zu ziehen, machen sie Purzelbäume und Witze oder lustige Gesichter, was auch immer ihnen einfällt, um ihre Mütter zum Lächeln zu bringen; ihr Herz wird schwer vor Traurigkeit, ihr Gesicht wird blass, aber weil sie sich von klein auf in dieser Sache üben, werden sie später Künstler, Heiratsschwindler oder Liebesmaschinen.

Er war eine Liebesmaschine, er umgab mich mit Aufmerksamkeiten Herzchen Liebesworten, wie ich ihn früher mit Job Ausweis Mietwohnung – aber das munterte mich nun auch nicht mehr auf. Er sagte, ich liebe dich, du Dummkopf, und ich antwortete, ich dich auch, Alberto, aber davon können wir uns auch nichts kaufen; er sagte, du hast mir schon gefallen, als ich dich auf der Zeicani gesehen habe, und ich – du hast mir auch gefallen, aber jetzt haben wir kein Geld mehr; er sagte, ich komme mit dir aufs Land, wohin du willst, wenn wir nur zusammen sind, und ich – es gibt kein Geld mehr, um aufs Land zu ziehen; und da sagte er, ich komme mit dir nach Hause zu deinen Eltern, und ich – da hast du nichts zu suchen, meine Eltern jagen dir die Hunde und die Polizei auf den Hals.

Dann ging er zurück ins Wohnzimmer, zum Fernseher – aber wenn die Traurigkeit zu drückend wurde, kam er zurück ins Schlafzimmer, wo ich abwesend auf Facebook herumdaddelte, und streckte sich auf dem Bett aus und sagte, ich kann nicht mehr, mein Rücken, massier mich doch; oder wenn er nicht kam, dann ging ich ins Wohnzimmer und legte mich dort hin, um mein Gesicht in die Haut zwischen seinen Rippen zu vergraben.

Und ich dachte melancholisch, dass sich da zwischen uns eine Intimität entwickelt hatte; ich weiß nicht, ob das Liebe genannt werden konnte, ich habe keinen Vergleichswert außer aus Büchern und Filmen – aber Intimität war das mit Sicherheit, und in Ermangelung eines in meinem Fleisch verankerten Vergleichs war mir das genug.

Denn ich hatte nur wenige Beziehungen gehabt und die waren zerstörerisch gewesen; ich hatte Andrei gemocht, aber er mochte mich nicht; dann im nächsten Jahrfünft war es der Junge, der nichts mit Männern am Hut hatte; ich sah ihn nur zweimal im Monat, wenn er einen Grund fand, von zu Hause wegzukommen, und ich Geld hatte, um ihn nach Bukarest einzuladen und mit ihm etwas trinken zu gehen – aber jedes Treffen mit ihm zermürbte mich noch mehr: Er mochte es nicht, berührt zu werden, im Arm gehalten zu werden, und das setzte mich schrecklich auf Entzug, den selbst der Sex nicht besänftigen konnte; die Urlaube mit ihm waren unerträglich, so dass ich am Ende zu Tabletten überging, um sie durchzuhalten. Ein einziger Mensch war in mich verliebt gewesen, Ana – aber dieser Mensch hatte das falsche Geschlecht.

Am Anfang war es auch mit Alberto nur mechanischer Sex mit Küssen gewesen, nachdem er mich vögelte, drehte er mir den Rücken zu – I mean, ich nahm ihn in den Arm und streichelte seine Brust oder seinen Bauch und er nahm meine Hand weg und sagte, streichel mich nicht so viel, oder mir ist warm, rück mal bisschen weg; später fing er an stillzuhalten, und als ich ihn nicht mehr in den Arm nahm, fing er an, seinen Hintern an mich zu drücken, oder er versuchte linkisch, mich zu streicheln und meine Brust zu zwicken – denn das machte er immer, wenn er etwas brauchte, und um mir zu verstehen zu geben, dass er eine Massage wollte, fing er an, mir den Rücken und die Schenkel zu kneten; als Nächstes begann er, mit dem Gesicht zu mir zu schlafen / Nase an Nase – und als er das tat, fasste ich das als einen qualitativen Sprung auf, denn in drei Jahren Beziehung hatte ich mit Ana nie so schlafen können, ich durfte sie nur im Arm halten, wie man Kinder hält, von hinten.

Und als er so mit den Händen unterm Kopf auf dem ausgezogenen Bett lag, erzählte er mir von Borcans Hunden, zwei Rüden, die sehr groß waren, einem Rottweiler und einem Deutschen Schäferhund – dass er sie von klein auf großgezogen hätte, dass sie nur ihm aus der Hand fräßen und nur auf ihn hörten, und alle anderen, die in den Hof kämen, zerfetzten sie; sie waren meine Soldaten, erinnerte er sich, guck, so kam er und legte seinen Kopf auf meinen Schoß – und ich hatte sie so lieb, dass ich sie nachts in meinem Bett schlafen ließ.

Und ich sagte ihm vom Rechner aus: Du solltest Borcan nicht so verurteilen, der Mann hat zu dir gehalten, er hat dich von der Straße geholt, ohne ihn wärst du jetzt noch am Bahnhof oder, Gott bewahre, im Gefängnis; und er antwortete, ja, er hat das getan, wozu mein Vater nicht in der Lage war, und ich fügte hinzu, du hast dort ein gutes Leben gehabt, du warst mit der Familie zusammen, das Haus war voll, wie hast du gesagt, als deine Schwägerin aus Italien kam? Liliana Barosana? – und er verschluckte sich vor Lachen und sagte, ja, so habe ich immer gesagt, Liliana Barosana, und er lachte so laut, dass diese Liliana wohl umgefallen wäre.

Siehst du, Alberto, fügte ich hinzu, darum tut es mir leid, dass ich dich aus deiner Familie gerissen habe, und jetzt können wir nirgendwo mehr hingehen, und wir sind hier zwischen diesen vier Wänden gefangen, das ist doch kein Leben, Alberto; und er wiegte traurig den Kopf, das ist kein Leben, das ist ein Gefängnis.

Und als ich vom Rechner aufstand und ihm ganz direkt sagte, ruf Borcan an, Bruder, der verzeiht dir, das ist dein Blutsverwandter, da sagte er verärgert, ich rufe den nicht an, lieber wär ich tot, ich will mit dir mein Leben verbringen.

Und er sagte: Ich kann dich nicht mehr verlassen, ich bin dran gewöhnt, dass du mich in den Arm nimmst, dass du mir die Hand auf die Brust legst, alle haben sich nur über mich lustig gemacht außer dir und meiner Alten; ich war bei den Nutten, aber die Nutten haben mich nicht in den Arm genommen; ich war im Gefängnis, aber die haben mich gefickt und statt einem freundlichen Wort, zack, eins in die Fresse, wenn ihnen irgendwas nicht gefiel.

Und was sollte man da noch sagen.

Dann war auch dieses Geld weg und ich sagte, was machen wir, Alberto, ich rauche Selbstgedrehte, aber du verträgst die nicht; und er antwortete, wir kriegen das hin, komm mit mir auf die Straße – und wir gingen ein paar Stunden, um Zigaretten zu schlauchen. Wir bekamen ungefähr sechs zusammen, die wir auf dem Weiher rauchten, dort gingen wir hin, um ins Wasser zu sehen. Als er sich damit abmühte, die Filter mit den Zähnen rauszuziehen und die Fluppen wie die Knackis rumgehen zu lassen, sagte er, Bruder, ich will nicht mehr zu Borcan, ich hab es satt, mit den Hunden zu schlafen, ich will auch mal, dass mich jemand in den Arm nimmt und mit mir redet.

Und was sollte man da noch sagen.

Am dritten Tag, gegen zwölf, rief der Mann von der Stadt wegen des Ausweises an; um eins trafen wir uns mit ihm vor der Schule Nr. 136. Wir hatten kein Geld, um einen Kaffee trinken zu gehen, also lud ich ihn zu mir nach oben ein, aber er sagte, er hätte eine Menge zu tun und käme nicht mehr mit hoch.

Es war bewölkt und auf dem Gehweg waren Pfützen; nass und heruntergekommen sahen die Autowaschanlagen gegenüber noch schmutziger aus als sonst, die Fliesen waren gesprungen und grau. Der Mann holte ein Heft aus der Tasche, in das er die Ausweisdaten von Alberto notierte; der sagte sie aus dem Gedächtnis auf, und ich überprüfte sie im Handy, ich hatte sie gespeichert, als ich mich noch für groß und stark gehalten hatte. Der Typ sagte, er würde sich um die Geburtsurkunde kümmern, keiner müsste nach Călărași – und für den Ausweis, erstmal ein provisorischer, sollte er mit drei Passfotos zum Bürgeramt vom 5. Sektor gehen, wenn er in etwa einer Woche anrufen würde. Wir sagten, jaja, kein Problem, das machen wir – aber ich sah ihn an wie einen Fremden, ein Gespenst aus einer anderen, vergangenen Realität.

Um zwei beschloss Alberto, auf die Straße zu gehen und Zigaretten zu besorgen, aber ich bekam Angst, alleine zu bleiben, und sagte, komm, ich versuch ein bisschen Geld aufzutreiben – und schrieb per Messenger eine nette Ungarin an, die in der Nachbarschaft beim Progresul wohnte, und machte ihr weis, es wäre eine gute Idee, am Wochenende auf ein Bier ins Viertel zu gehen.

Aber könntest du mir bis dahin, so schrieb ich ihr, 15 Lei für eine Schachtel Zigaretten leihen? Und sie antwortete, natürlich, auch gern mehr; und ich schrieb, dann vielleicht 30, dann kann ich mir auch was zu essen kaufen. Aber die Frau war bei der Arbeit und kam erst um sechs nach Hause – und bis dahin gingen wir auf die Straße betteln.

Um fünf zog mit schwarzen Wolken ein Gewitter auf – und wir kamen hoch, um zu essen. Als wir das Haus wieder verließen, ging ein Wind los, der Schlimmes versprach und die Tüten an die Wände drückte. An der Kreuzung Ecke Luica begann es zu schütten wie aus Kübeln, so dass wir uns unter das Vordach einer Bar mit Glücksspielautomaten flüchteten – aber wir hatten kein Geld, um reinzugehen, wir standen da, nass wie die Klebstoffschnüffler, und sahen auf die Säufer an den Tischen, die ihr Bier tranken.

Es goss etwa 40 Minuten so, auf der Straße entstand ein Fluss – so dass wir erst um acht bei der Frau zu Hause ankamen; innen war es trocken und roch nach Familie – seit ich sie zum letzten Mal gesehen hatte, war sie mit einem Österreicher zusammengekommen, und ihre Tochter war groß geworden, sie war fast schon in der Pubertät. Ich hatte ihr nicht gesagt, dass ich mit Alberto kommen würde, aber damit hatte sie kein Problem, sie setzte uns an den Küchentisch und lud uns zum Essen ein, und ihren Mann schickte sie Bier kaufen. Ich trank Wein, weil eine Karaffe auf dem Tisch stand; wir hatten beide nur einen Teller Suppe im Magen, so dass wir irgendwann ziemlich beduselt waren.

Die Frau merkte, dass ich pleite war, und bevor ich ging, gab sie mir 40 Lei, den Rest vom Bierkaufen. Es war viertel nach elf, als wir gingen; die Busse fuhren schon seltener. Wir gingen zu Fuß und im Non-Stop an der Zețarilor-Straße kauften wir eine Schachtel lange rote Marlboro und eine Literflasche Timișoreana-Bier, um uns endgültig zu betrinken.

Um 1.10 Uhr ließ er mich ein Lied von Salam raussuchen, Papa, mein Herz weint bitterlich, was mache ich nur ohne dich; er fing an zu schniefen und weinte und sagte, meine Mutter war eine Hure und mein Vater hat nie ein nettes Wort zu mir gesagt, er hat mich immer nur Kaputtnik genannt und jetzt will er nichts mehr von mir wissen; er ist kein einziges Mal gekommen, um mich in meinem Elend zu besuchen; zu mir hat mein ganzes Leben lang noch keiner ein nettes Wort gesagt, nur meine Alte am Bahnhof. Und er sagte, ich halt es nicht mehr aus ohne meinen Vater, ich halt es nicht mehr ohne meinen Alten aus, und er fing an, laut zu schluchzen.

Es war 1.25 Uhr, als er Borcan anrief – Borcanchen, grunzte er am Telefon, ich halte es nicht mehr aus ohne euch, haptekar Borcanchen, was soll ich machen, Borcanchen, ich will nach Hause, haptenele Borcanchen, wie gehts den Hunden, Borcanchen, ich kann nicht mehr ohne sie. Er weinte nicht, er brüllte, und nachdem er aufgelegt hatte, er will, dass ich zurückkomme, die Hunde halten es nicht mehr ohne mich aus, die knurren Borcan an und wollen nicht mehr fressen – und weil ich ihn so verzweifelt heulen hörte, fing auch ich an zu schluchzen; aber nein, ich weinte nicht, weil er weinte, sondern weil mein Kopf schon entschieden hatte, so, jetzt kann ich ihn loslassen, ich kann ihn in die Welt hinausschicken – und so weinten wir alle beide, bis die Frau aus der Wohnung unter uns raufkam und keifte, hört mit dem Lärm auf, unter euch wohnen Kinder.

Und am nächsten Tag wachte ich mit genau diesem Gedanken auf, wenn ich ihn jetzt wegschicke, dann gäbe es jemanden, der ihn auffangen würde, er würde nicht als Waisenjunge herumlaufen.

In Momenten des Zweifels stärken sich Leute wie Alberto mit Gebeten, sie beten zu Gott, er solle auf sie aufpassen, und Gott hört sie und schickt seine Engelbrigade, um in diesen schwierigen Momenten auf sie achtzugeben; ich hatte keine Brigade, auf die ich zählen konnte, wenn ich in Schwierigkeiten war, um mich über die aufgewühlten Wogen hinwegzutragen; metaphorisch gesprochen irrte ich durch ein unendliches Nichts, in dem als einzige Hoffnung am Horizont die Technologie glomm – nur sie konnte meine Spezies vor dem Unglück retten, nur sie konnte mich ans rettende Ufer geleiten. Im Winter, als ich von zu Hause wegfuhr, nahm ich mir ein paar Anafranil-Tabletten von meiner Mutter mit; Anafranil ist laut Wikipedia the most effective Antidepressivum; es wurde 1961 in der Ära der Trizyklischen entdeckt und ist bis heute außer Konkurrenz; die Macht der Trizyklischen besteht darin, dass die Wirkung schon am nächsten Tag einsetzt – im Gegensatz zu den sauberen Antidepressiva neuerer Generation, bei denen man eine Woche warten muss, bis man was merkt – am ersten Tag gähnt man, bis einem die Kiefer knacken, am nächsten Tag ist man abwesend und im Zen, und am dritten Tag wird man manisch und energetisch wie ein Atomsprengkopf.

Ich nahm gleich zwei Tabletten à 10 mg. Meine Freunde gehen meistens mit erhobenem Kopf aus Beziehungen raus, ohne Drama und Blut an den Wänden, sie bleiben so gut es geht miteinander befreundet; ihre Trennungen sind wie Meisterwerke der nichtinvasiven Chirurgie, bei der rückblickend alles schön war und nichts wehgetan hat: Auch wenn keine Kinder mit im Spiel sind, scheuen sie sich nicht, ihre Verantwortung oder Schuld auf sich zu nehmen, so dass jeder ohne Vorwürfe an den anderen seinen Weg gehen kann und sich seiner Fehler bewusst ist, die er während der Beziehung gemacht hat. Kurz, ihre Trennungen sind sehr schön, keiner geht leer aus – und so wollte ich es auch mit Alberto; Alberto stammt aus einer anderen Welt, mit Trennungen voller Blutvergießen und Schreierei – Trennungen, bei denen beide der Überzeugung sind, man habe sie verraten; aber es lag in meiner Macht, dass er leichter über diesen Moment hinwegkam – natürlich trennen sich die Menschen in seiner Welt genauso leicht, selbst wenn sie es manchmal nicht so verstehen, dass sie verlassen worden sind und wie Kometen überall Kinder hinterlassen.

Alberto wusste nicht, dass ihn ein nichtinvasiver chirurgischer Eingriff erwartete, und während wir unseren Kaffee tranken, nahm er einen Anruf von Borcan entgegen. Nachdem er aufgelegt hatte, fing dieser Idiot an zu prahlen, siehst du, er braucht mich. Am Dienstag richtet mein Onkel die Taufe für die Tochter meiner Cousine auf Borcans Hof aus und Borcan hat mich gebeten zu kommen und ihm beim Saubermachen zu helfen, die Frauen kommen nicht klar – und da fingen meine Augen an zu leuchten und ich sagte, du Glückspilz, die machen eine Taufe mit Musikanten, Sorinel, Salam? Ich würde mir die Hand abhacken, um da mit dabei zu sein, klar gehst du hin und hilfst; und er sagte, hehe, ich bin doch nicht verrückt. Ich kenne Borcan, der ist ein Gauner, wenn ich komme, dann lässt er mich nicht mehr gehen.

Und da atmete ich tief ein, ließ meine Finger knacken und sagte, wir können nichts machen, Alberto, ich fahr aufs Land zu meinen Eltern und du gehst zurück zu Borcan – und wir sehen uns im Herbst, wenn ich zurückkomme; und er sagte, verlässt du mich? Ich will mit dir mein Leben verbringen, wir gehen aufs Land, in anderthalb Wochen ist mein Geburtstag.

Ich sagte nichts mehr, ich gähnte nur und sagte, na dann, Alberto, wie du willst, und fing an, die Wohnung gründlich zu putzen – und als ich im Wohnzimmer ankam, fing er an, unruhig zu werden und immer öfter zwischen mir und dem Computer hin und her zu rennen, und irgendwann sagte er, ich weiß, was du vorhast; und ich jovial, was denn, Alberto? Und er – ich weiß es, aber ich sags nicht.

Ich machte die ganze Wohnung blitzsauber und am Abend sagte ich, wir lachen und machen hier Witze, Alberto, aber du musst zu Borcan gehen, von morgen an werde ich dir keine Zigaretten mehr kaufen; und er antwortete, das ist mir egal, du bist bis jetzt auch klargekommen, dann kommst du auch in Zukunft klar.

Um eins fing er an, um mich herumzuschwänzeln. Bei Bloodsport 2 fing er an, mir in die Brust zu zwicken, wollen wir heute Abend nicht vögeln?

Es war ein vollkommen verkorkster Abschiedsfick – das Problem mit den Trizyklischen ist, dass sie einen innerhalb von zwölf Stunden in einen Heiligen verwandeln und einem die Libido komplett auslöschen, man guckt Pornos an, als würden Insekten kopulieren, man reibt sich an dem Menschen, den man liebt, und fühlt nichts, als würde man sich an einem Schrank reiben; einmal

Wichsen dauert mindestens eine Stunde, aus diesem Grund wurde in den Zeiten, in denen ich die Tabletten nahm, aus meinem Schwanz eine offene Wunde.

Am Morgen nahm ich das Ganze wieder auf, Alberto, du gehst zu Borcan, damit er dir Zigaretten kauft, denn ich habe kein Geld mehr, Liebster – und ein paar Stunden hielt er so durch; dann fing er an, mit mir zu streiten, ich sollte mir Geld leihen; und weil ich ihn wie abwesend ansah, fing er an, mir zu drohen, zuerst, dass er mich verprügeln würde, dann, dass er mit seinen Leuten aus dem Ferentari zu mir käme – und ich sagte gähnend, was ich von Florică gelernt hatte, lass den Blödsinn, Alberto, ich bin Journalist und dein Cousin weiß das, man schlägt nicht einfach einen Journalisten und tritt einen Skandal los; ich bin mit dir ins Kloster gegangen, weil du im Gefängnis herumgevögelt hast, was soll das, drehst du dir selber einen Strick, weil du mit einem Schwanzlutscher zusammenlebst?

Und er sah mich an – du bist auf einmal ganz schön schlau, so kenne ich dich gar nicht.

Und weil alles schön sein und niemand leer ausgehen sollte, fügte ich hinzu, Alberto, ich hab einen Fehler gemacht, ich habe dich aus deiner Familie gerissen, ich hab euch die Schande ins Haus gebracht, ich habe dir Job Ausweis Wohnung versprochen und nichts davon gehalten – aber ich weiß eins: Wenn man einen Fehler macht, hat man dafür zu zahlen. Ich schäme mich nicht dafür, dass ich einen Fehler gemacht habe, aber – und ich fuhr mit derselben Standhaftigkeit fort – so wie ich meine Fehler einsehe, solltest du deine auch einsehen, du hast mehr Geld ausgegeben als ich.

Und er, der neugierig geworden war, wo das hinführen sollte, murmelte, ja, Liebster, so ist es.

Und, fuhr ich mit derselben standhaften Zärtlichkeit fort, wenn du zu Borcan zurückgehst, dann ist es blöd, so mit leeren Händen anzukommen, du bist ja ein Gauner, und Gauner schlagen auch aus nem trockenen Stein Geld raus, auch aus einem Schwulenarsch, wenn es nicht anders geht; wenn du Geld dabei hast, dann kannst du ihn vielleicht davon überzeugen, dass du diese Sache mit mir nur aus Eigennutz getan hast, für Geld.

Und auch wenn er nicht zu den Hunden wollte, sondern lieber frei unter Menschen leben, fingen Albertos Augen an zu leuchten, als er das mit dem Geld hörte, und er sagte, ja, du hast mir die Schande ins Haus gebracht, du musst zahlen – und ich flüsterte, wie viel, Alberto? Und er antwortete, tausend.

Und selbst wenn er so eine große Summe genannt hatte, um dann im Zweifelsfall mit dem Preis runtergehen zu können, fing ich nicht an zu feilschen, denn die Würde eines Menschen ist nicht mit Geld zu messen, und ich sagte gähnend, okay, Alberto, ich machs, ich krieg das Geld zusammen, um die Schande von dir abzuwaschen.

Meine Schwester ist ein mitfühlender Mensch, ich bin mir sicher, sie hätte alles dafür getan, um dieses Geld zusammenzukriegen – aber ich brachte es nicht übers Herz, sie anzurufen; einmal hatte sie zum Beispiel in der

Zeitung bei den Todesanzeigen das Foto eines Jungen gesehen, der mit 22 gestorben war, und der Junge war so hübsch, erzählte sie mir, dass sie angefangen hatte zu weinen.

Ich rief meine stinkreiche Cousine in Hermannstadt an, ich bin da in was reingeraten, Anca, die hier im Ferentari machen Schwierigkeiten; aber sie hatte nicht genug auf dem Konto, und ich verlor ein paar Stunden, in denen ich auf ihre kollateralen Lösungsversuche wartete, und als ich sie zurückrief, sagte sie, sie hätte es nicht hingekriegt – und wie soll man sich über eine Cousine ärgern, die zwei Kinder und einen Zahnarztgatten am Hals hat?

Wenns mit den Verwandten klemmt und sie nicht mehr auf Anfragen antworten, dann greift man auf die Notlösung zurück, Tudor 44. Ich rief also Tudor 44 an und sagte, lieber Tudor, ich habe eine Dummheit gemacht, könntest du mir tausend Lei leihen? Ich gebe sie dir nächsten Monat zurück, wenn das Stipendium reinkommt; und die Notlösung fragte, ohne auch nur eine Sekunde zu zögern, wann brauchst du es? Und ich antwortete, jetzt gleich; und er sagte, ich hab das Geld, wann kommst du? Und ich antwortete, in einer Stunde.

Und auch wenn es jetzt nicht wirklich passt, ich werde hier einen Einschub über Tudor 44 machen; er ist nicht nur ein korrekter Mensch wie wir alle, sondern sogar, quasi, ein moralischer Mensch – was eine fatale Kombination ist, denn wie ein Gatter bei den Pferden hindert sie ihn daran, sich mit jemandem anzulegen, aus Angst vor den moralischen Konsequenzen; obwohl die Frauen 30+ diese

Kombi attraktiv finden – sogar Ana, die meine korrekten Freunde nicht ausstehen konnte, hatte ihn gern.

Ich fange von vorne an, Tudor 44 ist mein ältester Freund in Bukarest, und seither ist er bei mir geblieben, wie ein Hund, der einen mit fanatischem Blick ansieht; er war auch 2004 aus Cluj hierhergezogen, aber sechs Monate vor mir, und er hatte die ultrageheime Aura eines politischen Gurus – er hatte die Plattform einer ultraliberalen Partei aufgebaut, die, obwohl sie bei den Wahlen unter 1 % gelandet war, einen ziemlichen Wirbel gemacht hatte. Als ich ihn kennenlernte, schrieb er Leitartikel, die keiner las, für eine Zeitung, bei der auch ich gelandet war, als ich vom Land gekommen war – und keine Ahnung warum, er fand mich nett und nahm mich in seine ultrageheime Gruppe auf. Er war ein phlegmatischer Typ und sehr verklemmt, er hatte einen prophylaktischen Heiligenschein aus Kälte um sich herum, der die Leute fernhielt: Er berührte nie jemanden und ließ sich nicht berühren, und bei Gesprächen von Angesicht zu Angesicht hielt er einen ungewöhnlich großen Sicherheitsabstand ein.

Die ultrageheime Gruppe bestand aus einer Dichterin, die 24 war und wie Camus ihre Haare ganz furchtbar verunstaltete, indem sie Strähnen herausschnitt, aus einem 23-jährigen Gitarristen, der Hippies im Alten Zentrum verprügelte, und einem 28-jährigen Schriftsteller, der bösartig und sehr intelligent war, in einer heruntergekommenen Wohnung lebte, ganz ohne Frauen, dafür aber mit dem Foto seiner toten Mutter, einem saufenden Vater und einem unmöglichen Bruder, der nachts überteuerte

Erotik-Hotlines anrief, obwohl die Familie pleite war; wir tranken in Biergärten oder in unseren Wohnungen und fühlten uns sehr wohl miteinander, obwohl die Feiern von A bis Z eine Katastrophe waren – die Silvesterpartys waren das Sahnehäubchen auf der Torte, wir waren noch zwei, drei Tage später völlig fertig. Psychisch waren wir alle ziemlich durch – und anstatt uns gegenseitig aus der Scheiße zu helfen, sanken wir nur noch tiefer hinein; aber auch wenn es irgendwie masochistisch war, es war toll.

Es war etwas Magisches an diesen Treffen, ein hoffnungsloser, tollwütiger Individualismus wehte über ihnen, wie in der paranoiden Bemerkung eines Österreichers hielt ich durch, weil ich kein Vertrauen hatte. Von uns allen war Tudor 44 der größte Freak und auch am einsamsten; er lebte allein wie ein kastrierter Kater in seiner Wohnung – aber trotz alledem ging er nicht zu den Huren und war auch nicht auf Abenteuer aus; er war ein ungeliebter Mensch und wie die alten Jungfern fand er Zuflucht bei Freunden oder abstrakten Dingen.

Dann verließ die Dichterin das Land und der Schriftsteller verstümmelte sich selbst mit einem Job in Cluj, woraufhin Tudor 44, der auch privat kaputt und seiner Grunge-Familie beraubt war, eine Psychotherapie machte und zur Linken wechselte (obwohl in dieser Zeit auch die Krise anfing und böse Zungen behaupten, er wäre konvertiert, weil er sein ganzes Erspartes an der Börse verspielt und in der Krise alles verloren hatte).

Wütend schloss er sich der Linken an und begann, mit ihnen an die Öffentlichkeit zu gehen, er stellte eine

Onlineplattform auf die Beine, für die er wöchentlich Artikel über die verkommene und kranke und nicht mehr vertrauenswürdige Gesellschaft schrieb, über das katastrophale Zerwürfnis der Klassen und den blinden Individualismus des Rückzugs ins Familienleben. Das war alles ganz vernünftig – aber irgendwie auch komisch für ihn, umso mehr, als er angefangen hatte, sich mit seinen alten Freunden zu überwerfen, auch mit denen aus der alten Gruppe, die inzwischen zu Heuchlern geworden waren, mit einträglichen Jobs und deutschen Markenautos.

Nach ungefähr zwei Jahren verzichtete er auf seine Kolumne, zerstritt sich mit den Linken, und so ruhig und verzweifelt wie bei seinem Einstand kündigte er an, er würde sich von der Plattform zurückziehen, er würde sich in deren Inhalten nicht mehr vertreten sehen. In den Tiefen seiner verzweifelten Seele ist Tudor ein Liebhaber von Biedermeiermöbeln und klassischer Musik – und zu der Zeit hatte die Plattform sich wie die Titanic entwickelt und war auf Kollisionskurs, während sie sich für Lenin und die kommunistische Revolution einsetzte. Was falsch ist – wenn ihnen das Messer an die Kehle gesetzt wird, machen die Armen keine Revolution, sondern werden Mafiosi, der kürzeste Weg zum Wohlstand.

Wir trafen uns am Cora-Kaufhaus, er gab mir den Umschlag mit dem Cash und redete nur mit mir, ohne einen Blick auf Alberto zu werfen; als ich ihn fragte, ob er ein Bier wollte, sagte er, lass mal, vielleicht wann anders.

Und auf dem Rückweg machte Alberto Party, er stellte die Musik auf seinem Handy laut, küsste und herzte die

Kinder in der Tram wie Jesus, und ebenfalls wie Jesus beschloss er, ich gehe zu Papa nach Dänemark, ich nehm das Flugzeug und ruf ihn vom Flughafen an, damit er mich abholt.

Im Rausch des Festes bat ich ihn, mir 50 Lei zu geben, damit ich Geld für ein Taxi hätte – und er öffnete den breiten Geldscheinfächer und während er sich den Bart rieb, sagte er, ich geb dir 200, dann hast du morgen was für die Zugfahrt und was fürs Essen; aber ich legte meine Hand auf die Herzgegend und sagte, nur 50, mit dem Rest gehst du nach Hause, damit Borcan sieht, was für ein gutes Herz die Schwanzlutscher haben.

Ich stieg eine Station vor ihm aus und als ich ihm winkte, fiel mir ein Stein vom Herzen, dass ich alles so erledigt hatte, wie es sich gehörte, dass keiner leer ausging.

Ich packte meine Sachen, trug sie zum Taxi und deponierte sie bei Andrei im Drumul Taberei – und Andrei, der eine weitreichende Expertise hat, was Sex für Geld angeht, dazu die drei Jahre Beziehung mit dem Sandler, sagte, tausend? Das ist ja enorm viel, du warst doch blöd, du hättest mit 200 aus der Sache rauskommen können, wenn du gesagt hättest, du kannst nicht mehr auftreiben. Du hast dich wie ein dummes Huhn gefürchtet, als er dir Schläge angedroht hat.

Ich sagte feierlich, ich verstehe gar nichts, ich hatte eine moralische Verpflichtung ihm gegenüber – und Andrei fing an, laut zu lachen, und sagte, moralische Verpflichtung, das klingt toll, sag lieber, du hast dir in die Hosen gemacht, aus Angst, dass er dich vor lauter Verzweiflung verhaut, weil du ihn rauswirfst. Du weißt doch, dass er spielsüchtig ist und das Geld nicht bei sich behalten kann.

Was er auch nicht tat. Um eins rief er mich an und sagte, äääh, ich feiere mit meinen Kumpels, 650 Lei hab ich noch – kann ich bei dir schlafen? Und ich sagte, wenn du kommst, dann kommst du jetzt mit diesen 650 in der Tasche, ohne was lass ich dich nicht rein … Wenn ich schlau gewesen wäre, hätte ich gesagt, ich kann nicht, ich schlafe bei Andrei; aber ich brachte es nicht übers Herz, ihn anzulügen – und aus meiner Wohnung konnte er sowieso nichts wegnehmen außer einem alten ramponierten Rad.

Um zwei rief er mich wieder an, von einer unbekannten Nummer, äääh, ich hab alles verloren, na, nimmst du mich noch? Und nachdem ich nein gesagt hatte, sagte er jaaa? Ich schwör dir, ich komm vorbei und dann wecke ich das ganze Haus auf – also konnte ich nicht anders und ließ ihn rein.

Und am Morgen fing er wieder damit an, dass er auf die Straße gehen und Blödsinn machen würde, dass er mit seinen Leuten kommen würde und mich … – und alles, was er sagte, ließ ich einfach an mir abperlen. Du hast hier nichts mehr zu melden, Mann, und ich hab genug bezahlt.

Als Alin kam, war ich schon ein Atomsprengkopf, eine tickende Zeitbombe; Alberto schwor, dass er die 112 anrufen würde, ich hätte ihn in der Wohnung eingesperrt und ihm was angetan; ich lachte sarkastisch, ha, um den Knast mach ich mir keine Sorgen – und er antwortete, das ist nicht dein wahres Lachen. Alin nahm uns die Schlüssel ab und schaute sich nicht mal mehr die Wohnung an; er sagte, egal, ich glaub dir – klar, er wollte uns so schnell wie möglich verschwinden sehen.

Sehr wahrscheinlich hatten ihm die Nachbarn gesagt, dass sich bei mir in der Wohnung ein böses, dickes, schwarzes Tier sein Nest gebaut hatte, das nachts die Musik laut drehte und das ganze Haus mit seinem Geheule aufweckte; nach der Nacht, in der wir beide geweint hatten, sprach mich die Hauswartin an, eine feine und gebildete Dame von 40 Jahren, die zwei Etagen unter mir wohnte und die Worte so klar aussprach wie eine Rumänischlehrerin in der Grundschule, sie sagte mir im Treppenhaus, Also Was Für Ein Konzert Ihr Da Veranstaltet Habt, Ihr Habt Ja Den Ganzen Block Aufgeweckt; und als ich schuldbewusst und verkatert mit Entschuldigungen anfing, sagte die Frau mit ihrem höheren Verständnis für die ungewöhnlichen Ausdrucksformen der Roma-Kultur, Ich Hab Mich Ehrlich Amüsiert, Ich Hoffe, Die Nachbarn Auch. Ein paar Tage zuvor hatte ich sie darüber informiert, dass ich spätestens bis Monatsende die Wohnung verlassen würde – und die Frau, die in mir einen gebildeten Menschen sah, einen Exzentrischen Und Wohlhabenden Doktoranden Der Manele-Kultur, wollte, dass ich sie gut in Erinnerung behielt, nicht als blöde vernagelte Person.

Es war 1.20 Uhr, als ich die Wohnung verließ. Am Wohnblock gegenüber waren sie mit der Renovierung fertig geworden, sie hatten ihn in Styropor gehüllt und in einem furchtbaren Krankenhausblau angemalt; ich zog meinen abgeblätterten und fleckigen Wohnblock vor, der im glanzlosen Beige der Transitjahre gestrichen war – das ist die Farbe, mit der ich aufgewachsen bin.

In der Mülltonne am Ausgang zwischen den Blocks wühlte eine Familie von Sandlern im Abfall nach Flaschen und Klamotten; eigentlich suchten nur die Kinder, ein Junge und ein Mädchen, die auf den Müllberg geklettert waren, sie stocherten mit Stöcken herum, während die Eltern auf dem Gehweg mit einem Lappen die Sachen sauber wischten und in einen Sack taten. Alberto hielt ihnen zwei Lei hin, komm, Frau, hier bisschen Geld, ein kleines Almosen für die Mama – und die Frau sagte, ohne den Blick vom Sack zu lösen, Gott vergelts, es sei mir willkommen.

Er sagte, ich geb dir ein Bier im Boieru aus, der Mann, mit dem ich Barbudi gespielt habe, hat mir 50 Lei gegeben, damit ich mir was zu essen kaufen kann – und melancholisch sagte ich, gut, Alberto, dann trinken wir ein Abschiedsbier.

Es war Sonntag und der Biergarten war ungewöhnlich voll, ein Rentnerpärchen und drei düstere Gestalten saßen hinten am Tisch unter dem Fernseher. Alberto kannte einen von ihnen und rief ihn an unseren Tisch; es war ein großer Typ mit Locken und einem seltsam schmalen Brustkasten, wie ein fehlgebildetes Hühnchen.

Der Junge hier schreibt ein Buch über die Gauner im Ferentari, sagte Alberto in seiner holprigen Art, na, wie läufts am Bahnhof?

Sein Gesicht kam mir bekannt vor und fünf Minuten lang dachte ich angestrengt darüber nach, woher ich ihn kannte; als der Mann sagte, er wäre nicht mehr am Bahnhof und würde jetzt Telefone an Idioten verkaufen, fiel bei mir der Groschen – ich war im 323er gefahren und zwei Typen feilschten um ein nagelneues Telefon; einer war ein dicker Prolet und sagte, gibs mir für 110, wir sind doch Nachbarn und ich geb dir n Bier aus, wenn wir uns treffen, aber der andere, der Schmierige, wollte auf keinen Fall mit dem Preis runtergehen, er hätte genug riskiert, als er es aus dem Laden gestohlen hätte, soll ichs dir für paar Bonbons geben? Das ist ein richtiges Telefon, versiegelt und mit Garantie. Und da schaltete ich mich ein und sagte, zeig mal; ist das auch sicher ein Original?, ich zweifelte und der Schmierige hielt mir das Zertifikat hin, damit ich mich davon überzeugen konnte, während der Prolet mir auf die Wange klapste, warum ich mich eingemischt hätte. Nachdem ich ihm das Geld gegeben hatte, stiegen beide an der nächsten Haltestelle aus – und als ich sah, wie sie da lachten, da wusste ich, dass es eine Finte gewesen war, dass sie an einem Strang zogen und mit dieser Nummer in Bussen und billigen Kneipen ihr Geld machten.

Ich sagte zu ihm, ich kenn dich, Mann, du hast mir so ein gefälschtes Handy aufgeschwatzt. Der Typ fing an zu schwören, ich will verrecken, bei allem, was mir lieb ist, dass mich der Blitz treffe, ich hab nicht gewusst, dass das kein Original war – aber er machte das so entspannt und gaunerhaft, es hätte nur noch gefehlt, dass er mir zublinzelte; denn im Ferentari sind Schwüre wie Sphärenmusik, wie das Hintergrundrauschen des Universums – obwohl sie niemand glaubt, werden sie immer weiter in immer ausgefeilteren linguistischen Kombinationen benutzt; und ich dachte nostalgisch, je barocker die Schwüre, umso wahrscheinlicher wäre es, dass die Welt des Ferentari unsicherer werden und in Misstrauen versinken würde; und dass mir diese Schwüre fehlen würden, die Bars, in denen man sein Handy nicht auf dem Tisch liegen lassen kann oder seine Geldbörse in der hinteren Hosentasche; dass ich nun in eine sicherere Welt gehen würde – in der die Menschen aber, auch wenn sie sich mit Ehrenämtern und gemeinsamen Aktionen übertrumpfen, genauso wenig Vertrauen haben und sich genauso blutleer aushelfen, dass sie höchstens ein Like geben, wenn man in einer dringenden Sache um ihre Hilfe bittet.

Dann verzog sich der Typ an seinen Tisch und Alberto sagte, gib mir hundert, damit ich mein Handy von dem Jungen zurückholen kann, mit dem ich Barbudi gespielt habe – und ich antwortete, das kriegst du hin, Alberto, du bist schon groß und ich hab genug bezahlt.

Und er sagte, was hast du bezahlt? Ich hätte jeden Tag Geld von dir verlangen können und allein in die Stadt gehen – aber ich bin bei dir zu Hause geblieben und bin nur rausgegangen, wenn du rausgegangen bist; wir sind betrunken aus der Stadt gekommen und du hast deinen Geldbeutel einfach irgendwo hingeworfen, aber ich habe nie eine Münze rausgenommen; ich habe dich geliebt, du Vollidiot, ich wollte mein Leben mit dir verbringen. Wenn ich dich hätte verarschen wollen, dann hätte ich dich verarscht, du hättest nicht mehr gewusst, wo oben und unten ist, denn ich bin im Gefängnis aufgewachsen – aber ich habe mich an dich gewöhnt und wollte dich nicht ausnutzen. Es waren Leute da und hörten zu, links waren die Rentner, die jetzt schwiegen, und rechts war Floricǎ alleine an einem Tisch mit einem Kognak vor der Nase und lauschte.

Aber damals war mein Herz ruhig und stark, eine Zeitbombe, so dass ich nicht mehr sah, dass der Mann echt verwirrt war und nicht mehr merkte, was er da in der Öffentlichkeit von sich gab; ich antwortete, das interessiert mich nicht, Alberto, ich habe dein Gerede satt – und da sagte er, wenn ich will, dann nehme ich dir dein Fahrrad weg, du Blödmann, und verkaufe es, und dann hol ich mir mein Handy doch wieder; und ich war sicher, dass er das tun würde, denn wenn er sich in Gedanken eine Sache ausmalte, dann blieb er auch dabei.

Als er das mit dem Fahrrad hörte, stand Floricǎ von seinem Tisch auf und ging zur Bar, wo er sich mit ein paar Gläsern zu schaffen machte.

Und weil ich mir mit mathematischer Genauigkeit sicher war, dass er es mir wegnehmen würde, sagte ich, dann hast dus dir lebenslang mit mir verschissen, du Penner.

Ist mir scheißegal, antwortete er, du hast auch nichts mehr im Ferentari zu suchen, du Schwanzlutscher.

Mir ist es noch scheißegaler, ich bin im Ferentari mit allem durch – und jetzt rate mal, wer mich heulend anrufen wird, um mir zu sagen, es tut mir leid? Du, du Penner.

Ich ging aufs Klo pissen und als ich zurückkam, redete er mit sich selbst, eigentlich rechtfertigte er sich vor den Rentnern, ich bin ein Gauner, ich mach den Schwulen fertig.

Aha, Alberto, ich hob die Stimme, damit die Rentner es hörten, ich bin also ein Schwuler; aber was bist du für ein Gauner, wenn du meinen Schwanz gelutscht und schön stillgehalten hast, damit ich dich in den Arsch ficke?

Das traf ihn schwer; vor Ärger warf er mir messerscharfe Blicke zu. Das Fahrrad lehnte an einem Stützpfeiler im Hof und als ich meine Hand darauf legte, rüttelte er von der anderen Seite daran und sagte, das bleibt hier; ich sagte, du billiger Dieb, und er – mir scheißegal. Ich nahm meine Hand vom Fahrrad, machte kehrtum und sagte, leck mich am Arsch, du Penner.

Ich machte mich auf ins Zentrum und weil ich kein Geld hatte, ging ich beim Street Delivery vorbei und hoffte, dass ich in dem Ameisenhaufen dort einen Freund treffen würde, der mir ein Bier spendierte. Aber ich traf niemanden, nur entfernte Bekannte – und da rief ich Andrei an, der sagte, ja, ich komme, aber erst um fünf.

Und wie ich mich so wie ein besoffenes Huhn zwischen den Antirassismus-Buden mit Biosäften und lauter Typen 30+ herumtrieb, die versunken mit ihren Hüften kreisten, dachte ich, Mann, was für ein Nicht-Ereignis, unter diesen Bekloppten soll ich jetzt mein Leben verbringen? Ich war müde und emotionslos von diesen Tabletten; ich spürte, wie meine Beine nachgaben, also ging ich in den kleinen

Park am Ende der Straße und legte mich auf den Rand eines trockenen Springbrunnens, wo ich ungefähr zwei Stunden lag, mit einem schrecklich bitteren Geschmack im Mund von den selbstgedrehten Zigaretten.

Ich stand erst auf, als ich den Chef vom Modern in der Nähe sah; ich hatte nichts gegen ihn, nur dass mich seine Anwesenheit an diese vergeigte Party erinnerte – und ich war nicht in der Lage, jetzt Gespräche über irgendwas zu führen oder sinnlose Erklärungen abzugeben, nein, auf keinen Fall.

Als Andrei kam, jammerte ich, er hätte mir einfach das Rad weggenommen – und er rief, was für eine Frechheit, den Menschen zu beklauen, den man gevögelt hat, gut, dass du ihn los bist.

Wir teilten uns ein Bier, denn genau für eins hatte er noch Geld. Dann riet er mir, ich sollte versuchen, Alberto nicht mehr anzurufen – und ich antwortete, ich hätte seine Telefonnummer gelöscht, und er würde sich nicht trauen, mich nach der Sache mit dem Fahrrad anzurufen; selbst wenn er später doch auf die Idee käme, ich würde auf dem Land sein und kein Geld mehr haben, um nach Bukarest zurückzukehren, ich hätte zu viele Schulden und das Stipendium für diesen Monat schon verloren, weil ich die Deadline nicht beachtet hatte. Und Andrei sah mich aufmerksam an und sagte, wenn ich dich nicht kennen würde, dann würde ich denken, du hast das extra so eingefädelt.

Dann kamen Die Drei Schwestern, die andersrum waren, Freunde von Andrei, und wir quetschten uns alle fünf auf eine Bank und redeten über Drogen und die Jungs, die an uns vorübergingen – oder mit denen wir im Laufe unseres Lebens im Bett gewesen waren; sie wurden ganz neugierig, als sie hörten, dass ich mir einen Knacki aus dem Ferentari ins Haus geholt hatte, dem ich versucht hatte zu helfen, dem ich einen Job hatte besorgen wollen, aber der dann all mein Geld aufgebraucht und mir am Ende noch das Fahrrad geklaut hatte – sie guckten mich neiderfüllt an, und nur einer von ihnen sagte, schade, das macht man aber nicht.

Dann gingen sie los und ich blieb mit Andrei zurück; wir spazierten ziellos durch diesen Spucknapf von Park, wo zwei Hippiemädchen mit hyperprofessionellen Fotoapparaten versuchten, aussagekräftige Schnappschüsse zu machen – und wieder fragte ich mich, worum gehts hier? Was passiert hier? Und ich dachte, unter diesen Bekloppten werde ich also von nun an mein Leben verbringen.

Ich rief Dinu an, den Doktoranden mit dem Fußballfimmel, und fragte ihn, könntest du mir 150 leihen, damit ich morgen nach Hause aufs Land kann? Und der sagte verwundert, aber bleibst du nicht mit diesem Typen aus dem Ferentari über den Sommer hier? Und ich antwortete, lass mal, das erzähl ich dir, wenn du hier bist.

Er konnte nicht vor acht kommen, weil er mit dem Roller im Prahova-Tal rumgurkte; er tauchte um 20.30 Uhr auf, als das Gedränge gerade am größten war – und wir suchten uns wie zwei Blinde, ohne dass wir uns fanden, weil er sich noch mit seiner Freundin treffen musste; als wir uns endlich alle drei im Grolsch-Biergarten trafen, fragte er, wie findest du meine Freundin? Die ist hübsch, oder? – und ich antwortete, von wegen hübsch, die ist bildschön wie ein Lamborghini, da gab er mir ein Bier aus und überreichte mir das Geld, von dem ich einen kleinen Teil gleich in zwei weitere Bier investierte.

Mit drei Bier an Bord war ich ein Atomeisbrecher – ich sagte zu ihm, ich habe versucht, ihm zu helfen, aber er hat mein Geld verprasst und war spielsüchtig; als kein Geld mehr da war, hat er angefangen, mir zu drohen und mich zu erpressen. Aber Dinu sagte nichts, er hörte nur ungläubig zu, weil er Alberto mochte – er ist in Gefühlsdingen kein sehr komplexer Mensch; darum fügte ich noch hinzu, dass er mich auf ein Bier eingeladen und mir dann das Fahrrad geklaut hätte; erst da rief er spontan: Mann, was für ein Arschloch.

Das Problem mit Antidepressiva ist, dass man ziemlich schlimm betrunken wird, also ein Bier ist gleich zwei Bier und nach drei Bier war ich total fertig – und als Andrei, der die Geschichte zum dritten Mal gehört hatte, losplatzte und zischte, jetzt lass das mal mit dem Klauen, der hat dir das Rad weggenommen, um sich an dir zu rächen, dass du ihn verlassen hast, da hatte ich das dringende Bedürfnis, pissen zu gehen, und da auf dem Klo fing ich an zu heulen und zu schluchzen.

Ich rief Dan, den christlichen Dichter, an, um ihn zu fragen, ob ich an dem Abend bei ihm schlafen dürfte; wieso das denn, was ist denn mit Alberto?, wunderte er sich; und ich antwortete, das erklär ich dir, wenn ich da bin; und er dann dumpf – aaach, wenn Scheidung ist, ja natürlich.

Dann riet mir Andrei wie ein Erwachsener, ich sollte aufpassen und nicht das ganze Geld ausgeben, morgen kannst du sonst keine Fahrkarte kaufen – und verschwand in die Nacht, Richtung Trolleybus. Ich blieb noch auf ein Bier; dann zog ich Leine, genau zu dem Zeitpunkt, als das Festival aufhörte und alle sich an der Piața Romană in Taxis quetschten, ohne Bestellung konnte man also keins mehr kriegen – und beim Bestellen landete ich bei allen Vermittlerinnen in der Warteschleife.

Ich gab auf und ging in einen Biergarten, um noch ein Bier zu trinken – und dieses Bier war fatal, weil ich mir in die Hose schiss, keine Ahnung, wie das passieren konnte; das Problem war, dass ich keine Unterhose trug, so dass der ganze Durchfall an meinem Bein runterfloss; weil ich furchtbar stank, ging ich neben dem Gehweg am Bordstein bis zur Haltestelle an der Romană – und als ich ein Taxi erwischte, kurbelte ich schnell das Fenster runter und hielt die ganze Fahrt in eisiger Stille durch, und beim christlichen Dichter ging ich direkt ins Bad und schrubbte meine Jeans mit Wasser und Head & Shoulders. Ich wusch auch das Geld in den Taschen, und die Packung Antidepressiva warf ich samt allen Tabletten weg, ich ekelte mich davor.

Als ich rauskam, fragte Dan mich misstrauisch, was ist passiert?, und statt traurig zu antworten, ich habe mir in die Hose geschissen, sagte ich entschlossen, ich wollte nur sein Bestes, aber ich konnte ihn nicht zwingen; ich hab versucht, ihm zu helfen, aber er hat mein Geld aufgebraucht und als keins mehr da war, hat er angefangen, mich zu bedrohen, er würde seine Leute zu mir schicken – und er sagte, komisch, ich hab ihn für einen ganz netten Typen gehalten; und ich widersprach ihm, du kennst ihn nicht, er hat versucht, mich zu erpressen, er hat mein Fahrrad geklaut – und erst da rief seine Freundin, wie unverschämt, das hätte ich nicht gedacht.

Dann wurde alles etwas ruhiger; ich war zu Hause, es war Sommer, und der Sommer ist die Jahreszeit, in der ich, wenn er mir in Retina und Nasenhaaren haftet, sterben möchte.

Wenn ich merkte, dass die Verzweiflung wiederkam, dann nahm ich das Rad und radelte bis zur Erschöpfung und abends kam ich müde nach Hause. Der Sommer ist die stärkste Droge, stärker als die Liebe – eine Woche habe ich nichts getrunken und alle Dörfer in der Gegend erkundet, sie nach 35 Jahren wieder in Besitz genommen; vor der Grundschule hatte mich mein Vater manchmal in die Dörfer mitgenommen, wenn er seine Patienten besuchte … Wie damals schien mir das Oltener Land im Sommer unglaublich weit, ein riesiges Plateau, das im Süden von den spitzen Massiven des Fogarascher Gebirges begrenzt ist und im Norden vom Olt und ein paar sanften Hügeln, mit sehr grünen Wäldern und Wiesen mit gelbem, sonnenverbranntem Gras. Und wie damals ging die Sonne auf der flachen Ebene Richtung Westen sehr früh unter, so dass es schon um neun Abend wurde wie im Süden in der Ebene; nun ja, es wird dann etwas kühler – aber dämmrig ist es immer noch.

An seinem Geburtstag, dem 30. Juni, rief Alberto mich von einer Cosmote-Nummer an, und nachdem er ausgefeilt geschworen hatte, er würde zu Staub zerfallen wollen, wenn es ihm leidtäte, mein Fahrrad geklaut zu haben, sagte er, rate mal, was ich mache – und ich fragte, was machst du, Alberto? Und er antwortete, ich trinke ein Bier am Strand von Constanța; und ich fragte, hat dich Borcan mit dahin genommen? Und er antwortete, wieso, ich hab doch auch Füße, um in einen Zug zu steigen, und Köpfchen, um mir eine Fahrkarte zu kaufen. Und danach ließ er ein ungeheures Lachen los – ich bin hier mit meiner Alten, Mann, ich bin zurück zum Bahnhof, und jetzt bin ich am Meer, verstehst du? Alberto hat nicht umsonst bei dir gelebt, wie hast du immer gesagt? Haha, wir haben nur ein Leben und nur ein Loch im Arsch; und ich sagte, lass das jetzt, erklär mir, warum du von Borcan weg bist – und er antwortete, scheiß auf den, ich habs satt, ich bin zurück und nichts, was ich gemacht hab, war richtig, und Geld gabs auch nicht, der spart, um sein Haus fertig zu bauen.

Dann legte ich mir ein Programm zurecht: Bis fünf oder sechs Uhr schrieb ich, dann ging ich über die staubigen Wege hinter dem Dorf zum Olt und badete dort; in meinem Dorf endet der Ausläufer eines Staudamms und das Wasser ist tief, ich schwamm kilometerweit – aber wenn ich dann müde wurde, begann ich mit ruckartigen Bewegungen zu schwimmen, wie in Fruchtwasser, ich kam nur an die Oberfläche, um einen Atemzug zu nehmen, und in der Stille unter Wasser machte ich alle möglichen komischen Verrenkungen, ich weiß nicht, warum mich das so beruhigte. Abends, wenn ich zurückkam, trank ich ein Bier im Hinterhof eines Geschäfts, hörte zu, was die Leute im Dorf redeten, und damit es nachts nicht zu spät wurde, betäubte ich mich mit den Schlafmitteln meiner Mutter.

So. In dieser Zeit rief ich ihn an, um ihm zu sagen, ich hätte meine Untersuchungsergebnisse erhalten und sie wären sauber, keine Gonorrhö, nichts; und er gab damit an, dass er 80 Lei auf dem Bahnhofsparkplatz gemacht hätte – und da erinnerte ich mich, dass er auf dem Bahnhof Schulden hatte; ich fragte, warte mal, hattest du nicht 20.000 Schulden bei den Gaunern? Und er sagte, 20.000 mit Zinsen, aber ich hab mich mit den Jungs versöhnt und sie sind auf 6.000 runtergegangen, die zahl ich in Raten ab – und hier krieg ich richtig Geld, wenn ich mit den Autofahrern schön rede und aufpasse, dass mich die Wächter nicht erwischen.

Und was soll man da noch sagen, wenn einer ein erfolgreicher Geschäftsmann geworden ist, bravo, Alberto, mach weiter so; aber als er mich fragte, ziehst du im Herbst wieder zu mir zurück?, da antwortete ich, nicht mal tot, Alberto, du machst mich fertig; und er sagte, warum sagst du so hässliche Sachen? Du verletzt mich, weißt du?

Meistens redeten wir nachts, wenn er seine Arbeit beendet hatte und sich mit einem Bier abkühlte – und ich saß auf der Terrasse im Hof und surfte im Internet oder tat so, als würde ich ein Buch lesen; manchmal kam ein warmer Wind auf, der mir freundlich unters T-Shirt blies.

Die Wärme, die sich in den Steinen aufgestaut hatte, hielt auch nachts noch an; und wir Menschen, wir mögen es warm, Wärme macht uns glücklich.

Dann liefen seine Geschäfte nicht mehr so gut und er rief mich immer öfter an; mit ängstlicher und weinerlicher Stimme, die ich so nicht kannte, fragte er mich, liebst du mich, du? Sag schon, liebst du mich? Und ich antwortete, wie einen Bruder, Alberto, wie meinen Bruder – und er sagte, du verletzt mich, weißt du?

In einer anderen Nacht, in der Woche der größten Augusthitze, rief er mich an, um mir zu sagen, er hätte nur 20 verdient, er hätte sich Zigaretten und ein Bier gekauft, das er jetzt trinken würde, und das wäre seine einzige Mahlzeit an diesem Tag. Und da er ohnehin schon jammerte, machte er einfach weiter und redete wie ein Wasserfall und sagte, in dieser Hitze hätte er eine Entzündung an den Eiern bekommen, da wäre jetzt eine Wunde, er könnte kaum gehen; er hätte seit einer Woche nicht mehr geduscht und der Gauner würde ihn erst wieder in seinem Transporter schlafen lassen, wenn er sich waschen würde; und na ja, zum Waschen würde er sich einfach unter einen Schlauch stellen oder in einen Springbrunnen gehen – aber wo sollte er seine Kleider waschen? Und ich sagte, du Dummkopf, geh zurück zu Borcan, warum lebst du in diesem Dreck – und er antwortete, er will nichts mehr von mir wissen; er hat einen anderen Sklaven gefunden, auch ein Cousin von uns.

Als dann die Hitze etwas nachließ, kam sein Vater aus Dänemark, um sich operieren zu lassen – und er dachte, scheiß drauf, ich geh ihn nicht im Krankenhaus besuchen, was hat der für mich getan? Der hat mir sein ganzes Leben lang nie was gegeben; aber nachdem er dann einen Jeep eingeparkt und der Fahrer ihm keinen Leu gegeben hatte, da brach es verzweifelt aus ihm heraus, wie soll ich da so ungewaschen hingehen? Was kann ich Gutes von mir erzählen, außer dass ich den Müll von MacDo esse? Er war betrunken und fing an zu weinen und Manele zu grölen, sag mal, liebst du mich? Hältst du noch zu mir?

Es fing an, nach Herbst zu riechen, die Sonne brannte nicht mehr auf der Haut, sondern fühlte sich an wie ein melancholisches, taubes Streicheln, als käme es von innen; meine Eltern gaben mir keine Tabletten mehr und ich musste wieder lernen, die Nächte allein zu verbringen, indem ich Zahlen aufsagte oder mit dem Finger in kaum wahrnehmbaren Bewegungen geometrische runde Figuren zeichnete. Und wenn er mich anrief, tat ich von nun an das, was ich am besten konnte, ich versuchte, ihn zu beruhigen: Du bist ein kluger Junge, du hast ein gutes Herz und Gott liebt dich, im Herbst komm ich nach Bukarest und versuche, eine Arbeit für dich zu finden, ich finde eine billige Wohnung für dich bei irgendeiner alten Frau; wenn ich Geld habe, dann nehme ich dich mit in die Stadt und vielleicht mit zu mir – und er fragte mit dieser schüchternen weinerlichen Stimme, wenn du wieder Vertrauen fasst, ziehst du dann mit mir zusammen? Und ich antwortete vorsichtig, dafür werde ich kein Geld haben, Alberto – und er sagte, du verletzt mich, weißt du?; und dann fügte er hinzu, weißt du noch, wie du mich nachts in den Arm genommen hast und mir beim Filmgucken die Untertitel vorgelesen hast? Ich weine, wenn ich daran denke, komm endlich nach Bukarest, ich sterbe hier – und ich sagte, hab Geduld, Alberto, es dauert noch bis November, bis ich mit der Arbeit fertig werde; und er, Mut fassend – ich komme zu dir aufs Land, ich kann nicht mehr vor Liebe zu dir; und da sagte ich, du kommst in Teufels Küche, wenn du hier auftauchen solltest, kapiert? Ich habe nur dein Bestes gewollt und habe versucht, dir zu helfen, aber du hast mein ganzes Geld verbraucht und mich beklaut; als kein Geld mehr da war, hast du angefangen, mich zu bedrohen und mich zu erpressen, zum Glück gab es nichts, was du noch hättest rausschlagen können, ich bin nur ehrlich mit dir; nachdem ich dir das Geld gegeben habe, damit du bei Borcan was hast, hast du noch mein Fahrrad geklaut, mein Glück, dass es nichts anderes mehr gab, was du mir noch wegnehmen konntest.

Darum ist es gut, korrekt zu sein, dann ist man abgesichert wie die Mafiosi. Im Übrigen endete der Sommer hier am Fuß der Berge schon Mitte August zum Marienfest – seit zwei Wochen ist also Herbst; im Süden glimmt der Sommer noch schwach nach und man weiß nicht, was da noch Wärme verströmt, der Beton, der den ganzen Sommer über die Wärme in sich aufgenommen hat, oder der rote Riese, der anstelle der Sonne aufgetaucht ist.

Ich schreibe auf Facebook mit einer Menge Leute, die meine Witze sehr mögen, aber der Sommer ist vorbei und die Aufmerksamkeit wärmt nicht mehr so sehr, die

Einsamkeit drückt immer mehr und reibt mein Gehirn wund; ich denke, ich werde einsam alt werden, meine Eltern werden sterben, und die Freunde auf Facebook werden mir auf die Schulter klopfen, ach was, du kommst doch wunderbar zurecht.

Es ist Anfang September, die Tage werden immer kürzer und die Nächte kühler und hören gar nicht mehr auf und ich ersticke fast an ihnen; um sie zu vergessen, versuche ich, meinen Kopf mit dem magischen Frühling zu füllen, in dem ich Alberto kennenlernte, einen gepflegten und fröhlichen Mann, den die verständige Hand einer Frau eingekleidet hatte, ein Paar Trainingshosen aus Baumwolle und eine Adidas-Jacke, unter der für gewöhnlich ein nagelneuer roter Anorak hervorblitzte; ich erinnere mich, dass sein Lachen in dem Laden zu hören war, in dem er für die Familie einkaufte oder ein Bier trank, immer Timişoreana, und die zwei Lei Restgeld steckte er in den Automaten – und nachdem er sie verloren hatte, setzte er sich an einen Tisch, wo er sein Bier langsam und mit kleinen Schlucken austrank.

Und so ist das, denke ich, dieser Mafioso, sein Cousin, hat ihn von den Sandlern weggeholt und versucht, einen Menschen aus ihm zu machen, während ich ihn als Menschen kennenlernte und ihn zurück zu den Sandlern schickte. Und ein Bild bekomme ich nicht aus meinem Kopf – ich, wie ich hartnäckig das Bad schrubbe, um die Wohnung ordentlich zu übergeben, und er, der unruhig um mich herumschleicht wie ein kleiner Hund, der merkt, dass ihn etwas erwartet; bevor ihn sein Herrchen in den Kofferraum sperrt, um ihn auf einem Parkplatz auszusetzen, ahnt er, dass ihn etwas erwartet.

Und ich habe so ein perfides Gefühl, dass die Leere um mich herum wächst, während der Herbst von der Welt Besitz ergreift – und in der immer durchdringenderen Kälte, die abends herankommt, habe ich das immer größere Bedürfnis, in dieser Geschichte ein Bild zu finden, das mich wärmt, nur ein einziges, das aber stark genug ist, um der Leere etwas entgegenzusetzen.

Aber der Sinn der Geschichte richtet sich gegen mich und vergiftet jedes dieser Bilder; denn wie die Gefangenen sagen, die Welt, das sind die Taten, und ich habe Alberto mit Geld und den Lichtern der Stadt ertränkt, habe ihm seinen holprigen Verstand genommen, ihm absurde Hoffnungen gemacht und sein Leben auf den Kopf gestellt; hätte er mich nicht kennengelernt, würde es ihm jetzt gut gehen in Borcans Familie. Ich habe ihm nicht wirklich geholfen – und irgendwo habe ich ihn für meine Doktorarbeit benutzt, er hat mich in verschlossene Welten geführt.

Es ist zwölf Uhr nachts und ich frage mich, was er jetzt wohl tut, aber ich habe Angst, ihn anzurufen; ich denke, ihm ist ein Bart gewachsen und er nuckelt auf einer Parkbank am Bahnhof an einem Bier, während die Fußgänger angewidert einen Bogen um ihn machen, weil er schmutzig ist und schlecht riecht. Und ich hoffe, dass er voller Dankbarkeit an mich denkt, dieser kluge Mensch hat versucht, etwas aus meinem Leben zu machen, jemand hat mich gesehen.

Das ist das Schmerzhafteste, und wie kommt man da raus, da kommt man nicht raus.

[es ist keine Liebe]

es ist keine Liebe
es ist Frieden und Mitgefühl und Angst
dass du niemals verstanden wirst
es sind die Freunde und die Gespräche und die Angst
dass alle heiraten werden und du alleine bleibst
es sind das Geld und die Sicherheit und die Angst
dass du nie geliebt werden wirst
dass du ein komischer Kauz bleiben wirst, ein verängstigter,
es sind die Nächte, in denen du alleine schlafen wirst
die Freunde
die Eltern
die Vorahnung, dass du alt und einsam sterben wirst, und auf
einem schrecklich schmutzigen
Bett

Dino Pešut

Daddy Issues

Roman

Aus dem Kroatischen von
Alida Bremer

TEXT/RAHMEN

Nach dem erfolglosen Versuch, sich in Berlin zu verwirklichen, kehrt ein junger Schriftsteller in seine kroatische Heimat zurück. Hier verdient er sich seinen Lebensunterhalt als Rezeptionist in einem Hotel, ist aber vor allem darum besorgt, nicht jedes Klischee eines erfolglosen Künstlers zu erfüllen. Strauchelnd zwischen verlorenen Illusionen, zunehmender Gleichgültigkeit und einem älteren Liebhaber, erreicht ihn überraschend eine Nachricht seines Vaters, zu dem er nie eine enge Beziehung aufbauen konnte: Er liegt im Krankenhaus und sieht sich einer lebensbedrohlichen Diagnose ausgesetzt. Doch wie ist eine Annäherung möglich, wenn der eigene Vater seinen Sohn weder verstehen noch akzeptieren kann?

Eindringlich und mit feinem Gespür für Ironie und Dialoge erzählt »Daddy Issues« von einem jungen Mann, der ebenso verloren ist wie die Zukunft, die ihm versprochen wurde. Dino Pešuts empathische Auseinandersetzung mit den Themen soziale Ungleichheit, Klassenscham und Sexualität war in Kroatien ein großer Erfolg bei Kritik und Publikum und wurde in eine Reihe mit den Werken von Édouard Louis gestellt.

224 Seiten, 120 x 180 mm, Klappenbroschur

ISBN 978-3-903365-05-6

www.textrahmen.at